本书为：

陕西省"百名青年文学艺术家扶持计划"项目成果

西北大学"中国文艺评论基地"研究成果

马尔克斯的忧伤

小说精神与中国气象

王鹏程 著

三联书店

图书在版编目（CIP）数据

马尔克斯的忧伤：小说精神与中国气象／王鹏程著．—北京：
生活·读书·新知三联书店，2018.4
ISBN 978 - 7 - 108 - 06077 - 8

Ⅰ．①马…　Ⅱ.①王…　Ⅲ.①小说评论 - 世界 - 文集
Ⅳ．① I106.4-53

中国版本图书馆 CIP 数据核字（2017）第 196712 号

责任编辑　胡群英
装帧设计　刘　洋
责任校对　安进平
责任印制　宋　家
出版发行　生活·讀書·新知 三联书店
　　　　　（北京市东城区美术馆东街 22 号 100010）
网　　址　www.sdxjpc.com
经　　销　新华书店
印　　刷　北京隆昌伟业印刷有限公司
版　　次　2018 年 4 月北京第 1 版
　　　　　2018 年 4 月北京第 1 次印刷
开　　本　635 毫米 × 965 毫米　1/16　印张 21.5
字　　数　258 千字
定　　价　58.00 元
（印装查询：01064002715；邮购查询：01084010542）

目　录

小说的精神空间

小说的文体、观念与气象

"脱榫"时代的文学（代序）

　　这是一个"脱榫"的时代。

　　一百多年前，契诃夫说："生活正在逐日变得复杂，而人们却明显地变愚蠢了。"契诃夫所说的这种"脱榫"现象，在当下的中国，已全面、彻底地浸入社会生活的方方面面——万物破碎、价值虚无、意义消解，一切坚固的东西崩碎坍塌，一切神圣的东西烟消云散。这种"脱榫"最大的特征，就是"五四"之后所确立的人的主体意识和价值观念，在中国刚露出胚芽，就被专制主义、现代主义和后现代主义等"东风"与"西风"摧残殆尽。文学不再以追求、创造人类自己境界的能动主体为使命，而是以怀疑、孤独、分裂和绝望为主题。别人的故事成了我们自己的故事，我们的故事却无法成为别人的故事。在"别人"和"我们"之间，我们做不到帕慕克所说的双向通达。模仿在我们绝大多数作家那里，已经等同于创造。我们是数字意义上的"文学大国"，却是文学意义上的"蕞尔小邦"。作品数量在几何级数上增长，原创性和创造力却裹足不前甚至急剧下滑。那些所谓反映现实的峻切沉痛之作，不是被表层的现实捆绑，就是沉湎于报告文学式的浮光掠影，或是迷恋于下水道的腐败景观，无法深入生活和存在的腹地，刺透荒诞现实的本质，升腾出有价值思考和有精神意义的气象。那么，我们还需要文学干什么？

文坛充满喧哗与骚动，文学成为一个充满现实意义和世俗价值的名利场。文学丧失了语言、修辞、想象和精神上的自律性，无法处理现实的纷乱颓败，也无法提供心灵的安妥，更遑论兑现奔向丰富、深沉以及多样世界的承诺。我们没有能力给现实和存在赋予"意义"。这种"意义"，正是文学存在的必要。这种"意义"，在鲁迅、老舍、沈从文、张爱玲、汪曾祺等那里，也曾昙花一现。而前辈们无法同化的、气象迥异的陌生性以及生机勃发的创造性，在当下文学里，却气若游丝或尚付阙如。我们不缺乏"写法"，却无法彰显出"意义"。我们更多的时候是在"写法"的大海里寿陵失步，丧失了把握"意义"的能力和机会。

在不少小说家和研究者眼里，小说也遵循着线性时间的进化律。卡夫卡、博尔赫斯、卡尔维诺、米兰·昆德拉、奥康纳、雷蒙德·卡佛等在中国文坛，已经呈现出马尔萨斯式的过剩。塞万提斯、巴尔扎克、托尔斯泰、托马斯·曼等古典作家和经典作品已不合时宜。作为一种文学形态，卡夫卡、博尔赫斯、卡尔维诺等现代主义小说家抛弃了古典主义的黄金视角，管窥蠡测到了人类内心的黑暗风景。但在他们那里，爱、同情、悲悯、宽恕等人类主体化的感情丧失了意义，怀疑、孤独、分裂、绝望等不断膨胀，成为小说主导性的精神世界。倘若现代小说不能以自身的丰富性和完整性来与异化的社会现实对抗，超越异化的现实所强加给人类的片面性，在审美空间中给人以希望、慰藉、勇气、力量等积极因素，将人还原为人类合理性存在意义上的完整的人、饱满的人，那么，它就永远只能在封闭的世界里循环，找不到突围和救赎的路口。

　　有小说家云：像托尔斯泰那样的珠穆朗玛峰，我们不可能有人超越，因而只能寻找矮小的山丘或峁梁。这无疑是聪明的回答，但这并不意味着我们可以无视或者绕过经典。相反，我们要通过这些人类艺术的最高典范去确定我们努力的方向。这些传统经典最大的意义就是确定了小说精神，提供了可供参照和镜鉴的精神维度、价值判断和审美经验。这些与作者的生命同构的深刻经典，面向人类面临的永恒问题，以对生活的合理性和生存的目的性的追寻和确认，对生命的神秘性的勘探，对人类自身命运的思索，获得了经典的地位。它们如同艺术长河中的北斗，具有方向性的意义。笔者这本薄书无甚高论，企图通过自己对经典形态小说和小说精神的粗浅理解，去衡定二十世纪后半期至今的中国小说。回顾这六七十年的中国小说，自由和诗意这对小说的"天足"，先是被时代的裹脚布束缚，甚至遭受惨烈的"刖刑"。哭哭啼啼的"伤痕"文学拉开了新时代的文学帷幕，小说逐渐走上了康健之路。然而好景不长，它又被市场化、商业化、消费化的狂风巨浪裹挟。三十年的时光流转，塑造了今日"红肿之处，艳若桃花；溃烂之时，美如乳酪"的迷离图景。名目众多的文学奖项甚至包括渴盼已久的国际巨奖也无法改变颓败的文学景观，任何神圣伟大的东西在这个神奇的国度都会大打折扣，足见这个"染缸"或者"酱缸"的厉害。窃以为，中国小说家不将自己身上的"狼奶""奴性"和毒素挤出去，不努力提高自己的文化素养，不提升自己的精神境界，不遵从灵魂的自由召唤，不肩负起文学的使命和责任，不"沉浸在自我之中"，绝不可能创作出具有陌生性、原创性的杰作来。这里借用的赫尔岑所言的"沉浸在自我之中"，"不仅需要心灵非常深邃，足以随时自由潜隐，而且得具备独立自主、巍然不动的惊人力量"。

可叹的是，"在卑鄙龌龊、沉闷窒息、没有出路的环境中，能按照自己的方式生活的人是不多的"。

　　本书的内容有些庞杂，有小说精神的阐发、小说谱系的梳理、作品版本的考校以及具体作品的批评分析，但基本上都是紧紧围绕"小说精神"这个暗格而展开的。限于本人水平和学力，所见可能鼠目寸光，所论未免严苛，不虞和谫陋之处，祈求方家和读者批评赐正！

　　是为序。

　　　　　　　　　　　　　　　二〇一六年九月二日草于长安小居安

　　　　　　　　　　　　　　　二〇一七年三月四日再改于小居安

小说的精神空间

朝向托尔斯泰的景象

——论小说对自由的召唤

一八四九年十二月二十二日早晨七点多，二十七岁的费奥多尔·米哈伊洛维奇·陀思妥耶夫斯基被押解到谢苗诺夫校场执行死刑。八个月前，他因参与彼特拉舍夫斯基事件被捕，罪名是"参加策划犯罪阴谋，散发别林斯基（写给果戈理的）充满反对东正教和沙皇的无理言论的信，并伙同他人在一个私人印刷机构的帮助下企图散布反政府作品"[①]。在彼得罗帕夫洛夫斯克要塞度过的八个月的囚禁生涯中，他读《圣经》，读莎士比亚作品，读完了两部圣地游记和圣德米特里·罗斯托夫斯基的著作。他有三个月没见过太阳，没见过头顶的绿叶。他的一个同伴在被监禁后发疯。八月，他和被关押的二十几个同伴获准放风，这是多么大的幸福啊！宽敞的院子有十七棵大树，可以看见蓝天，晚上可以点蜡烛，对陀氏来说，可以写点东西了。生活还有什么奢望？没有了，这就是货真价实的幸福。他写了一部新小说《孩子们的神话》（八年之后发表时易名为《小英雄》），讲述的是一个小孩子对一对情侣纯洁初恋的惊讶，小孩子惊讶爱情的纯洁、忠诚和无私。在陀氏看来，命运即使赐予人们这么幸福而又短暂的一瞬，在

---

① ［美］纳博科夫：《费奥多尔·陀思妥耶夫斯基》，载纳博科夫《俄罗斯文学讲稿》，丁骏、王建开译，上海：上海三联书店 2015 年版，第 101 页。

困境中也足以抚慰人的心灵，温暖人心，拯救人于绝望。那么生活也是幸福的，人也是值得活的。正是凭着这样的精神信念，他顽强地、平静地活着。他不知道结局是怎样：流放，要好多年吗？处死，还有多久，会是什么时候？他耐心地等待着判决，也终于听到了死刑判决。不过他的平静令人惊诧。斯别什涅夫记录下了他走上刑场的神情：

> 被判决的犯人被拉到谢苗洛夫操练场，其中三人被捆在柱子上之后，费奥多尔·米哈伊洛维奇尽管颤抖不止，却没有惊慌失措。他满面苍白，但是脚步相当迅速地走上绞刑架，与其说受到了压抑，不如说有些匆忙。只要"开枪！"一声令下，一切就都终结。此刻有人摇起手帕——行刑中止。但是，在要塞里就已失常的格里高利耶夫，在被从柱子上松绑解下之时，像死一样苍白。他的思维能力已经全然丧失。[1]

陀氏坦然地等待着死亡，在他看来，生命即将终结已毫无疑问。这五六分钟给他以后的全部精神生活留下了不可磨灭的烙印。自忖生命还有一分钟的时候，他想起了他的哥哥。劫后余生，他在第一封信里对哥哥说：

> 今天是十二月二十二日，我们被押解到谢苗诺夫校场。当场向我们宣读了死刑的判决，让我们与十字架吻别，在我们头

---

[1]　[俄] 梅列日科夫斯基：《托尔斯泰与陀思妥耶夫斯基》（卷一），杨德友译，北京：华夏出版社 2010 年版，第 93 页。

上折断了佩刀并给我们穿上了死刑囚服（白衬衫）。以后三人一
组被绑到柱子上准备行刑。三人一批，当然，我在第二批。须
臾之间我将离开人世。我想起了你，想起了你们全家；在最后
的一刻只有你留在我心里，此刻我才体会到，我是多么爱你，
我的好哥哥！我也急忙拥抱了站在我身边的普列谢耶夫、杜罗
夫，与他们诀别。最后响起了中止行刑的信号，把绑在柱子上
的人解了下来，并向我们宣布：皇上赦免了我们的死刑。然后
宣读了真正的判决。免罪的只有帕利姆一人，他仍回军队担任
原职。[①]

　　在陀氏的小说中，我们不止一次读到他对死囚和死刑的描述、刻
画和思考，这些几乎都源于他这次痛彻心扉的"死刑体验"。不过，
他没有留恋过生，也没有因即将失去生命而痛哭流涕。他越过了死囚
的绝望栅栏，抵达心灵自由的旷野。在押赴刑场的途中，他几乎也没
想到自己，他用自己的眼睛，穿透了庸俗的生存，吓退了死亡。在濒
死复生的第一封信里，他看到了结实而又麻木、平庸而又呆板的生存
图景：

　　　　在押解到谢苗诺夫校场去的路上，我只见囚车窗外人山人
海，可能消息也传到了你那里，你必然为我感到痛苦。现在你
对我可以放心些了。哥哥，我不忧伤，也不泄气。生活终究是
生活，生活存在于我们自身之中，而不在于外界。以后我身边

---

① 　[俄]《陀思妥耶夫斯基书信选》，冯增义、徐振亚译，北京：人民文学出版社1993年版，第
44—45页。

会有许多人，在他们中间做一个人并永远如此；不管有多么不
幸，永不灰心和泄气，这就是生活的意义和它的任务。我意识
到这一点。这一思想已与我融为一体了。是的，真是这样！

…………

每当回忆过去，想到浪费了许多时间，把时间耗费在迷误、
错误、无所事事、无节制的生活上，想到我不珍惜时间，多次
做出违心和勉强的事情——想到这里，我就感到非常痛心。生
命是一种天赋的能力，生命就是幸福，每一分钟都可能无限幸
福。……①

在死亡逼近的时候，陀氏没有眷顾自身的生命，而是珍惜这活
着的仅有的几分钟，从囚窗忘我地看见了生活。他没有浪费自己的
生命，正如他自己所说的："生命就是幸福，每一分钟都可能无限幸
福。"他在想象着生活将要发生的情节：一群陌生的、好事的、幸福
而又平庸的人，将会奔走相告，告诉他的哥哥，他被处死了。临窗一
眺，他眺见了别人的生活。即将发生的虚幻的事情如同小说的情节一
样自然展开，他用对生命的珍视，超越了死亡，将他和即将处死的命
运隔开。或者说，他用小说家的自由，无视死神的恫吓，表现出秋叶
般的静美。他眷恋生命，用小说家的情怀，扩展了生命的容量，这短
暂的几分钟，平静地显示出生命的诗意。但同时，他又对那种平庸的
生活不屑一顾，他想给这庸俗平淡的生活注入诗意。从围观的看客麻
木欣喜的表情中，他用小说家的思绪，延展出他们将会去告诉哥哥自
己的死讯，哥哥将会悲痛欲绝的场面。面对即将到来的死神，他依然

---

① 　[俄]《陀思妥耶夫斯基书信选》，冯增义、徐振亚译，第47页。

用小说家的思绪思考生活。我们姑且不去评价他面对死神如何的大义
凛然、平静如水，在这段文字中我们可以看到的是，小说家的思绪超
越了平凡的存在，甚至超越了对生命的眷顾，使他自始至终自由地掌
控着自己的生活和命运。小说已经成为他的生活，他拥有超越一切宰
执的主体性和心灵自由。二十年后，《白痴》中的梅什金对阿杰莱达
讲述的死刑犯临死前的一分钟，实际上绝大部分就是自己在谢苗诺夫
校场的遭遇——

> 我觉得，他一路上一定在想："还早着哩。还要走三条街，
> 够活一阵的；走完这条街，还有另一条街，以后还要走过右面
> 有面包店的一条街……离面包店还远着哩！"四周全是人，呼
> 喊声，喧闹声，成千上万张面孔，成千上万双眼睛，这一切都
> 得忍受，而主要的是得忍受这么一个念头：在这成千上万的人
> 当中，没有一个要被处死，而我却要被处死！……那个人在张
> 望，他的前额上有一个疣子；刽子手衣服下面的一个纽扣长锈
> 了……①

据陀氏后来对朋友讲，他事先一点也不知道会被赦免，充分做好
了死的准备，这几分钟长于百年。他的头脑像万花筒一样，一生如同
闪电一样一幕一幕从脑海中掠过。因而这刻骨铭心的死亡体验在他后
来的小说中不断重复出现，每一次都摄人魂魄。贝多芬说："经过痛
苦达到欢乐。"陀氏经过死亡，用小说家的思维，捕捉到了自由和诗
意——"这几个时刻似乎挪动了他对整个世界的视角：他所理解的事，

---

① 　[俄] 陀思妥耶夫斯基：《白痴》，南江译，北京：人民文学出版社 2011 年版，第 71—72 页。

是没有体验过、等待过必定之死亡的人所无法理解的。命运给他送来某种伟大的认识、罕见的经历，像是对一切现存事物的一种新的衡量尺度。"① 这种自由和诗意，不仅仅是身体和活动所受的限制，而是更为深刻的东西，对生命的神秘性、生活的合理性和生存的目的性的确认和追寻。

小说是一种生活方式，我们经常可以听到作家喋喋不休地表达自己如何痴迷和钟爱文学，但如陀氏这样，将小说当成生活的作家，则如凤毛麟角。这正如赫尔岑所说："这种沉浸在自我之中，不仅需要心灵非常深邃，足以随时自由潜隐，而且得具备独立自主、巍然不动的惊人力量。在卑鄙龌龊、沉闷窒息、没有出路的环境中，能按照自己的方式生活的人是不多的。"② 要将小说当成生活方式，必须具有心灵的绝对自由，如果内心真正达到了这种境地，那么任何有形无形的压迫都不会使小说家做出退让，他们只会依照自由的灵魂的召唤去写作。也正是小说的这种特殊的禀性，使得小说充满了魔力，成为人们反抗现实、构建诗意、抚慰心灵的一种最吸引人的文体。

卡夫卡也是陀思妥耶夫斯基式的将写作视为"最大的幸福"的作家。在保险公司上班之外的业余时间，他都花在了写作上。他躲在地下室里，恨不得断绝一切社会交往。除了吃饭，都在写作。根据德语文学专家叶廷芳先生研究卡夫卡日记的结论，卡夫卡三次订婚又三次悔婚，除了最后一次是由于父亲的反对外，其余两次都是为了文学。他"把写作视为'最大的幸福'，实际上把最大的爱献给文学了，他和文学结下了'姻缘'，有排他性了。一切有碍于这一'姻缘'的，

---

① 　[俄] 梅列日科夫斯基：《托尔斯泰与陀思妥耶夫斯基》(卷一)，杨德友译，第 94 页。
② 　[俄] 赫尔岑：《往事与随想》(上)，项星耀译，北京：人民文学出版社 2006 年版，第 294 页。

都要受到'残酷的镇压'"[①]。为了钟爱的文学，他牺牲了世俗的人生。尽管他的人生和小说都令人难以直面，但他绝对是彻底的：他揭示的人类的孤独、绝望的处境以及寓言般的生存困境，直抵现代人的内心，开启了二十世纪文学新的时代。同时，在他令人压抑的小说中，我们依然能够看到他微弱而又倔强的对自由和诗意的渴望和呼唤。《审判》中的K，处于无法言说的人生困境中，被莫名其妙的审判搞得心力交瘁。这个时候，他通过窗口瞭望外面的世界，即使只有一个瞬间，他也看到了正常的生活，看到了生活的亮光，看到了生活的诗意。小说多处可以看到K百无聊赖地通过窗口眺望的细节。正是窗口投射进来的这细微而又迷人的诗意，支撑着K坚持着这场可能永无尽头的审判。在K被捕后，他始终通过窗口瞭望外面平庸而幸福的生活——好奇的老太太想知道K的房间里发生了什么事情，坐在箱子上看报的赤脚男人，推着一辆手推车的两个男孩，还有一个穿着睡衣打水、边打水边望着K的瘦弱女孩。然而，这些琐碎的、日常的甚至庸常无聊的生活已经远离了K，他被无休止的审判之网越束越紧，他只能在短暂的一瞥中投去羡慕或不屑。在小说的结尾，K被两个穿礼服的肥头大耳的人执行死刑。K在迎接他们时，又将目光投向了窗外："他走到窗前，再次向漆黑的街道望去，街道对面差不多所有的窗子都已黑了灯，许多家的窗帘放了下来。在楼房一个有灯光的窗户里，小孩子们正在一个有网栏的床上玩耍，他们还不会走路，用小手彼此够着。"[②]尽管他勇敢地迎接命运的裁决，但依然显露出人之

---

① 叶廷芳：《卡夫卡：西西弗斯的现代原型》，载叶廷芳《卡夫卡及其他——叶廷芳德语文学散论》，上海：同济大学出版社2009年版，第17页。

② ［奥］弗朗茨·卡夫卡：《卡夫卡文集》（二），王滨滨等译，合肥：安徽文艺出版社1998年版，第174页。

为人的对生活的最基本的依恋，渴慕小孩子那种无忧无虑的生活。K被押解到采石场处死，在与采石场接壤的楼房的最高层上，一扇窗户打开了，K的目光深情地投了进去。他看见一个瘦弱的人将身子探出了窗子，胳膊也伸得很远。K搁置了自己行将就戮的命运，却在思索着："他是谁？是个朋友？一个好人？一个有同情心的人？一个伸把手帮助的人？是一个人？是好多人？还有救吗？是不是还忘记了什么借口？肯定还有。这个逻辑虽然站得住脚，可它抵制不住一个想活下去的人。"就在K浮想联翩，木讷和淡然里还本能地留有对生活的迷恋的时候，刀子深深地捅进了他的心脏。他没有感觉到疼痛，他看见了两个刽子手贴着他的脸的表情——"活像条狗！"①。米兰·昆德拉将卡夫卡通过窗口投射进来的生活，比作朝向托尔斯泰的景象："朝向人物始终把持着——纵然是在最危急的时刻——自由的决定权的世界，正是自由的决定权给了生命以幸运的不可估量性，后者恰恰是诗意的源泉。托尔斯泰极其诗意化的世界与卡夫卡的世界是两个极端。但是，全靠那半开半闭的窗户，它就像一股怀旧的气息，一丝柔和的微风，进入了K的故事中，并留在了那里。"②这"半开半闭的窗户"，如同安娜·卡列尼娜卧轨时撞到她脑袋上并从背上碾过的庞然大物，爆发出生活的诗意和召唤："那支她曾经用来照着阅读那本充满忧虑、欺诈、悲哀和罪恶之书的蜡烛，闪出空前未有的光辉，把原来笼罩在黑暗中的一切都给她照个透亮，接着烛光发出轻微的哔剥声，昏暗下去，终于永远熄灭了。"③表面看来，托尔斯泰写的是安娜的生命如何

---

① ［奥］弗朗茨·卡夫卡：《卡夫卡文集》（二），王滨滨等译，第 178 页。
② ［捷］米兰·昆德拉：《被背叛的遗嘱》，余中先译，上海：上海译文出版社 2003 年版，第 236 页。
③ ［俄］列夫·托尔斯泰：《安娜·卡列尼娜》，草婴译，北京：北京十月文艺出版社 2014 年版，第 915 页。

走向结束，实质上却表现出对生活的留恋，我们能够感受到无比真实的生命深度和厚度。托尔斯泰笔下的生活如同盛开的鲜花，尽管花丛中也有毒刺蛰伏，但他从未掏空生活的意义，而是不断地在追问生活的意义是什么，生活的目的是什么。他让我们感受到了生活的恐惧，也使我们感受到了生活的幸福和诗意。因而，我们最惧怕的小说家是他，最喜欢的小说家也是他。无论生活怎样困厄，无论怎样去描绘生活，朝向托尔斯泰的景象成为伟大小说家契合于心默念不宣的重要律条。卡夫卡对于生存是极其悲观绝望的，无论是他的个人生活还是他笔下的人物的生活，二者总是充满了互文。但他毕竟活在生活中，在可怜的人间，因而在其极其压抑沉闷的小说中，还是情不自禁地透露出对生活和诗意的向往。《审判》中不断重复出现的"窗口"，正如在一望无际的沙漠中瞥见的一小块郁郁葱葱的绿洲，使得卡夫卡和后来消极厌世、取缔生活意义的向他效法的徒子徒孙们有了重要区别。

　　米兰·昆德拉在他那充满压抑和缺少自由的小说里，也偶尔会将目光朝向托尔斯泰的景象，给人物灵魂以自由和诗意。《为了告别的聚会》中的雅库布在离开祖国的时候，目光被一个五六岁的站在窗前的小男孩吸引住了："这孩子还不到五岁，正透过窗玻璃望着池塘。也许他在瞧那个用枝条挥赶鹅群的男孩。雅库布不能把目光从他的脸上移开，这是一张孩子的脸，但是吸引雅库布的是那副眼镜。这个小男孩戴着一副显然是深度镜片的大眼镜，男孩的头很小，眼镜却很大。他忍受着它们就像忍受着栅栏，忍受着一个命运。他透过镜片凝望就像透过他被判终身监禁的一座监狱栅栏朝外望。雅库布回视着这孩子的眼睛，心里充满了巨大的悲哀。"[①]孩子天真无邪，对生活充满

---

① ［捷］米兰·昆德拉：《为了告别的聚会》，景凯旋、徐乃建译，北京：作家出版社1992年版，第213页。

向往和期待，他们的世界弥漫着朝阳般的诗意。雅库布却看见了这个男孩未来的生活，那副大的眼镜，似乎隐喻着这个小男孩以及所有小孩子未来的命运，他们都将被套上命运的重轭，如同自己一样不得不逃离这个"伟大"的祖国。

契诃夫在一封信中说："作家的责任是在维护人。"这其中很重要的一项内容，就是维护人的自由和生活的诗意。自由像彩虹一样，是人之为人的本质；诗意如同太阳一样，人类的生存离不开其普照。眼光锐利的小说家，纵使描绘极其险恶的生存环境，也善于透过"窗口"，朝向托尔斯泰的景象，捕捉到诗意的自由。德国作家维·冯波伦茨的长篇小说《农民》中有这样一个情节：男主人公是个酒鬼，通宵达旦地和同伴酗酒，回到家就是打骂妻子。有一次妻子故意磨蹭半天开门，丈夫踉踉跄跄地进了屋子。妻子怕他吓着孩子，就将他往外推。他抓住门框和妻子扭打了起来。平时很温和的丈夫发怒了，因为妻子前一天从他的口袋里拿走了老爷的赏钱，而且藏了起来。他像发疯的狮子扑向妻子，揪住了妻子的头发。妻子说什么也不给钱，丈夫劈头盖脸地打她，可她宁愿被打死也不给钱。他将妻子打倒，自己也倒在了妻子的身上，还是要他的钱，妻子仍然不给。这时候他狂喊着要将妻子掐死。鲜血从妻子的头上流了下来，顺着额头和鼻子弯弯曲曲地流着。他害怕了，放开了手，摇晃着走到窗前睡下了。这个情景真实而可怕，令人毛骨悚然。这个时候，作者加了一个小小的细节，一下子使这部带有恐怖和血腥味道的小说充满了自由的诗意，不仅仅使读者可怜作品中的夫妻俩，同时也使之滋生出爱意。遭遇暴打的妻子在苏醒过来之后站了起来，用衣服擦掉地上的血迹，去安慰受到惊吓哭叫的孩子。之后又来到丈夫跟前，将他的头放在枕头上。然后整理自己的衣服，取下被揪掉的一撮头发。她宁愿头发被揪掉，宁愿头破血流甚至被掐死，也要保住那点维持家庭生计的钱。在被打之后，她表现出伟大的母爱，安慰被惊吓的孩子；尽妻子的责任，照料丈夫；整理自己的衣着，坚韧地面对艰难的生活。这其中有委屈，有对孩子的歉疚，有对丈夫的宽恕，有不幸中的自由和坚韧，既令人痛心怜悯，又使人感觉到悲惨生活中的暖流和爱意。只有熟悉并热爱自己写作对象的作家才能捕捉到这样的细节，也只有对自由和诗意充满向往的作家才能纤毫毕现地表达这个不幸的女人惨遭殴打之后的坚韧和宽容。正是这样的细节，给这个惨烈的场面投上了爱、自由和诗意的光束，提升了这个场面的境界。

其实我们的生活中，并不乏《农民》中的女主人那样坚韧地向往自由的事例，遗憾的是我们的文学并未充分地发现，也没有精彩地表现。以"文革"叙事而言，在我读过的作品中，除了控诉迫害之外，很少有作品去表现人物在困厄折磨中将目光朝向托尔斯泰的景象。剧作家张献曾经讲过这样一个真人真事。一九四九年的上海，有一个青年小开，和后妈即父亲的小老婆生活在花园洋房里。解放后，一切资产阶级、小资产阶级的文化娱乐都被取消了。小开喜欢西方音乐，就在家里听听音乐，喝喝咖啡。小开最喜欢的一张唱片叫《月亮河》（*Moon River*），这是美国电影《蒂梵尼早餐》的主题曲。奥黛丽·赫本弹着吉他，在防火梯上吟唱《月亮河》，催人泪下，成为一个永恒的场景，那一幕也是电影史上最令人感动的镜头之一。但这首歌同当时广播和高音喇叭里激越雄壮的革命歌曲显然极不协调。革命的势头越来越强劲，小开也越来越小心。他关上门，拉上窗帘，躲在房间里偷偷欣赏。他的一些朋友也很喜欢这首美帝的"靡靡之音"，常常跑到小开家里偷听。这样过了好多年，"文革"开始了，《月亮河》的唱片无疑会被查抄，可谓劫数难逃。他的不少朋友都听过这张唱片，想保密肯定是保不住的。于是，对这张唱片的查抄和小开他们对这张唱片的保护的拉锯战开始了。红卫兵三番五次地上门抄家，想找到这张唱片的下落，结果每次都是空手而归。这其中有多少惊心动魄的情景，需要我们用想象去填充。抄家者气急败坏，他们要打开缺口，找到这张唱片的下落。他们抓走了小开的后妈，一个美丽风雅的姨太太，严刑拷打了三天三夜，其间用了怎样的手段和刑罚，我们也只能去想象。但令抄家者意想不到的是，这个温婉柔弱的女人，竟然有红色电影里的革命者那样的坚强意志，怎么也不肯说出唱片的下落。三天后，满身伤痕的姨太太被放出来了。回到家里，她目光呆滞冷漠，什么话也没说，走到窗子跟前，纵身跳下，不料落地的时候正巧碰上电线，她的头被割断，鲜血飞溅，人头落地。抄家者对于这张唱片的追缴也就到此为止了。"文革"结束后，当年偷听《月亮河》的年轻人重新聚在一起，静静地听着《月亮河》。不过，唱片的纹路已经模糊不堪，只能隐约听见幽婉的咏叹。听了这个真实的故事，我不禁在想：这个旧上海走过来的姨太太，在遭遇暴刑之后，是否也如《农民》中的女主人公一样，用目光安慰自己的孩子，在镜子里对视自己脸上的伤痕，在纵然一跃的瞬间，她是否看见了奥黛丽·赫本抱着吉他，在防火梯上吟唱？可惜在"文革"叙事中，我们很少看到这种"不自由毋宁死"的对自由和诗意的叙写。我们小说中的上海叙事，钟情于爱慕虚荣、自私无比的选美小姐，那个渴望自由、呼唤诗意的姨太太，被淹没在风花雪月、摩登浮华之中。

我们的当代小说，缺少上述的对自由和诗意的向往。究其原因，就是我们的小说家很少完成精神上的现代化，很少能够抵达精神自由的境地。他们并未体验到自由、获得内在的自由，因而也很少或者很难给人物以自由。我们的小说家眼里的自由和诗意，不是安安静静地活着、消消停停地写作，就是想写什么就写什么、想怎么写就怎么写。小说家的主体性和自律性是同步共生的，小说的自由既不是原原本本地将生活中丑陋肮脏的一面原汁原味地呈现给读者，也不是顺从市场的需求，炮制精神上缺少含量的庸俗之作。自由是属于人类每个个体的权利。约翰·密尔在《论自由》中，阐明了个人自由在社会中的限度。首先是"意识的内向境地"，需要"最广义的良心和自由"；其次是有个人的"趣味和志趣"；再次是有个人之间联合的自由，但须无害于他人，"任何人的行为，只有涉及他人的那部分才须对他人负责。在仅涉及本人的那部分，他的独立性在权利上则是绝对的。对于本人自己，对于他自己的身和心，个人乃是最高主权者"[①]。由此我们可以归纳出，在意识的领域内每个人有表达思想、情操、良心和意见的自由，但这些不能涉及他人，不能对他人构成危害、带来坏的影响，只有这样的自由，才是真正的自由。而小说家写出小说来，除了卡夫卡等少数作家是为自己写作不愿公之于世之外，绝大多数小说家的写作是面向社会和大众的，因而小说也可以视为一种作家个体心灵孕育的面向众人的社会文化活动。作家当然要忠于自己的心灵，但不能无限夸大人的动物性，不能置人类最基本的道德、伦理和规范于不顾，最起码不能抱有欣赏赞同的态度，不能将人的动物性的一面毫无遮掩地表现出来，这正如每个人没必要也没意义要将自己每天的排泄告诉别人。同时，小说写作也不能置人类最基本的道德于不顾。如以色列作家阿摩司·奥兹所著《一样的海》中写到六十岁的达农，妻子刚刚去世，儿子里科去了西藏旅游，这时候儿子的女友蒂塔住进了家里。蒂塔打开了达农的记忆，诱惑了达农并同其乱伦。蒂塔将自己的

---

① [英] 约翰·密尔：《论自由》，许宝骙译，北京：商务印书馆 2013 年版，第 10 页。

所做所想写信告诉了男友里科。里科在孤独时同一个年龄跟自己母亲相仿的妓女上了床，这时候，他对自己女友和父亲的这种关系也释然了。在给蒂塔的信中，里科这样写道：

> 没有关系，你让我父亲，一个瘦弱，如孩子般的人，到浴室看你的身体。让他看吧，没有关系。我喜欢这主意。你牵着他的手，放在你身上不同的部位，让他感觉。他看了你，没有关系，他摸了，也没有关系。毕竟，他立即退缩了并逃到雨中碎纸遍地的大路上茫然地游荡。没伤害到谁。没有关系，毕竟，在我是婴儿的时候，他的妻子给我喂了奶，给我换了尿布，然后哄我在她怀里睡觉，现在我的妻子对他做同样的事。不久他会变成一个婴儿。

这种写作的自由显然违背了最基本的伦常，可惜的是作者对此抱有欣赏的态度，觉得唯独如此，似乎才可以表现人的孤独。再看看有人是怎样评论这个情节的："在这段'没有关系'的文字中，我看到了无数的镜头，大雨中的父亲，青春的身体，意念里让人颤抖的欲望，母亲，甚至还有最为纯真的孤独感。我们每一个人，都是从婴儿成长，我们食用人世间的尘埃和道理，长大成人，最终，我们将拥有足够的孤独，变回婴儿。"[①]这种看似带有主体性的自由并未遵从人类的共识和心灵的自由法则，因而也是矫饰的、伪善的、极不道德的。自由并不是随心所欲的放纵，而是能在一个被人类文明或者社会承认

---

① 赵瑜：《巫师一样的小说语言——阅读阿摩司·奥兹著〈一样的海〉札记》，《文学报》，2012年 8 月 30 日。

的普遍价值和自由空间里自由活动。

　　小说的职责，就是在精神的维度上维护人的自由、尊严，表达生活的温暖和诗意。陀思妥耶夫斯基在劫后余生写给哥哥的信中说道："生活终究是生活，生活存在于我们自身之中，而不在于外界。以后我身边会有许多人，在他们中间做一个人并永远如此；不管有多么不幸，永不灰心和泄气，这就是生活的意义和它的任务。……我的心还在跳动，还是原来那样的血肉之躯，他有爱，有痛苦，有怜悯，有记忆，而这一切终究是生活，On voit le solei(阳光普照每个人)！"[①]对于陀思妥耶夫斯基而言，生活和命运对于他过于无情：自幼体弱多病、癫痫、糟糕的兵营生活、西伯利亚的死刑犯、被赦免后又在西伯利亚当苦役和列兵十年……但他像约伯一样，口中没有半句亵渎神灵的话。他靠什么活着？——正如他喜欢引用的泰伦提乌斯的话所说的："人没有权利回避和忽视世上的一切，在这一点上，存在着最高的道德理性：我是人，人类之事没有不关乎我的。"[②]他自己则阐释得更为透彻："自觉自愿的牺牲，在充分的意识中、自由地独立于任何强制的牺牲，为所有人的利益而做的自我牺牲，在我看来，这正是个性最高发展的标志，是它最高级的标志，标志着对自身的一种完美拥有，一种最大的自由意志……"[③]愿我们的小说家实现"对自身的一种完美拥有，一种最大的自由意志"，让作品中的"阳光普照每个人"！

---

① [俄]《陀思妥耶夫斯基书信选》，冯增义、徐振亚译，第 45—46 页。
② [法] 纪德:《关于陀思妥耶夫斯基的六次讲座》，余中先译，桂林：广西师范大学出版社 2006 年版，第 11 页。
③ [法] 纪德:《关于陀思妥耶夫斯基的六次讲座》，余中先译，第 25 页。

"如同堂吉诃德那样挺起长矛冲向风车"
——论小说的反叛精神

　　小说家有很多写作的理由，但有一点是共同的，那就是他们不能适应现实生活，因而孜孜不倦地创造另一个世界，借此疏解内心的冲突，获得心灵的平静和精神上的安慰。可以这样认为，小说家是对现实说"不"的人，他们是现实的反叛者。他们拒绝而不绝弃，高举反叛的大纛。如果他们认同现实生活，小说就失去了存在的理由。在对现实的反叛中，小说家透视现实、反观历史，并力求对其获得深刻的理解，从而使生活获得永久的意义。略萨说："凡是刻苦创作与现实生活不同生活的人们，就用这种间接的方式表示对这一现实生活的拒绝和批评，表示用这样的拒绝和批评以及自己的想象和希望制造出来的世界替代现实世界的愿望。那些对现状和目前生活心满意足的人们，干吗要把自己的时间和精力投入创作虚构的现实这样虚无缥缈、不切实际的事情中去呢？"①米兰·昆德拉也认为，小说是人类发明的抵抗不幸的最佳武器。它的魅力及承载的意义就在于怀疑、批评、拒绝和反叛现实，自由地表达对生活的看法，抒发内心深处真实的信仰，建构理想的生活情境，从而弥补和安慰现实生活的不足。而且，这种怀疑、批评、拒绝和反叛，从一开始就是非常坚决和彻底的。否

---

① ［秘］略萨：《给青年小说家的信》，赵德明译，上海：上海文艺出版社2004年版，第6页。

则，他们就缺乏写作的动力和支撑，也无法深入时代的五脏六腑以及自己的灵魂深处。正如略萨所言："重要的是对现实生活的拒绝和批评应该坚决、彻底和深入，永远保持这样的行动和热情——如同堂吉诃德那样挺起长矛冲向风车，即用敏锐和短暂的虚构天地通过幻想的方式来代替这个经过生活体验的具体和客观的世界。"①实际上，伟大的小说家都是堂吉诃德式的勇士，他们勇猛地向一切虚伪的、腐朽的、落后的和专制的东西冲锋，捍卫人类一切美好的东西。堂吉诃德宁愿舍弃生命，也不愿放弃理想和信仰；他虽然承认自己的失败，但从不灰心丧气。在塞万提斯的《巴拿索神山瞻礼记》中，诗神阿波罗为每个诗人备有座位，唯独没有塞万提斯的，他只好站着。阿波罗让他把大衣叠起，坐在上面，可塞万提斯连大衣也没有。塞万提斯清醒地知道自己的遭遇和命运，这实际上也是无数伟大小说家的命运。但他还是倔强地举起了长矛，拉开了欧洲现代小说的帷幕。他塑造的掺和着自己遭遇的堂吉诃德，也赢得了海涅的眼泪和掌声，屠格涅夫的震惊与倾倒，以及一切反叛现实者的由衷尊敬。

小说的铁锚，深深地扎根在活生生的现实之中。小说家从现实出发，又摆脱了现实的羁绊和束缚，他们走出日常生活的重复性世界，成为关注自己内心的个体。小说"帮助人能理解自己，提高他对自己的信心，发展他对真理的志向，反对人们的庸俗，善于找出人的优点，在他们的心灵中启发羞愧、愤怒、勇敢，把一切力量用在使人变得崇高而强大，并能以美的神圣精神鼓舞自己的生活"②。伟大的小说家，无论是"我粉碎一切障碍"的巴尔扎克式的作家，还是"一切障

---

① ［秘］略萨：《给青年小说家的信》，赵德明译，第6页。
② ［苏］牟雅斯尼柯夫：《高尔基与文学问题》，转引自赵侃等《高尔基与俄罗斯文学》，上海：新文艺出版社1957年版，第44页。

碍粉碎我"的卡夫卡式的作家，无不是脱颖而出的时代逆子，把同时代的人抛在后面。当他们心灵与现实的冲突不可阻遏时，就突破现实生活与自身的束缚，迎来了小说的怀胎分娩。普通人中当然也有对现实不满者、内在生命和外在生活格格不入者，但他们缺乏小说家的敏感和创造的勇气，也可能是由于对小说不屑一顾、内心匆忙或者拙于表达，那些构成小说家血肉的心灵上的细节以及悸动被忽略了，倒不是起初决心委身小说的小说家有高于他们的天赋。因而，勇气和敏感是小说家完成反叛的先决条件。他们要摆脱世俗的成见和一切束缚，获得心灵的自由和人格的独立，能够站在人类的高度去表现生活、存在及其冲突。在现实生活中，小说家往往是失意者、失败者，通过小说，他们吐露隐衷，扩展和丰富了自己的生命，抵御了伤害和不幸，呼唤合理而诗意的生活，并衍生出对生活意义的思考——这样的生活合理吗，生活的意义是什么？古今中外的伟大小说家，无不是马尔克斯所说的"啄食社会腐肉的秃鹫"，并以此为食物，吐纳孕育出健康、鲜活的具有人类共同价值和意义的精神能量。十九世纪的俄罗斯小说之所以至今仍然能发出辉煌的光焰，就在于它们穿透了阴霾重重的时代，用伟大的心魄安顿抚慰了人们的心灵。它们既容纳了生活的阴霾，也包含了生活的阳光，始终贯穿着道德和精神的紧张和冲突，而且处理得不偏不倚，合理熨帖。我们缅怀十九世纪的小说，是因为它们宽容博大，兼容并包，有令人压抑崩溃的阴霾，但也不会忘记阳光和诗意；有讥讽和嘲弄，也不失善意的理解和同情。而且，它们总是坚定地植根于道德界限清晰的世界，浇筑塑造自己的人物，给人类提供经验、食粮、抚慰和希望。

小说家的反叛，是对不合理的现实说"不"，同时他们又对理想的生活说"是"。反叛并不意味着否定现实生活，而是在对现实的批评之上生长出符合生活目的和意义的东西来。这种否定不是简单的逃避，最起码不是灵魂的后退，而是在现实生活的基础之上，重新编排生活事件，经过小说家创造性的精神活动，建立起与现实世界迥然不同的另一世界。正如略萨所言："写小说不是为了讲述生活，而是为了改造生活，给生活补充一些东西。"①小说在诞生的同时不但完成了对现实的反叛，而且也渗透着作者对另一种生活的认同和肯定。比如陀思妥耶夫斯基控诉"罪恶和铁路的时代"的《白痴》，读过的人谁也忘不了美丽高洁的娜斯塔霞怒焚十万卢布的惊心动魄的场面，不会不为她的身世而感到悲愤。在美和尊严成为金钱和权利的交易品、人们锱铢必较的时候，她成了悲愤女神。她看穿了世间的虚伪和丑恶，以自我毁灭的方式，来反抗这种亵渎。难以忘记的还有那个"完全是一个孩子，简直就是一个婴儿"的梅什金公爵。他患有癫痫，自小离开祖国，在瑞士封闭宁静的山村长大，因而他具有超凡脱俗的天真和圣洁，是陀氏理想中的"圣徒"。在那个充满欺骗嫉妒和敌意仇恨的世界里，他宽容忍耐一切，以自己的怜悯和同情来呵护、解救受到蹂躏的美。他不避利害、无所企求，以悲悯之心对待那个复杂而又肮脏的世界，守护着一切美丽而圣洁的东西。他舍身饲虎，搭救被男人们侮辱的娜斯塔霞。尽管他解救不了任何人，甚至也救不了自己。娜斯塔霞被害后，他像傻子一样，同罗戈任共同守护在她的尸体旁边。梅什金公爵是陀氏理想中的基督，他宽容而温顺，坚忍而博爱，悲天悯人，以德报怨，但在冷酷无情、残忍争斗的"罪恶和铁路的时代"，却成为别人痛苦不幸的缘由。他的同情和怜悯，不但毁灭了两个女性，同时也毁坏了自己。他想用美来拯救世界，结果是他基督式的圣

① ［秘］略萨：《谎言中的真实》，赵德明译，昆明：云南人民出版社1997年版，第72页。

行和作为不但未能拯救世界的苦难，而且连其美德也被这可恶的世界一起毁灭了。他只能离开俄罗斯，又回到欧洲的疯人院成为彻底的白痴。美丽而圣洁的东西，在这个罪恶的时代无法生根。其无可挽回的毁灭，给我们灵魂带来震惊、洗礼以及对美丽圣洁的永恒向往。陀氏揭示了他的理想人物无法在那个社会里生存的本质原因，同时也唤起人类对美和圣洁的深情向往。

　　小说家的反抗和拒绝，不是简单地直陈和宣告，而是复杂而含混地以艺术的形式呈现出来。他们的反抗并不就某个问题提供无可辩驳的答案，而是表现生活无穷无尽的形式和样态，呼唤合理而美好的生活，使得人类更热爱生活。以《安娜·卡列尼娜》为例，不少平庸的读者认为这部小说的主题就是私通与惩罚，他们简单地判定安娜·卡列尼娜是错的，或者卡列宁是对的，判定这是一部关于私通遭遇惩罚的小说，是十九世纪小说私通主题的伟大变种，等等。这显然误读了这部伟大的小说，背离了对小说精神的认知。单就女性而言，除了安娜，我们可以看到那个时代中一群妇女的生活遭际。多莉是个很不幸的妻子，她忠实地履行着传统妇女的角色，生儿育女，相夫教子，可是她的丈夫斯季瓦却出了轨，她没有办法。她不但要忍受丈夫在外寻花问柳的风流韵事，还要维持这个庞大家庭的正常运转。她在备受养育多个子女的折磨、家庭经济陷入困境的时候，偶尔也思考人生的意义和价值。她羡慕安娜为灵魂、为自己尘世的幸福而不是为上帝而活着。人们谴责安娜的时候，多莉反问道："他们谴责安娜，为什么？怎么，难道我就比她好吗？"她甚至觉得，"安娜这一步走得太对了，我说什么也不会谴责她。她自己幸福，也使另一个人幸福，不像我这样备受折磨"。还有伯爵夫人莉季娅。她结婚两个月就被丈夫抛弃，两人分居，婚姻有名无实。她自此爱上了无数个人，从来没有认为需要离婚。列文的女管家，她更像一位朋友而非仆人。还有帮助多莉从家庭事务中解脱出来的那位农村妇女，她的孩子死了，她说"上帝为我减轻了一点负担"，少了一张吃饭的嘴。这群妇女的生活重复而无聊，精神没有寄托，没有任何出路可言。托尔斯泰谴责她们，又理解她们、同情她们。他自己的内心，也一直处于谴责和同情的冲突之中，这在小说的题记"伸冤在我，我必报应"中已经得到了暗示。在小说中，我们看不到攻击和复仇，而是浓烈地感受到映照全书的爱、宽容和理解。我们可以这样说，托尔斯泰是通过家庭问题、婚姻问题和女性问题，容纳整个时代，并在其中贯穿他对灵魂、宗教问题的深刻思考。在《安娜·卡列尼娜》中，我们可以看到托尔斯泰"屡次以一种讽刺的或剧烈的形式批评当时的俄国社会，这社会是为他在将来的著作中所不住的攻击的。攻击谎言，攻击一切谎言，对于道德的谎言，和对于罪恶的谎言同样看待，指斥自由论调，抨击世俗的虚浮的慈悲，沙龙中的宗教，和博爱主义！向整个社会宣战，因为它魅惑一切真实的情操，灭杀心灵的活力！在社会的陈腐的法统之上，死突然放射了一道光明"①。这些蕴含，那些平庸的读者却看不到也读不懂。

　　小说家反叛现实，必然要溯及历史，现实和历史之间或隐或现的关联必然会在小说中得以呈现。一个没有历史反观与未来远视的作家，他的反抗也肯定缺乏深度。"艺术家的精神是远视的，世人看得很重的事情，他视而不见，然而他与未来对话。"②小说家不但与未来对话，也必须与过去对话。在对现实的揭示和反叛中，深刻的小说家绝不会放过历史的辐射影响。当然这不是以历史家的材料论证，而是

①　傅雷：《傅译传记五种》，北京：十月文艺出版社 2004 年版，第 300 页。
②　[法] 巴尔扎克：《论艺术家》（二），载艾珉、黄晋凯选编《巴尔扎克论文艺》，袁树仁等译，北京：人民文学出版社 2003 年版，第 12 页。

以小说的形式对历史进行反叛和重塑，并摆脱了专业历史学的束缚，往往提供比历史学、社会学和统计学更多更准的历史认知和判断。如《白鹿原》中鹿兆海和白灵"掷铜元"决定入共产党还是国民党的情节，在一些批评者看来，这是对宏大革命叙事的解构。在我们的革命历史叙述中，共产党人在入党之前，就已经有岿然不动的革命信仰和钢铁一般的革命意志。"掷铜元"的细节，并不是陈忠实的面壁虚构，而是他在真实的历史事件的基础之上进行的小说虚构。阅读《白鹿原》之后，我阅读了一些当年革命者的历史传记，不得不惊叹小说在反叛矫正宏大历史叙事方面的巨大作用。第一次国共合作时期，国民党和共产党都积极在青年学生中发展党员，在黄埔军校读书的杜聿明同时收到了国共两党的党员登记表和阅读材料。国民党的阅读材料是很薄的《三民主义》，共产党的阅读材料是很厚的《资本论》。杜聿明比较了一下，《三民主义》很薄，很好读，很快可以读完；而《资本论》，他读不下去，那么厚，不知道何年何月才能读完。所以，他选择了国民党。在他这里，没有坚定的革命信仰，完全是偶然的纯粹个人化的选择。这和《白鹿原》中"掷铜元"异曲同工，何等相似！小说免不了和历史对话。小说家选择怎样一个视野，以怎样的眼光来审视历史的变迁和现实的由来，以及由此因缘际会导致的生存现状，对于一部小说而言，是尤为关键的。同历史对话的深度，实际上也代表着小说家思考的能力，决定了小说的深度。当然，小说和历史完全是两码事。如果说历史是从外部来揭示人类生活的变化的话，小说则是从人的角度，从人类生活的内部去揭示人类的生活嬗变，并对历史从外部即政治、战争、经济、文化等角度寻绎人类发展变化的方式发起了攻击。因而，小说不但反叛现实，还攻击历史，是历史勇敢的反动者，并比历史提供更多真实的东西。

小说在造历史的"反"的同时，也要置身于自己的发展历史当中，造自己的"反"。任何小说家的写作无不是对之前作品的历史意识与美学经验的回应，包含着继承既往经验和突破束缚的努力。小说家只有在美学上提供了比之前小说新鲜的东西，发展了某个方面，或者创造了某个方面，才能使得小说的血脉延续下去。如果小说家没有置身于小说发展的历史当中，没有明晓自己的创作哪些是重复、模仿，哪些是创造、发展，将自己置身于小说发展的历史之外，那么，他们就如盲人骑瞎马、井底观苍天，只能在自己的小天地里陶醉，只能是小说家前辈驯服的臣民，"造反"也就无从谈起了。我们之所以对当前的小说创作普遍失望，不仅仅因为这些作品只是用光秃秃的速记符号捕捉到了生活的奇光异彩，鲜明地描摹出生活屏幕上的丰富表情，还因为这些作品智力贫乏，缺乏美学上的发展和创造，置身于小说的发展历史之外，没有在艺术上提供任何新的东西。因而这些作品一闪即逝，即使能给我们短时间的新鲜之感，但很快就被无情地淘汰了。这真如白居易的诗句所描绘的——"乱花渐欲迷人眼，浅草才能没马蹄"！比如莫言，就小说艺术的发展而言，莫言没有积极意义上的推进和贡献。他的小说暴力、血腥、恐怖，痴于描写酷刑、杀戮以及各种变态的欲望；叙述既有对福克纳、马尔克斯的生硬借鉴，也有对中国传统小说叙事的承袭，而且形成了模式化的套版，作品的场景和情节屡屡重复；文字恣肆放纵，粗俗芜杂，文白搅和，中国文字的典雅、含蓄、优美荡然无存。如此等等，不一而足。而诺贝尔文学奖评委会认为他的作品是"福克纳和马尔克斯作品的融合"，"很好地将魔幻现实与民间故事、历史与当代结合在一起"（"who with hallucinatory realism merges folk tales, history and the contemporary"）[1]。

---

[1]　http://sx.sina.com.cn/news/shenghuo/2012-10-11/193222468.html。

这段话云里雾里，含混不清。魔幻现实主义不是魔幻加现实，也不是
将现实魔化。拉美的"魔幻现实主义"最本质的精神，是在魔幻中见
真实、在荒诞中寓深意，终而落到干预社会、反抗寡头、反抗专制和
反抗独裁的最终目的上。拉美颇具代表性、颇有影响的魔幻现实主
义小说，胡安·鲁尔福的《佩德罗·帕拉莫》、安赫尔·阿斯图里亚
斯的《总统先生》、马尔克斯的《百年孤独》和《家长的没落》、阿莱
霍·卡彭铁尔的《方法的根源》等等无不如此。而莫言作品中的所谓
魔幻，多是荒诞不经、耸人听闻、令人头皮发麻的杀人剥皮、酒缸撒
尿、檀香酷刑，这些带有离奇色彩和虚幻的内容，却不具有普遍意
义。如果认为这样的"幻想文学"是"魔幻现实主义"的话，那就大
错而特错了，魔幻现实主义大师马尔克斯不知作何感慨！我们可以说
莫言在小说艺术自身发展的历史上，非但没有提供任何新的有价值的
东西，反而将小说艺术拖入了险恶可怕的深渊。别林斯基在批评法国
狂热文学热衷于通奸、乱伦、弑父和杀子的不道德性的时候说，这些
文学"从全面而且完整的生活中仅仅抽引出这些实在是属于它所有的
方面，择其一点而不及其余。可是，在作出这种由于片面性而已经是
十分错误的选择的时候，文学的无裤党们遵循的不是为自己而存在的
艺术要求，其目的却是为了证实自己的个人信念，因此，他们的描绘
没有任何可靠性和真实性，更不要说他们是蓄意对人类心灵进行诽谤
了"[①]。莫言的创作，与其说是"为了证实自己的个人信念"，不如说
是为了享受自己认同的感觉放纵。正如不少人所言：他是一个有感觉
而无思想，有才华而无担当的作家。他的写作，缺乏恒定的普遍的人

---

① ［俄］别林斯基：《现代人》（断片），载《别林斯基选集》（第二卷），满涛译，上海：上海译
　　文出版社 1979 年版，第 74 页。

类关怀和终极价值，缺乏同情、理解和暖意，势必会走向阴暗暴力、血腥自醉的壕沟。在无意有意当中，他也完成了对中国历史、文化、生活和语言的"诽谤"，投合了西方文学对中国文化与现实的偷窥和好奇，他的作品既不能标志我们的文学达到了世界水准，推进了小说艺术的发展，也不能挽救当代文学的整体颓败。这不仅是莫言创作的问题，也是中国当代小说普遍而严重的症候。

小说的反叛在美学领域内表现出勃勃的雄心，小说家们努力建造属于自己的领域或者完善的人物，建立起崭新的精神世界，从而完成对生活、现实的重新认识。因而，在小说家的反叛中，我们既可以看到与现实生活经验的重合部分，又可以在"对现实生活的拒绝和批评"中看到一个与现实生活经验不同的独特部分。小说家出发的地方，实际上就是在这二者之间寻找最为恰当的关节点，在现实的苦难和诗意的阳光之间寻找一个最佳摆渡点，重构生活的理想和意义。正如普鲁斯特所指出的："小说的艺术重建创作本身即那种强加给我们并且被我们拒绝的创作。至少在它的一种形态下，这种艺术旨在选择创造物来反对它的创造者。但是，它还有更深的意义，它与世界或人们的美相结合以反对死亡与遗忘的强大力量。因此，它的反抗是有创造性的。"①即使人类的生存处于最恶劣、最险恶、最艰难的境地，漫天阴霾的缝隙里，依然有人性的阳光。小说家所要做的，就是积聚这些微弱的阳光和不可抗拒的坚韧毅力，正如詹姆斯·B.梅里韦瑟在评价福克纳的创作时所说的，福克纳一生的小说创作努力所做的东西，就是"在人类为自我掌握命运与人性完整斗争中他们主观存在的

---

① ［法］加缪：《置身于苦难与阳光之间》，杜小真、顾嘉琛译，上海：上海三联书店 2011 年版，第 119—120 页。

现实，他们仍然被诱惑要冷漠无情，被拖住后腿而变得步履维艰，但却总是根据'古老的真理'，激励着自己走向道德上的完成"①。选择反叛的同时，小说家获得了现实中无法得到的权利，并受到了新的限制。他们断然拒绝无法容忍的极不合理的现实，同时又坚定地确信人类的正当权利、义务以及普遍的情感爱憎。因而，小说家即是说"不"的人，也是说"是"的人。他们的反抗虽然源于个体，但这种活动在本质上不是自私的，并且超越了个体，他们以决绝的反抗，追求人类带有普遍意义的价值和感情，为生存提供坚实可靠的精神动力和价值支撑。

困难的是如何确定"不"与"是"的黄金分割点，这不仅需要心灵的光辉，同时也需要智慧的丰富。选择这个黄金分割点，小说家不是在铁尺上寻找一个点，而是在具有稳定的精神标杆、价值倾向和道德关怀的整体关照的前提下，调整和选择自己的落足点。对此，加缪主张"正午的思想"，即"地中海思想"，知道世界冰冷，仍要尽力燃烧，反对集权与暴力、悲观与虚无，从不取缔生活的意义。他认为，"为了改变自然的冷漠。我置身于苦难和阳光之间。苦难阻止我把阳光下和历史中的一切都想象为美好的，而阳光使我懂得历史并非一切。改变生活，是的，但并不改变我视为神明的世界"②。如果偏向任何一方，都将使得小说价值的天平难以平衡，人类的存在成为疑惑。如果一味地说"不"，那么生活、存在的意义会被全部抹杀，存在就成为虚无。文学要与人类的苦难保持坚韧的记忆和联系，才是道德的、人性的；但同时也不能对生活的零星的诗意和希望熟视无睹，

---

① ［美］梅里韦瑟：《福克纳随笔·前言》，载《福克纳随笔》，李文俊译，上海：上海译文出版社 2007 年版。

② ［法］加缪：《置身于苦难与阳光之间》，杜小真、顾嘉琛译，第 1—2 页。

而让小说成为装盛不幸和诅咒的容器。就生命个体而言，正如加缪所言，"降生到一个荒谬的世界上来的人唯一真正的职责是活下去，是意识到自己的生命、自己的反抗、自己的自由"。他说过，"如果人类困境的唯一出路在于死亡，那我们就是走在错误的道路上了。正确的途径是通向生命、通向阳光的那一条。一个人不能永无止境地忍受寒冷"①。这实际上也是小说的精神，反抗绝望而不弃绝，深陷在人类精神的痛苦和挣扎中，创造出某种过去从未有过的东西。即使在人类生活最残忍的时期，依然有穿过苦难阴霾的光线，如果看不到这些光线带给人类的温暖和希望，那么人类的生存就毫无意义。如果只看到这些苦难，人类的生存也就取消了意义。奥斯维辛之后，写诗固然是残酷的，但看不见阳光和人性的诗歌却更加残酷。毕竟，人类还要继续在这个多灾多难的地球上生存、生活。如果对生活只是赞同、喝彩，并报以鲜花和掌声，那么就成了奴化的、顺从的宣传式的写作。这样的角色，自然不是小说应承担的，它必将"尔曹身与名俱灭，不废江河万古流"。我们一九四九年后很长一段时间的小说创作，成了意识形态驾驭下的驯良骡子，以至于作家审视自己的创作时发出了这样的喟叹：我们这些作家，人还没死，作品已经死了（李准语）。"文革"结束之后，放声大哭的"伤痕文学"和揭开伤疤的"反思文学"虽然取得了一定的成绩，但绝大多数还是背叛了小说的精神，没有跳出意识形态的牢笼。小说回避不了政治，重要的是小说家站在何处，以什么样的视角去表现人，是不是与人类精神、个人命运、自由、权利、爱意、悲悯等保持饱满健康的联系，笔下的人物是不是冲出了种种限制，而不仅仅是社会现状和政治事件。这也是《静静的顿河》

---

① ［美］福克纳：《阿尔贝·加缪》，载《福克纳随笔》，李文俊译，第115页。

《日瓦戈医生》等大量涉及政治事件的小说能够超越时空的原因。改革开放之后，除了少数小说家能够恪守良心、良知，在灵魂的冲突中写作之外，我们不少小说家又被名誉绑架、被市场裹挟、被金钱俘虏，人类心灵的普遍真实与真理——尊严、关爱、同情、怜悯、牺牲等重要的东西被搁在了一边，小说成了腺体分泌出的欲望、暴力、游戏的展演，成了精神上的痰盂，而不是心灵冲突孕育出的蚌珠。虽然德国汉学家顾彬所说的"中国当代文学是垃圾"有些言过其实、过于偏激，但也击中了中国当代文学的"七寸"。中国当代的小说创作，已经大面积地背离了小说的精神。我们亟须小说精神的重温和回归。

我们捧读莎士比亚、托尔斯泰、陀思妥耶夫斯基等大师们的作品，常常会被生活的阴霾和生存的重压弄得喘不过气来，但从来不会陷入虚无绝望的境地。他们用炽热的精神、恒定的价值、热忱的道德关怀点燃生活的亮光和生存的诗意，从社会、精神和肉体的腐烂溃疡中抬出灵魂的罪恶之虫，同时固执而又倔强地浇灌着微弱而又顽强的精神之莲。灵魂的善恶交织，精神的混沌深邃，打破了我们习惯的善恶判然的界限，使得我们不由得考问生活的目的和生存的意义。正因为如此，他们"置身于阳光和苦难之间"的作品才超越了时空，成为人类精神天宇的太阳，永远普照和抚慰着人类。

"谎言中的真实"与"真实中的谎言"
——论小说中现实与虚构的关系

    对小说这种充分实现主体自由的文体而言，现实与虚构的关系是小说家创作时面临的核心问题。表面看起来，这二者似乎朝着两个方向前进，有着不可调和的张力，但对于杰出的小说家及其作品而言，二者却如同血与肉一样难以分开，实现默契自然的融合。现实是虚构的支点，虚构则提升了现实，使现实摆脱了庸俗，赋予了存在以价值和意义。小说从某种意义上来说，是小说家同现实结缘之后的虚构创造。英语世界中，"现实"和"真实"对应的是同一词reality，其"如'真理''自然'或'生命'一样，在艺术、哲学和日常生活语言中，都是一个代表着价值的词。过去一切艺术的目的都是真实，即使它说的是一种更高的真实，一种本质的真实或一种梦幻与象征的真实"①。小说中的现实，无论我们贬低小说的意义或者抬升小说家虚构与创造的能力，都无法脱离真实，不过，如何抵达这种"更高的真实"或"本质的真实"却殊非易事。如果小说家按照"模仿论"或者按照某种预设的"主义"重塑现实，极易斩断小说自由的翅膀，甚至使其沦

---

① ［美］R.韦勒克：《文学研究中现实主义的概念》，载R.韦勒克《批评的诸种概念》，丁泓、余徵译，成都：四川文艺出版社 1987 年版，第 216 页。

为生物病理学的调查报告或意识形态的传声筒。①反之，如果脱离现实任意虚构，虽有极少数人可能在小说技艺的探索上有所贡献，但一旦风靡，就会砍断小说扎在现实生活深处的锚头，使其成为凌空高蹈的"太空漫步"。中国二十世纪九十年代深受博尔赫斯、卡尔维诺、罗布·格里耶等影响的"先锋小说"，迷醉于叙事实验、语言实验和虚幻臆想，混淆现实与虚构的界限，营造扑朔迷离的幻觉世界，沉浸于暴力、神秘与粗俗污秽，虽然丰富多元了叙事形式、文体意识和美学形态，但却带给我们深刻而峻切的警示。

　　现实与虚构的关系暧昧漫漶，一些杰出的小说家虽然在创作中处理得恰如其分甚至游刃有余，在表述上却言人人殊，迷离模糊，弥漫着神秘和玄机。如高尔基干脆就说："你尽管撒谎，不过要撒得使我相信你。"②略萨则说得更为令人惊诧："确实，小说是在撒谎（它只能如此）；但这仅仅是事情的一个侧面。另一个侧面是，小说在撒谎的同时却道出了某种引人注目的真情，而这真情又只能遮遮掩掩、装出并非如此的样子说出来。"③这不仅因为小说无法像镜子那样反映现实，更因为基于现实之上的虚构是"以一种难以确立的方式完善生

---

① 谈及现实必然会涉及现实主义理论，本文无意从理论上讨论现实主义的渊源流变。一是现实主义这一概念的准确含义具有时代性和不确定性，其如韦勒克所言，"它的历史和未来，都在汗牛充栋的著作中被无休无止地讨论着，其规模是我们在西方难以想象的"（R.韦勒克：《文学研究中现实主义的概念》，载R.韦勒克《批评的诸种概念》，第223页），非笔者能力所能及。二是一九四九年之后，现实主义在中国的"能指"与"所指"严重错位，"现实主义"一度名声败坏。新时期以后，现实主义被指落伍，遭到抛弃和奚落。当然这不是现实主义的问题，而是我们混淆了现实主义，别有用心地绑架现实主义。我们不少人跳不出唯名论的束缚，没有真正理解现实主义，文坛也很少有彻底实现现实主义精神实质的写作实践。三是本文拟从小说家创作时要处理的现实出发，探讨现实与虚构的关系问题，现实主义理论虽偶有涉及，但并非本文主旨。
② ［苏］高尔基：《论散文》，载高尔基《论文学》，冰夷、满涛、孟昌、缪灵珠等译，北京：人民文学出版社1979年版，第399页。
③ ［秘］略萨：《谎言中的真实》，赵德明译，第71页。

活，给人类的体验补充某种人们在实际生活中找不到，而只有在那种想象的、通过虚构代为体验的生活中才能找到的东西"①。这种撒谎或者虚构是人们不肯妥协、反抗现实的产物，是对不理想生活的安抚和补偿。因而，略萨将小说视为"谎言中的真实"，但这条路并不好走，"这条路（在小说的天地里，真实与谎言之路）上布满了陷阱；地平线上出现的诱人的绿洲往往是海市蜃楼"②。不过，现实与虚构的关系并非"羚羊挂角，无迹可求"，如果我们仔细考察分析，还是可以抽绎归纳出一些必须遵循的律则。

帕乌斯托夫斯基将虚构比作"永世不没的太阳和神祇"，"这个耀眼的太阳只有和大地接触才会燃烧，它不能在空中发光。在空中它会熄灭"③。小说虚构的目的不在于新鲜猎奇，即使最为大胆和自由的虚构，也是从现实中汲取素材，根据事物的普遍逻辑，保持同生活脐带似的联系。小说中的现实，"这个经过创作者魔术般的艺术化作了虚构的现实——话语和秩序——却依然同它脱离出来的那个东西保留着一条脐带（无论如何，为了成为一部成功的虚构小说，也应该保留着这根脐带）：小说对生活的这一幻化所显露出的和让人可以理解的某种人类的体验和想象"④。对小说家而言，无论其如何掩饰，人们还是不难从他们的作品中寻绎出他们的生活经验与艺术积存。小说家如同传说中偷东西的喜鹊一样，抓住现实生活中珍贵的东西，可能是某句话、一句诗、一张笑脸或一件可笑的事情，不知不觉地藏在自己的记忆里。就像一粒种子，隐藏在土地里，蛰居着、蠕动着、发育着，默

---

① ［秘］略萨：《谎言中的真实》，赵德明译，第 291 页。
② ［秘］略萨：《谎言中的真实》，赵德明译，第 71 页。
③ ［苏］帕乌斯托夫斯基：《金蔷薇》，戴骢译，桂林：漓江出版社 1997 年版，第 149 页。
④ ［秘］略萨：《谎言中的真实》，赵德明译，第 322 页。

默地等待时机破土而出。一旦气温环境合适，记忆就会重现、变形、扩大甚至膨胀，登上虚构的马车飞腾起来，成为新颖别致的具有陌生化效果的艺术创造。比如魔幻现实主义的经典之作《百年孤独》中的黄色蝴蝶缠绕着毛利西奥·阿拉卡达加、美女雷梅迪欧飞上天空、长猪尾巴的孩子等，无一不是现实生活经验在理想创作状态下的飞腾和升华。关于现实和想象，"我们把一切根据我们对世界的体验而可以辨别和证实的人、物和事件称做'现实的'或者'现实主义的'；反之，把不可辨别和证实的一切称做'想象'的。这样，'想象'的概念就包含大量不同的级别：魔幻的、神奇的、传说的、神话的，等等"①。虚构作品的活动是在有限的现实层面进行的，现实世界包含着客观层面，也包含着幻觉、幻象和想象等主观层面。小说家的独创性往往集中体现在现实层面上，"要找到（或者至少凸现）生活的、人类经验的、生存的一个方面或者作用，而它此前在虚构中被遗忘、被歧视、被取消了；现在它在小说中作为占据主导地位的视角出现，为我们提供了对生活观察的前所未有的新视野"②。现实层面可以依据我们的体验来辨别认识，非现实层面或者想象层面也并非空穴来风、不可体验和认识，通过客观上合法化或者已经深深扎根流传的神话、传说、魔幻等，非现实层面会极其自然地完成向现实层面的转化。我们阅读《百年孤独》《人间王国》《佩德罗·巴拉莫》等拉美魔幻现实主义作品，几乎忘记了是在阅读，而是同作者一样，生活在他们虚构的艺术世界之中。我们和作者都明白："那不是历史客观现实，而是被一个民族的轻信给非现实化的现实，这个民族还没有放弃巫术、幻

---

① [秘] 略萨：《给青年小说家的信》，赵德明译，第85页。
② [秘] 略萨：《给青年小说家的信》，赵德明译，第94页。

术、非理性的活动"①，他们生活在神奇的现实之中。中国小说家在借鉴拉美魔幻现实主义时，往往忽略了地域和文化的差异，自我陶醉，结果出现了"橘生淮南则为橘，生于淮北则为枳"的尴尬。这在余华的长篇《第七天》上表现得尤为明显。对于中国小说家而言，让鬼魂担当小说的叙述者或者主人公，是否能走出传统观念的藩篱，无疑是极富挑战的写作冒险。对于读者而言，小说中的"彼岸"世界不过是纷扰喧哗的"此岸"世界的复制、挪移或倒影，并没有衍生出具有精神意义的崭新生活。《第七天》在对鬼神以及"彼岸"世界的理解和表达上，既不是彻底的基督教世界的"彼岸"世界，也不是纯粹的中国传统鬼神观念里的"彼岸"世界。小说中既可以看到中国观念里"彼岸"世界的高低贵贱、贫富美丑，也可以看到基督教世界里的众生平等和静穆祥和。中西鬼神观念杂糅并陈，前矛后盾，扞格别扭。更匪夷所思的是，余华要用西方世界对基督教的虔诚和皈依，来为在生存线上挣扎的中国芸芸众生寻找出路，那就是放弃希望，放弃抗争，到第七天这个"圣日"休息。余华的这种虚构，东西杂糅，逸出了中国文化传统，悬空于生活现实的土壤，同时也漠视了读者。对此，塞万提斯的提醒依然令人深思："虚构的作品须和读者的理解力相适合，因此写作时应该把不可能的写得仿佛可能，把丰功伟绩写成确是人力所能及，考虑要周密，这样就会使读者感到惊奇，心弦随着故事变化而张弛，感到激动，同时也感到无限的喜悦，从而使惊异和愉快两者如形影相随，密切结合。任何作家如果离开了切近真实的准则，或是离开了一切创作臻于完善所必经的模仿自然的道路，那么所

---

① ［秘］略萨：《给青年小说家的信》，赵德明译，第96—97页。

有上述的一切就不可能达到。"[1]

阎连科的被誉为"神实主义"力作的《炸裂志》，在处理现实与虚构的关系时，也暴露出严重的问题。《炸裂志》以地方志书的写法，分舆地沿革、人物、政权、传统习俗等，荒诞地讲述一个叫炸裂的村子，受到梦的启示和驱使之后命运突变的故事。权且"不说一个小乡村路上能捡到什么物件，来昭示自己的未来，就说这些个梦的预言，也难免略显奇怪。这样情节安排无非是为了说明，一个小乡村将要按照自己的命运去拓展自己的疆土，身处其中的村民们，敏锐捕捉到了外界变化，顺应潮流，起早大干一场。为了衔接这个逻辑，寄托于梦境是安全的，也是很'传统'的，看到这里，我们当然可以说这是作家的想象力，并无好坏，但联系到后文无比写实的地方经济发展现实写照，这样一个'梦的解析'也就有些草草开场的意味了"[2]。梦是小说的逻辑起点，钱、权、性是实现梦的三个巨大的推手，用这样三个关键的词来诠释炸裂村游戏升级版的变革，简化了历史，可以说是思想上的偷懒。小说的人物如同木偶一般，形象性格上没有变化发展，无一不是作者所谓"内因果"的操纵。妓女的形象和力量被作者无限放大，有人质疑道："她们简直是想干什么就干什么，想干成什么就一定能干成什么。她们成了一切社会变动的内在决定要素。……在各个关键时刻，妓女都能起到决定性作用，对官员、对教授学者、对平常百姓，无不奏效，她们甚至以大规模出动的形式，彻底改变了重大民主选举的结果。妓女有这么大的能量，性有这么大的功能？这个社会到底是性决定权和钱，还是权和钱决定性？权和钱和知识的掌

---

[1]　[西] 塞万提斯：《堂·吉诃德》，《文艺理论译丛》，1958 年第 3 期。
[2]　张凤林：《阎连科〈炸裂志〉：神实主义还是"常识主义"？》，《文学报》，2014 年 1 月 10 日。

控者们，真是如此缺乏理性，连本和末都搞不清？"[①]书中罗列了大量的社会现象，偷盗致富、裸体盛宴、买官卖官、小姐泛滥、面子工程、豆腐渣工程、土地流失、白纸条威力等，我们看不到击穿现实的描摹，看不到击透现象的思考，感觉不过是用钱、性和权三条细线穿起来的网络奇闻、社会百态而已。关于"神实主义"，我们很容易联想到卡彭铁尔的"神奇现实主义"，卡氏认为拉美的"神奇是现实突变的产物（奇迹），是对现实的特殊表现，是对现实的丰富性进行非凡的和别具匠心的揭示，是对现实状态和规模的夸大。这种神奇现实的发现给人一种达到极点的强烈的精神兴奋"。这其中很重要的有两点：一是拉美这片土地本身充满了神奇，现实的本质就是神奇；二是这种神奇"首要需要一种信仰"，"无神论者不可能用神创造的奇迹来治病，不是堂吉诃德，就不会全心全意、不顾一切地扎进白马迪斯·德·高拉或白骑士蒂兰特的世界。……缺乏信仰的神奇（譬如超现实主义者们多年来所做的）不外是一种文学伎俩，久而久之，就像我们熟悉的某些'精心装饰'的梦呓文学或几近癫狂的赞美诗一样令人腻烦"[②]。我们且不论阎连科的"神实主义"是否源于"神奇现实主义"，单从"神实主义"的定义而言，它抛弃了"神奇现实主义"中最为重要的精神向度。给《炸裂志》披上想象和荒诞东西的，不是故事内容，而是讲述故事的技巧。"神实主义"主张"在创作中摒弃固有真实生活的表面逻辑关系，去探求一种'不存在'的真实，看不见的真实，被真实掩盖的真实。神实主义疏远于通行的现实主义。它与现实的联系不是生活的直接因果，而更多地仰仗于灵神（包括民间文

---

① 黄惟群：《读阎连科的〈炸裂志〉所想到的》，《文学报》，2013 年 11 月 21 日。
② ［古］卡彭铁尔：《小说是一种需要》，陈众议译，昆明：云南人民出版社 1995 年版，第 82—83 页。

化和巫文化）、精神（现实内部关系与人的灵魂）和创作者在现实基础上的特殊意思。……在现实土壤上的想象、寓言、神话、传说、梦境、幻想、魔变、移植等等，都是神实主义通向真实和现实的手法和渠道。"①也就是说，"神实主义"就理论范畴而言是单向度的，是纯粹的写作技艺。权且不论什么主义，如果一部小说抛弃了充满魔力的细节、复杂饱满的人物，缺少对芜杂纷乱的现实的穿透，无论作者有怎样的正义感和责任心，小说也极易沦为作者自醉自迷的文字堆积。《炸裂志》就是这样的，所谓"内真实"主导下的荒诞的狂欢、简单化的生活逻辑、平面的人物形象、粗糙的叙述、重复的情节，并没有击中荒诞现实的腹心，充其量不过揭开了荒诞现实的盖头而已，可谓"真实中的谎言"。虚构虽不要求小说家亲历，但必须是充分体验（包括生活体验和艺术体验）过的，必须符合现实坚硬无比的逻辑，在作者这里产生一种绝对真实的印象，甚至感到比生活还真实。这样，同现实无比含糊亲近的想象和虚构才能顺势而生，才能达到似幻如真的效果，如同略萨所谓的"谎言中的真实"。也唯有如此，作者才能知道应该在什么地方多涂上几笔可以突出现实，在什么地方应该颊上三毫、画龙点睛，让现实升腾飞跃起来，产生现实主义的强烈幻觉。这种"应该"我们不妨称为虚构的"分寸感"。这如同绘画，一幅甚好的画作，画了九笔正确的线条，如果加上虚假的或者多余的一笔，整个画就被破坏或者毁灭了。

　　虚构要同现实保持脐带般的联系，必须落到逼真的细节上，无论现实主义、现代主义还是后现代主义的小说，如果没有生动活泛的细节，都会失去生命力，成为契诃夫所说的"熏鲑鱼的干棒子"。而

---

① 阎连科、张学昕：《我的现实，我的主义》，北京：中国人民大学出版社 2011 年版，第 206 页。

"描写得出色的细节，且能使读者对整体——对一个人和他的情绪，或者对事件以及对时代产生一个直觉的、正确的概念"①。现实主义要求生动逼真的细节，甚至连一个纽扣也不放过，这是构成艺术真实的基础。现实主义大师巴尔扎克严厉批评司各特小说在女子人性塑造上的细节失真，批评雨果《欧那尼》细节的失真严重地损坏了作品，获得了虚伪的成功。他强调指出，"小说在细节上不是真实的话，它就毫不足取了"②。如果没有细节的真实，就斩断了同现实的血肉联系，如同断了线的风筝，即使如何精致和完美，那么也不过是纸扎泥塑，毫无生气，难以产生震撼人心的艺术魔力。现代主义在对细节真实的追求上，并不逊于现实主义。现代主义小说只不过改变了故事的逻辑起点，并没有弃细节真实于不顾，反而"以细节的真实支撑主体事件的荒诞，关键的技巧是破坏某一些生活逻辑链条的环节，使其中心事件变得绝对不可能。如《变形记》，除了人变虫这一环，其他人情世态哪一处不跟现实生活一样？"③。魔幻现实主义小说也是如此。如胡安·鲁尔福的《佩德罗·巴拉莫》打破了生死的界限，死人和活人对话，人鬼不分，但小说的细节却是高度真实并经过典型化的，无一不是基于真实的生活现实，无一不突出佩德罗·巴拉莫的残忍、狡诈和漆黑如铁的"恨"，以及他对妻子、对儿子那种弥漫着人间温情的"爱"。超验的时空观念、开放的小说结构、荒诞魔幻的叙事，有机地组成墨西哥农村惨烈恐怖的可怕现实。因而可以说，小说无论发展到任何阶段，生动逼真的细节都可谓是小说产生艺术魔力的翅膀。我们

---

① ［苏］爱伦堡：《人·岁月·生活》（上），冯南江、秦顺新译，海口：海南出版社2008年版，第140页。
② 伍蠡甫：《西方文论选》（下），上海：上海译文出版社1979年版，第173页。
③ 叶廷芳：《卡夫卡及其他——叶廷芳德语文学散论》，上海：同济大学出版社2009年版，第175页。

当下的小说创作，之所以缺乏艺术震撼力，多是由于缺乏源于现实、精致生动、具有陌生化审美效果的细节。在当下这样一个浮躁喧哗的时代，小说家内心匆忙，生活严重同质化，他们感受不到内心的悸动，对那些构成艺术的血肉的心灵上的细节无动于衷。因而即使被我们一些评论家视为重要收获的小说，不是网页式的生活表象的浏览捕捉，就是报告文学式的蜻蜓点水，时代的五脏六腑、内囊胆汁却不曾显现。小说源于现实，但不是生活湖面涟漪的描摹，必须落在生活的湖心或者湖底，即人以及人的心灵深处。艺术的主要目的"就在于表现和揭示人的灵魂的真实，揭露用平凡的语言所不能说出的人心的秘密。因此才有艺术。艺术好比显微镜，艺术家拿了它对准自己的心灵秘密并进而把那些人人莫不皆然的秘密搬出来示众"[①]。我们当下的小说创作缺乏的，恰恰就是这种"对准自己的心灵秘密并进而把那些人人莫不皆然的秘密搬出来示众"的作品。这些作品，不能说它们不关注现实，不能说它们没有想象力，但它们始终没有办法调准焦距，探视当下中国人灵魂的深处。小说家可能对某一范围的生活很了解，但缺乏整体的眼光，缺乏独立见解，缺乏个人化的情绪。这些小说呈现给我们的，是通过网络或新闻即可感知到的众所周知的"时代病"或者"时代情绪"。它们传达的思想和情绪，是我们众所周知的；它们塑造的人物是单面苍白的，不是好得如同天使，就是坏得如同魔鬼。小说避免不了传达思想和感情，但"赤裸裸的思想和依靠逻辑组成的文法上正确的词句，还是不够的"，小说需要细节，"需要人物，需要具有心理底一切错综的人"，"假使作家把一个人描写得仅仅是一些恶行或者仅仅是一些善行的容器——这就不能满足我们，这就不能说

---

① 　[俄] 托尔斯泰：《托尔斯泰论创作》，戴启篁译，桂林：漓江出版社 1982 年版，第 10 页。

服我们，因为我们知道：善和恶的因素，或者更正确些说，个人和社会的因素，是交织在我们的心理之中的"①。小说可以集中表现作者在生活中看到的一切，但不能夸大他看到的一切和他所写的一切，必须保持可信的比例尺。生活正如莫泊桑在《一生》中所说的那样，"不是我们所想象的那般好，也不是像我们所想象的那般坏"。同时，"思想的作品只有当它表达了新的意义和新的思想的时候才能算是思想的作品，而不能只是重复众所周知的道理；同样，艺术作品只有当它带给人类日常生活以新的感情（即使是意义不大）的时候，它才算得上艺术作品"②。思考和感情在我们这个时代是极为奢侈的，不仅仅由于小说家的学养、慵懒和木然，也由于付出的代价太大。于是，我们的小说家都购买现成的思想和感情。

理想小说呈现的世界应该是立体的、交叉的、包蕴生活多个层面的混沌体，小说虚构必须遵照世界的这一面目，因为"小说的天地不是单个人的天地，而是沉浸在多种关系的人际网络的个人世界，一个其自主权和冒险行为制约的个人世界。一部小说的人物，不管他（她）是多么孤独和内向，为了令人信服，总得需要一块集体的背景幕；如果这一复合存在没有博得好感并且以某种方式运转起来，小说就会有一种抽象和不现实的样子（这并不是'想象力'的同义词：卡夫卡想象的噩梦，尽管相当荒凉，却坚实地扎根于社会性之上）"。这种"立体的、交叉的、包蕴生活多个层面的混沌体"的小说，是一个"完美的圆桶"。"完美"的意思就是："整个故事不省略任何一个细节、一个人物的表情和动作、有助于理解人物的物体和空间、处

---

① ［苏］高尔基：《俄国文学史》，缪灵珠译，北京：新文艺出版社1956年版，第2—3页。
② ［俄］托尔斯泰：《托尔斯泰论创作》，戴启篁译，第113页。

境、思想、推测、文化、道德、政治、地理和社会的坐标，如果没有这些东西，就会出现某种失衡，就会难以理解书中的故事。因此，任何一部小说，哪怕它是最有现实主义怪癖的小说，也不会写得完美。毫无例外的是，任何小说都留下一部分故事不加讲述，从而释放出读者的想象力和纯粹的推测。这意味着任何小说都是由可见的素材和隐藏的素材组成的。如果我们给已经写出的小说（它只有讲明的素材）一种引申为圆桶、即小说整体的形式，那么选定这一物体的特有外表就构成了一个小说家独创性、即他自己的世界。"①这就要求小说家处理现实生活时，必须具有敏锐精准的透视能力，必须把握好明暗、深浅等透视关系，能够表现生活和人最为核心和本质的东西。练好了这项最基本最关键的能力，在虚构的时候才能够校准自己的视线，才能明白什么是最本质最核心的，应该如何去表现。托尔斯泰在塑造人物时，使"社会政治同内心方面、个人方面相结合，水乳交融，保持平衡"，这是"塑造人物，并且是，巩固人物作为完整的性格、有机体，取得免疫力而不至于支离破碎的一个办法。这是小说不容易做到的平衡"②。同时，小说中的人物性格是流动变化的。"在文艺作品中能够清清楚楚表现出人的流动性，即，同一个人，时而是恶棍，时而是天使，时而是智者，时而是白痴，时而是大力士，时而是软绵绵的小小的生物，倘若能够写出这种作品，那真太妙了。"③而在《第七天》《炸裂志》等小说中，我们看到作者热衷于将复杂的世界塞入简单的结构之中，价值观念简单，情绪意识浅显，情感贫乏苍白，没有

---

① [秘] 略萨：《谎言中的真实》，赵德明译，第 287 页。
② 倪蕊琴编：《欧美作家批评家论列夫·托尔斯泰》，北京：中国社会科学出版社 1982 年版，第 492 页。
③ [俄] 托尔斯泰：《托尔斯泰论创作》，戴启篁译，第 172 页。

决然和犹豫的冲突，没有现实与理想的复杂纠结，所有人物内心都是一条笔直的单行道，他们旋风般地扑向情节和主题的终点，兴高采烈地凯旋于大结局。小说必须对内心生活的空间及其复杂多变做出充分的估计。小说是记录灵魂的，记录这里的阴暗、潮湿、阳光、褶皱、潜流、回旋以及种种难以名状的情绪波澜和情感碎屑。它如同托尔斯泰脚下的牛蒡花，不经意间会开出艳丽无比的花朵，也可能如初春的燕子，睡梦中听见它的呢喃，醒来却不见它的踪影。现在，人们必须解除二者的通约关系——许多时候，复杂的内心生活无法依附于紧张的情节，这还没有引起我们小说家的足够注意。这就是我们与经典作家的距离了。

保持同生活脐带似的联系只是虚构的先决条件，还必须在此基础上完成自身的认识和精神上的自省。卡夫卡的《变形记》使马尔克斯摆脱了那些背得滚瓜烂熟的"学究式教条"，这种外祖母式的讲故事的方式激活了他对小说的兴趣和灵感。但随着年龄的增长，他发现："一个人不能随意臆想或凭空想象，因为这很危险，会谎言连篇，而文学作品中的谎言要比现实生活中的谎言更加后患无穷。事物无论多么荒谬悖理，总有一定之规。只要逻辑不混乱，不彻头彻尾地陷入荒谬之中，就可以扔掉理性主义这块遮羞布。"同时，小说也不能陷入虚幻，"虚幻，或者单纯的臆造，就像沃尔特·迪斯尼的东西一样，不以现实为依据，最令人厌恶。……虚幻和想象之间的区别，就跟口技演员手里操纵的木偶和真人一样。"[①]小说不仅仅是心灵世界的展现，按照米兰·昆德拉的说法，也是对存在的勘探。小说受到"认

---

① ［哥］马尔克斯、门多萨：《番石榴飘香》，林一安译，北京：生活·读书·新知三联书店1987年版，第39—40页。

知激情"的驱使，去"探索具体人的生活"，保护这一具体生活逃过"对存在的遗忘"，让"小说永恒地照亮'生活世界'"。因而，"发现惟有小说才能发现的东西，乃是小说惟一的存在理由。一部小说，若不发现一点在它当时还未知的存在，那它就是一部不道德的小说"①。这种探索或者勘探，必须深深地扎根于现实，才能成为人们可以理解和体验的想象和虚构，肩负起小说的责任和使命。

小说的虚构不仅再现现实，而且也创造现实。在虚构的过程中，作者经过理智的形象思维，摆脱了对现实的眩晕感，走进人物、时代和生活的内心，展示着所处时代的生活境遇，珍护着人类可能很微弱但又顽强不熄的美好火苗，探索着生活的可能。在当下中国，现实的离奇荒诞已远远超越了小说家的想象力和虚构能力。如果小说家能够在现实的强烈体验基础之上，通过合理恰切的虚构，刻画人物心灵的本质及全部奥秘，写出"谎言中的真实"，而不仅仅依靠强化的虚构或者想象来写出"真实中的谎言"，就有可能不辜负这个时代，为混乱浮躁的"现实中国"贡献出传世的杰作。

---

① ［捷］米兰·昆德拉：《小说的艺术》，董强译，上海：上海译文出版社 2004 年版，第 6—7 页。

马尔克斯的忧伤
——论小说的情欲书写

二〇〇四年，在"爱情百科全书"——《霍乱时期的爱情》发表二十年后，马尔克斯又推出了惊世骇俗的小说——《回忆我忧伤的妓女们》（以下简称"《回忆》"）。[①]这次的惊世骇俗不是《百年孤独》那样奇幻诡丽、虚实相生的魔幻现实主义，也不是《霍乱时期的爱情》那样史诗般地戳破爱情幻象、穷尽爱情形态、哲学化地洞察爱情宿命。这一次，马尔克斯探究的是人性中最具神秘性的情欲深渊。他让九十岁的有恋童癖的老头同十四岁的少女相恋，用性潜能点燃秋风瑟瑟中的爱情之火，捕捉其流溢出的残照余晖，以此救赎老头一生的荒唐虚无，抵御死亡将至的恐惧。生死虽大矣，但人物年龄、思想、心灵的巨大差异以及小说对传统伦理的僭越，让马尔克斯踏上了荆棘丛生、危险四伏的道德险滩。

在之前的作品中，马尔克斯对情欲书写一直慎之又慎、适可而止。他不是清教徒式的道德家，他甚至有些哗众取宠式地宣称：写作的理想场所是妓院，晚上很热闹，白天静悄悄。他对自己处处彰显魔力的叙事艺术充满了高度自信，用不着以情欲为噱头，让读者远离自

---

① "回忆我忧伤的妓女们"西班牙语为"memoria de mis putas tristes"，轩乐译为"苦妓回忆录"。马尔克斯：《苦妓回忆录》，轩乐译，海口：南海出版公司2015年版。

己小说的写作意图。如果情非得已，他也是以虚写实地展现马孔多小镇的情欲乱伦，给读者开辟出自由想象的美学空间。如奥雷良诺第二的姘头佩特拉·科特性欲旺盛，以至刺激母马一胎产三驹，母鸡一天下两次蛋，肉猪的膘长起来无休止，几只兔子一夜之间繁殖了一院子的小兔子，动物陷入了疯狂的繁殖灾难；霍塞·阿卡迪奥和妹妹蕾蓓卡蜜月的疯狂，使"他们的邻居对那种喊叫感到害怕，一夜里整个地区的人都被这种喊叫声惊醒了八次，就是午睡时也得惊醒三次。人们都祈求这种毫无节制的情欲不要侵扰了死者的安宁"①。在马尔克斯的笔下，无论是符合伦理还是僭越伦理的情欲都不值得大写特写，点到为止、从不渲染过度成为他情欲书写不可逾越的伦理底线。这在他的《霍乱时期的爱情》体现得更为充分。

　　经过半个世纪的苦苦追求，阿里萨终于同深爱的费尔米娜在蒸汽船上团聚。第三个昏昏欲睡的晚上，两个年老体衰、脖颈干瘪、皮肤松弛的老人干了"那种见不得人的事"。这是布满皱纹的祖父祖母之间的爱，"他们像一对经历了生活磨炼的老夫老妻，在宁静中超越了激情的陷阱，超越了幻想的无情嘲弄和醒悟的海市蜃楼：超越了爱情。因为他们已经在一起生活了足够长时间，足以发现无论何时何地，爱情始终是爱情，只不过距离死亡越近，爱就越浓郁"②。在这场与死亡为邻的爱情中，马尔克斯用衰老躯体的情欲诠释了他的爱情定律：爱情超越了激情和肉体的陷阱，是一种短期内得不到的想象和憧憬，是一种能够相伴抵御死亡恐惧的默契、温情和稳定。在为爱情去杂存纯的书写中，马尔克斯不动声色地为那些心灵上坚贞不渝、肉体

---

① ［哥］马尔克斯：《百年孤独》，黄锦炎、沈国正、陈泉译，上海：上海译文出版社1984年版，第85页。

② ［哥］马尔克斯：《霍乱时期的爱情》，杨玲译，海口：南海出版公司2012年版，第398页。

上却不忠贞的痴爱者辩护。在他看来，无情的婚姻比无情的性爱似乎更不道德，爱情永远位于肉欲之上。他笔下的爱情有些寒碜。他否定了费尔米娜有性无爱的婚姻，否定了阿里萨在追逐费尔米娜过程中的肉欲放纵，嘲讽了恪守伦理规范却毫无幸福的婚姻，反讽了那种装腔作势、海誓山盟、寻死觅活的爱情，在对爱情的极不信任和无情解构中，他又坚守精神阵地，建构起了自己坚韧的超越伦理规范的爱情律则。他的情欲书写正视现实但不放弃追求，吸引但不纵容读者，他以自己的道德勇气和艺术魔力将我们从中规中矩、漠然以及偏执中惊醒。他的高明在于，"他用于打破阅读与书写惰性的，不是故作惊人语和花哨的出位，而是戳穿幻象，让直指人心的真实本身浮现"①。不过，《霍乱时期的爱情》中也有马尔克斯无法自如处理的爱情，那就是阿里萨同他的监护人阿美利加·维库尼亚的爱情。维库尼亚是阿里萨最后的情人，是"他暮年港湾中最温暖的角落。在这么多年的一次次精心算计的爱情之后，天真无邪的生涩味道别有一番新鲜的堕落的快乐"。在极度缺乏家庭关怀和父爱的空寂之中，维库尼亚将阿里萨当成天堂，以为自己"漂浮于幸福的净界之中"②。阿里萨用伪装的祖父般的慈祥，将她领到自己的地下屠场。但乌尔比诺医生死后，阿里萨发动了强烈的感情攻势，迅速猎获了自己追逐半个世纪的费尔米娜，抛弃了这朵过早绽放的花蕾。维库尼亚知道这一切之后，陷入了极度的沮丧之中，她毫不犹豫地喝下从学校医务室偷来的阿片酊，激烈地抗议抛弃她的阿里萨。她狂热地爱上了这个年老体衰、距离坟墓只有一步之遥的老头，这里没有肉体的魅力，没有金钱和财物。她爱

① 任晓雯：《打字机情书与暮年的白玫瑰——读〈霍乱时期的爱情〉》，http://book.douban.com/review/1547774。
② ［哥］马尔克斯：《霍乱时期的爱情》，杨玲译，第312页。

老头的灵魂，爱他给予她的祖父般的抚爱和安全感，爱他在她情窦初开的年龄向她打开的神秘而深邃的世界，这是一种怎样伟大的爱呢，能在传统的伦理道德框架中评价吗？她决绝的自杀彰显出爱的纯净无瑕，也令阿里萨的爱情蒙羞，对他与费尔米娜的圆满的、永恒的爱情构成了不动声色的反讽。马尔克斯显然没有足够的把握去处理阿里萨与维库尼亚的爱情。对阿里萨而言，维库尼亚像旧日的伤疤，偶尔会在回忆里疼痛一下；对于马尔克斯而言，他无法在伦理道德的框架里定位阿里萨，只能草草结束故事，阿里萨的冷漠和悬置的道德判断却是无法挥去的忧伤。这挥之不去的忧伤在他的心里并不老实，其时时作祟，最终破壳而出成为《回忆》。

阿里萨对维库尼亚的诱惑，是爱情空虚的慰藉，更是对青春肉体的垂涎、对死亡将至的恐惧。懵懂稚嫩、缺乏爱之普照的维库尼亚对阿里萨感情上、心灵上的牵缠和偎依，无法追究道德罪过，但阿里萨处于空虚之中的游戏、引诱、欣赏包括抛弃，都无法撇开道德的谴责和审判。马尔克斯这时还没有稳固的道德坐标，因而在两人短暂的恋情的描绘之中，他表现出与纳博科夫的《洛丽塔》近似的道德趣味："他得一件一件地为她脱掉衣服，像哄骗婴儿似的哄她说：先脱掉小鞋子，给小熊穿，再把小衬衫脱下来给小狗穿，再把小花衬裤脱下来给小兔子穿，现在，亲亲爸爸香喷喷的小鸟。"[1]这种狭邪的恋童罪恶，一直令阿里萨和马尔克斯二十年来惴惴不安。《回忆》与其说是猎艳的回放，不如说是精神上的自我反省和艰难赎罪。小说在开头引用了川端康成《睡美人》中的一句话："旅馆的女人警告老江口，他不能恶作剧，他不能把手指放在昏睡姑娘的口里，或者尝试其他类

---

① 　[哥] 马尔克斯：《霍乱时期的爱情》，杨玲译，第 339—340 页。

似的事情。"这道出了这篇小说同《睡美人》的微妙联系。一九八二年，马尔克斯写过一部短篇小说《睡美人与飞机》。主人公乘坐飞机横渡大西洋，旁边睡着一位异常美丽的女人，整个旅途都在沉睡之中。美丽女人使主人公想起了川端康成的小说《睡美人》。在《回忆》中，马尔克斯重新捡起了这个故事，其情节同《睡美人》也大致相同。《睡美人》中的老男人江口让老鸨帮其物色迷药女孩，他先后同几个这样的女孩过夜。他老想违反店内不准同迷药女孩性交的规则，强奸女孩，使其怀孕，甚至使其窒息而死，以此证明自己雄风未逝。小说对于气味、香味、女孩的肉体极度敏感也极其变态，尽管散落出对衰老和死亡的恐惧，但依然无法掩饰作者畸形的肉欲迷恋和感官放纵。马尔克斯在《回忆》的题记中提到《睡美人》，既是弥补对维库尼亚的歉疚，同时也是在回应川端康成。题记是马尔克斯在警告自己：要同川端康成在《睡美人》中的变态分开。《回忆》的主人公是一个九十岁的老头，身体在平静圣洁中已度过多年，他将大部分精力用在不断重读经典和聆听音乐上。在九十岁生日来临之际，仿佛上帝在召唤一样，他有了个荒唐的念头：送给自己一个礼物，同一个未成年处女狂野一夜。鸨母为他找到一个服了迷药的十四岁处女。她黝黑温暖，浓妆重饰，赤裸无助，宛如初生。傲慢的大鼻子，褐色的浓眉，热情的双唇，如同一头柔情万丈的年轻小斗牛。年老体衰的浪子被震撼，甚至想逃走，邪恶的欲望终了也未得逞。他看着熟睡的女孩张开双臂，如同十字架。他看到了天使般的贞洁，他为她祈祷然后离开。至此，小说的情感向度陡然转弯，离开了感官沉醉的泥淖，发生了出人意料的道德革命和精神忏悔。他觉得自己遇到了九十年来的第一次初恋，在对自己过去荒唐沉沦、贫瘠堕落的生活的不断审视中，他认为自己找到了真爱，找到了照彻灵魂的爱情。他在大部分人已经死了的年纪，完成了灵魂的再生，由一个青楼常客、处女崇拜者变成了处女的敬畏者、守护者。因为，他发现了十字架，发现了神，神以冥冥的巨大的力量救赎了他的罪恶，让他回复坦然和平静。但这种转变在艺术上是唐突的，令人难以接受。仅仅目睹一个赤裸少女的迷人身体，或者睡姿如同十字架，就使得这个堕落了一生的老头发现了罪恶，发生三百六十度的大逆转，于作者和读者而言，都缺乏明显的心理基础和可信的情感逻辑。马尔克斯着力在为老年男子对少女的欲望或者处女崇拜说话，将变态情欲转化为崇敬之情，将处女幻化为真爱、天使与灵魂的拯救者，甚至想尽力完成对老头的拯救，然而却生硬地失败了。马尔克斯和川端康成分道扬镳，却没有走得更远，他没有川端康成彻底，在犹犹豫豫中完成了他的主题：老年人对少女的欲望，不是邪恶，而是死之将至恐惧的安慰。纯洁少女的身体如同天然纯洁的圣物，不但会纯净老男人的欲望，同时会使他们产生敬畏，使他们平静坦然地走向生命的终点，但这种恐惧的安慰或补偿并没有道德或伦理上的优越。《回忆》渴望救赎，但这种救赎失败了。马尔克斯为阿里萨的邪恶找到了一个牵强的理由，但依然无法弥补对维库尼亚的伤害和对读者的亏欠。他鲜明地将自己同川端康成饱受诟病的《睡美人》分开，却无法走得更远，但他毕竟迈出了艰难的一小步，力图将肉体的沉迷导向对纯洁圣物的敬畏以及灵魂的救赎。

　　小说中的情欲书写，按照其合理性、必要性和分寸感，简单地可以分为"色情"与"情色"两类。《回忆》无疑属于后者。情欲是人性自由表露的形式，是生活隐秘领域中美好和高尚、理性和善良的观念体现，其显现的形态，具有私密的性质。食色性也，性欲之存在，正如每个人都要拉撒一样，不可避免，但没有必要在公共场合和公共空间里进行。否则，我们则视之为精神不正常者。倘若无所顾忌地如萨德侯爵那样，赤裸裸地沉醉于肉欲和性虐描写，那就可谓色情和变态了。两性关系客观地反映了人类文明史的一面，它存在于一定的社会关系和社会形态，带有普遍的性质和意义。情欲的表达和书写，是在社会文化、道德习惯、伦理规范圈定的范围之内进行的。小说不可避免要表现性，但绝不是生物关系和生理因素，即赤裸裸的肉欲淫秽，而是要着力表现其心理因素、情感关系和所依存的社会土壤。十九世纪以来，由于弗洛伊德的影响，不少人将力比多视为艺术发展的原始动力。马尔库塞甚至将当代的革命问题和政治问题都归结为受到压制的力比多，追求破除一切禁忌的自由状态的升华。类似的这种非历史的、模糊不清的本能推崇，忽略了意识、理性、社会监督等对性欲本能的调节功能。我们知道，人相比其他生物的高贵之处在于人有意识，意识是社会中的个体反映现实和按照社会规范自我控制、适应、补充的高级形式。基于意识引导的理性和性欲本能之间有着复杂的相互关系："一方面，人的意识要压抑性本能的那些违背社会集团共同生活准则和道德规范的表现；另一方面，意识又不时刺激性欲本能的那些符合道德价值体系的趋向。"[①]任何不受约束的自由性关系都无法获得社会的普遍认同，即使在足够自由的社会空间中，性也无法与情感需求、社会规约彻底分开。因而，即使波德莱尔、阿多诺、霍克海默等名家巨擘为萨德辩护，也无法掩盖其昭昭恶名。我们今天所处的消费社会，到处泛滥着性信息或者与性相关的信息，波德里亚所说的性的规则统治着每个领域和角落并非危言耸听，色情网页、手机交友、人流广告、风流逸闻、娱乐圈的乱搞等等，都是孕育着色情的酵母。在纸质传媒时代，色情小说可能拥有一定的地盘；但在电子传

---

① 　[保] 瓦西列夫：《情爱论》，赵永穆等译，北京：当代世界出版社 2003 年版，第 114 页。

媒时代，文字的描述明显无法比拟图片视频的直观。对于今天仍痴迷于色情的小说家而言，由于其读者对性的窥视已有了多重渠道，有着更为便捷和直观的途径，因此他们在消费主义甚嚣尘上的社会中已无法交上好运。甚至可以说，他们已濒临破产的境地。

“情色”与“色情”在顺序上虽然倒置，在内涵上却截然不同。劳伦斯认为，色情文学津津于描写各种性行为，是对性的侮辱和作践，是不可饶恕的犯罪，应该受到严厉的禁止。纳博科夫认为，色情文学痴迷于露骨的肉欲展示，沉浸于陈词滥调的交媾，器官化、平庸化、商业化，不能用风格、结构、意象等来分散、升华性的生物性。有意思的是，他们二人的作品被不少国家的读者视为色情文学，阅读受到限制。劳伦斯反对工业文明对人的戕害，倾力描写和歌颂性，渴望返归自然，恢复人的健康的本性。他以性为中心，但不以性为噱头，大量运用象征性的语言、新鲜的意象，用主观性极强的写法，剖析人的心灵，将灵与肉合为一体，可谓是地道的严肃文学，不可与色情文学等而视之。纳博科夫的《洛丽塔》写一个中年男子对少女肉体的觊觎，贯穿着情欲的激动与死亡的恐惧两大人生主题，而且这二者处于高度的紧张之中，形成了小说巨大的情感张力。但是，这两个人生重要主题并没有道德上的优越性和豁免权——为一个年老的变态恋童者开脱。我们可以称其为变态心理小说、变态情色小说，但其绝不是色情小说。其实，色情文学的真正问题不只关乎道德，更重要的是它是一种拙劣的坏文学。其“穷耳目之好，极声色之欲望”，语言贫乏、思想苍白、手法落后，缺乏精神深度的探索和表现，将人的性关系降低到生物水平，阻碍了人类对性本质的理解，是对社会、文明乃至人类的否定。

“情色”将情欲上升到精神层面，将两性关系审美化，肉体的接触以精神交流为基础，"接触、亲吻、性交，所有这一切并非造成纯属'低级的'情绪，而是激发那些离开爱情就不复存在的优雅的、深刻的感受"，能"把性欲本能变成两性亲密交往的深刻的、纯粹人的审美和道德形式之组成部分"[①]，使性欲成为相对独立的审美直观对象，同人的审美、道德、伦理、社会属性等高级领域结为和谐的统一体。如果让人的理智给激情让路，就极易焚毁心灵，走向色情和癫狂。柏拉图在《斐多篇》中说，心灵就像一驾马车，由驭者、好马和劣马组成。驭者是理智，好马是意志冲动，劣马是情欲。好马自制、知廉耻，是正确见解的朋友，无须用鞭子驱赶，用感情和言语就可以驾驭。而劣马耳聋，寡廉鲜耻，朝着肉欲奔驰，靠鞭打才能屈服。因而莎士比亚在《维纳斯与阿都尼》中警告人们说："情欲犹如冰炭，必须使它冷却，否则那烈火会把心儿烧焦。"优秀的作家总能驾驭心灵中那匹情欲的劣马，如司汤达，茨威格认为他遵循了古老的波斯美德，是驾驭情欲的典范："对于狂喜的心儿在它陶醉时所倾诉的一切，总要用清晰的头脑去思考一番；他是自己情欲的最忠心的奴仆，但是由于他有理智，因而又是自己情欲的君主。要了解自己的心，赋予自己隐秘的情欲以新鲜的诱惑，用理性来测量它的深度。"[②]理智调节人的意识和潜意识、思想和感情，坚定地维护人为万物之灵的高尚能力，照亮人性的非理性的黑暗深渊，及时发出危险警告；窥探灵魂的隐秘地带，给其以亲昵的关切和呵护；存菁去芜，纯洁感情，使其更纯洁、更深沉、更富于目的性、更合乎理性。人类文学史上那些恰当表现"情色"的作品，无不以审美化潜移默化地促进生物性、精神性和社会性的和谐，无不以审美化为人类情欲灌注精神内容，始终不

---

① ［保］瓦西列夫：《情爱论》，赵永穆等译，第124页。
② ［保］瓦西列夫：《情爱论》，赵永穆等译，第150页。

渝地引导着情欲顺着朦胧美好、情感共振、灵魂相通、审美观照的康庄大道前行。因而，杰出的情色文学总能做到"发乎情而止乎礼义"，绝不以色情肉欲去吸引读者。这其中最典型的例子就是《红楼梦》对《金瓶梅》的继承与转化。《金瓶梅》"以风月笔墨对当时情伪虽有所暴露，然无批判或批判阴弱无力，而恣肆铺陈、露骨耸听、淋漓尽致地宣泄淫亵与肮脏的肉欲，甚而对秽行流露出欣赏与品位的态度"①，由禁欲主义滑向了纵欲主义和自然主义的异端，一定程度上损伤了《金瓶梅》的价值。曹雪芹并不回避性，他既不展览秽行，亦不欣赏品位，总能做到必然必要，适可而止。如宝玉与袭人、秦钟的暧昧，作者并不讳饰，也不露骨耸听，点到为止，作为美好之对立面而呈现。在《红楼梦》的开头，曹雪芹郑重声明："反对皮肤滥淫"，批评"风月笔墨，其淫秽污臭，最易坏人子弟"；"才子佳人等书，则又千部共出一套，且其中终不能不涉于淫滥"。第五回他听取畸笏叟的建议，删去"秦可卿淫丧天香楼"一节，化实为虚，化丑为美。曹雪芹力矫明末以降，以《金瓶梅》等为代表的小说色欲相矜、淫亵鄙陋的情欲描写倾向，除鄙陋之颓风，树雅正之楷模。《金瓶梅》让人们只看到了性的丑恶，《红楼梦》则荡尽淫秽，含蓄蕴藉，使人们从中看到美好。我们清楚，道德判断不能等同审美判断，但作者不可能不把自己的道德判断和审美判断寓于作品之中，作品也不可能不受到作者道德判断的影响。由此，我们可以看到曹雪芹在情欲描写上的端肃庄重，以及其道德情操和审美情趣的高尚。而这正是《金瓶梅》所缺乏的。

---

① 傅憎享：《〈红楼梦〉与〈金瓶梅〉比较兼论性的描写》，载蔡国梁选编《金瓶梅评注》，桂林：漓江出版社 1986 年版，第 156 页。

　　情欲书写的最高状态，是能由"情色"描写上升到"情欲忏悔"，亦即马尔克斯《回忆》着力处理的主题。这类作品如奥古斯丁的《忏悔录》所示范的那样，往往是在经历一生的荒唐和虚无之后，由于某人某事，主人公发生了心灵的危机，终而完成了精神上的涅槃。《回忆》的主人公实现了精神上的新生，但小说在艺术的说服力和感染性上牵强生硬，令人难以置信，这连同阿里萨对维库尼亚的歉疚、马尔克斯为恋童癖者的辩护以及其对死亡的不正常的恐惧，成为天才的马尔克斯挥之不去的忧伤。在小说史上，霍桑的《红字》可谓处理"情欲忏悔"主题的典范。这是一部描写通奸的小说，又是一部与通奸无关的小说。它自始至终没有告诉读者，是海丝特勾引丁梅斯代尔，还是丁梅斯代尔勾引海丝特，他们怎么在一起、说什么、做什么，他们怎样从诱惑走向罪恶。他们举止端庄、高贵优雅，不谈情、不说爱、不说性，好像不知道好奇的读者最想知道的是什么。当丁梅斯代尔当众撕开胸前衣服的时候，我们看到了印在他胸前的红A字，才明白了他多年为何一直用手捂着前胸。霍桑省略了读者最热衷的男女情欲，设置了一个巨大的阅读圈套，以通奸为引子，将读者带进了忠贞、原罪、仇恨、惩罚、嫉妒、忏悔、救赎等互相交织、互相助推的灵魂煎熬的世界。总之，这是一部以通奸为引子、以灵魂完善为主题的小说。小说的主题距离情欲最近，也很难绕开情欲，但作者舍近就远、避轻就重，刻摹出灵魂复杂的多维层面。很难设想，如果霍桑热衷于淋漓尽致地书写男女情欲，这部小说是否还能够流传至今且依然给人震撼。

　　另外，从叙事层面考虑，情欲书写的恰当与否，对小说的成功也至关重要。小说家如果耽溺于情欲书写，会面临着巨大的风险。一是情欲书写有着同人类一样久远的历史，其描绘表达的空间已经极为有限。避虚就实，如《金瓶梅》的露骨耸听、《玉娇梨》的"秽黜百端"、萨德侯爵的赤裸暴虐等，均可谓绘声绘影、穷形尽相、登峰造极，已无多大开拓空间，亦无用力之必要。避实就虚，如《西厢记》中"软玉温香抱满怀""春至人间弄花色""露滴牡丹开"、《红楼梦》的点到而止、莫泊桑的节而有制、劳伦斯的隐喻象征，笔法、格调、情趣、境界后人也很难企及。情欲是人类生活重要之一面，但绝非全部。如果舍本逐末，不从理智、意志、灵魂、嫉妒、同情、忏悔、怜悯等方面去勘探人类的灵魂世界，汲汲于皮肤滥淫，作品很难有高格调和大气象。二是小说家必须考虑到情欲书写的必要性、适当性，合理地拿捏分寸，不能因此而分散读者的注意力。库尔特·冯尼格指出："一旦描写性生活，读者便会对故事本身失去兴趣。他们关心的是眼前这一幕如何结束，男女双方是否都达到了目的。这跟描写谋杀的作品中的悬念手法没有多大两样。它能使某些读者不忍释手，而大多数比较文明的读者的关心并不在于此，他们要了解男女主人公是否能真正生活在一起，故事的结局究竟如何。"[1]高明的小说家往往避实就虚、意留言外，让读者积半夜钻进了格鲁夫的房间，不顾一切地同她发生了关系。福克纳没有描写发生关系的过程，只轻描淡写了格鲁夫对本奇的责备："你不害臊吗？小娃娃都要给你弄醒了。"格鲁夫淳朴、镇静，凡事都有自己的主张，她的希望就是嫁个男人、生儿育女。她不需要别人帮忙，坦然地迎接生活中的幸福和不幸，甚至对命运逆来顺受。这样简单的一句话，将她性格中的一切都袒露了出来。如果放在拙劣的小说家手上，不知道要写上多少页，但也未必会达到这句话的效果。

---

[1]　[美] 库尔特·冯尼格：《我想，我是个不坏的作家》，载崔道怡等编《"冰山"理论：对话与潜对话》（上册），北京：工人出版社1987年版，第197页。

"回到德行的时代"
——论小说的道德态度

　　小说是一门处理"正在怎样生活"与"应该怎样生活"关系问题的艺术。当小说家将故事呈现给读者的时候，我们可以或明或暗地窥察到作者的道德秩序、伦理选择和价值世界。虽有模糊与清晰之别，但一切小说都无法回避道德与伦理问题，都包含着创作主体或隐或现的道德态度和伦理选择。[①]这是因为，"当给予人类活动以形式来创造一部艺术作品时，创造的形式绝不可能与人类意义相分离，包括道德判断，只要有人活动，它就隐含在其中"[②]只要有人生存，就不可避免地附带着怎样生活的问题。"怎样生活"最少包括三个层面的内容：一是个体生活的道德状态；二是社会的伦理规约；三是个体道德与社会伦理之间的冲突与张力。一般而言，杰出的小说家往往是自己所处时代道德伦理的叛逆者，他们在反抗的同时，建构起自己期待的理想的道德秩序。当个体道德与社会伦理的张力愈大时，小说所承载的道德关怀和道德思考往往愈大。当然，取决定意义的是其道德思考和道德关怀能否以审美化的形式传达出来。

---

① 菲茨杰拉德有一次特别圈出安诺德的这句话——"怎样生活，这问题本身就是个道德观念"，送给他的好莱坞朋友喜拉·葛雷亨，并加了这样的评注："这是安诺德最好的文章，绝对没有说教的口气。"见威·廉范·俄康纳编：《美国现代七大小说家》，张爱玲等译，北京：生活·读书·新知三联书店1988年版，第133页。

② [美] 布斯：《小说修辞学》，华明、胡晓苏等译，北京：北京大学出版社1987年版，第441页。

　　如果我们有机会面对柏拉图、阿诺德、利维斯、托尔斯泰、狄更斯，或者杜甫、白居易、曹雪芹、鲁迅提问文学的道德价值问题，他们肯定会对提问者嗤之以鼻，虽然他们并未有一致的道德判断或者道德关怀。人的一生与道德责任相始终，责任无论大小，都属于道德义务的表现，是道德伦理的最主要的支柱。责任小到夫妻家庭，大到社会人类，可以说人从出生开始，即不得不担负起责任。因而，"作品的伦理道德性是出于作者人性自身的要求。若作者对道德感到是一种压力，对社会感到不应有什么责任，则此作者的人性，已与一般正常的人性相隔绝了，而只想从对人性弱点的掠夺中获取自己的利益，这种非法的前途是不大可靠的"①。中国文学中饱受诟病的"文以载道"传统，虽有片面的合理性，但因后来强调过甚而谈之色变，不过这却"反映一种意义很深的事实"。大体来说，"全体中国文学后面都有中国人看重实用和道德的这个偏向做骨子。这是中国文学的短处所在，也是它的长处所在：短处所在，因为它钳制想象，阻碍纯文学的尽量发展；长处所在，因为它把文学和现实人生的关系结合得非常紧密，所以中国文学比西方文学较浅近、平易、亲切"②。中国文学和中国伦理一样，过度关注现实世界，文学化之后所表达的中心亦是现实世界的焦虑疏解、情感反射和道德关怀，因而形成了感时忧国的精神脉流，感情的真挚、道德的关切和艺术上的严肃浑然一体，无法分割。道德与伦理随着时代的发展变化可能有所微调和变动，但文学家的注意力却不会因此而转移。尤其是人类生活中的普遍道德与普遍伦理，如同情、怜悯、正义、责任、希望、信任、信仰等都深深地蕴

---

① 徐复观：《台北的文艺争论》，载徐复观《论文学》，北京：九州出版社 2014 年版，第 82—83 页。
② 朱光潜：《文艺心理学》，安徽：合肥文艺出版社 2006 年版，第 89 页。

藏在作品之中，永远是文学家要谨慎面对和处理的主题。康德"将道德行为与纯粹的善良的意志、出于责任的行为以及对道德法则的尊重联系在一起，表现出一种无条件的绝对命令。道德的绝对命令所以可能的根据，关键在于必须存在一个将行为者的主观准则与客观的道德法则'先验综合'于一体的'第三者'。这个'第三者'即自由概念，它也被解释为意志自律"①。普遍道德与普遍伦理是一个社会的价值体现，其如同巨轮底部的压舱石，保证了社会在发展变化中人类恒定价值的稳定。小说则通过形象和审美，关怀道德，关注伦理，建立起了人类的诗性正义。

在唯美主义或者为艺术而艺术者看来，审美价值是人类最深刻、最伟大的经验，它本身就是目的，就是终极价值，道德判断和艺术价值毫无关系。其介入艺术也是困难累累、危险重重，这成为审美主义者的坚定信念和写作底线。为艺术而艺术的布道人戈蒂耶即在他的《艺术家》里高呼："我们相信艺术独立自主。艺术对于我们不是一种工具，它本身就是一种鹄的。在我们看来，一个艺术家如果关心到美以外的事情，就失其为艺术家了。"然而我们知道，人生和宇宙如果都用艺术的眼光来打量的话，那只能得到一个平面的幼稚的印象，人间的丑恶、奸诈、虚伪、卑鄙、堕落、无耻也就成了灿烂美丽的艺术图景。我们知道，美感经验是直觉的，适宜"无所为而为"的观赏，其能爽耳悦目，但无关意志欲念，可以给人震撼，但难以引起持久的震动和冲突；而道德观念是实用的，起于意志，关乎心灵。美感因人类活动而存在，只有人可以感觉到美，觉得美可以净化心灵，

---

① 傅永军、尚文华：《道德情感与心灵改善——兼论康德理性宗教的道德奠基》，《山东大学学报》（哲学社会科学版），2012年第5期。

涵养品性，美是为人类的健康而存在，终了还是导向道德目的。由此可见，文艺和道德确实无法截然分开。二十世纪西方现代主义兴起以来，唯美化或为艺术而艺术的潮流甚嚣尘上，过度关注技术、形式，过于悲观绝望，人物平面冷血，情感抑郁压抑，道德关怀和伦理关切被挤压到逼仄的境地。现代主义者认为伟大的作品都是客观的，他们认为十九世纪小说中的道德牵引和道德判断是天真幼稚的：只"展示"而不"讲述"，贬低作者地位，解构作者形象，给读者制造迷宫，悬置道德判断和道德定位，成为技术主义的痴迷者和沉醉者。十九世纪小说家乔治·艾略特就因为坚持道德关怀而受到亨利·詹姆斯的批评。詹姆斯认为，艾略特的小说"是道德化的寓言，是一种努力示范喻人的哲学的最新发明"，"缺乏自由的审美生活"是艾略特天性中最为薄弱的一面，她的人物形象和情境不是从"不带责任感的弹性角度来看的"。在詹姆斯看来，艺术作品的道德意义"完全看它再现的真实生活多寡而定"①。他觉得"一部艺术作品最深刻的品质，将永远是它的作者头脑的品质。作者的才华越是卓越，他的那幅画，他的那个雕像，也就相应地愈是富于美和真的素质。要使一件作品由这些素质构成，我认为这就足以成为创作的目的。一个浅薄的头脑绝对产生不出一部好小说来——我觉得对于写小说的艺术家来说，这是一条包括了所需的一切道德基础的原则"②。他将艺术家感受和反映生活的能力，视为艺术作品的"道德"，沦入了技术主义的泥潭，实际上是一种写作艺术上的道德崇拜，并不是我们这里所讨论的作为伦理规范的道德。人生和艺术不可能脱离道德，也不会没有道德。对此，利维斯问道：在哪一部优秀的，在哪一部有趣的小说里，人物形象和

① ［美］亨利·詹姆斯：《小说的艺术》，朱雯等译，上海：上海文艺出版社2001年版，第284页。
② ［美］亨利·詹姆斯：《小说的艺术》，朱雯等译，第30页。

情境"又是从一个'不带责任感的弹性角度'(这倒是对'审美'一词的诸多含义之一所下的一个有用的界定)来看的呢? 有哪一位小说大家对于'形式'的专注不是取决于他对丰富人性的关怀,或复杂多样的关怀,所抱有的一种责任感呢? ——那被具体形象所深刻再现了的责任感? 这种责任感,在本质上,就包含了富于想象力的同情、道德甄别力和对相关人性价值的判断——试问,有哪一位小说大家不是这样的呢?"①。小说家的责任,不以一己为限,兼及社会与人类,正如陆象山所言,"宇宙内事,即己分内事,己分内事,即宇宙内事"。从人类艺术发展史来看,虽然艺术与道德关系的争诉不断,但文艺对道德的负载作用不可否认。如苏格拉底认为,善与美是统一的,都以功用为目标;亚里士多德则认为,美是一种善,其能引起快感正因其是善,善体现在行动上,而美在静止时也可以看到;托尔斯泰认为,真善美不可能三位一体;克罗齐认为,审美活动是与道德实践隔离的……对此,徐复观说得很透彻:"在时代之流中,可以发现少数人反对文艺对道德的承担。但若把时间拉长了看,毕竟会承认文艺对道德,有无法逃避的责任。同时,一个伟大的作家,也可以嘲笑或反对既成的、定型化了的道德风习,但也会在他嘲笑、反对的另一面,浮出对新的道德、真的道德的热切要求。为什么? 因为文艺所要求的是美,而所谓美的根源,正如喀莱尔所说的:'美是生于人类灵魂的深处,住于人类灵魂的深处。在灵魂的深处,美与一切道德之爱、宗教的信仰,自然会融合在一起。'"②从作品的意义上来看,善与美是不可分割的,道德实践无法与审美活动泾渭分明。我们

---

① ［英］F.R.利维斯:《伟大的传统》,袁伟译,北京:生活·读书·新知三联书店 2002 年版,第48—49 页。
② 徐复观:《台北的文艺争论》,载徐复观《论文学》,第 82 页。

权且不论美与善之间的关系，但可以断言，性情和煦、悲悯仁慈、道德高尚、品行高洁本身就彰显出无可争议的美，彰显出人生意义至高至纯的境界。如果要孤立绝缘地欣赏作品的审美价值，不旁迁关涉道德关怀与伦理关切，那就如同夏洛克面临的割肉不带血的难题一样，压根就是不可能的。放到小说作品中，这种至高至纯的道德追求自然完成了审美意义的追求。如果放弃了善，即使如何之美，也没有了人生意义这张磁性引力极大的"皮"，"美"这簇毛也就无所依附、没有意义了。

实际上，我们都是心照不宣的道德主义者，小说一直扮演着读者的道德教师的角色。我们说这部书是好书、那部书是坏书，不仅包含艺术上的鉴赏，也包括道德上的判断。对于坏小说，我们认为其诲淫诲盗，担心其会毒害我们；对于好小说，我们认为其会净化提升我们的心灵，会对我们的生活产生积极的影响。读者可能抗拒或者看不到道德教训和伦理暗示，但这些道德和伦理并不理睬，它们向读者敞开着大门，确有风上化下的道德功能。布斯发现：不管何时，只要我们问一个喜爱读书的成年人是否有一本书曾经极大地改变了他的生活，而且这种改变并非在童年时代，几乎所有的人都会给出一个明确的例子。他们认为："只要我们真正认真地体会故事中的人物、这些人物所面临的道德选择，以及我们自身发生的或好或坏的道德变化，我们的生活就会发生变化。没有一个人在思考这个问题五分钟后会否认，我们最根本的道德品质至少部分为我们所听、所读、所看或业余扮演的故事——那些我们真正地倾听过的故事——所建构。"①我们无法否认曾经阅读过的某一部小说、听过的某个故事、看过的某出戏剧带给我们潜在或者明显的影响，并且常常会回忆起它们，受到它们的触

---

① 　[美] 韦恩·C.布斯：《修辞的复兴》，穆雷等译，南京：译林出版社2009年版，第242页。

动、感召或者激励。同时，我们也不应夸大一种流行的观念，即"要证明一部作品的不道德性就必须证明这部作品对读者的行为产生了不良影响"。布斯指出："要科学地证实某个故事或者某类故事是导致某个具体行为的诱因是不太可能的。在此之后并不等于因此之故，更何况听到的故事中的世界和实施行为的世界间的联系又是那么虚无缥缈。年轻人读了歌德的《少年维特之烦恼》后，欧洲的自杀率有所升高，这并不能说明前者就是后者的原因。即使对大多数人而言，歌德对主人公充满同情的描绘很可能引人模仿主人公的行为。"我们的问题是作者在讲述故事中对邪恶、暴力、血腥等持有怎样的态度，是不是欣赏、美化了这些东西，作者进行了怎样的道德探究，隐含了怎样的道德判断和道德定位。从这个角度，布斯认为："任何一个故事都不能以它是否描绘了某种特定的暴力行为和语言来判断它是好是坏。故事的好坏全在于故事中细节呈现的位置和方式。"为此，他举了《李尔王》第三幕中的一个场景，康华尔挖了格罗斯特的一只眼睛，一个仆人说格罗斯特还有一只眼睛可以看见康华尔的罪恶。康华尔杀了这个仆人，边挖格罗斯特的另一只眼睛边说："哼，报应，我叫他瞧报应！出来，可恶的浆块！你的光彩哪里去了？"这样的场面血腥暴力，可以说到了令人触目惊心的地步。如果删掉这样的场景，我们就不可能体验该剧的道德蕴含。莎士比亚用反讽的手法不动声色地传达了自己的道德判断，将其视为不可饶恕的暴行。实际上不只需要这个场景，作品整体所呈现的道德倾向和道德定位，最终决定了该剧的道德深度和道德效应。当然，道德判断并不是简单地贴上一个标签，或者陈词滥调，让主人公临终做作地忏悔，而是贴切地融入作品之中，自然而然地完成道德定位，产生道德效应。

　　因而，就体裁而言，道德的爱情、怜悯、同情和帮助，不道德的乱伦、嫉妒、自私甚至杀人越货，在作者没有赋予道德判断和道德意义之前，并无所谓的道德与不道德。我们不能以小说的题材表现的是暴力、淫秽、堕落等与否来判断其是好是坏，我们判断的标准是好坏在故事中的细节呈现的位置和方式，以及作者的道德态度和伦理关怀。如果作者"有意迎合群众的心理弱点，借艺术的旗帜，干市侩的勾当，不仅道德上是罪人，从艺术观点看，他们尤受谴责。他们的作品根本不是艺术，所以不能作道德与艺术的论证"①。如果读者沉醉于小说塑造的故事世界，对其中的人物产生了或爱或憎、或崇拜或厌恶的感情时，读者的情感世界和道德判断就会发生变化。但这不能证明一部作品的不道德在于其对读者产生了不良的影响。同一部作品在不同的读者身上产生的道德影响是大相径庭的，能治愈这个人心灵的作品可能导致另一个人的自杀。同读《红楼梦》，"经学家看见《易》，道学家看见淫，才子看见缠绵，革命家看见排满，流言家看见宫闱秘事"。这取决于遇到了怎样的读者，是否达到了作者的期待。如果读者缺乏生活的洞察力、审美能力和道德判断力，就可能对作者苦心孤诣的道德指向和牵引视而不见，一味寻找自己要找的东西，误解了作品蕴含的道德意蕴。《红楼梦》的作者虽没有鲜明直白地对人物、事件进行道德评判，但通观小说，我们发现作者始终隐含着自己稳定的道德定位和道德判断。而艺术上的生气淋漓、饱满欲出，又强化了作者隐含的道德关怀和伦理关切。因而，我们可以说，作品的道德效应及道德力量的发挥，取决于作品审美化的程度，当然也离不开与读者人生经验、经历遭遇的共通契合。纵观文学史，《圣经》中的耶稣受难、该隐和亚伯的故事、荷马史诗、《战争与和平》以及一些经典童

---

① ［美］韦恩·C.布斯：《修辞的复兴》，穆雷等译，第 256 页。

话，都描绘了暴力血腥的故事，但都有清晰的道德判断和道德定位。因而，我们要质疑和谴责的"是那些只呈现恶行却任凭听众在进行道德判断时全然无助的作品。这些故事不给予听众任何道德定位，而道德定位正是道德世界中的详细地址，是我们生活着的这个善恶交织而且常常是善恶对立的世界中的一个所在"①。当然，这些道德判断和道德定位并不一定吻合当时的社会道德伦理，但它们开拓了人类的道德场域，加深了人类的道德意识，能够使人类体验更为复杂、更为纠结的道德问题，能够使人类对道德本质及其实践进行积极的反省。从人类长远历史和人性的角度来看，其多是人类的普遍道德和恒定伦理，也只有表达了人类的普遍道德和恒定伦理的作品，才能够经受得住时间的淘洗和读者的检验。

包括小说在内的故事作品毫无例外地隐含着道德判断、指向和暗示，成为读者隐秘而珍贵的人生经验。对于一部杰出的小说而言，决定其是否成功的关键因素不仅在于是否关注道德关怀，而且在于是不是高度审美化地传达出了自己的道德思考。最好的道德思考不是直接指向你应该如何如何，而是追求一系列美德。给某种行为直接贴上道德标签或者直接进行道德判断往往是最无力的一种方式，其对某些天真的读者也许有所帮助，但会扼杀严肃的道德思考和探究。成功的作品往往会将读者带入复杂的道德冲突之中，带给读者持久的道德困惑或者道德考问。一部作品"如果真能达成它整体意义关联的审美效果的话，它自然便蕴含有因主题而来的道德效果，不必再刻意去装饰、载负任何其他的道德教训。同时，由于作品的道德观念不一定吻合社会道德习俗，所以，它反而能开拓我们的道德领域，加深我们对

①　[美]韦恩·C.布斯：《修辞的复兴》，穆雷等译，第258页。

道德的认识，提供给我们新的道德场景，使我们体验更负责的道德问题"①。我们可以信而不诬地说，道德关怀是极其深刻地观察和感受生活之后的结晶物，道德关怀同审美价值并不冲突，也不会摧毁审美价值，关键在于如何将道德关怀以审美化的形式传达并展示出来，对于伟大的小说家而言，这是一为二、二为一的事情，并不存在泾渭分明的界沟。文学史上有许多杰出的作品并没有道德目的而产生了巨大的道德影响，比如荷马史诗、希腊喜剧、莎士比亚戏剧以及中外一流的抒情诗。这并不是作者抛弃了道德目的，而是道德目的自然而然地融入作者的人生关照和艺术体验之中，无须强调或者声明。西方从《圣经》到托尔斯泰的小说，中国从《诗经》到杜诗，到《红楼梦》，到鲁迅小说，莫不如此。《圣经》不会干巴巴地规劝训诫，它通过充满魅力的故事叙述，使它的读者不得不进行道德的思考。鲁迅笔下的"吃人"和"精神胜利法"，也不是简单直白地进行道德控诉，而是将其寓于审美化的形式之中，激起人们的道德反思。如果小说作品抛弃了内在意义相关联的审美效果，宣传道德意义，那么就适得其反，令人大倒胃口了。读者宁愿去看消遣娱乐甚至败德的作品，也不愿意饱受折磨，去聆听空洞的道德教诲了。道德感知力的捕获和深入，经历了小说家长期的生活砥砺和道德洞察，是经过长期的道德探究而形成的一种稳定而健康的道德状态，是同生命体验相随的一种深刻而必要的素质。我们发现，那些创作时激情四射、力求探求道德世界甚至深陷道德冲突的小说家，其作品往往更富有道德感知力和审美上的吸引力。

　　小说艺术需要道德关怀的介入，道德关怀需要小说润物无声的滋养。道德关怀"是小说最重要的精神品质和价值构成"，正如李建军

---

① 　龚鹏程：《文学散步》，北京：世界图书出版公司 2006 年版，第 136 页。

所言:"一个成熟的小说家,不仅不会否定伦理性,而且还会自觉地建构小说伦理的内部和外部关系,自觉地处理复杂的、有价值的伦理主题,从而赋予自己的作品以伟大的伦理精神和深邃的伦理意义。相反,如果小说家将作品看作一个封闭的世界,将客观性和幻象当作最高价值,如果'人物'声音被不适当地抬高,以至于作者被淹没在'众声喧哗'里,如果将'可写性'置于'可读性'之上,并赋予读者的阅读以无限制的自由,那么,小说的伦理关系就陷入紧张状态,小说最终就会因'去作者化'而成为一个缺乏亲切感、可读性和伦理价值的文本世界。"①道德关怀如果能同小说家的智力、情感以及想象力高度审美化地融为一体,小说家必定会创作出无愧于时代的、包含着人类诗性正义的伟大作品。当然,小说家个人的道德修养、境界担当也直接决定了小说的道德容量。道德高尚、品行高洁、境界宏大、关怀深远的人不一定会写小说,但没有这些先决条件的小说家,肯定写不出有益的、杰出的小说来。这里我们不由得想起斯塔尔夫人痛切的呼吁:"现在法国的风习越是败坏,人们对恶性就越是感到厌恶,对随不道德而来的无穷无尽的不幸越是感到困恼。吞噬着我们的这种不安的情绪终将变成强烈而坚决的情感,伟大的作家应该及早把这种情感把握住。回到德行的时代,为期已经不远;如果说理性还没有使正派的情操获胜的话,至少人心已经在向往这种情操了。"②在与其相同甚至有过之而无不及的道德败坏的时代,我们需要德行的矫正和生活的严谨。"回到德行的时代",回到诗性的正义!——这是我们对这个时代的小说最为严肃峻急的道德呼唤。

---

① 李建军:《小说伦理与"去作者化"问题》,《中国社会科学》,2012 年第 8 期。
② [法]斯塔尔夫人:《从社会制度与文学的关系论文学》,载伍蠡甫、胡经之主编《西方文艺理论名著选编》(中卷),北京:北京大学出版社 2004 年版,第 37 页。

论小说的"边缘意识"

　　"边缘"相对于"中心"而言，没有"边缘"，也就无所谓"中心"。有了"边缘"，"中心"才得以凸显，二者才构成了对立统一之整体。从物理空间意义上而言，"边缘"可能意味着偏僻、贫穷、落后、愚昧和野蛮，但从社会—文化结构的视角来看，"边缘"却保留了差异性、多元性，保存了未被中心压抑遮蔽的独特性、整体性，体现出顽强蓬勃的生命力。就人类社会发展的历史来看，充满活力的"边缘"往往给僵死的"中心"以刺激和新生，从而延续了人类的历史。陈寅恪先生推测李唐氏族时曾说："李唐一族之所以崛兴，盖取塞外野蛮精悍之血，注入中原文化颓废之躯，旧染既除，新机重启，扩大恢张，遂能别创空前之世局。"①文学亦是如此，"边缘"以新鲜的血液和强劲的生机不断向颓败的"中心"逼近，逐渐靠拢"中心"、解构"中心"直至代替"中心"。在其丧失生机和活力之后，又被新的"边缘"逼近和替代。人类文学的发展史，实际上就是"边缘"与"中心"相互颉颃、不断更迭的过程。小说的"边缘意识"不仅是作家保持主体意识和灵魂自由的一种写作心态，是一种自觉站在社会和时代的边缘审视、认知世界的方式，是一种获得"中心"意义的写作途径，同时也是一种结构作品的方法论。

---

① 陈寅恪：《李唐氏族之推测后记》，载陈寅恪《金明馆丛稿二编》，上海：上海古籍出版社1980年版，第303页。

一

就生存状态而言，"边缘"远离中心，是一处不断生发新气象的地带，是一个开放多元的区域，是一种本然的非主流的生存方式。置身其中者往往能够摆脱时代的喧嚣与纷扰，保持生命个体圆润的生存状态，以"独立之思想，自由之精神"，确立生命个体的存在意义，以"生活在别处"而确立"此在"，并保持参差的多样性。"边缘"与"中心"对峙，构成批判性的对话，为新的生长空间的开拓提供了可能和张力，正如美国学者奚密在谈到边缘化诗歌时所言："'边缘'的意义指向是双重的：它既意味着诗歌传统中心地位的丧失，暗示潜在的认同危机，同时也象征新的空间的获得，使诗得以与主流话语展开批判性的对话。"①"边缘"以复杂多样的形态存在，对"中心"或者"整体"构成挑战和威胁，甚至消解、颠覆"中心"，替代"中心"，使得"中心"成为"边缘"。就空间意义的边缘而言，"'边缘'本身不是固定不变的，即不存在本体化的边缘'，'边缘'是随着时间流动而呈现变化的状态。这样，边缘和中心就有可能出现位置的交换，可以说一切尽有可能。正是从这个意义上说，边缘所在的位置始终是相对的"②。因此，"边缘"不是流放，亦不是无奈和被忽略，而是一笔丰厚的文化贮存、一种生存的自在状态、一种生命的本真归宿，同时也保持着独立的批判性，彰显着哲学意义上的"边缘意识"。正因为"世界上有着顽强'边缘意识'，多元个体的共存，整个

---

① ［美］奚密：《从边缘出发——现代汉诗的另类传统》，广州：广东人民出版社 2000 年版，第 53 页。

② 沙家强：《"边缘"的文化内涵解读——兼论当下文学的边缘化叙事》，《社会科学家》，2011 年第 6 期。

生存世界因为边缘的相互'对话',而显得更富有活力"。就小说创作而言,"中心"几乎都是"边缘"建构的。例如福克纳的约克纳帕塔法县、马尔克斯的马孔多小镇、奈保尔的米格尔大街、格拉斯的但泽、鲁迅的鲁镇、沈从文的边城、汪曾祺的高邮、陈忠实的白鹿原,都是些地处偏僻的小地方,但在作家的心理世界,这里却一直是他们精神的中心,是他们回归和出发的地方。楼肇明在分析沈从文的小说时说:"与鲁迅等具有整整一个历史时代文学审美坐标意义的文学大师不同,从文先生的作品从来也没有在现代文学史的主潮或主流中占据过席位,他被冷落被误解直到改行搞学术研究,但读者一直喜欢他的作品。与他笔下的湘西世界是中国文化的'边缘文化'一样,沈从文的作品也一直是一种'边缘文学',从文先生笔下的人物,多半是'化外之民'。"①实不尽然,鲁迅小说的原点,同沈从文的"边城"一样,也是浙东的小城"鲁镇"。不过,鲁迅的小说契合了"五四""启蒙"的时代精神,并以"表现的深切和格式的特别"以及艺术的精湛确立了现代小说的标杆,因而理所当然成为"一个历史时代文学审美坐标",但他们都是在"边缘"建立了"中心",只不过时间上有先有后罢了。而且相对于沈从文而言,鲁迅在"边缘"停留得更久,从一九〇八年到一九一八年,鲁迅在"十年的沉默"中,抄古碑、买佛书、收画像、辑古书,沉心静气回到古代;同时通过无情的自我反思和鞭挞,将生活经验转化为生命体验、艺术体验和哲学思考,"打破了最后的自我神话,从而使得本世纪初作为逻辑起点的批判、怀疑精神达到了极致"②,也使得现代小说在创始之初就达到了很高的艺术水

---

① 赵园主编:《沈从文名作欣赏》,北京:中国和平出版社 2001 年版,第 467 页。
② 钱理群:《与鲁迅相遇》,北京:生活·读书·新知三联书店 2012 年版,第 107 页。

准。恰恰是这种自由自在的"边缘"状态，使他完成了对一个时代来说具有"中心"意义的思考。卡夫卡的一生，也是在"边缘"中完成了"中心"的意义。由于犹太人身份，卡夫卡只能在政治、民族、宗教和文化冲突的夹缝中艰难地生存。他虽曾在读书时有短暂的政治狂热，但很快就成为"远离共同社会的人"，几乎毕生"不再受到任何外力的影响"①，敏感、神经质、婚恋的焦虑以及父亲对他心灵的伤害等，使他处在世界的"边缘"。他在《城堡》《审判》等作品中，隐喻性地构建了与"中心"隔膜、冲突乃至对立的"边缘"状态，表现了现代人被"中心"异化的无奈处境。对卡夫卡而言，只有写作才能感受到生存的意义，或者说，文学是他存在和自我保护的方式。他因文学而存在，时时惧怕别人的闯入，惧怕外界的入侵和窥视，在临终之际他固执地要求好友布罗德毁掉他的所有文字。这种"边缘"的柔韧执拗，使他冷静深刻地洞察了人类生存的悖论性处境，开启了人类小说的新纪元。

对于小说家描绘的对象而言，"边缘"或"中心"并不关键，重要的是他们能否认识并忠于自己的世界。即使是位处世界的"边缘"，但对于小说家内心而言，也是绝对的"中心"，正如每个人对世界而言可谓"边缘"，但对自己而言是"中心"一样。我们知道，"伟大的小说家们都有一个自己的世界，人们可以从中看出这一世界和经验世界的部分重合，但是从它的自我连贯的可理解性来说它又是一个与经验世界不同的独特的世界。有时，它是一个可以从地球的某区域中指划出来的世界，如特罗洛普笔下的州县和教堂城镇，哈代笔下的维塞

---

① ［日］三野大木：《怪笔孤魂·卡夫卡传》，耿晏平译，北京：中国文联出版公司1987年版，第63页。

克斯等。但有时却不是这样，如爱伦·坡笔下的可怖的城堡不在德国，也不在美国的弗吉尼亚州，而是在灵魂之中"①。陈忠实在回顾自己的创作历程时，坦陈了卡彭铁尔对自己的启发和影响。卡彭铁尔写作时，拉美尚没有真正意义上的文学，许多年轻作家所能学习和模仿的是欧洲文学，尤其是现代派文学。后来卡彭铁尔定居巴黎，专门学习现代派文学，几年之后，虽然创作了一些现代派小说，但几乎无声无息，没有引起任何人的注意。他在离开法国的时候说了一句失望而又决绝的话："现代派的旗帜容不下我。"他回到了海地，几年后写出了名著《王国》。卡彭铁尔让陈忠实"对拥有生活的那种自信的局限被彻底打碎"②，他觉得自己必须立即了解他生活着的土地的昨天和今天，必须重新了解在中国地处"边缘"而在他心灵中绝对处于"中心"的"白鹿原"。因而，对于作家来说，并无所谓的"边缘"或者"中心"的说法，最重要的是能不能做到从精神世界的原点出发。

就作家而言，"边缘"心态是倔强而又执拗地对生存意义的确认，往往能够保持心灵的昌豁和精神的优裕，能够对世界、对存在有着更为深刻的理解和体验。钱锺书将其文集命名为《写在人生的边上》和《人生边上的边上》并不是妄自菲薄，除了自谦之外，体现出一种洞悉人生的宁静和睿智。在二十世纪的文化和文明冲突之中，一大批小说家诸如卡夫卡、鲁迅、沈从文、福克纳、大江健三郎、奈保尔等既别无选择地处于冲突之中，同时其主体意识又不约而同地同"中心"保持着距离，坚守边缘化的审视立场。而占据"中心"的大多数作家，虽曾喧哗一时，但很快成为明日黄花。"中心"很大程度上

---

① [美] 勒内·韦勒克、奥斯汀·沃伦：《文学理论》，刘象愚等译，北京：生活·读书·新知三联书店1984年版，第238页。
② 陈忠实：《寻找属于自己的句子》，上海：上海文艺出版社2009年版，第10—11页。

跟沈从文所批评的"多数"一样，消除了与时代的距离，丧失了个体独立性。"'多数'即代表一种权利的符号，得到它既可得到'利益'，得到利益自然也就象征'成功'。跟随这种习惯观念，不可免产生一种现象，即作家的市侩工具化与官僚同流化。尤其是受中国政治习惯影响，伪民主精神的应用，与政治上的小帮闲精神相通，到时代许可竞卖竞选时，这些人就常常学习谄谀群众来争夺群众，到时代需要政治集权时，又常常用捧场凑趣方式来讨主子欢心。且用商品方式推销，作家努力用心都不免用在作品以外，长于此者拙于彼，因此一来，作者的文字技巧与人事知识，当然都成问题的了。"①沈从文的这番话语虽是批评现代文坛，但在今日中国仍未过时，仍具有醍醐灌顶的现实意义。小说家正如卡夫卡所言，他们"要比社会上的普通人小得多，弱得多，因此他对人世间生活的艰辛比其他人感受得更深切，更强烈"②。正是"一切障碍将粉碎我"的敏感、弱小与恐惧，以及边缘化的生活和精神处境，才使得他洞察了现代人类孤独、绝望的生存处境。文学本质上是寂静的、孤独的精神创造，这可以说是所有伟大作家的心理共识。热闹的地方产生不了永恒的风景，正如马尔克斯所言："在文学创作的征途上，永远是一个人单枪匹马奋战的，这正如一个遇难者在大海上挣扎一样。是的，这是世界上最孤寂的职业。谁也无法帮助一个人写他要写的东西。"③我们所处的时代，人类就如同马尔克斯所谓"遇难者"，处在世界的"边缘"，在大海上孤独地"挣扎"着。现代乃至后现代的生存环境绑架了我们的生活，可怜的人类

---

① 沈从文：《小说作者与读者》，《战国策》，1940 年 8 月 15 日第 10 期。见沈从文：《抽象的抒情》，上海：复旦大学出版社 2004 年版，第 21 页。

② 叶廷芳：《卡夫卡全集》（第五卷），石家庄：河北教育出版社 2000 年版，第 306 页。

③ ［哥］马尔克斯：《创作的甘苦——答好友门多萨》，载王宁主编《诺贝尔文学奖获奖作家谈创作》，北京：北京大学出版社 1987 年版，第 518 页。

刚获得长久期盼的主体性，却又陷入了科学、技术与物质精心编制的牢笼之中，个人与自己、与他人、与世界处在前所未有的紧张和焦虑之中。人们的精神生活虽然没有完全消弭，但在这个急躁多于从容、速成优于沉潜、重量胜于质量的时代，却成了一种徒有的形式或者蜻蜓点水的姿态。在生存的疲惫和焦灼之中，如何寻找生存的意义和价值，如何寻找精神的抚慰和灵魂的安妥，成了比以往任何时代都棘手的严峻问题。人类怎样超越科学、技术与物质等充斥的世界（当然也包括"中心"及其建构的"边缘"），怎样根本地改变与现实、与理想、与未来的关系，个体的精神如何获得普遍的意义等等问题，如同魔咒和梦魇一样缠绕着人类。如果不能摆脱生存形态的有限性，承认精神生活作为存在的本质和意义，便不能走出物质、技术与信息造就的陷阱，确认人类的本性和存在的目的。人类在科学与技术占据"中心"的边缘化处境中，如果不能返归内心，只能可怜地用心灵复制世界，或用世界复制心灵，永远处于"边缘"。而"边缘"处境和心态为人类的灵魂的摆渡提供了可能——回归人类的内心，反思存在的意义，寻求救赎的可能。只要人类灵魂的工程师在"边缘"孜孜以求、劳而不辍，终有一日会建造精神突围的诺亚方舟。

二

　　将"边缘"上升到结构意义和理论层次的是日本小说家大江健三郎。用他自己的话说，"边缘性"是他"人生中具有决定意义的条件"。在没有发现自己童年乃至整个人生的"边缘"生存经验之前，他迷惘、徘徊，找不到出发的方向。他回忆说："我自己作为一个作者，即使有意识地希望表现自己生活的这个时代的整体，但是，这十几年来，离开自己家庭的畸形儿诞生的事实，任何小说都写不出来，为了使自己信服这个根据，我才展开了对泼萨达的解释。"①十九世纪末期墨西哥版画家泼萨达的版画，以骸骨和灾祸为主要表现主题，这些具有"边缘"性质的墨西哥乡下异常形象，经过变形、夸张等手法，在新的光辉里有机表现边缘的、底层的、畸形的事物，以荒诞现实主义的诗学，"用隐形结构之光照射出的整体是结构化的整体"②。这带给大江健三郎莫大的启示和激发。大江健三郎出生在四国岛中一个被森林封闭的小村庄之中，从孩童时代起，他就被家乡历史上发生的两次暴动以及祖母的民间传说和神话故事深深吸引，"在边缘地区传承了不断深化的自立思想和文化的血脉"。这些日后成为大江健三郎文学世界的重要因素和终生的精神之源。在早期的《饲育》《掐去病芽，勒死坏种》等以森林为背景的小说中，他自如地运用和创造了这些元素，洋溢着神话般的诗性魅力。然而，这些并没有使他的作品冲出家乡的森林峡谷和自己的童年经验，使得作品具有时代性和世界性的意义。泼萨达启发了他。他发现，"从边缘出发"是从隐形的结构化的整体性出发来表现现代世界、把握现代危机本质的根本所在，因而能够对导致"自动化作用"的日常生活产生强烈震撼，产生陌生化的效果，从而能在新的光辉里表现整体。这是因为，特别是在"乱世、末世，相信最后的审判已经临近的现世，中心指向性的秩序极不稳定。要想把时代的实体表现出来的话，把视点放在社会阶层的中心是没有用的。民众的视线已经不投向这里。视线必须投向社会的边缘。在此，我们重新使用整体这一概念。在这样的时代，丢掉了边缘的事物就不可能掌握社会的整体"③。因而，他重新审视自己的生活经

---

① 　[日] 大江健三郎：《小说的方法》，王成译，北京：金城出版社 2012 年版，第 153 页。
② 　[日] 大江健三郎：《小说的方法》，王成译，第 152 页。
③ 　[日] 大江健三郎：《小说的方法》，王成译，第 150 页。

验和小说创作，力求用"边缘"的这一"隐形结构"完成对时代的整体性构建和表达。在二十世纪六十年代阅读尼日利亚作家奥拉的《非洲的幽鬼与魔幻》之后，大江健三郎儿时的有关战争、神话和森林传说的记忆被激活，他觉得自己可以像奥拉一样，"让自己在孩童时代感受到的恐怖和魅惑的森林中的传说具有某种意义"，通过神话般的想象力，把西非的森林和四国的森林联结起来，表现人类共同性的处境危机，如现代社会对人的异化，人在现代社会的躁动、无助、孤独等边缘化处境，寻找突破的途径和救赎的可能，具有强烈的人类文化意识。

就小说文体和创作方法论而言，大江健三郎觉得只有创造出位于"边缘"的人物典型才是扩大小说世界的有效途径。在一个危机四伏的时代，"把握现代危机本质的方法就是必须站在边缘上，不能以中心为导向。这一整体性的表现必须从边缘、从隐形结构方面来完成"[①]。另外，"在唤起想象力结构的层面，还有文体的层面，真正引进一个异质的典型人物是扩大小说世界的方法。而且，在小说总体层面的构思上，引进站在边缘的典型人物是作者自我批评和迈向整体化的重要途径"[②]。大江一直有意识地希望表现自己生活时代的整体，从泼萨达的版画中他找到了"边缘意识"，从而开始了辉煌的文学之旅，正如他自己所言："而我，则在边缘地区传承了不断深化的自立思想和文化血脉。"[③]因而，在大江健三郎的小说世界中，家乡历史上的两次暴动、秋收节赛会、残疾儿、森林中的峡谷村庄、性畸形等边缘化的处境成为其小说的起锚之地。在对"边缘"本质的透辟把握中，他

---

① [日]大江健三郎：《小说的方法》，王成译，第 152 页。
② [日]大江健三郎：《小说的方法》，王成译，第 167 页。
③ 许金龙：《Football 呼唤着新的回答》，载大江健三郎《万延元年的 Football》，许金龙译，北京：作家出版社 2006 年版，第 1 页。

将历史、神话、传说以及自己的人生经历和艺术体验融合起来，折射并抵达了"中心"。大江健三郎的代表作《万延元年的Football》成功而又完美地践行了其边缘化理论。蜜三郎夫妻生育了有先天智障的婴儿，这使夫妻二人精神萎靡不振，反对日美安全保障斗争之后精神失常的好友自杀，带给他们更大的震撼。此时，反对日美安全保障斗争之后漂泊美国的弟弟鹰四突然回国，决定与兄嫂回到四国故乡的森林之中，一来拆除祖上传下的百年老屋，二来了解百年前领导家乡暴动的曾祖父兄弟在流血斗争中的真实状态。回到森林中的故乡之后，他们组织年轻人成立球队，利用洪水冲毁桥梁的机遇阻断了村子和外界的联系，并发动了村民和山民抢夺超市的暴动。暴力刺激了鹰四血腥野蛮的一面，他与嫂子乱伦之后试图强暴村里的姑娘，遭到拒绝之后用石头将其头部砸成肉饼，从而受到村里年轻人的孤立。在最后的夜晚，鹰四向哥哥坦承了曾与妹妹乱伦并导致其自杀的真相，自杀赎罪。不久，蜜三郎在拆除老屋时发现，当年暴动的指挥者在失败之后并没有离开村子，而是躲藏在老屋的地下室，以虚拟的身份不断向村子里写信，报告外面的变化以及自由民主的新思想。蜜三郎在了解这一切之后，决定领回自己在福利院寄养的孩子并抚育鹰四将要出生的孩子。在这个与"中心"对立的"边缘"地带，蜜三郎夫妻听到了"阴暗灵魂的哭泣声"，获得了精神上的新生。大江健三郎"借助根所家兄弟为远离都市以及精神危机回乡寻源的过程，成功地在位于地理和文化边缘地带的四国森林中初步建构起神话/传说、民间历史与中心文化和官方历史相抗衡的根据地，一如作者后来在谈到该作品时所说的：'我曾写了边缘的地方民众的共同体追求独立，抵抗中央权力的长篇小说《万延元年的Football》。这部小说的原型，就是我出生于斯的边缘地方所出现的抵抗。……与那个中心进行对抗的边缘这种主题，如同喷涌而出的地下水一般，不断出现在此后我的几乎所有的长篇小说之中'"[1]。大江健三郎从自己的童年经验出发，立足于文化人类学的边缘化理论，在故乡的"森林峡谷村庄"里找到了自己小说的学理依据，在巴赫金的"怪诞现实主义"理论中找到了与"中心"对立的"边缘"叙事模式，他极力"使边缘人的形象凸现出来，为稳定的社会—文化秩序引入异质因素，使人们习以为常的一切突然变得陌生，从而引发出对既成社会—文化结构的质疑与新认识"[2]。在对"中心"影响力的不断消解中，大江通过想象和创造，反复表达了与弱者共生、反对核武器、用象征"边缘"的森林拯救人类危机、给予迷惘者以勇气和希望的主题，虽然其作品过多表现了人性中的丑恶、畸形和变态，色彩过于阴暗，但他"以诗的力量构筑了一个幻想世界，浓缩了现实生活与寓言，刻画了当代人的困扰与怅惘"（诺贝尔奖授奖词），表现出坚强的生存勇气和道德力量。在获得诺贝尔奖之后，他拒绝了日本政府授予的"天皇文化勋章"，拒绝主流意识的同化，恪守自己的"边缘"立场。他希望找到一种方法，"以自己的羸弱之身，在二十世纪，于钝痛中接受那些在科学技术与交通的畸形发展中积累的被害者们的苦难"。他的立足点和努力的方向是"作为一个置身于世界边缘的人，如何从自己的意愿出发展望世界，并对全体人类的医治与和解作出高尚的和人文主义的贡献"[3]。他的"边缘"意识，不仅仅是认知和把握世界的方式，同时也是结构小说的方法和关怀人类的途径，为小说艺术的发展开拓了崭新的视域。

---

① 许金龙：《Football呼唤着新的回答》，载大江健三郎《万延元年的Football》，许金龙译，第5—6页。

② 邓亚晔：《论大江健三郎小说中的边缘意识》，《世界文学评论》，2010年第1期。

③ 〔日〕大江健三郎：《我在暧昧的日本》，载大江健三郎《万延元年的Football》，许金龙译，第228页。

三

在二十世纪九十年代以降的中国当代小说书写中，在"边缘处叙述"[①]成为强劲的趋势。这种写作姿态同主流互补共生、制衡发展，丰富了当代小说的存在形态。实际上，除沦为政治的奴婢的非正常年代，小说一直游离在政治文化、大众文化甚至精英文化之外，从未占据过中心。从"边缘处叙述"摆脱了小说对政治和主流意识形态的顺从和迎合，是与时代"共名"保持疏离的冷静，是小说文体主体性的确认，是作家个体独立生命意识的觉醒，是自我书写的基础和出发点，是一种健康自然的写作心态和审视世界的方式。如果小说家有独立、健康、明朗的主体意识，"边缘"对于他们而言，是极为有利的写作心境和写作状态。如果他们能创造出真正立足于"边缘"的个体典型，使得人们的认知结构化，获得认识世界的新方式，这种立足"边缘"的写作就通向了成功。但在市场化的浪潮中，小说摆脱了为政治"呐喊"和"传声"的奴婢地位，又很快沦为经济的附庸和金钱的囚徒，朝着世俗化、媚俗化、低俗化和商业化的方向狂奔。边缘化的"消极影响首先就表现为市场化对文学的影响日益加深，市场经济的利益原则和自由竞争原则诱使着文学朝着物质主义和欲望化的方向发展"[②]，小说家的主体意识发生了偏离、畸形甚至陨落，结果就出现了自称在"边缘"的异化的"个人化"写作。这种标榜"边缘"的个人化写作，隔断了个人与人生、社会和历史的联系，回避了责任、道德、良知、精神等责任承担，沉浸于个人狭小的私密空间，热衷于欲望的展示和宣泄，成为屈从于政治之外的另一种"媚俗"。另一

---

① 吴义勤：《无限性的文本》，《当代作家评论》，2002 年第 4 期。
② 邓艳斌、谢梦珊：《论文学边缘化的意义》，《湘南学院学报》，2007 年第 6 期。

维度的具有"边缘"意义的"底层写作"，虽然能够从人道主义出发关注下岗职工、乡下人、农民工等弱势或边缘群体，分享他们的生存艰难和精神苦闷，但也存在着欲望化和媚俗化的弊病。其流于生活现象的平面展览，缺少精神上的烛照和思想上的穿透，缺少更广大意义上的生存考问和伦理反思，缺少具有深度的批判性反思和建构，缺乏米兰·昆德拉所说的"小说的道德"——"发现惟有小说才能发现的东西，乃是小说惟一的存在理由。一部小说，若不发现一点在它当时还未知的存在，那它就是一部不道德的小说"[①]。这样的边缘化写作，非但没有提供从"边缘"认知"中心"和整体的结构化功能，反而削弱和窄化了"边缘"的文学内涵和美学视域，很快即成为昙花一现的写作潮流和写作现象。

"边缘"意味着自由自在，意味着主体性的张扬，意味着道德、理想和精神的持守，意味着野性、生机和力量，意味着与"中心"对抗的无限可能。但立足边缘不是放任自流、放弃追求，没有底线，没有精神的张扬和道德的坚持，一味地媚俗、庸俗甚至低俗。"边缘"固然不能解决小说创作的自身问题，但可以说是一切好小说生存成长的土壤。对于作家和任何普通个体而言，他们面对社会和世界是孤独的、"边缘"的，但也正如多恩诗歌所言，"没有人是一座孤岛，我们都是大陆的一部分"，我们是存在的本质和一切的"中心"。因而，对于作家的内心世界而言，无所谓"中心"和"边缘"的区分，关键在于自己能否忠实于自己的心灵，敏锐深刻地捕捉和表现所观察到感受到的东西，建构与时代、社会、人生内在的本质的联系。若能如此，"边缘"就成了"中心"，从"边缘处叙述"就获得了大江健三郎所谓的结构性的意义，成为观察社会、审视存在的一种小说方法论。

---

① ［捷］米兰·昆德拉：《小说的艺术》，董强译，第6—7页。

小说的文体、观念与气象

沈从文的文体困境

——从沈从文的长篇残稿《来的是谁？》谈起

沈从文写于一九七一年的长篇小说《来的是谁？》的楔子发表之后，并未引起学界的广泛关注。一是发表的刊物《吉首大学学报》影响不大，二是这个楔子风格大变，迥异于其先前的任何作品，因而即使专治现代文学的学者多也不知晓。我是由于日本近畿大学的福家道信先生在清华的一次讲座，才知道沈从文晚年还有这样一部未竟残稿。这部小说使我意识到，那就是"文革"在神州大地闹得如火如荼的时候，沈从文并未完全丧失创作自由，他还可以进行"地下创作"。相对而言，中华人民共和国成立初期作家的创作环境肯定比不上"文革"开始后的严酷，由北岳文艺出版社出版的《沈从文全集》也收录了一九四九年以后沈从文少量的散文和旧体诗创作。那么，中华人民共和国成立伊始的沈从文，逐渐放弃熟悉的小说创作，除了政治环境对作家创作的"外部"限制与压抑之外，是否也有作家自身"内部"难以为继的原因？将沈从文搁笔小说转向文物全部归咎于外部的压力是否合理恰当？我们考察沈从文辍文学而治文物是不是要将环境的"外部压力"和作家"内部的艺术困窘"综合起来分析才妥当些？审视沈从文中华人民共和国成立后的文学创作，我们发现，沈从文放弃文学专治文物，并不是斩钉截铁的，实际上直到六十年代才完成这种艰难的转向。放弃的原因，也不完全是外部环境的压力，很重要的一个原因是他擅长的带有牧歌情调的文体，已难以适应"革命史诗"激越豪迈的"时代抒情"。

一

《来的是谁？》写于一九七一年，同《长河》一样，这是一部未竟的长篇小说，作者只完成了八千多字的楔子。一九七一年六月八日，时在河北磁县 1584 部队二中队一连二排五班服役的沈从文表侄黄永玉，收到在湖北咸宁"五·七"干校接受劳动改造的沈从文的来信，牛皮纸信封里塞着《来的是谁？》的楔子。黄苗子收藏小说原稿三十余年，二○○六年八月找出归还给黄永玉。二○○七年一月，此篇楔子发表于《吉首大学学报》第二十八卷第一期。根据最近发表的沈从文一九七一年寄给黄永玉的几封书函得知，《来的是谁？》是沈从文接受黄永玉的建议之后，撰写的一部带有"家史兼地方志"色彩的小说，为了让"你们（黄永玉）一代和妮妮红红（黄永玉的女儿）等第三代，也知道点'过去'和怎么样就形成'当前'，以及明日还可能带来的忧患"。但这不是小说的重点，小说的重点是"近百年地方的悲剧和近似喜剧的悲剧，因为十分现实，即有近万的家乡人，已在这个历史过程中死光了。你我家里都摊了一份。我们其所以能存在，一半属于自己，一面则近于偶然。特别是我的存在，好像奇迹！因为一切学习过程，就近于传奇。所以你的建议还是对的"①。小说前五章的大致内容沈从文在此封信件里也做了披露："第一章是'盘古开天地'说起（史书上没提到，而从近年实物出土写下去）。第二章将是二百年前为什么原因如何建立这个小小石

① 沈从文：《干校书简与诗——一九七一年自湖北寄黄永玉》，《收获》，2009 年第 2 期。

头城，每年除公家'改土归流'兼并了所有土地，再出租给苗民，到处都设有大仓库收粮。省里还用十三四万民两经营。这么个小小地方还有个三品官，名叫辰沅永靖兵备道！兼管辰州、沅州，两府所属十多县！第三章、四章即叙述这么一个小地方，为什么会出了三四个总督（等于省长）、四五个道尹（比专员大）或镇守使（等于师长）？随后还出了个翰林、转而为辛亥后第一任总理。另外又还出了大约两个进士（比大学毕业难）、四五个拔贡（比专科毕业难）、无数秀才，四五个日本士官生，上十个保定生，许多庙宇、许多祠堂。第五章叙述辛亥以前社会种种。假定可写十六章到廿章，前五章这么分配是恰当的。"[1]

早在抗战结束回北京不久，沈从文初次介绍黄永玉的木刻而写的《一个传奇的本事》一文中，已经谈到了黄永玉本人也不明白的家乡历史和家中情况。在一九七九年为这篇随笔补充的"附记"中，沈从文对《一个传奇的本事》进行了说明："从表面看来，只象'借题发挥'一种杂乱无章的零星回忆，事实上却等于把我那小小地方近两个世纪以来形成的历史发展和悲剧结局加以概括性的纪录。凡事都若偶然的凑巧，结果却又若宿命的必然。"这篇文章，用沈从文的话说，"以本地历史变化为经，永玉父母个人及一家灾难情形为纬交织而成一个篇章。用的彩线不过三五种，由于反复错综连续，却形成土家族方格锦纹的效果。整幅看来，不免有点令人眼目迷乱，不易明确把握它的主题寓意何在。但是一个不为'概念''公式'所限制的读者，把视界放宽些些，或许将依然可以看出一点个人对于家乡的'黍

---

① 沈从文：《干校书简与诗——一九七一年自湖北寄黄永玉》，《收获》，2009 年第 2 期。

离之思'！"①。可能正是因为感到这篇短文"令人眼目迷乱，不易明确把握它的主题寓意何在"，"土家族方格锦纹"的效果难以表现出来，凤凰近二百年来复杂纷纭的历史变迁及人事更迭难以装进去，沈从文才听取了黄永玉的建议，撰写带有"家史兼地方志"色彩的《来的是谁？》。

从前五章的内容以及沈从文写给黄永玉的信来看，《来的是谁？》是一部关于湘西的"史诗"，从"盘古开天地"说起，写二百年以来的历史变迁，构架比《长河》更为宏大开阔，无疑是一个很庞大的艺术设想。小说的楔子写的是：一九七×年十一月间，天寒地冻，一个穿着破旧的皮领子大衣，戴着旧式油灰灰的皮耳帽的，身材看起来像南方人，装备看起来又像老北京的老头下了火车，拐进一个小胡同，寻找一个叫张永玉的人。来开门的是一个小姑娘，说没有张永玉这个人。老头说，那就找张黑蛮。小姑娘说，也没有张黑蛮。老头说，那就找张黑妮。小姑娘也叫黑妮，但不姓张，便说老头找错了，不给开门。老头说，你们这里不是住的张梅溪吗？你们不是一家人吗？小姑娘对老头说：您找门牌错了，这里住的姓黄，门牌上不是写得清清楚楚吗？小姑娘并没有开门，老头只得走了。小姑娘的爸爸和家里其他两人看完电影后归来，小姑娘说了有个奇怪的老头来找。小姑娘的爸爸琢磨了一会儿，便叫上小姑娘去火车站找那个神秘老头，结果看到一列火车已经驶开，"放佛正有个戴皮帽子、穿皮领子大衣的老头子，在车窗里向她连连招手，一面似乎还大声说：'张黑妮，张黑妮，再见！再见！'"。小姑娘和爸爸回家之后，在自家信箱里看到一封信，

---

① 沈从文：《一个传奇的本事》，载《沈从文文集》(第十卷)，广州、香港：花城出版社、三联书店（香港）有限公司1988年版，第162—163页。

信封上写着"张永玉同志收"。信里用淡墨写了五六行小字：

　　张永玉，你这个聪明人，真是越读《矛盾论》越糊涂，转
向反面。到今为止，还不知道自己究竟姓什么，妻室儿女也不
明白自己姓什么，世界上哪有这种聪明人？为什么不好好的作
点调查研究，或问问有关系的熟人？你回家扫墓时，为什么不
看看墓碑上写的是什么？

楔子的结尾写道：

　　姓氏本来近于一个符号，或许可以姓黄，也可以姓张，言
之不免话长，要知后来如何，且听下回分解。常言道，无巧不
成书，真正巧事还在后头，诗曰：
　　想知眼前事，得问知情人。
　　不然真糊涂，懵懂过一生。
　　世事皆学问，举措有文章，
　　一部廿四史，慢慢说端详。

　　就楔子中出现的人物而言，除过将姓"黄"改为姓"张"，似乎
都能和黄永玉家对上号。黄永玉（1924— ）的两个孩子，一个叫黄
黑蛮（1952— ），一个叫黄黑妮（1956— ）。沈从文曾经谈到黄永玉
的故乡"镇筸城"时，谈到"黄""张"两姓。他说"镇筸城"原来
由"镇打营"和"筸子坪"合成，后改为"凤凰县"。住在这个小小
石头城里的人，"大半是当时的戍卒屯丁，小部分是封建社会放逐贬
谪的罪犯（黄家人生时姓'黄'，死后必改姓'张'，听老辈说，就

是这个原因)"①。由此看来，沈从文故意混淆生死界限，使小说具有魔幻色彩，实际上源于其家乡的传说。从楔子也可以看出，《来的是谁？》的确涉及黄永玉的家史，但这似乎无关紧要。正如楔子结尾所说的"姓氏本来近于一个符号，或许可以姓黄，也可以姓张，言之不免话长"。令人惊诧的是《来的是谁？》的风格。这篇小说显然是在借鉴以《红楼梦》为代表的中国古典章回小说，开头也类似于《红楼梦》第一回的"甄士隐梦幻识通灵　贾雨村风尘怀闺秀"。小说的文体显然不同于《边城》等作品的"抽象的抒情"，而是带有"黑色幽默"的调子，特别注重细节的铺写，又有"魔幻现实主义"的特点。开头部分，以巴尔扎克式的笔法，描写了七十年代初期北京的肃杀景象，交代了一个"文革"的故事背景。时值下班时分，大街上人来人往，热闹非凡。最后笔墨重点落到"公鸡"，以及接客人的人类似于"公鸡"的神态。更有甚者，从香港、海南岛等南方来北京探亲的来客，"手提竹篮中，间或还会露出个大公鸡头，冠子红红的，眼珠子黄亮亮的，也四处张望，意思像有意见待表示。'这有什么好？路面那么光光的，一无所有。人来人往，那么乱，不是充军赶会忙些什么？……一只蚱蜢、一条蚯蚓也见不到！'"。这一段关于"公鸡"的描写，幽默滑稽，迥然异于沈从文的"抒情体"小说，沈从文试验以一种别样的文体来实现自己的小说复兴。当然，小说并不陷于油滑，更多的是"油滑其肤，沉痛其骨"。小说接下来写到老头子不小心挡住了一个"青壮"的路，不住地说："对不起，对不起！"可是本应当表示歉意的"青壮"，却带着"一点官气"，反而狠狠瞪了"小老头子"一眼，用更偏北的口音说："哼，什么对得起对不起，废话。"老

---

① 沈从文：《一个传奇的本事》，载《沈从文文集》(第十卷)，第 153 页。

头子说了句"少年有为撞劲足",笑了笑,便向前走了。如果说这件小事表现了颇有礼貌的北京某种文明友好的东西已经流失于外,后面的敲门认亲则具有"荒诞"的味道。当老头子敲响小姑娘家的门的时候,小姑娘缺乏对人的理解和同情。特别是小老头这样一个老年人,也不能得到小姑娘的理解和信任。小姑娘"因为前不久在学校里面演过《沙家浜》戏中的阿庆嫂,或多或少受了点影响。因此和阿庆嫂一般的想:'这事情可巧,究竟是谁? 打的是什么坏主意? '"。"文革"样板戏的思维已经同化了一个涉世不深的小女孩的头脑,她大脑里关于如何同人相处,全是"文革"的思维逻辑,因而导致老头子千里迢迢而来,闷闷抑郁而去。小姑娘的家人在看完电影回来之后,举手投足,也是模仿《沙家浜》中人物的样子。对话中还提到了《沙家浜》的参编者汪曾祺:

> 爸爸脱了大衣看看菜汤,也用小勺子尝了尝,为了逗女儿开心,故意学着刁德一的口气,"高明,高明。"因为女儿前个星期在学校刚演过阿庆嫂,做导演的还是戏本原执笔的汪伯伯,一家人坐在前排,都为这件事满开心……

楔子中的人物,日常生活、思维逻辑都已经被样板戏同化,作者在八千字的篇幅里不断强化这一点。沈从文通过小说中的小姑娘一家,将其表现得淋漓尽致。他们为参与《沙家浜》导演和创作的汪伯伯(即汪曾祺)而骄傲兴奋。而正是样板戏的思想洗涤,才使小姑娘拒远方来客于千里之外。小说流露出的对汪伯伯的钦慕,颇耐人寻思。沈从文在湖北咸宁"五七"干校劳动改造,自己的得意高足因为参与样板戏的写作而天下闻名,以至于风光地登上天安门城楼,作为老师的沈从文却晚景凄凉，心中难免百感交杂，是羡慕，是讽刺？我们不去妄下断语。

　　另外，从语言来看，《来的是谁？》干巴枯涩，并不好读，我们甚至不能相信出自沈从文的手笔。小老头子的形象癫而不疯，似幻似真，颇有魔幻现实主义的倾向，比八十年代刮来的"拉美魔幻现实主义"足足早了十余个年头。沈从文的"魔幻"资源，不是外来的输入，而是取自于中国古典文学。这样一个带有挑战性质的创作尝试，究竟能否完成，沈从文也表示了自己的顾虑和担忧："一是我人七十岁了，在偶然事故中二十四小时内即将步大姑爹大表伯后尘，可能性完全存在……其次即今冬明春可望回去，如安排了未完工作，都会影响这一工作的继续……"①沈从文一是担心自己年纪大，怕突然离世；二是担心上面安排工作，影响写作的继续。除此之外，放弃自己的抒情文体，写作这种带有"魔幻色彩"而又不乏"黑色幽默"的带有"史诗"性质的小说，这种艺术上的转身是否能够完成？沈从文是个天生的诗人，善于雕琢精致玲珑的小玉器玩，他的专长在于构建比较小巧的"希腊人性小庙"，进行"抽象的抒情"。已经创造了《边城》这种"抽象的抒情"文体的沈从文，是否能够顺利地过渡到"家史兼地方志"式的史诗小说写作，这才是最关键的问题。

二

　　写作长篇，沈从文已经不是初次尝试。一九三八年，他完成了长篇小说《长河》的第一卷。因内容涉及湘西少数民族与国民党当局的矛盾，在香港报刊发表时被删节，小说前后互不连贯。一九四一年作

---

① 　沈从文：《干校书简与诗—— 一九七一年自湖北寄黄永玉》。

者重新改写，经过两次送审和再次删节，才有部分篇章得以在内地刊物上重新发表。后来作者再也没有提起笔来，将这部小说续完。研究者大多将国民党的文艺审查制度当作《长河》难以为继的重要原因，但忽视了另外一个重要的因素，那就是作者自身的艺术困境。如果环境允许，沈从文能够完成这部小说吗？抗战开始之后，国民党在文艺上已无暇顾及，沈从文为什么不将这部小说写完呢？这是因为，沈从文在"文体"上遇到了难以调和的矛盾和困惑。

这种矛盾和困惑实际上在《边城》完成之后就已出现。一九三三年完成《边城》之后，沈从文"沉默"了两年时间，小说创作数量也明显下降。《边城》已经使他感觉到疲惫不堪或者力不从心。尽管他自己说，"沉默并不等于自弃"。沉寂较长时间之后，他相继推出的《八骏图》《来客》《顾问官》《主妇》《贵生》等作品，无论是思想内涵，还是艺术手法都发生了鲜明的转向，《边城》那种由"独特的风格"和"诚挚的感情"构成的"牧歌文体"已经渐行渐远。实际上，《边城》里已经透露出"抽象的抒情"的艰难和疲倦，譬如"在描绘地方上风土人情的时候，作者多次直接插话，表示热烈的赞叹。一个作家不断用自己的称赞来加强他对某样事物的描绘，这是否说明他在捕捉对那事物的诗意感受上，多少有点力不从心了？他后来屡次回忆写《边城》时的创作情绪，那种欣幸的口气就清楚地表明，他自己也知道这样的心境多么难得。再看看他一九三四年和一九三五年间的创作情况，不但越写越少，而且越写越杂，简直又回到十多年前的杂乱里去了。他本来应该趁热打铁，怎么反倒熄了炉火？"①。现实的残酷纷乱

---

① 王晓明：《"乡下人"的文体和城里人的理想——论沈从文的小说创作》，《文学评论》，1988年第3期。

使处在乱世中的沈从文难以漠然置之，这种对现实的"厌恶"和"绝望"，已经在他描绘湘西风土人情时情不自禁地显现出来。尽管没有冲淡对湘西"诗意"的抒情，已经多少显得作者不能恬静地进行"抽象的抒情"，或者说这座"希腊人性小庙"的建造已经耗尽了作者的"牧歌"曲谱。作者这种情不由衷或是力不从心的慨叹，或多或少破坏了"牧歌"的和谐。他后来多次回忆写作《边城》时的创作状态，似乎也表现了作者再难以回到那种优裕自如、恬静致远的写作心境。沈从文疏远了自己熟悉的"牧歌"文体。在兵荒马乱的时代，他难以保持继续不介入时代的天籁般的"吟唱"。更为致命的是，他"那样顽强地想要把握住那种'乡下人'的浑沌感受，自己却又一步步地努力要当一个城里的绅士，这就势必会受到那绅士阶层的世俗理想的牵制，最终还是对自己的审美情感发生了误解。因此，就在快要攀登上文体创造的山巅的时候，他又身不由己地从旁边的岔道滑了下来。惟其接近过那辉煌的顶峰，他最后的失败才真正令人悲哀，它以那样残酷的方式显示了人的世俗意识对艺术的巨大破坏力，它竟能从一个已经建立起个人文体的小说家手中，硬把那文体生生地抢夺走！"①。

《边城》实际是沈从文小说创作的最高峰峦，此后作者再也回不到写作《边城》时的单纯明澈，写作《长河》时甚至更糟；再也没有对"诗意栖居"的向往，充斥其大脑的是解剖和描绘现实，以及概念化的对愚昧、落后、腐败的不齿和厌恶。作者虽然也描绘风物，但总爱孜孜不倦地议论；想"史诗"般地表现湘西的"常与变"，但老揪住"新生活运动"不放，并不惜笔墨，刻意地用调侃嘲弄的笔调增加

---

① 王晓明：《"乡下人"的文体和城里人的理想——论沈从文的小说创作》，《文学评论》，1988年第3期。

幽默风趣，仍遮掩不住文体转变之后的困窘。看看《〈长河〉题记》，我们就明白了沈从文已经完全抛弃了他熟稔的"抒情文体"，而是倾心于"人事上的对立，人事上的相左"：

一九三四年的冬天，我因事从北平回湘西，由沅水坐船上行，转到家乡凤凰县。去乡已经十八年，一入辰河流域，什么都不同了。表面上看来，事事物物自然都有了极大进步，试仔细注意注意，便见出在变化中堕落趋势。最明显的事，即农村社会所保有那点正直素朴人情美，几乎快要消失无余，代替而来的却是近二十年实际社会培养成功的一种唯实唯利庸俗人生观。敬鬼神畏天命的迷信固然已经被常识所摧毁，然而做人时的义利取舍是非辨别也随同泯没了。"现代"二字已到了湘西，可是具体的东西，不过是点缀都市文明的奢侈品大量输入，上等纸烟和各样罐头在各阶层间作广泛的消费……

所以我又写了两本小书，一本取名《湘西》，一本取名《长河》。当时敌人正企图向武汉进犯，战事有转入洞庭湖泽地带可能。地方种种与战事既不可分，我可写的虽很多，能写出的当然并不多。就沅水流域人事琐琐小处，它的过去、当前和发展中的未来，将作证明，希望它能给外来者一种比较近实的印象，更希望的还是可以燃起行将下乡的学生一点克服困难的勇气和信心！另外却又用辰河流域一个小小的水码头作背景，就我所熟习的人事作题材，来写写这个地方一些平凡人物生活上的"常"与"变"，以及在两相乘除中所有的哀乐。问题在分析现实，所以忠忠实实和问题接触时，心中不免痛苦，唯恐作品和读者对面，给读者也只是一个痛苦印象，还特意加上一点牧歌的谐趣，取得人事上的调和。作品起始写到的，即是习惯下的种种存在，事事都受习惯控制，所以货币和物产，于这一片小小地方活动流转时所形成的各种生活式样与生活理想，都若在一个无可避免的情形中发展。人事上的对立，人事上的相左，更仿佛无不各有它宿命的结局……①

　　这种尝试在《边城》之后已经开始。人事上的"对立相左"和"抒情"之间的紧张与分裂，逐渐破坏式微了他作为"牧歌"作家的气质。他适宜于雕琢小巧精致的、朦胧和水灵的"边城"，擅长做"水"的文章。而《长河》除"水"之外，多了一个"土"字，是要做"水土"的文章，要求比《边城》厚实大气得多。另外，短中篇（实际上《边城》也不过是一个比较长的短篇而已）是他最合适的"牧歌"载体。一旦离开这两个条件中的任何一个，他就明显显得力不从心或者难以为继。这个问题在《边城》之后短篇创作上已经表现得颇为突出，尚不说带有"史诗"性质的《长河》。

　　沈从文在《题记》中说，用辰河流域一个小小水码头做背景，就他所熟习的人事做题材，"来写写这个地方一些平凡人物生活上的'常'与'变'"，"以及在两相乘除中所有的哀乐"。"常"是作者熟悉的，而"变"仅靠作者走马观花式的回乡印象，先入为主的憎恶分明的外部情感，很容易将"抒情"做简单化的处理，因而也就很难完成长篇幅的"抒情"。第一章《人与地》写平凡人物生活中的"常"。在这一章的结尾，作者点明即将进入"变"：这就是居住在这条河流两岸的人民近三十年来的大略情形。这世界一切都在变，变动中人事

---

① 　沈从文：《一个传奇的本事》，载《沈从文文集》(第七卷)，第 2 页。

乘除，自然就有些近于偶然与凑巧的事情发生，哀乐和悲欢，都有它独特的式样。然而"变"刚刚开始，激烈的矛盾冲突刚刚开始，情节刚刚展开，作者就为他画上了休止符。沈从文遇到了由"抒情"过渡到"史诗"的转换矛盾。此外，"牧歌"的文体不需要过多的人物，《边城》中的主要人物也不过四五个，而"史诗"要求的人物要多一些，人物之间的牵涉关系也要更为复杂一些，这是作者遇到的另一个艺术难题。再加上《长河》第一卷出版遇到审查删改，《长河》才难以为续，成为断章。

沈从文自己也感觉到了远离"抒情"（或者资源干涸）之后艺术路向调整的拗手和艰难。从《小砦及其它》开始，这种有意识的"回归抒情"愈来愈明显，但还是没有回到并未久违的叙述原点。《小砦》喋喋不休，如同政论或是哲理文章；《虹桥》啰啰唆唆，空发议论；《新摘星录》唠唠叨叨，语言也拖泥带水，不知道作者想说什么。写于四十年代中后期的《雪晴》《巧秀和冬生》《传奇不奇》等也同样没有回到《边城》那样的自然凝练、恬淡致远。他"'欲进还退'地试图重新写些关于乡土中国的美丽'神话'和'传奇'，但成就平平，了无起色。这也印证了一个老掉牙的文学原理——创作之所以为创作，就在于它不可重复，连作家自己也难以重复自己"①。

三

沈从文在中华人民共和国成立之后并未毅然中断文学创作而治文物研究，实际上他犹豫不决，一直拖延到七十年代初期。这个抉择并

---

① 解志熙：《"乡下人"的经验与"自由派"的立场之窘困——沈从文佚文废邮校读札记》，《中国现代文学研究丛刊》，2008 年第 1 期。

不是当机立断、斩钉截铁，而是抽刀断水、举棋不定，有一个复杂艰难的心理博弈过程。中华人民共和国成立后，沈从文仍有着很高的创作热忱。他曾把自己的这种心态形象地比喻为"跛者不忘履"："这个人本来如果会走路，即或因故不良于行时，在梦中或在日常生活中，还是会常常要想起过去一时健步如飞的情形，且乐于在一些新的努力中，试图恢复他的本来。"①不过这种创作的热忱，已经不是渴望重构"远离尘嚣的牧歌"，而是紧贴现实，做"时代的抒情"，这在他的信札里多有反映：

　　　　这回下乡去是我一生极大事件，因为可以补正过去和人民群众脱离过误。二十多年来只知道这样那样的写，写了许多文章，全不得用。如能在乡下恢复了用笔能力，再来写，一定和过去要大不相同了。因为基本上已变更。你们都欢喜赵树理，看爸爸为你们写出更多的李有才吧。（一九五一年十月二十八日致沈龙朱、沈虎雏）

　　　　这么学习下去，三个月结果，大致可以写一厚本五十个川行散记故事。有好几个已在印象中有了轮廓。特别是语言，我理解意思，还理解语气中的情感。这对我实在极大方便。（一九五一年十一月八日致张兆和）

　　　　你说写戏，共同来搞一个吧，容易安排。或各自作一个看看，怕没有时间。因为总得有半年到四个月左右空闲，写出来才

---

① 《沈从文全集》（第二十七卷），太原：北岳文艺出版社 2002 年版，第 462 页。

可望像个样子。背景突出，容易处理，人事特殊，谨慎处理易得良好效果。可考虑的是事的表现方法，人的表现方法。用歌剧还是用话剧形式。我总觉得用中篇小说方式，方便得很。用把人事的变动，历史的变动，安置到一个特别平静的自然背景中，景物与人事一错综，更是容易动人也。但当成戏来写，社会性强，观众对于地方性生产关系，也可得到一种极好教育。只恐怕不会有空闲时间来用。（一九五一年十二月二日致金野）①

由于环境的局促压抑，沈从文急于得到"主流"的接纳和承认。我们当然能理解他在那个环境下的艰难处境，但他自己忽略了"远离尘嚣的牧歌"和"时代的抒情"之间的紧张对峙，这个"紧张的对峙"令他无限苦恼，无所适从——无论他做怎样的艺术上的妥协，都得不到主流意识形态的接纳。

一九五○年五月起，沈从文花了一年多的时间，七易其稿，于一九五二年一月完成了纪实小说《老同志》，但没有报刊愿意发表。无奈之下，沈从文给早年好友丁玲写信："寄了篇文章来，还是去年十一月在四川写的，五月中寄到一个报纸编辑处，搁了四个月，现在才退回来，望为看看，如还好，可以用到什么小刊物上去，就为转去，不用我名字也好。如要不得，就告告毛病。多年不写什么了，完全隔了。"②《老同志》写的是一个老炊事员。中华人民共和国成立后思想改造，沈从文进入"革命大学"学习，和一个老炊事员每天在一起。这个老炊事员是社会主义的"新人"，给他印象很深，觉得应该

①　李扬：《跛者不忘履——沈从文建国后的文学写作生涯》，《新文学史料》，2005 年第 4 期。
②　沈从文：《1952 年 8 月 18 日致丁玲》，载《沈从文全集》(第十九卷)，第 353 页。

向老炊事员学习。沈从文在三十年代已名满天下，他不再是那个发表作品欲望极强、借稿费糊口的文学青年。他之所以认真地写作，并求老友丁玲帮其推荐发表，实际上是想通过这篇作品，表示自己已改造彻底，从心理和文学上都已完成"革命"。郭沫若的《斥反动文艺》和第一次文代会的拒而不纳，给沈从文造成巨大的思想压力，他极力想通过自己创作的转型来"归队合群"，不过并没有被接受。如果说《长河》中的题材他尚且熟悉，只是缺少驾驭"史诗"的能力，那么《老同志》则是熟而不合，他并不擅长"命题作文"和"主题先行"的创作。他"归队"的愿望泡汤了，创作上的实验也失败了，尽管曾经以文体善变而享有"文体作家"的美誉。

《老同志》之后，沈从文在一九五六年四月出版的《旅行家》第四期上，发表了散文《春游颐和园》。截至一九五七年七月，他在《旅行家》先后发表了《从一本书谈谈民族艺术》《新湘行记》《谈写游记》等散文，几乎都在"歌德""颂德"。一九五六年，沈从文在《人民文学》副刊上发表散文《天安门前》，也是因为胡乔木"一定要请沈从文为副刊写一篇散文"[1]。既然是胡乔木的"命题作文"，内容就可想而知了。发表于一九五七年第七期《人民文学》上的散文《跑龙套》，是在文艺政策调整之后，经周扬的关照才得以见世。周扬对《人民文学》的主编严文井说："你们要去看看沈从文，沈从文如出来，会惊动海内外。这是你们组稿的一个胜利！"[2]《跑龙套》是以专家身份谈戏曲服饰，举重若轻，扎实而平畅。也就是在这一年年初，中

---

① 袁鹰：《胡乔木同志和副刊》，载《胡乔木传》编写组编《我所知道的胡乔木》，北京：当代中国出版社 1997 年版，第 194—197 页。
② 涂光群：《沈从文写〈跑龙套〉》，载涂光群《中国三代作家纪实》，北京：中国文联出版公司 1995 年版，第 273 页。

国作协向会员征集创作计划，沈从文倾吐了自己的创作计划："大致
有两个中篇的初步准备，如时间能作自由支配，还容易着手：一以安
徽为背景的，将来得去那边乡下住一个月，已经有了底子；二以四川
内江丘陵区糖房生产为背景的，我曾在那里土改十个月，心中也有了
个数目，将来如写也得去住一二月，并在新成立大机器糖房住十天半
月。这些东西如能有自己可使用的时间，又有能力可到想到地方去住
住，并到别的地方去，如像青岛（没有文物的地方！）住一阵，工作
或可望能够逐渐顺手完成。"①

　　大概沈从文自己也没有想到，自己的创作计划竟然得到批准，并
且安排其当年八月份去青岛一边疗养，一边创作。沈从文按捺不住自
己的兴奋，在致大哥的信中说："在海边住一月会好一些。如有可能，
住半年也许还更好些，因为有半年时间，一定可写本小书。有好几个
小册子都没有时间可写。"不过到青岛之后，他很快写了一篇以打扑
克为题材的小说。从张兆和的回信中，可以看出这篇小说视野太窄，
并不成功："拜读了你的小说。这文章我的意思暂时不拿出去。虽然
说，文艺作品不一定每文必写重大题材，但专以反对玩扑克为主题写
小说，实未免小题大做；何况扑克是不是危害性大到非反不可，尚待
研究。即或不是在明辨大是大非的运动中，发表这个作品，我觉得也
还是要考虑考虑。我希望你能写出更好一些，更有分量的小说，因为
许久不写了，好多人是期待、注意你的作品的，宁可多练笔，不要急
于发表，免得排了版又要收回。"②但好景不长，风云突变，再加之疗
养环境愈来愈差，亦不允许他去完成写作计划，这个写作计划最终胎

---

① 沈从文：《沈从文全集》（第二十七卷），第 509—510 页。
② 沈从文：《沈从文全集》（第二十卷），第 182—183 页。

死腹中。

　　沈从文再次有创作的冲动，是一九六一年一月五日住院之后。养病之暇，他又想提笔重操旧业。[①]在信函里，他说："我联想到如能有精力，好好收集一百家乡家中及田、刘诸家材料，和陈玉鳌近四十年材料，特别是近四十年家乡子弟兵在抗日一役种种牺牲材料（其中我只记住一部分，还是廿七年在沅陵谈到的），我可能还可以利用剩余精力来用家乡事作题材，写一本有历史价值的历史小说。规模虽不会怎么大，却必然还有一定意义。因为从局部看全体，用家乡子弟抗日为主题，也会写得出很好作品的。"[②]

　　这部小说以张鼎和（张兆和堂兄）为中心人物。这个写作计划最早萌芽于一九四八年，他也有意识地收集相关资料，但一直没有机会付诸笔端。[③]一九五七年，在给中国作协的创作计划中，他旧事重提，不过得到批准后并未列入当时的写作计划。一九六〇年夏末秋初，沈从文两度到宣化搜集资料，陆续累积十万余字的文献材料，并于一九六〇年十月十日，致信给张鼎和过去的战友、时任中国科学院副院长的张劲夫了解情况。[④]在给汪曾祺的信中，沈从文也披露了这部小说的梗概："休假一年，打算写本故事，是三姐家堂兄闹革命，由五四后天津被捉，到黄埔清党逃出，到日本又被捉，到北京被捉，回到安徽又被捉，……终于还是在'蒋光头'西安被困三个月以前，在安徽牺牲了。死去后第二代经过种种事故，到昆明我们又碰了头。第二代又活动，复员后，回到上海，又被捉，幸亏手脚快，逃往冀东解

---

① 　沈从文：《沈从文全集》（第二十一卷），第 15 页。
② 　沈从文：《沈从文全集》（第二十一卷），第 5—6 页。
③ 　李扬：《跛者不忘履——沈从文建国后的文学写作生涯》，《新文学史料》，2005 年第 4 期。
④ 　李扬：《跛者不忘履——沈从文建国后的文学写作生涯》，《新文学史料》，2005 年第 4 期。

放区。"沈从文对这次写作充满了信心,他相信"估计写出来必不会太坏,可兼有《红旗谱》《我的一家》两方面长处"①。

沈从文明显过于乐观了,他忽略了自己难以适应新的文体要求,很快就陷入失落和矛盾之中。在一九六〇年致沈云麓的信中,他说:

> 我近来正在起始整理小说材料,已收集了七八万字,如能写出来,初步估计将会有廿五万字。目前还不决定用什么方法来下笔。因为照旧方法字斟句酌,集中精力过大,怕体力支持不住。而且照习惯一写作体力消耗极大,即需大量吃流质和糖,现在情形却不许可。如照普通章回小说写,倒不怎么困难,但是这么一来,将只是近于说故事,没有多大意思,一般读者可能易满意,自己却又不易通过。大致到十月将试写几章看看效果如何。社会背景虽熟悉,把握问题怕不大好办,因为照实写,也还有不甚宜于当前读者处!近来写作不比过去,批评来自各方面,要求不一致,又常有变动,怕错误似乎是共通心理,这也是好些作家都不再写小说原因,因为写成一个短篇非常费事,否定它却极容易,费力难见好。我则因为近十年学的全是文物制度问题,工艺上花花朵朵诸事,用脑子方法是傻记,工作对象是为人服务,为各方面。写作小说却要靠明白人事,组织事件变化,准确描叙背景,长于运用语言表现性格思想,这种种和近十年学的均有矛盾,是另外一套知识。把这十年学的完全抛弃,既不可能也不经济,兼顾并及亦有限度。所以真的要写小说,恐怕还得用个一二年试验摸索时间,写个三几十篇,从

---

① 沈从文:《沈从文全集》(第二十一卷),第19页。

失败中取得些新经验，才会见成绩。不是下乡下厂即可解决，因为下乡下厂人够多了，不会写还是难有成绩。我最大困难还是头脑已不甚得用，文字表现力也已经大半消失，许多事能记忆，可再不能通过文字组织来重现，真是无可如何。①

三年困难时期，沈从文更多通过旧体诗词同时代"唱和"，计划中的长篇小说却迟迟不能动笔，一再拖延。他对张兆和说："写文章如像给你写信那么无拘束，将多方便，还可写多少好东西给后来人看。"沈从文的困惑在于："……那个小说长期以来不知如何下笔。不知用某一方法，即比较容易处理而对读者却易于领会。我对一般方式（如《红旗谱》《青春之歌》）不拟采用，应还有更合我本来长处相配合的表现法，但是又受材料的现实性束缚，反而难于下笔。这点为难也近于一种反抗。我不希望用《红旗谱》那种手法得到成功，可是自己习惯的又不大易和目下要求合拍。"②

这部小说沈从文精心准备了多年，最终却流产了。多年不提笔，他不知道如何下笔。他近十年学的全是文物制度问题，"写作小说却要靠明白人事，组织事件变化，准确描叙背景，长于运用语言表现性格思想，这种种和近十年学的均有矛盾"。他不愿意采用《红旗谱》《青春之歌》那种方式，"但是又受材料的现实性束缚"，找不到和他"长处相配合的表现法"。归根结底，还是文体的跨越问题。主流意识形态允许他写的，只能是这种"革命史诗"，这和他的"抽象的抒情"的美学是"抵牾"的。那么，如果没有主流意识形态的介入干涉，假

---

① 沈从文：《沈从文全集》（第二十卷），第465—466页。
② 沈从文：《沈从文全集》（第二十一卷），第154—155页。

使沈从文完全有创作自由，他的创作还能回到三十年代那样的蓬勃状态吗？答案是不能。写于一九七一年的《来的是谁？》回答了这个问题。在写关于张鼎和的这部小说的时候，他感觉到，"如照普通章回小说写，倒不怎么困难，但是这么一来，将只是近于说故事，没有多大意思，一般读者可能易满意，自己却又不易通过"。在《来的是谁？》这部"地下"小说中，他却采用了"章回体的写法"，最终自己也没有"通过"，所以只留下一个楔子。从三十年代完成《边城》之后，他渐渐离开自己熟悉的文体，到四十年代后期，多次努力回归仍没有成功；一九四九年之后受到限制，又只能配合形势，紧跟时代，写"革命史""英雄史"。这样的宏大叙事，他的"牧歌文体"承载不下，希腊的"人性小庙"也供奉不下。沈从文从完成《边城》之后，一直陷落在文体的困境中，直到一九七一年完成《来的是谁？》的楔子，这个困惑和矛盾都没有解决。

四

六十年代关于张鼎和的小说搁浅以后，沈从文的文物研究影响逐渐扩大，他最终把文物研究当成后半生的职业。在一九八○年十一月二十四日美国圣若望大学演讲时，沈从文道出自己放弃小说创作改而从事文物研究的"真正"理由："说我在新中国成立后，备受虐待、受压迫，不能自由写作，这是不正确的。实因为我不能适应新的要求，要求不同了，所以我就转到研究历史文物方面。从个人认识来说，觉得比写点小说还有意义。因为在新的要求下，写小说有的是新手，年轻的、生活经验丰富、思想很好的少壮，能够填补这个空缺，写得肯定会比我更好。但是从文物研究来说，我所研究的问题多半是比较新的问题，是一般治历史、艺术史、作考古的、到现在为止还没有机会接触过的问题。我个人觉得：这个工作若做得基础好一点，会使中国文化研究有一个崭新的开端，对世界文化的研究也会有一定的贡献。"①沈从文发表这番讲话时，文艺界虽然春意融融，但寒冰并未全释，我们不排除沈从文有这样那样的顾虑。但纵观其自《边城》之后直至七十年代的创作，沈从文确实面临着难以克服的文体困境，他自己也意识到这个问题是难以解决的。他在屡次尝试失败之后转向文物研究，取得的成就同样卓著可观。所以说沈从文的上述话绝大部分出于实际情况，并无遮掩之处。中华人民共和国成立伊始转行文物研究，沈从文并不心甘，但后来他发现自己跟不上"时代抒情"的要求，"时代"也拒纳自己，才逐渐铁心于文物研究。实际上，在《边城》之后，他要构筑"人性小庙"已气喘吁吁。到了《长河》，他已经上气不接下气，实在没有气力完成这部具有"史诗"性质的大部头作品。长期以来，沈从文辍文学而治文物常被学者视为中华人民共和国成立后政治环境压抑作家创作自由的典型个案，人们不惜笔墨大发"千古文章未竟才"的慨叹。如果不结合沈从文文体转换所面临的困境，以及他不断向文坛"靠拢"而被拒斥的波折和遭遇，这就过于皮相和武断了。

---

① 沈从文：《一个传奇的本事》，载《沈从文文集》(第十卷)，第 334—335 页。

《被开垦的处女地》在中国
——传播与影响的考察

肖洛霍夫以《静静的顿河》闻名于世,然而在中国产生深远影响的,却是他描写苏联农业集体化的长篇小说《被开垦的处女地》(第一部)。一九三六年,周立波最早完整地将《被开垦的处女地》翻译出版,但其发生实质性的影响,却是二十世纪四十年代中期以后。作为译者,周立波所著小说《暴风骤雨》《山乡巨变》自然而然有《被开垦的处女地》的痕迹,这一点学术界不乏见仁见智的探讨。但大多都忽视了一点,由于苏、中集体化国情背景的迥然不同,文学传统和文学精神的差异,翻译借鉴的有意筛选与遮蔽,《被开垦的处女地》在精神层面不但未对它的译者周立波发生影响,也未给深受其影响的丁玲、柳青、刘绍棠等的创作带来精神上的触动,其复杂的内容和多样的主题也被做了非常单一化的阐释,至多是在技术操作层面上为丁玲、周立波、柳青等人提供了经验。本文试从《被开垦的处女地》的传播接受入手,通过史料的仔细梳理、文本的相互对照来探讨《被开垦的处女地》对周立波、丁玲、柳青、刘绍棠等创作发生的具体影响,借以厘定《被开垦的处女地》影响他们的层面、深度,并分析影响接受过程中的经验得失。

一　《被开垦的处女地》在中国的译介

一九三〇年一月，斯大林在莫斯科会晤肖洛霍夫，特别谈到了苏联的农业集体化政策，肖洛霍夫受到很大鼓舞和启示，放下了正在进行的《静静的顿河》的写作，投身顿河地区沸腾的农业集体化运动，并于年底着手《被开垦的处女地》的写作。①《新世界》杂志一九三二年第一期至第九期连载了《被开垦的处女地》第一部，同年十一月，肖洛霍夫完成了《被开垦的处女地》第二部（最后一部）的草稿。《被开垦的处女地》第一部出版后获得巨大成功，安·卢那察尔斯基盛赞道："宏大的、复杂的、充满了矛盾但却奔驰向前的内容，在这里被赋予了完美的、形象的语言形式，这种形式在任何地方都不与内容脱节，在任何地方都不阉割内容，使之变得贫乏，这种形式也毫无必要用自身去掩饰内容当中某些疏漏或者空白。"②一九三三年九月，列宁格勒工会剧院上演了《被开垦的处女地》改编的话剧。十月，其德译本在挪威首都奥斯陆出版。十二月，其法译本由国际社会出版社（Editions Sociales Internationales）在巴黎出版（上面附有作者声明，即只承认以该出版社的译本为作者原文）③。

一九三三年六月，楼适夷以《路，往那边走——只有一条》为题，节译了《被开垦的处女地》第九、第十章的一部分，刊于《正路》杂

---

① 《被开垦的处女地》的写作动机历来颇有争议。有人认为，肖洛霍夫是遵斯大林之命，为集体化运动唱赞歌，并以此换来拖延已久的《静静的顿河》第六部的出版；也有人认为，早在斯大林接见肖洛霍夫之前半年，即1930年底，肖洛霍夫就在柏林对一家报纸说打算写一部"用集体主义精神教育改造农民"的作品。详见刘亚丁：《书的命运——近年来对〈被开垦的处女地〉的争论述评》，《俄罗斯文艺》，1999年第3期。

② ［苏］安·卢那察尔斯基：《论巨匠》，《文学报》，1933年6月11日，转引自孙美玲编选《肖洛霍夫研究》，孙美玲译，北京：外语教学与研究出版社1982年版，第20—21页。

③ 孙美玲：《肖洛霍夫生平和创作年表》，载肖洛霍夫《静静的顿河》，附录，力冈译，桂林：漓江出版社1986年版，第2095—2111页。

志一九三三年第一至二期。^①楼适夷一九二九年留学日本，专修俄罗斯文学。他按照俄文翻译，因而比较忠实于原著，译文通畅精雅。一九三六年，贺知远以《一个光荣的名字》为题，翻译了《被开垦的处女地》的第十三章，刊于中国青年作家协会总会出版的《青年作家》杂志第一期（创刊号，一九三六年十二月一日出版）。贺知远曾从俄文翻译过高尔基的戏剧《太阳的孩子们》，因而能做到妥帖恰当，与原著并无多大出入。同年，周立波根据Stephen Garry英文译本*Virgin Soil Upturned*(Putnam London) 转译了《被开垦的处女地》（一九五四年经过译者重校后由作家出版社出版），同年十一月由上海生活书店出版〔同年出版的还有李虹译的《被开垦的处女地》（第一部）〕。

　　周立波最早将《被开垦的处女地》完整译介到中国。周不懂俄文，"只能靠英译转译，找日文参照"，起初只找到第一种英译本和上田进的日译本，后来又找到了"加里的新的英译本和米川正夫的新的日译本，四种译本对照着重译"。不过他主要是"根据加里的英译，参照米川正夫的日译。也参考第一种英译。上田进的译本，差不多不大参看。加里的英译，每章有小标题，因为都不能包括每章的内容"，所以周略去了。两种英译本都略去了第三十四章的一首民谣，周根据日文补上了。此外，英译的许多故意省略和无心漏译的地方，周也参照其他译本译出。^②周立波四种本子对照转译，难免有添加遗漏。相对而言，译文也不够通脱流利。比如，在学校开会，达维多夫（楼译为"达维陀夫"）出现时，姑娘们议论他的个子，楼译为"小个子"，周译为"他看去并不怎样大"。姑娘们说他："小个儿，可是很

---

① 《正路》创刊特大号，湖风书店1933年6月1日出版。"肖洛霍夫"译为"唆罗诃夫"。
② 《〈被开垦的处女地〉译者附记》，载《周立波选集》（第七卷），长沙：湖南人民出版社1983年版，第463页。

结实相——呢，你看，那项头简直跟野牛一样！""是野牛的种呀。"
（楼译）周译的意思却大相径庭："看吧，他的脖子好像得奖的牛的脖
子一样！他们把他送来给我们传种的呢。"达维多夫跳上讲台，很窘
迫，说："这班姑娘真厉害！"（楼译）；周译为"你们的姑娘们的脸
皮真厚！"。古兹玛（楼译为"库其马"）发言，说"顶贪懒的人，就
跑开去造他们自己的小村子"（楼译），周译为："而懒惰的人一定要
送到国家保安部去教育他们怎样去工作。"①楼节译的九、十章加起来
也不过一章节的内容，和周译比较而言，上述的别扭和错讹之处不下
十来处。楼译考虑到这一小节故事的完整性，将一部分和此节关系
不大的内容删去，强调故事的紧凑完整，总体而言，基本上做到了
"信、达、雅"。周译由于是转译，除了错讹别扭之处，增添了一些内
容，原著的意思就不能妥帖地表现出来，如将"顶贪懒的人，就跑开
去造他们自己的小村子"译为"而懒惰的人一定要送到国家保安部去
教育他们怎样去工作"，明显地改变了原著的意思。

　　肖洛霍夫三四十年代以《静静的顿河》蜚声文坛，因而国内对
《被开垦的处女地》的介绍相对少一些。一九四一年《文艺阵地》六
卷三期刊载了杨振麟翻译的苏联肖洛霍夫研究专家犹黎·卢金的《萧
洛霍夫在一九四○年代》②。犹黎·卢金认为《被开垦的处女地》"划
时代的描写集体农场的哥萨克"，是"刻画集体化制度的最完美的
苏联小说"，肖洛霍夫作品中的"精深的现实主义在于他将生活中
所有的矛盾都能表现出来"，显现了真正艺术家的"胆力和才能"。
一九四二年《文艺阵地》七卷四期开辟了"苏联文学专辑"，戈宝权

---

① 　[苏]肖洛霍夫：《被开垦的处女地》，周立波译，北京：作家出版社1955年版，第84—85页。
② 　原文载于《国际文学》（英文版）1940年7月号，杨振麟根据英文翻译。

在《二十五年来的苏联文学》一文中，盘点了自十月革命以来苏联文学取得的光辉成就，盛赞《静静的顿河》是"关于国内战争的碑石似的作品"，是可以和列夫·托尔斯泰的《战争与和平》相提并论的作品；认为肖洛霍夫的"笔是犀利的，他特别善于运用丰富的哥萨克人的语气，来充实全书的色彩和内容"，《被开垦的处女地》是描写苏联集体化转变过程的最好作品。

《被开垦的处女地》在中国引起广泛注意，是在四十年代末期到五十年代前期这段时间。中国的农村合作化运动兴起以后，苏联的农业集体化经验成为中国参考借鉴的模式，《被开垦的处女地》被视为农业合作化小说创作的"范本"。报刊杂志刊发了大量评介肖洛霍夫的文字，并出现了辛未艾谈《被开垦的处女地》的小册子（被列为"读书运动辅导丛书"出版）。《被开垦的处女地》被给予热情的赞赏和肯定性的评价，被奉为"杰出的社会主义现实主义的作品"。中国读者甚至给肖洛霍夫写信，请他写一篇农业集体化的特写，来帮助新中国的社会主义建设。肖洛霍夫在一九五四年二月二十六日罗斯托夫会见选民时披露，他前不久收到中国读者的来信。可是他想，与其今天写一篇特写，不如明天完成《被开垦的处女地》的第二部。第二年的五月二十三日，肖洛霍夫荣获"列宁勋章"，他致信中国读者，对中国读者的热情关注表示谢意，同时肯定了新中国农业合作化取得的成就。[1]正因为上述原因，中华人民共和国成立后《被开垦的处女地》不断再版，截至一九五七年，周立波和李虹的两个译本前后再版了二十次，且主要集中在中华人民共和国成立到中苏交恶这一时期。[2]

---

[1]　彭亚静、何云波：《肖洛霍夫在中国的译介》，《湘潭大学学报》（哲学社会科学版），2002年第11期。

[2]　参见李万春编：《肖洛霍夫研究中文资料索引》，东北师大中文系编印（内部资料），1985年。

相对而言，《被开垦的处女地》第二部的发表和出版显得断断续续，很不紧凑。由于完成《静静的顿河》第四部分需要集中精力，战争期间肖洛霍夫的全部文稿资料被毁，《被开垦的处女地》第二部的材料也被毁掉了。直到一九五四年四月至六月，《被开垦的处女地》第二部的一些篇章才开始陆续在《星火》杂志上发表。一九五八年四月，肖洛霍夫完成了《被开垦的处女地》第二部。一九五九年七月，《涅瓦》杂志和《顿河》杂志开始刊载《被开垦的处女地》第二部。一九六〇年十二月，《被开垦的处女地》英译本在伦敦出版，书名为《顿河的收获》①。一九五五年，草婴即开始翻译《被开垦的处女地》第二部，译文先后载《译文》一九五五年第十二期至一九五七年第七期、《世界文学》一九五九年第一期至一九五九年第十一期。

一九六一年底至一九六二年初，北京作家出版社出版了草婴译的两卷本的《被开垦的处女地》，但由于中苏关系紧张以至趋于冷淡，《被开垦的处女地》和同时期译出的苏联以及其他国家的文学作品，是以"黄皮书"的形式作为内部读物出版的（主要由中国戏剧出版社和作家出版社出版）。《被开垦的处女地》（第二部）中译本的出版，恰逢中苏关系恶化时期，此时的农业合作化运动亦由人民公社化运动取而代之，再加之只是在内部发行，所以并未对当时的中国文学发生多大影响。一九八四年，草婴将《被开垦的处女地》易名为《新垦地》，由安徽人民出版社出版。

---

① 孙美玲：《肖洛霍夫生平和创作年表》，载肖洛霍夫《静静的顿河》，附录，第 2095—2111 页。

二　接受与借鉴
——《被开垦的处女地》对中国农业合作化小说的影响

　　苏联文学对于中国现代文学的影响是巨大而深远的，如果说"五四时期"苏联以及东欧文学对中国现代文学产生的推动催化影响只是外来文学影响刺激的一脉的话，那么左翼文化运动和延安文艺运动使得苏联文学日益凸显出"精神之父"的巨大影响。正如周立波所言："我们文艺工作者，从苏联文学里学习了最进步的创作方法。这种方法教导着我们要有深刻的思想性。要紧紧的和人民连接在一起，要忠实的表现劳动人民的战斗和生活。这种方法依靠着列宁和斯大林的教诲，要使文艺成为共产党的事业。"[1]顿河、伏尔加河，以至肖洛霍夫《静静的顿河》《被开垦的处女地》，三十年代以来，一直被"当作那片实验着一种新理想、新制度的土地的象征"[2]，因而《被开垦的处女地》被视为描写集体化的"范本"，中华人民共和国成立后一版再版就不足为奇了。从丁玲、周立波、柳青、刘绍棠等的创作，我们亦不难看到这一点。

　　解放区土改的背景尽管和苏联集体化的具体情况存在差异，但大体上较为近似。肖洛霍夫作为二万五千名特殊分子之一，参加了顿河地区的农业集体化革命；丁玲也参加了晋察冀中央的土改工作队，参与了没收地主土地分给贫农的改革，感受了这一时代巨变。《太阳照在桑干河上》在谋篇布局、情节设置、人物塑造等方面都体现出对《被开垦的处女地》的学习与借鉴。《被开垦的处女地》以消灭富农、

---

① 　周立波：《我们珍爱苏联的文学》，《人民文学》，1949 年第 1 期。
② 　邵燕祥：《伴我少年时》，《外国文学评论》，1992 年第 2 期。

组织集体农庄为中心事件，《太阳照在桑干河上》以"土改"为中心，整部小说紧密地围绕这个主题展开。两部小说的开头也很相似，都以"马、车载着人匆忙地来到即将进行农业集体化或土改的村庄为开头，营造出一种'山雨欲来风满楼'的紧张气氛"①。人物塑造上，两者也有共通之处。如在《太阳照在桑干河上》中的顾涌身上，我们不难看到《被开垦的处女地》中铁推克的影子。富农铁推克爱财如命，当骑兵时砍掉死人的腿，剥下腿上的四双靴子，回家后拼命劳动，致富发家，结果在集体化中被作为富农"消灭"。②《太阳照在桑干河上》中的顾涌靠着自己勤劳的双手，摆脱贫穷，结果被划为富农，献出自己的土地。他心里想不通：为什么自己凭借血汗挣来的土地落得和地主李子俊一样的下场？丁玲参照了《被开垦的处女地》的经验，因而两部小说枝节上不免有相似的地方，但不是说，丁玲真正对《被开垦的处女地》心领神会。《太阳照在桑干河上》没能避免革命小说"遇到挫折——克服挫折——迎来光明"的套式，小说虽然比较深刻地触及了土改过程中农村复杂的社会生活形态，但更多的是在做政策的图解和诠释。而《被开垦的处女地》则以"达维多夫、拉古尔诺夫之死及原村苏维埃主席，新任党支部书记拉兹米维诺夫到妻子凄凉的坟上哀悼失去的幸福告终。这一迥异的结局，似乎颇值得今天的读者去体味"③。

周立波是《被开垦的处女地》的译者，自然对其非常熟悉。从叙事人称来看，《山乡巨变》和《被开垦的处女地》都是第三人称叙述，

---

① 徐田秀、周春：《选择、接受与探索——丁玲与肖洛霍夫》，《湘潭大学学报》（哲学社会科学版），2003 年第 7 期。
② ［苏］肖洛霍夫：《被开垦的处女地》，周立波译，第 44 页。
③ 徐田秀、周春：《选择、接受与探索——丁玲与肖洛霍夫》，《湘潭大学学报》（哲学社会科学版），2003 年第 7 期。

这既出自小说叙事的需要，同时也是作家宣传政策、教诲群众的必需选择。第三人称便于作家灵活自如地选择视角，能够一无巨遗地洞察事物，同时也符合作家无所不知的呈现世事的叙事需要。从叙事节奏来看，《山乡巨变》基本上踏着《被开垦的处女地》的鼓点。《被开垦的处女地》开头写道："在正月末尾，在最初融雪的气息的包围里，樱桃园发散着优美的香气。正午，当太阳温暖的时候，在各处隐蔽的角落里，一种令人不快而几乎感觉不到的樱桃树皮的气味，和融雪的淡薄的湿气，和雪与朽叶里透露出来的大地的强烈陈旧的芳香混杂在一起。"①《山乡巨变》上部第一章《入乡》从一九五五年初冬写起，"一个风和日暖的下午"，邓秀梅去清溪乡指导合作社发展。在第二章《支书》里，作者深情地写到山茶花："虽说是冬天，普山普岭，还是满眼的青翠。一连开一两个月的白洁的茶子花，好像点缀在青松翠竹间的闪烁的细瘦的残雪。林里和山边，到处发散着落花、青草、朽叶和泥土的混合的、潮润的气味。"邓秀梅初到清溪乡，问一个穿花棉袄的姑娘（盛淑君）乡政府在什么地方，姑娘"抬起右手，指着远处山边的一座有着白垛子墙的大屋，说道：'那个屋场就是的'"②。达维多夫刚到格内米雅其村，向一个过路的女人打听雅可夫·阿斯托洛夫罗夫（格内米雅其村经理）住在什么地方。"那小屋子就是，白杨树那边有个瓦屋顶的。你看见了吗？""对，我看见了。谢谢你。"③《山乡巨变》上部第二章《支书》中李月辉向邓秀梅介绍清溪乡的合作化情况；《被开垦的处女地》第三章雅可夫·阿斯托洛夫罗夫向达维多

① ［苏］肖洛霍夫：《被开垦的处女地》，周立波译，第 1 页。
② 周立波：《山乡巨变》，载《周立波选集》（第三卷），长沙：湖南人民出版社 1983 年版，第 15 页。
③ ［苏］肖洛霍夫：《被开垦的处女地》，周立波译，第 3 页。

夫介绍格内米雅其村集体农庄的情况。《山乡巨变》上部第三章《当夜》中邓秀梅在清溪乡举行第一次会议，和《被开垦的处女地》中达维多夫在格内米雅其村举行第一次会议的情况也大致类同。

《山乡巨变》上部第十九章《追牛》写到秋丝瓜听说牛都要入社，且折价低，半夜将牛牵出，想杀掉赚肉卖皮，结果被邓秀梅、刘雨生、盛佑亭等人抓了个正着。《被开垦的处女地》第六章写到铁推克听闻集体农庄要消灭富农，没收一切，想将自己的牛寄养在一个稳当的人手里。结果被达维多夫、拉古尔诺夫、西奚卡追了回来。我们不妨截取几段比较类似的细节做个比较。

《山乡巨变》：

邓秀梅把手里的小手枪一挥，指指堤下坡肚里。大春随着她所指点的方向，睁眼远望，在月亮照不到手的山阴之下，仿佛有几个人的黑影子在那里晃动。[1]

"到这步田地，只好坦白了。"秋丝瓜说，"听到人讲，牛都要入社，折价又低，一条全牛的价钱，还抵不得一张牛皮。我就想把牛宰了，卖了牛皮，净赚几百斤牛肉。"[2]

月亮底下，邓秀梅从后面留心观察，发现秋丝瓜的左手总是躲着，偶尔抬起，也是直直的，肘子从来不弯曲，她生了疑心……[3]

---

[1]   周立波：《山乡巨变》，载《周立波选集》（第三卷），第 222 页。
[2]   周立波：《山乡巨变》，载《周立波选集》（第三卷），第 230 页。
[3]   周立波：《山乡巨变》，载《周立波选集》（第三卷），第 227 页。

大春去搜他（秋丝瓜）的身子，从他左袖筒里拖出一把杀猪刀，磨得雪白的刀口和刀尖，在鱼肚白色的晨光里闪闪地发亮。……①

《被开垦的处女地》：

……拉古尔诺夫摸了摸他的羊皮短衣的口袋里的手枪的冰冷的枪柄。他缓步的走进了深谷。他又走了半俄里，这才看见就在近边，在一丛光秃的橡树林那面，有一个骑者和两条牛。

"我想去卖掉这些牛，玛加尔。我不想隐瞒事实。"

"你们要没收一切吗？你们要把我当富农看待，消灭我吗？"（铁推克说）

"我知道你们要问的！遍地都是谣言。是的，在晚上我和我的老婆商量过，决定把牛寄到一个稳当的人手里。……"

"要是他的上衣里藏着什么东西的话，他马上就会解开衣上的领扣的。"拉古尔诺夫想着，眼睛没有离开坐着不动的铁推克。

"……你上衣里面露出来的是什么东西？"（拉古尔诺夫问）

"枪。"铁推克斜眼望着拉古尔诺夫，敞开了他的上衣。一支枪身锯短了的来福枪的粗粗刨平的枪柄，看上去像一块白色的大腿骨一样。"②

通过比较我们不难发现，秋丝瓜和铁推克晚上藏牛的情节完全一样，稍有不同的是，秋丝瓜袖筒里藏的是刀，铁推克衣服里藏的是

---

① 周立波：《山乡巨变》，载《周立波选集》（第三卷），第228页。
② ［苏］肖洛霍夫：《被开垦的处女地》，周立波译，第63—68页。

枪。《山乡巨变》不仅是在细节和情节上同《被开垦的处女地》相似处很多，人物的塑造上也有一个大致的对应关系。苏联汉学家B.鲁德曼曾指出《暴风骤雨》和《被开垦的处女地》人物的相似之处，如赶车人老孙头——"这个滑稽鬼和愉快的打诨者是出身格列米亚奇山谷的舒尔卡爷爷的亲兄弟"，而地主韩老六性格中的某些特点，"让我们想起了富农拉普希诺夫"。地主唐善人，他"虽然私存着武器，还像《被开垦的处女地》的雅可夫·卢基奇那样编写农村积极分子的黑名单，可是在小说中几乎没有任何描写他是个压迫者和剥削者"①。《山乡巨变》中的人物，依然可以发现和《被开垦的处女地》中人物的相近或相似关系。如"亭面糊"盛佑亭和西奚卡老爹性格极为相似，秋丝瓜和铁推克性格以及在小说的位置相当，我们不难发现《山乡巨变》和《被开垦的处女地》人物有这样一个对应关系：

> 邓秀梅——达维多夫
>
> 李月辉（或谢庆元）——拉古尔诺夫
>
> 龚子元——雅可夫·洛济齐
>
> 盛佑亭——西奚卡
>
> 刘雨生——安德烈·拉兹米推洛夫
>
> 盛家秀——波雅卡娃·玛丽娜
>
> 王菊生（秋丝瓜）——铁推克·康斯坦丁洛维支·波罗丁
>
> 张桂贞——罗加利亚

---

① ［苏］B.鲁德曼：《〈暴风骤雨〉俄译本第一版序言》，载宋绍香编译《中国解放区文学俄文版序跋集》，北京：中国文史出版社 2003 年版，第 65—66 页。

当然，我们不能将《山乡巨变》完全归结为《被开垦的处女地》的巨大影响，事实上也"没有一部作品可以完全归结为外国影响，或视为只对外国产生影响的一个辐射中心"，"艺术作品是由自由想象构思而成的整体"，"从别处获得的原材料在整体中不再是外来的东西，而已同化于一个新结构之中"。[①]我们也不能忽视《被开垦的处女地》为周立波的创作提供了参照和经验。需要指出的是，一些细节的挪移如不考虑苏、中集体化的差异，难免令人觉得有复制之嫌。苏联集体化过程中出现了大量屠杀牲畜、清除富农的暴力事件；中国几千年来都是以小农经济为核心的家庭生产，按理合作化的过程阻力应该更大一些，但事实恰好相反，主要因为中国土改中已消灭了富农，农业社会主义改造的一个重要对抗力量已经消失。对合作化抱怀疑态度的只是富裕中农，贫下中农是欢迎合作化的，虽然合作化过程中小范围也曾出现过农民宰杀、出卖牲畜的现象[②]，但秋丝瓜和铁推克晚上藏牛的情节如此相似，让人不免怀疑艺术上的创造性。

《被开垦的处女地》对丁玲的《太阳照在桑干河上》和周立波的《暴风骤雨》的影响非常明显，自然不难看出。它对《创业史》的影响，则相对隐晦得多。柳青没有采用肖洛霍夫的叙述方式，即派达维多夫去基层开展农业合作化运动，这是包括王汶石等作家在内非常叹服的。《创业史》的农业合作化运动的动力，则是从农村内部发起的。虽然区上也派来了工作组，但并未喧宾夺主，梁生宝自始至终是这场运动的"核心"，这也是我们未把这两部小说联系起来的一个重要因

---

① ［美］勒内·韦勒克：《比较文学的危机》，载北京师范大学中文系编《比较文学研究资料》，北京：北京师范大学出版社1986年版，第25页。

② 如1954年到1955年，浙江的农业合作社一下子由两千多个增加到五万多个，出现了农民宰杀、出卖牲口、不施肥料、不生产、逃荒要饭、卖子女的现象。参见杜润生：《杜润生自述：中国农村体制变革重大决策纪实》，北京：人民出版社2005年版，第49—51页。

素。但这并不能说明两部作品没有丝毫瓜葛，如果稍微留心，在《创业史》中，我们会发现《被开垦的处女地》的影子，不但其史诗般的宏伟磅礴的气势、激动人心的场面刻画有相似之处，其精微细腻的心理描写、情节模式的设置与人物形象的塑造，也颇多相通之处。肖洛霍夫是柳青最为崇拜的作家，《静静的顿河》是柳青常不离手的作品，曾被他反复阅读，以至弄得破烂不堪。沙汀和安旗聊天时，安旗告诉沙汀："柳（青）特别敬佩萧（洛霍夫），他的书房里只有一张照片：萧洛诃夫的照片……"[①]从两个文本的比较来看，《被开垦的处女地》应该是对《创业史》影响最大的作品，不过柳青却对《被开垦的处女地》极不满意。[②]如梁生宝的形象虽然以现实生活中的王家斌为原型，但我们可以看到柳青在塑造这一形象的时候，很明显受到了达维多夫这一形象的启发。达维多夫和梁生宝一样，都对旧社会充满仇恨。达维多夫的母亲靠卖淫来维持一家人的生活，梁生宝的母亲则是因为逃难而和梁三老汉结合。二人的"内心独白"蕴含的感情也同样丰富和一致："这里既有贫穷的、缺少欢乐的童年时代的痛苦，也有关于幸福未来的充满信心的理想，为了幸福的未来今天花去多少力量啊。"[③]达维多夫按照区委书记"提前两个月实行百分之百的集体化"的指示，在格内米雅其村领导贫雇农进行了四个回合的斗争：消灭富农、牲畜家禽公有化、谷种征收和春播。《创业史》通过扩大借贷、进城买稻种、进山捐扫帚、密植水稻和统购统销五个场景的描写，表现了下堡乡第五村（即蛤蟆滩）的合作化进程。《被开垦的处女地》

---

① 《沙汀日记》1962 年 2 月 28 日，载吴福辉编《沙汀日记》，太原：山西教育出版社 1997 年版，第 166 页。

② 徐民和：《一生心血即此书——柳青写作〈创业史〉漫议》，《延河》，1978 年 10 月号。

③ ［苏］列·雅基缅科：《论肖洛霍夫的〈被开垦的处女地〉》，莫斯科：苏联作家出版社 1960 年版，转引自孙美玲编选《肖洛霍夫研究》，第 233 页。

中达维多夫既受到了"毒蛇"罗加利亚的纠缠，也赢得了十七岁的赶牛姑娘华丽雅的纯洁爱情。梁生宝曾受到"坏女人"素芳的纠缠，同时也赢得了徐改霞的爱情。罗加利亚和素芳一样，都是那种别有所图的不顾羞耻的"爱情"。梁生宝为了党和人民交给的事业，"拿崇高的精神控制人类的初级本能和初级感情"（《创业史》第三十章）——爱情，徐改霞最终进城当了工人；达维多夫为了让华丽雅出人头地，也做出了自我牺牲，派她去城里学习"当农艺师"。素芳的形象，在一定程度上是《被开垦的处女地》中罗加利亚的变异。罗加利亚是一个轻佻的妇女，她背着懦弱的丈夫拉古尔诺夫和铁摩菲偷情，并勾引达维多夫，她觉得达维多夫为了工作，"血发了黑"，"心在可怜的躯壳里冻硬了"[①]。达维多夫最终还是没有控制住情欲的强烈诱惑，和真诚的革命同志拉古尔诺夫间也产生了裂隙。素芳在柳青的笔下，是一个被旧社会腐蚀的被侮辱被损害的女性形象，她渴望爱情，向爱慕的梁生宝表白以后，受到其严厉的斥责。梁生宝保持了革命"新人"的纯洁，素芳最终落入了其姑夫姚士杰的魔掌。在小说第二十章的"磨坊事件"里，素芳完全沦为"一个生理上的女性"，成为"蛤蟆滩的互助合作肌体上安放的一颗定时炸弹"[②]，带有阶级斗争的鲜明性质。肖洛霍夫并没有避讳主人公的缺陷和弱点，达维多夫的人性美也未因此黯然失色，反而放射出夺目的光辉。柳青在塑造梁生宝形象的时候，不但过滤掉了其生活原型王家斌想买地的想法，同时也将被罗加利亚纠缠得"比卷心菜根子都不如"的达维多夫的窘迫剔除掉，徐改霞也被处理为受到郭振山挑唆的政治筹码，其想进城当工人也成为庸俗不

---

① ［苏］肖洛霍夫：《被开垦的处女地》，周立波译，第 279 页。
② 阎纲：《新版〈创业史〉的修改情况》，《新文学史料》，1980 年第 2 期。

堪的"资产阶级思想"。柳青这样处理，保证了梁生宝这一无产阶级
"新农民"的"纯洁性"。

刘绍棠也从肖洛霍夫的作品中汲取了丰厚的营养，学习到了肖洛
霍夫"写景、写情的宝贵经验：青年时代主要是纵情泼辣、汪洋恣肆
地学习写景，成年以后更多的是融会贯通、巧妙含蓄地写情"①。刘绍
棠多次谈到，外国作家中他最钦佩的是肖洛霍夫。《静静的顿河》《被
开垦的处女地》对他的创作产生了巨大影响，相对而言，《被开垦的
处女地》的影响要小一些。《青枝绿叶》《摆渡》《大青骡子》《运河
的桨声》《夏天》等小说对运河两岸乡风水色的描写，都能看到其对
肖洛霍夫的学习借鉴。蒙古族作家玛拉沁夫也深受肖洛霍夫的影响，
他真情讴歌哺育内蒙古大草原，虽然艺术手法不同，艺术水平也难与
肖洛霍夫比较，但其强烈的抒情性、浓郁的地方特色，与肖洛霍夫小
说的风格颇为相似。②

三　遮蔽与筛选
——《被开垦的处女地》在中国的误读

新中国在政治体制、经济模式、文学理论等诸多方面都是在向
苏联的学习中起步的。中华人民共和国成立伊始，我们努力的方向就
是要让"苏联的今天"成为"我们的明天"。新中国的文艺理论和文
学创作也是以苏联为圭臬，逐步建立完善起来的，正如周立波所言：
"我们文艺工作者，从苏联文学里学习了最进步的创作方法。"因而一
些论者认为："新中国农村题材小说的主题和文体模式与其说是现实生

---

① 郑恩波：《刘绍棠与肖洛霍夫》，《文艺理论与批评》，1995 年第 5 期。
② 陈守成等主编：《中国民族文学与外国文学比较》，北京：中央民族学院出版社 1989 年版，
　 第 175—184 页。

活的反映，不如说是'旅行'而来。这类小说中的'阶级论'建构、社会主义新人模式，以及表述社会主义新生活的'红色话语'主要都是从苏联集体化小说借鉴而来。后者在中国农村题材小说的形成中发挥了至关重要的作用。"①若从表层来看，此论似可立足，但却忽视了中国和苏联在国情、文学传统方面的差异，以及作家因主体文学修养的不同和取法角度的偏离而呈现出的复杂的联系和变异，因而很难说农业合作化小说包括十七年文学是对苏联集体化小说的复制和照搬。

从文学传统来看，正如罗曼·罗兰所言："苏联文学的新的优秀作品（例如肖洛霍夫的书）主要是继承了过去时代的伟大现实主义的传统。……依然是那些广阔的画卷，在那里人类各阶层在自然环境中活动着，依然是毫无歪曲地反映世界的那种客观的观点和广阔的视野，依然是作家在努力隐蔽自己，同时又千方百计揭示出他的艺术对象来……"②严格地讲，肖洛霍夫的作品很难被纳入"社会主义现实主义"的框架，其复杂多元的主题和内容在苏联引起持久不休的争论也正是因为如此。肖洛霍夫身上体现的被别尔嘉耶夫称之为基督教人道主义的俄罗斯式的核心理念，突出"人"的目的和精神上的"独立"，"人"超越了一切世俗秩序的羁绊，是保持了饱满生命潜力的"自由的人""理想的人"和"健全的人"。正是因为这一精神脐带，肖洛霍夫在《被开垦的处女地》中并未单纯地颂赞农业集体化，而是遵循严格的现实主义精神，反映"残酷的未加任何修饰的真实。不是那种被弄的七扭八歪的、变了形的、似是而非的真实，而是原原本本

---

① 张卫中：《苏联文学与40—70年代中国作家的农村想象》，《外国文学研究》，2007年第4期。
② [法] 罗曼·罗兰：《论作家在当代社会里的作用》，法国《公社》，1935年5月，第165页，转引自孙美玲编选《肖洛霍夫研究》，第436页。

的、真正的真实，它的源泉就是生活"①。苏联共产党人三十年间政策的失误也成为其创作的一个主题，"如国内战争期间苏维埃中农政策的过火、农业集体化高潮中的'左'倾狂热、三十年代后期'肃反扩大化'的残酷无情、四十年代战后不关心人的作风，这些作为应有的历史教训，都在作家的作品中得到了严肃的反映"②。

在《被开垦的处女地》中，我们随处可见"残酷的未加任何修饰的真实"。消灭富农时，以一只在铁匠铺里的熊来辨认富农，熊对谁吼叫谁就是富农，这些被熊找出来的"富农"最终被赶上木筏流放到海里；铁推克从赤卫军中回来后拼命发家致富，集体化运动中被当作富农扫地出门；阿赫华特金在号召加入集体农庄的动员会上担心有的人不会卖力干活，后来果真成为现实；村书记拉古尔诺夫挑灯夜读英语，真诚地幻想着有朝一日到英国发动工人，进行阶级革命，结果因为对落后分子开枪被开除了党籍。一些农户按自愿原则的政策退出集体农庄后，集体农庄却不肯将农具和种子发还他们……

除此之外，小说中的婉曲讥讽之笔，也随处可见。中农梅谭尼科夫在将私有财产交公后，晚上难以入睡，听到他的小女儿梦呓"慢点，慢点"；"鸡的集体农庄"解散给庄员们带来巨大的欢悦。小说还经常通过反面人物的嘴来说出真相，巴塔里西科夫警告拉古尔诺夫说："拉古尔诺夫同志，别再用枪吓唬人了，不会有好处的！你是在跟谁作对！跟人民作对！跟全村人作对！"白卫军军官波罗夫则夫在给阿斯托洛夫罗夫的信中说："我们得到可靠消息，布尔什维克正在向庄稼人征收粮食，说是为集体农庄准备种子，其实是将粮食

---

① ［德］安娜·西格斯：《生活——真实的源泉》，《星火》，1965 年第 43 期，转引自孙美玲编选《肖洛霍夫研究》，第 444 页。

② 钱晓文：《论肖洛霍夫的创作个性及其形成》，《外国文学研究》，1993 年第 1 期。

卖到国外去。因此庄稼人，包括集体农庄庄员在内，将忍受无情的饥饿。"他们甚至混淆视听，直接导致妇女集体殴打达维多夫、农民哄抢粮仓。

肖洛霍夫没有简单地处理人物形象，而是将其置于不可调节的革命理想与日常生活的冲突危机当中，表现苏联过于急促和理想化的集体化带来的巨大灾难和精神痛苦。达维多夫、拉古尔诺夫激进的革命行动反而使其成为"人民"的反面。革命理想与人性伦理的抵牾和冲突，不仅在经济上完全破坏了旧有的基础，维系支撑人们的人性伦理也被残酷地戕害粉碎，作为新的秩序代言人和建立者的达维多夫也陷入了巨大的精神和道德危机之中，他对富农反革命分子失去警惕性，和"毒蛇"罗加利亚乱搞男女关系，这是很难用中国农业合作化小说的"正面人物"来衡定的。

出人意料的是，《被开垦的处女地》在苏联乃至中国被定为"社会主义现实主义的典范"，被誉为农业集体化的"赞歌"，实在是个很大的历史误会。《被开垦的处女地》刚问世时声名不佳，《旗》《十月》《青年近卫军》等杂志提到时只有责难。《青年近卫军》甚至认定这部作品"客观说是富农分子被扼杀的反革命气焰"[①]。苏联反映集体化的小说，受到斯大林的多次赞誉的是潘菲洛夫的《磨刀石农庄》，而不是肖洛霍夫的《被开垦的处女地》。《真理报》也盛赞《磨刀石农庄》所体现的"社会主义现实主义"的新成就，对《被开垦的处女地》未置一词。在苏联第一次作家代表大会上，人们对肖洛霍夫的新作也是置若罔闻。安·卢那察尔斯基在三十年代初期讨论"社会主义现实主义"价值的时候，将《被开垦的处女地》作为"目标明确、

① 《文化报》，1992年5月23日。

积极、辨证的现实主义——社会主义现实主义——类型的佳作"①。但是，卢那察尔斯基所理解的"社会主义现实主义"和苏联官方钦定的被讥称为"肯定现实主义"的"社会主义现实主义"相去甚远。然而以此为发端，五十年代《被开垦的处女地》也被列入"社会主义现实主义的典范作品"。《被开垦的处女地》"残酷的未加任何修饰的真实"，并不符合"肯定现实主义"即"社会主义现实主义"的规范，但在中国却被奉为"社会主义现实主义"的典范加以宣传学习。这一点连很少阅读外国小说的毛泽东也看得非常清楚："别人的经验还不能变成自己的经验，自己没有实践经验还不能得到教训。像苏联《被开垦的处女地》里描写的，地主富农都被扫地出门，造成了社会紧张和生产力的破坏。类似现象我们也发生过，如中央苏区时地主不分田、富农分坏田，都造成了失误。现在有人又对农民搞剥夺，刮'共产风'，瞎指挥。这些在《处女地》里都写了，不少人也看过，但就是不能吸取教训，看来没有自己的经验有时还是不能取得教训。"②毛泽东是站在政治的角度来看的，慨叹"不少人也看过，但就是不能吸取教训"。作为小说家的丁玲、周立波、柳青当然应该明白《被开垦的处女地》主题的复杂性，但是由于无比强烈地服膺于信仰，或是由于环境的约束规范，他们必须做出一定程度的妥协。肖洛霍夫在描述集体化时，追求最大限度的可信性和历史的真实性。他自己也说："一个作家哪怕是在一些细枝末节上违背了真实，他也要引起读者的不信任，读者会想：'这一点可以说明，他在大事上也可能撒谎'。"③

① 刘亚丁：《肖洛霍夫的写作策略》，《外国文学评论》，2000年第3期。
② 《访林克——毛泽东读英文，读外国书》，载中央文献研究室第一编研部编《话说毛泽东——知情者访谈录》，北京：中央文献出版社2000年版，第172—173页。
③ [苏]列·雅基缅科：《论肖洛霍夫的〈被开垦的处女地〉》，莫斯科：苏联作家出版社1960年版，转引自孙美玲编选《肖洛霍夫研究》，第222页。

正是因为不敢在细枝末节上违背真实，肖洛霍夫才真实地反映了苏联集体化的残酷现实，并将小说的结尾处理成令人深思的悲剧，用他的话来说："结尾将是悲剧性的，将有所牺牲……将会出现生活真理所预示的那种情景。那个时代是严酷的，斗争是生死的，牺牲也不会是轻微的。"①《被开垦的处女地》中强烈的写实精神、浓厚的人道主义色彩，在意识形态的笼罩之下，被新中国的评论家和阐释者遮蔽忽略了，它符合主流意识形态的一面被凸现出来。评论家和阐释者按照苏联官方将《被开垦的处女地》定为"社会主义现实主义经典作品"的叙述，摭拾奥维奇金、塔拉森柯夫、维克多罗夫的言语，在《文艺报》等刊物为之定下了带有意识形态色彩的官方基调。②正如塔拉森柯夫所认为的，肖洛霍夫在《被开垦的处女地》中："对书中人物、对他们的行为和命运所抱的党性是鲜明的，不可调和的。但这绝对没有使小说的艺术性变得苍白，因为作家找求效果，不着眼在华而不实的辞藻上（这毛病在'被开垦的处女地'里是丝毫没有的），而着眼在性格的生动冲突，和在表现最现实最尖锐的阶级斗争上。"③塔拉森柯夫的评价，实际上只抓住并扩大了《被开垦的处女地》复杂意蕴中符合意识形态的一面。肖洛霍夫作品中既有"反映社会进步的'人类真理'这样的历史话语"，也有"人的魅力"的审美尺度；但在叙述时，他突出的是"人的魅力"的话语，该话语以"审美尺度"为标准，而且在他的作品中，"人身上的历史进步性并不必然与人性或人

---

① 苏联《苏维埃哈萨克斯坦》杂志，1955年第5期，转引自孙美玲编选《肖洛霍夫研究》，第472页。
② 比较重要的文章有：
　　奥维奇金：《集体化农村中的新事物和文学的任务》，《文艺报》，1955年第23号；
　　草婴：《"被开垦的处女地"的新篇章》，《文艺报》，1955年第24号；
　　彭慧：《一个农民的艺术典型——谈梅谭尼可夫》，《文艺报》，1956年第13号。
③ 草婴：《"被开垦的处女地"的新篇章》，《文艺报》，1955年第24号。

的魅力划等号"，这种"历史价值和审美价值的悖反现象"，他以自己的独特的艺术方式呈现在作品中，超越了单纯描述集体化的局限。[①]

《被开垦的处女地》复杂的主题意蕴，精神深处的强烈阵痛，悲剧性的小说结尾，以及被作为"生活与斗争的教科书"（辛未艾语）的事实，并没有内在影响中国农业合作化小说的写作。新中国的农业合作化小说恰恰忽略了肖氏作品中最为宝贵的"人性话语"，人的历史进步性与人性和人的魅力也被简单地画上了等号。无论是反映土改的《暴风骤雨》《太阳照在桑干河上》，还是反映合作化的《三里湾》《山乡巨变》《创业史》，主题明显单一，正面人物纯洁无疵，几乎都无一例外地按照"遇到困难——克服挫折——迎来光明"的模式，结尾也都是和谐欢乐的"大团圆"的传统老调。同《被开垦的处女地》相较，中国的农业合作化小说实在过于皮相了。这也是时过境迁之后，《被开垦的处女地》在艺术上仍然放射出迷人的魅力，而中国农业合作化小说由于对政策的单一图解和诠释、对生活的美化和粉饰，以及浓郁的浪漫主义色彩，随着农业合作化运动的渐行渐远而淡出人们视野的原因。

---

① 刘亚丁：《肖洛霍夫的写作策略》，《外国文学评论》，2000 年第 3 期。

《废都》与《金瓶梅》之比较

　　《废都》的出版，是中国文学进入传媒时代的经典个案，也是二十世纪末在作家策划、新闻炒作和商业驱动下中国文坛最为引人瞩目的文化事件。它未出炉，便打着"当代《金瓶梅》"的幌子，它的命运和《金瓶梅》也有点相似——《金瓶梅》的作者"敢于对性生活作无忌惮的大胆叙述，便使社会上一通假道学先生感觉到避胁而予以摈弃，甚至把它刻板行世会有堕落地狱的危险，但终之不能不佩服它的艺术成就。另一方面一通神经过敏的人又自作聪明地替它解脱，以为这本书是'别有寄托'，替它捏造成一串可歌可泣悲壮凄烈的故事"①。《废都》问世以后，在当时声势浩大的"围剿"中，据贾平凹讲，有两个人给焦头烂额的他以巨大安慰，其中一个是季羡林老先生。季老讲："二十年后，《废都》会大放光芒。"②弹指十多年，季老关于二十一世纪是东方文化世纪的预言仍毫无征兆。到目前为止，《废都》也丝毫没有露出"涅槃"的迹象。除了极少数人矫情地吹捧，它的命运依笔者之见，似乎和卫慧的《上海宝贝》、棉棉的《糖》、九丹的《乌鸦》、木子美的《遗情书》一样，如同米兰·昆德拉批评电影的改编者违反作者的精神权利时说的，"将千年的遗产溶解在它粉

---

①　吴晗：《〈金瓶梅〉的著作时代及其社会背景》，载《吴晗史学论著选集》（第一卷），北京：人民出版社 1984 年版，第 334 页。
②　贾平凹、谢有顺：《贾平凹谢有顺对话录》，苏州：苏州大学出版社 2003 年版，第 216 页。

红的口水里的广告"①,依靠"性"的轰动效应,在红极一时后便寂寞下来。有感于季老多年前的预言,笔者重新阅读了《废都》,并把它和《金瓶梅》对读之后发现,《废都》的艺术成就,不能不令人慨叹。如果说其有艺术成就的话,也许如同魏塞知道自己的《理查三世》重复莎士比亚的剧本之后所说的:"——不过,剽窃莎士比亚,或许还算一项功劳呢。"②但《理查三世》是无意的。

　　《废都》甫一出版,褒者说其"化合之功夫到家令人惊叹,可以说深得'红楼''金瓶'之神韵"③;贬者说其"是明清文字的拙劣承接,是典型拼接的一个范本"④。实际上,上述的褒贬,用《金瓶梅》中的趣语说,不是踩小板凳糊险道神——差着一帽头子哩,而是提傀儡儿上场——还少一口气哩。大多评论者"不是缘于翔实资料的科学分析、实证化的比较研究和逻辑推理,而是显示出一种近乎文学的激情、神秘知觉的思辨和非理性的独断"⑤,因而一直在两个极端误导读者。张竹坡说:"看《金瓶梅》,把他当事实看,便被他瞒过,必须把他当文章看,方不被他瞒过也。"⑥读《废都》,若视它深得《金瓶梅》之神韵,便被它瞒过;把它当成《金瓶梅》的承续和拼接来看,亦被它瞒过;须把它看成对《金瓶梅》的拙劣仿制,才不被它瞒过。这并不是笔者心血来潮的呓语,而是在仔细研读之后得来的结论。

　　纳博科夫说:"一个读者若能了解一本书的设计构造,若能把它

---

① ［捷］米兰·昆德拉:《被背叛的遗嘱》,余中先译,第286页。
② ［德］莱辛:《汉堡剧评》,张黎译,上海:上海译文出版社1998年版,第374页。
③ 雷达:《苦闷之作·世情小说》,载肖夏林编《废都废谁》,北京:华夏出版社1993年版,第128页。
④ 孟繁华:《拟古之风与东方奇观》,载刘彬、王玲主编《失足的贾平凹》,北京:华夏出版社1994年版,第49页。
⑤ 吕静:《陕北文化研究》,上海:学林出版社1994年版,第75页。
⑥ 张竹坡:《批评第一奇书〈金瓶梅〉读法》,载《金瓶梅》,济南:齐鲁书社1987年版,第37页。以下凡本书引文,只在正文中用括号标明页码。

拆开，他就能更深的体味到该书的美。"①拆开《废都》，我们会发现它的精神气氛、整体结构、人物塑造、细节描写和《金瓶梅》惊人地相似。《金瓶梅》写的是明末资本萌芽以后颓废淫靡的市井生活，《废都》写的是社会转型时期西京城一帮文人的无聊生活，它们似乎都有一个伦纲崩坏、人欲横流的社会背景。这一点体现出了两位作家的敏感。《金瓶梅》写的是清河县，《废都》写的虽是西京城，但很少能看到现代城市的气息，最多也只是市郊的区镇。《金瓶梅》以武大郎的官司和西门庆亲家陈洪大的被参为线索，《废都》以景雪荫的名誉侵权案为轴心。《金瓶梅》以西门庆的恃财作恶为全书的脉络，《废都》则以庄之蝶的仗"名"淫乱为中心；西门庆"作为一个淫欲的殉难者耗尽自己的精力而死去"②，庄之蝶在纵欲放荡之后，最后被戴上精神的十字架苦闷寂寞地死在火车站。海明威说："真正优秀的作品，不管你读多少遍，你不知道它是怎么写成的。这是一切伟大作品都有的神秘之处，而这种神秘之处是分离不出来的。"③这并不是宣扬艺术上的神秘主义，而是因为"优秀小说讲述的内容和方式构成一个不可摧毁的统一体"④。别林斯基认为，对于作品内容来说，"它的形式对它并不是外在的，而是它自己所特有的那种内容的发展"⑤。《废都》在作品的内容上，有着严重的与现代生活悖逆的、互相掣肘的并不合理的趋古倾向，我们更多的是看到三百多年前的清河县，而不是西京城。其讲述方式的一味誊写和照搬，更使我们怀疑应该与讲述方式

① [美] 纳博科夫：《文学讲稿》，申慧辉译，北京：生活·读书·新知三联书店 1991 年版，第 32 页。
② [法] 安德列·勒维：《评〈梅瓶〉的艺术》，载蔡国梁选编《金瓶梅评注》，桂林：漓江出版社 1986 年版，第 63 页。
③ 董衡巽编选：《海明威谈写作》，北京：生活·读书·新知三联书店 1985 年版，第 152 页。
④ [秘] 略萨：《中国套盒》，赵德明译，天津：百花文艺出版社 2000 年版，第 22 页。
⑤ 朱光潜：《西方美学史》（下），北京：人民文学出版社 1979 年版，第 550 页。

水乳交融、不可剥离的内容的可靠性。除此之外,《废都》尽管模仿,但并未得《金瓶梅》之"文"心,《金瓶梅》结构铺张,文心细如牛毛茧丝,缜密周全而滴水不漏,往往草灰蛇线,伏脉千里,可以说是千岩竞秀,万壑争流,令人叹为观止。《废都》用大小段落连缀,欲将模仿之痕迹隐于无形,结果破绽百出,明眼人一眼就能看穿,而且在细节上常常重复。如唐宛儿的发卡,在和庄之蝶初次见面时"冷丁发卡掉在脚下碎了"[①],在"感觉到庄之蝶就在院门外徘徊"后,她穿着拖鞋往外跑,头上的发卡又掉了下来(第145页)。

　　如果说在结构上的类比牵强的话,在人物塑造上,也有明显的复制痕迹。《废都》和《金瓶梅》同样是把没有灵魂的事情写在没有灵魂的人身上,只不过《废都》给人的感觉是做一个现代人比做一个古代人困难得多。我们的时钟是向前走的,作者的指针是向后退的。《废都》在一开始,在人物上就和《金瓶梅》中的人物存在着对应。《金瓶梅》的第一回中"西门庆热结十兄弟"是在玉皇庙,西门庆对希大说:"这结拜的事,不是僧家管的,那寺里和尚,我又不熟,倒不如玉皇庙,吴道官与我相熟,他那里又宽展,又幽静。"(第19页)《废都》中则是两个兄弟抱了个花盆,去请教孕璜寺里的老花工(第1页)。"玉皇"和"孕璜",明显是用了谐音。《金瓶梅》开头用《金刚经》中的"如梦幻泡影,如电复如露"(第12页)来警世,《废都》中的孟云房读的恰好也是《金刚经》(第8页)。如果说《金刚经》是和尚必读的经典的话,那还有可能是巧合,而孟云房不是和尚也不是道人,而且《金刚经》在两书中出现的位置也差不多。西门庆热结的

---

①　贾平凹:《废都》,北京:北京出版社1993年版,第26页。以下引文凡出自此书者,只在正文中用括号标明页码。

十兄弟，排在前面的依次是西门庆、应伯爵、谢希大、花子虚，他们结拜时，"上面挂的是昊天金阙玉皇上帝，两边挂着紫府星官，侧首挂着便是马、赵、温、黄四大元帅"（第23页）。虽然热结了十个兄弟，实际上作者是以西门庆、应伯爵、谢希大、花子虚这"四大元帅"为中心。《废都》在这一点上参透了《金瓶梅》，直接通过他人之口，介绍了西京的四大名人庄之蝶、孟云房、龚靖元和汪希眠。此四人和《金瓶梅》中的"四大元帅"对应关系大致如下：

庄之蝶——西门庆　孟云房——应伯爵

汪希眠——谢希大　周　敏——花子虚

西门庆不是目不识丁的无赖，牙婆称赞他"诸子百家，拆白道字，眼见就会"，扬州苗员外称赞他"性格温柔，吟风弄月"。不同的是，他的财富是巧取豪夺积累的，庄之蝶是靠爬格子得来的。西门庆是"四大元帅"之首，庄之蝶是"四大名人"之首。西门庆有应伯爵、谢希大、花子虚之流的爪牙，庄之蝶也有孟云房、周敏、赵京五、洪江一类的"帮闲"。西门庆"无一亲人，上无父母，下无子孙，中无兄弟"[1]，庄之蝶也是"无一亲人，上无父母，下无子孙，中无兄弟"。西门庆是一台永不停歇的性机器，他没有真正爱过一个女人；庄之蝶也只有肉欲的发泄，丝毫看不到灵魂的活动。西门庆的放纵行为不同程度地受到金钱关系的制约，庄之蝶和被诱奸者总是靠一个"名"字来维系。西门庆勾引女人是送衣物、给饰品和赠脂粉，庄之蝶吸引女人则是送鞋子、赠餐具、送铜镜、看手相，再加上赞美和幽默。不过，大体说来，"西门庆并不象一般人所认定的那样总是被写成一个为害他人的坏蛋。他有财有势，大部分情况下，他并没受到

---

[1]　张竹坡：《批评第一奇书〈金瓶梅〉读法》，载《金瓶梅》，第47页。

作者嘲笑。我们对他的最后印象是：他脾气好、慷慨大方、能有真正的情感，是个讨人喜欢的人物。他诚然经常从事无耻的交易，但同时也给我们以慷慨好施的印象；他诚然是个臭名昭著的诱奸者，但作者也使我们明确看到，受他诱骗的妇女都是自愿上钩的"[①]。杨戬被宇文虚参倒之后，西门庆用金钱讨好蔡太师，他先走其管家翟谦的路，给他送了个漂亮的丫头做妾；庄之蝶为了在官司中取得主动权，把柳月送给市长的残疾儿子大正作为筹码，这种人口贩子似的卑劣行径和西门庆没有什么区别。

在《金瓶梅》中，头号帮闲应该算应伯爵了，他从第一回起，一直如同影子一样跟着西门庆。西门庆嫖妓纳妾，走狗下棋，兴狱经商，几乎都有他陪同当参谋。孟云房也是拉大旗做虎皮的角儿，庄之蝶寂寞时，他陪他寻访杨贵妃墓，帮他拉皮条找妓女，庄之蝶打官司时，他跑前跑后拉关系。应伯爵找到王婆，和潘金莲接上了线，为西门庆立了大功。孟云房把唐宛儿介绍给了庄之蝶，讨得庄之蝶的喜欢。应伯爵把李娇儿介绍给西门庆做妾，孟云房和庄之蝶一起去访问阿灿，当他从他们的谈话中嗅出味道之后，便识相地借故离开，成其好事。应伯爵的丑事太多了，他明拿暗偷，大敲竹杠，什么坏事都干得出来。在西门庆家吃饱喝足之后，他还要偷一把。孟云房也一样，白吃白拿，所以连柳月也挖苦他："你什么时候是带了东西？哪一次来了又不是吃饱喝醉？"（第152页），"四大名人"和"四大元帅"一样，都是密而实疏的酒肉朋友。西门庆趁火打劫，不仅勾引了瓶儿，而且霸占了其财产，花子虚最终被活活气死；庄之蝶趁着龚小乙

---

①　[美] 夏志清：《中国古典小说导论》，胡益民等译，合肥：安徽文艺出版社1988年版，第200—201页。

抽大烟的当儿，巧取豪夺了龚靖元所珍藏的得意之作和名字古画，龚靖元也被气死。周敏忙碌得像卖烧饼的武大郎，每天早出晚归，愚蠢得则如花子虚，对所谓哥们儿朋友勾引自己的女人浑然不知。

在女性人物的塑造上，《废都》和《金瓶梅》一样，也是以庄之蝶为中心的"贤妻美妾俏丫头"的模式，只不过去掉了潘金莲这个泼妇，但她和西门庆偷情的情节则被移植到和李瓶儿对应的人物唐宛儿身上，关系大致如下：

牛月清——吴月娘　唐宛（碗）儿——李瓶儿

柳　月——庞春梅　阿　灿——宋惠莲

女性人物仅在名字上做了细小的变动，如把月娘改成月清，瓶儿和碗儿是戏仿。更为重要的是人物的命运也如出一辙。《金瓶梅》以月娘为正房，《废都》中以牛月清为正宫；吴月娘好佛，牛月清虽不怎么好佛，但她有个神神鬼鬼的母亲。《金瓶梅》中多处写到尼姑到西门庆家里讲经，西门庆看到不是溜掉就是装作没有听见，《废都》中庄之蝶对岳母和妻子对神佛的笃信也不屑一顾。《金瓶梅》中的女人多爱骂人，但几乎都在背后，月娘骂人却是当面的。《废都》中的女人也一样爱骂人，月清也是当面骂的，而且是理直气壮地骂。她和月娘一样，"天生并不聪明，加上对自己的德行有信心，于是表现出所谓'愚而好自用'，问题不甚会解决，而不住的与人吵嘴生气，或是中人家圈套"①。月娘除过关心西门庆的饮食起居，几乎对其他事情毫不过问，她主持家务，公正贤明，尤其是私生活端庄自持，无懈可击。西门庆结交一帮狐群狗党，出入烟花柳巷，她虽然了然于胸，但从不过问，而且没有微词，她似乎很忠于西门庆，实际上是助纣为

---

① 孙述宇：《〈金瓶梅〉平凡人的宗教剧》，上海：上海古籍出版社2011年版，第64页。

虐，所以张竹坡说："西门庆杀人之夫，劫人之妻，此真盗贼之行也。其夫为盗贼之行，而其妻不涕泣而告之，乃依违其间，视为路人，休戚不相关，而且自以为好好为贤，其为心尚可问哉！"[1]牛月清和月娘一样，也是灵魂上的植物人。她对丈夫庄之蝶也是百般迁就，从没有想过除了吃饭穿衣之外能为庄之蝶做些什么。她朴实善良，没有架子，不善交际，也不爱打扮自己。牛月清"对自己是否讨庄之蝶的喜欢似乎也不怎么在意；她更象是庄之蝶的母亲和保姆；她关心的是他是否能吃饱穿暖，是否有营养，却从不关心他写的是什么，他在精神上的喜怒哀乐"[2]。她的存在，似乎在于为了说明庄之蝶追逐女人的合理性。她的烹杀信鸽和后来忍气吞声的离婚似乎比月娘更有光辉，而其实不过是五十步笑百步的一丘之貉。张竹坡说："月娘虽有为善之资，而亦流于不知道大理，即其家常举动，全无举案之风，而徒多眉眼之处。盖写月娘，为一知学好而不知礼之妇女也。"[3]牛月清和吴月娘一样，同为"知学好而不知礼之妇女也"。牛月清对于庄之蝶的堕落，和吴月娘对于西门庆的放纵一样，具有不可推卸的责任。"误尽西门一生"，月娘首当其冲；误尽庄之蝶一生，月清难辞其咎。

　　唐宛儿在庄之蝶心中的位置，和李瓶儿在西门庆心中的地位是一样的，结婚的次数和遇到男人的数目也没有出入。李瓶儿原来是蔡太师的女婿梁中书的小妾，梁中书死后嫁给了花子虚，后来和邻居西门庆勾搭成奸。唐宛儿的丈夫是个工人，她不堪他的野蛮和周敏私奔到西京城，在孟云房的介绍下认识了庄之蝶。她们判断男人的能力比判断女人的能力迟钝多了，而且她们都患有轻信男人的"痴呆"症。李

① 张竹坡：《批评第一奇书〈金瓶梅〉读法》，载《金瓶梅》，第 32 页。
② 庐阳：《贾平凹怎么啦？》，上海：上海三联书店 1993 年版，第 127 页。
③ 张竹坡：《批评第一奇书〈金瓶梅〉读法》，载《金瓶梅》，第 32—33 页。

瓶儿痴爱着西门庆，为了西门庆，她背叛自己的丈夫花子虚，背着淫妇的恶名，为西门庆吃过鞭子、上过吊，对西门庆说："你是医奴的药一般，一经你手，教奴没日没夜的想你。"（第299页）最后得了血崩病，但她仍不思反悔，至死也没有省悟。在临死之前，她还痴情地喊着："我的哥哥。"在六十七回她梦中诉说幽情，对西门庆说："我的哥哥，你在这里睡哩，奴来见你一面。"（第1020页）唐宛儿不堪丈夫的辱打，和周敏私奔来到西京城，瞒着周敏和庄之蝶苟合。她把庄之蝶叫"庄哥"，她和李瓶儿一样，不可救药地爱着庄之蝶，她的存在和李瓶儿一样，只是为了给庄之蝶带来快乐。她对庄之蝶说："我会让你快乐，永远让你快乐！"（第123页）她对庄之蝶的玩弄感激涕零："你真行，我真还没有这么舒服过，你玩女人玩得真好！"（第86页）她被庄之蝶作践得"血水喷溅，她却奋不顾身的说：'你只要高兴，我给你流血水儿，给你流血"（第259页）。她处处替庄之蝶着想，在怀孕后，她自己去做手术，为了让庄之蝶"越发会拿她和牛月清相比，更喜欢了她的！"（第392页）。唐宛儿的形象只不过是对着李瓶儿照猫画虎，结果画虎不成反类犬，她这种火热的献身精神和李瓶儿不相上下，但她比李瓶儿不幸得多。西门庆至少为李瓶儿准备了一副棺木，在她死后伤心万分；庄之蝶则连去潼关探望被丈夫抓回去毒打的宛儿的勇气都没有，只能奚落奚落周敏。

柳月是和庞春梅对应的人物。在《金瓶梅》中，"瓶儿与月娘始疏而终亲，金莲与月娘始亲而终疏"[1]。《废都》中也一样，唐宛儿与牛月清"始亲而终疏"，柳月和牛月清"始疏而终亲"。庞春梅被西门庆收用，柳月则在发现庄之蝶和唐宛儿偷情之后也被庄之蝶拉下了浑

---

① 　张竹坡：《批评第一奇书〈金瓶梅〉读法》，载《金瓶梅》，第28页。

水，成了唐宛儿的死党。庞春梅恃宠把月娘不放在眼里，柳月也是恃宠把牛月清不当一回事，并在给庄之蝶过生日的时候和牛月清发生争执。西门庆死后，月娘为了拆开潘金莲和庞春梅，把庞春梅卖给周守备做夫人。牛月清发现庄之蝶和唐宛儿的私情后，也是把柳月踢了出去，作为庄之蝶打官司的通天之路，将之嫁给市长的跛腿儿子成了新贵妇。庞春梅成为周守备夫人之后，在清明节寡妇上新坟的时候遇到月娘，恭敬执礼，以德报怨；柳月在成为新贵妇以后也一样，对曾经打骂自己的牛月清也是不但不计前嫌，而且恋恋不舍。

在《金瓶梅》第十回，"金、瓶、梅三人，一现在，一旁侍，一趁来，俱会一处"[1]；《废都》也是一样，唐在，柳侍，阿灿"趁来"。阿灿的形象是和宋惠莲对应的。宋惠莲是个孤苦伶仃的女孩子，她清高自信，但所拥有的只有一颗纯洁的心，是那个烂泥塘里一朵引人注目的莲花。她无法拒绝社会的摆布，迫于父命，嫁给了厨工蒋聪，但并不爱蒋聪，蒋聪也不爱她。她后来嫁给了来旺，彼此十分相爱。在《金瓶梅》第二十二回，西门庆调戏她，她"推开西门庆，一直往前走了"（第341页）。她迫于西门庆的淫威，最终无法逃脱西门庆的魔爪，陷入泥淖。阿灿的处境和宋惠莲是一样的。她生活在贫民窟中，和丈夫离了婚，"年轻时候心比天高，成人了命比纸薄，落了个比我高的人遇不上，死猫烂狗又抖丢不离"（第241页）。和宋惠莲不同的是，她和庄之蝶初次相见便委身于他。她倒在庄之蝶的怀抱里说，"……你能喜欢我，我太不敢相信了"（第243页），随即"竟把衫子脱去，把睡衣脱去，把乳罩、裤头脱去，连脚上的拖鞋也踢掉了，赤条条站在庄之蝶的面前"（第243页）。她说："我太激

---

[1]　《金瓶梅》，第155页。

动，我要谢你的，真的我该怎么感谢你呢？你让我满足了，不光是身体满足，我整个心灵也满足了。"（第 244 页）作者着力渲染阿灿的激动，实际上是对西门庆和宋惠莲私通时那种得意嘴脸的变相，而且显得虚假悖理。在清河县，西门庆的大名又何逊在西京城的庄之蝶，何况还在自己的家里？西门庆慢火温水，水到渠成，情理也在其中。张竹坡云："做文章，不过是'情理'二字。今做此一百篇长文，亦只是'情理'二字。于一个人的心中，讨出一个人的情理，则一个人的传得矣。"①《废都》未能"从一个人的心中，讨出一个人的情理"，而是靠一个令人生疑的"名"来推动，人物的活动也就缺少合理性，所以我们感觉人物没有"立"起来，像木偶一样被作者操纵。巴·略萨说："当小说中发生的一切让我们感觉这是根据小说内部结构的运行而不是外部某个意志的强加命令发生的，我们越是觉得小说更加独立自主了，它的说服力就越大。"②《废都》中的女性活动大都是被"名"命令发生的，所以没有自己的声音，仅仅成了充斥着禽兽般欲望的"单向度"的人。

《金瓶梅》中的人物，"栩栩欲活，历历如见"。《金瓶梅》"凡写一人，始终口吻酷肖到底，掩卷读之，但道数语，便能默会为何人……又岂寻常笔墨可到者哉"③。《废都》没有烛微探幽，没有写出人物举止动作和心理活动的深层联系，只是沉浸在性的放纵中，因而人物形象平板呆滞，貌如僵尸，人物的行动前后也难统一。唐宛儿一会儿"淫态浪言，压倒娼妓"，一会儿比林黛玉还多愁善感；一会儿

---

① 张竹坡：《批评第一奇书〈金瓶梅〉读法》，载《金瓶梅》，第 38 页。
② 〔秘〕巴·略萨：《中国套盒》，赵德明译，第 23 页。
③ 刘廷玑：《在园杂志》，载王汝梅等《金瓶梅资料汇编》，北京：北京大学出版社 1985 年版，第 213 页。

连戏剧和舞蹈都分不清，一会儿却读李渔的《闲情偶记》和冒辟疆的《翠潇庵记》附庸风雅；看到梨花就触景伤怀，觉得是庄之蝶的化身，"遂紧紧抱了一会梨树，回到屋里，一滴眼之雨珠就落在了翻开的书上"（第145页）。还有那个保姆柳月，刚进庄之蝶的家门，还未受其熏陶，就能"认得西汉的瓦罐，东汉的陶粮仓、陶灶、陶茧壶，唐代的三彩马、彩俑"（第92页），比考古专家还要专业。类似的矛盾之处太多了。

在《金瓶梅》中，西门庆对潘金莲的脚有着病态的喜爱；在《废都》中，这种病也传染给了庄之蝶。像西门庆一样，庄之蝶也多次赏玩唐宛儿的脚：

> ……庄之蝶惊讶她腿功这么柔韧，看那脚时，见小巧玲珑，跗高得几乎和小腿没有过渡，脚心便十分空虚，能放下一枚杏子，而嫩得如一节一节笋尖的趾头，大脚趾老长，后边依次短下来，小脚趾还一张一合地动。（第53页）

后来庄之蝶去唐宛儿家，唐宛儿让周敏替庄之蝶跑腿以支开周敏（这里情节颇似《金瓶梅》中第三回王婆避开去买酒），两人偷情，庄之蝶又开始玩脚：

> ……妇人坐在他的对面，凳子很小，一只腿伸在后边，一只腿斜着软软下来，脚尖点着地，鞋就半穿半脱露出半个脚后跟，平衡着凳子。庄之蝶又一次注视着那一双小巧精美的皮鞋。妇人说："这鞋子真合脚，穿上走路人也精神哩！"庄之蝶手伸出来，却在半空中划了一半圈，手又托住了自己的下巴，有些

坐不住了……（第83页）

　　这个嗜脚的庄之蝶，实际上只不过是西门庆的拙劣翻版，《金瓶梅》中多次写到潘金莲的脚。如在第四回，西门庆"蹲下身去，且不拾箸，便去他绣花鞋头上只一捏……"（第30页）；在第六回中，"西门庆又脱下他一只绣花鞋儿，擎在手内，放一小杯酒在内，吃鞋杯耍子"（第106页，而庄之蝶是把钱藏在鞋窠里）；第七回中薛嫂掀起潘金莲的裙子来，露出小脚，"西门庆看了，满心欢喜"（第122页）。

　　如果说爱好是巧合的话，那细节的雷同就没有法子解释了。在《废都》中，周敏和唐宛儿请庄之蝶和孟云房等人在家里吃饭，庄之蝶和唐宛儿的相遇是这样的：

　　　　……唐宛儿觉得这名人怪随和有趣，心里就少了几分紧张。等到周敏在下面喊她，急急下了楼来，不想一低头，别在头上的那只云南象骨发卡下去，不偏不倚掉在庄之蝶脚前碎了。（第26页）

在《金瓶梅》中，西门庆和潘金莲的相遇是这样的：

　　　　……自古没巧不成话，姻缘合当凑着。妇人正手里拿着叉杆放帘子，忽被一阵风将叉杆刮倒，妇人手擎不牢，不端不正，却打在那人头上。（第51—52页）

　　细节惊人地相似尚且不言，"不偏不倚"和"不端不正"也没有多大的区别。如果有的话，"不偏不倚"似乎比"不端不正"要古雅些。《废都》中接下来是庄之蝶打量唐宛儿——"两条细眉弯弯,活活生动"(第26页),《金瓶梅》中则是西门庆端详潘金莲——"翠弯弯的新月的眉儿"(第52页)。唐宛儿见庄之蝶看着她微笑,说:"我好丢人哟!"(第26页)潘金莲见了笑吟吟的脸儿,说道:"奴家一时被风失手,误中官人,休怪!"(第53页)庄之蝶看到院子里有葡萄藤,想吃酸葡萄,唐宛儿帮他摘了一颗,说:

> 他们说你爱吃酸,我不信,一个大男人家的怎么爱的吃酸,又不是犯怀抱的。果然老师爱的!(第28页)

《金瓶梅》中写王婆招待西门庆:

> 半歇,王婆出来道:"大官人,吃个梅汤?"西门庆道:"最多加些酸味儿。"(第55页)

《金瓶梅》中第四回的偷情,也被参仿。《金瓶梅》中是这样写的:

> ……只见西门庆推害热,脱了上面绿纱褶子,道:"央烦娘子,替我搭在干娘护炕上。"这妇人只顾咬着袖儿别转着,不接他的,低声笑道:"自手又不折,怎的支使人!"西门庆笑着道:"娘子不与小人安放,小人偏要自己安放。"一面伸手隔桌子,搭到床炕上去,却故意把桌上一拂,拂落一只箸来。却也姻缘凑着,那只箸儿刚落在金莲裙下。……于是不由分说,抱到王婆床炕上,脱衣解带,共枕同欢。……(第79页)

《废都》中是这样写的：

> ……妇人却脸粉红，额头上有了细细的汗珠沁出，倒说：
> "你热吧？"自个起身用木棍撑窗子扇。窗子是老式窗子，下半
> 截固定，上半截可以推开。……庄之蝶忙过去帮她，把棍儿刚撑
> 好，不想当的一声棍儿又掉下来，推开窗扇砰地合起，妇人吓
> 得一个小叫，庄之蝶才一扶了她要倒下的身子，那身子下边却
> 安了轴儿似的倒在了庄之蝶的怀里。……（第84页）

世界上没有完全相同的两片树叶，也难找出上述如此雷同的细
节。这种惊人的相似，可谓没有半点的艺术创造可言。如果放在高考
的作文试卷里，评卷老师肯定会以雷同试卷判为零分；放在学术论文
里，则是明目张胆的剽窃，又何谈得《金瓶梅》之神韵？这样的依葫
芦画瓢之作，竟被我们的有些评论家奉为神灵，足见我们判断能力的
委琐和迟钝。这样雷同的细节还有好多：《金瓶梅》第五十一回吴月
娘为了生子，向王婆婆、薛姑子讨药（第791页），《废都》中牛月清
听了母亲的话，托王婆传话，要干表姐为她代生孩子（第61页）。第
六十七回，李瓶儿向西门庆梦诉幽情说："我被那厮告了一状，把我
监在狱中，血水淋漓，与污秽一处，整受了这些时苦。昨日蒙你堂
上说了人情，减我三等之罪。"（第1020页）庄之蝶吃了有大烟壳子
的削面汤之后做梦，梦见了岳母说她见到唐宛儿了："我昨天见到她
了，她在一个房子里哭哭泣泣的，走也走不动，两条腿这么弯着的。
我说你这是怎么啦？她让我看，天神，她下身血糊糊的，上面锁了一
把大铁锁子。我说锁子怎么锁在这儿，你不尿吗？她说尿不影响，只
是尿水锈了锁子，她打不开的。我说钥匙呢，让我给你开。她说钥匙

庄之蝶拿着。你为什么有钥匙不给她开？！"（第513页）西门庆在第九十七回和潘金莲纵欲之后，早晨起来梳头"忽然一阵昏晕，望前一头抢将去。早被春梅双手扶住，不曾跌着磕伤了脸"（第1278页）。庄之蝶醉酒之后，柳月"忙扶他，扶不起，就跳到路边拦出租车"（第507页），好不容易将他弄上了出租车（柳月和春梅一直是对应的）。西门庆在第六十一回趁醉烧阴户（第903页），唐宛儿被丈夫抓回潼关后，丈夫对她性虐待，也烧的是她的下身（第499页）……

如果说贾平凹在写《废都》时，对《金瓶梅》不是烂熟于心的话，那可能就是照着《金瓶梅》写的。莱辛批评魏塞说："莎士比亚的作品只能研究，不能掠劫。如果我们有才能，莎士比亚作品之于我们，当犹如暗箱之于风景画家，多往里瞧瞧，可以学习自然在各种情况下是怎样投射到一个平面上的，但他从里面什么也拿不出来。"①《金瓶梅》也一样，是不能掠劫的，《废都》也没有拿出什么来。如果说《金瓶梅》写出了人性深处的恶魔，写出了人物命运复杂的微积分，复制《金瓶梅》的《废都》只是浮光掠影地写出了人物在社会影响下的加减乘除。弄珠客在《金瓶梅·序》中说："余尝曰'读《金瓶梅》而生怜悯心者，菩萨也；生畏惧心者，君子也；生欢喜心者，小人也；生效法心者，乃禽兽耳。'"②弄珠客太注重道德上的警戒，过于刻薄。我们暂且把道德悬置起来，从艺术上说，"文学的作用就是在不同之间进行传递，不是为了消除差异，而是为了更加突出差异"③。即使"最琐细的差别都具有无法估量的意义"④。齐白石说，"学

---

①　[德]莱辛：《汉堡剧评》，张黎译，第374—375页。
②　弄珠客：《金瓶梅·序》，载王汝梅等《金瓶梅资料汇编》，第216页。
③　[意]卡尔维诺：《美国讲稿》，载《卡尔维诺文集》，上海：译林出版社2001年版，第357页。
④　[法]普鲁斯特：《追忆似水年华·在斯万家那边》，李恒基等译，上海：译林出版社1989年版，第76页。

我者生，似我者死"，实际上是在警告：机械的低水平的重复和照处方抓药式的写作，必定会遭到美学上的灭顶之灾。

如果将《废都》当成当代的《金瓶梅》，仅指它的性描写可能比较恰当，《废都》甚至有超越。《废都》体现了全球化时代人类在性生活方面资源的共享和信息的便捷。《金瓶梅》中仅有土生土长的经验，而在《废都》中，"所有曾在《素女经》中读过的古代人的动作，甚至学着那些狼虫虎豹、猪狗牛羊的动作都试过了"（第303页），而且"所有曾在录像带中看到的外国人的动作"（第303页）都尝试过了。《金瓶梅》中，性爱描写"浓盐赤酱淋漓醋透，极尽形容刻画之能事，不给人留下想象的余地"①，而且在一定意义上是刻画人物贪嗔痴恶性格的需要。在《废都》中作者对性爱描写的不吝笔墨，大多是为了写性而写性，他的慷慨超过了《金瓶梅》和圣诞老人，而且还在文学史上破天荒地采用《金瓶梅》洁本的办法，故弄玄虚地留下许多"此处删去多少字"的框框。贾平凹自己承认："在写性的过程中，实写一部分后，就没有再写了，因为我得考虑国情么，只是觉得稍微多写一点罢了，而将未写出的一部分以方框框替代。"②不同的是，《金瓶梅》洁本是后人删掉的，作者是实写；《废都》则是作者自己掩耳盗铃，并没有写。"从伦理学的角度讲，一个人自身并没有财富或有财富并不拿出来的，而只是向人们抛售虚假的乌有的东西，是一种欺诈行为，因而是不道德的。"③从艺术上讲，这种"陌生化"的创新没有任何艺术上的蕴藉，不仅玩弄了读者的感情和期待，而且是对读者的极端嘲弄和极不尊重。

---

① 徐朔方：《〈红楼梦〉和〈金瓶梅〉》，载《红楼梦研究集刊》（第七集）。
② 贾平凹、谢有顺：《贾平凹谢有顺对话录》，第225页。
③ 曹文轩：《小说门》，北京：作家出版社2003年版，第59页。

　　当然，任何作家的写作都得借鉴前人和传统的经验。富恩特斯说："我不相信那是可能的，没有传统是不可能写作的。创造所需要的条件是有一种传统，传统所需要的条件是创造。"①就艺术成就而言，《金瓶梅》是"小说家的小说，它把生活中的沙砾变成了金子，这种笔法现代中国作家仍须向他学习"②。曹雪芹"病《金瓶》之秽亵，力矫其弊，而撰此书。初不料代兴以来，乃青出于蓝，冰寒于水，一至于此"③！曹雪芹对"《金瓶梅》以降的淫糜承陈、色欲相矜、亵鄙袭言的小说是深恶痛绝的，他执意变鄙陋之颓风而裁之以雅正"④。在《红楼梦》的卷首他庄严地昭告："反对皮肤滥淫"，斥责"风月笔墨，其淫秽污臭，最易坏人子弟"。《废都》的作者却弃其精华，将其糟粕照单全收。这种越过《红楼梦》的借鉴短路，给人留下的更多是媚俗悦世之感。

　　就作者而言，"《金瓶梅》的作者是要昭示世人，西门庆的结局是他的贪毒的罪有应得的惩罚，而《废都》的作者试图唤起我们对庄之蝶的同情和怜悯，以及对现代都市文明的愤怒；《金瓶梅》的作者因为害怕社会的谴责成为文学传统的败类而匿名，《废都》的作者却受到公共传媒的毫无节制的揄扬"⑤；《金瓶梅》将矛头指向人性深处的毒瘤，《废都》却将责任完全推给社会。我在这里并不是想对《废都》进行"鞭尸"式的挞伐，任何一部作品要流传下来，商业宣传的

①　[墨] 富恩特斯：《回忆与渴望》，载吕同六主编《20世纪世界小说理论经典》（下），朱景冬译，北京：华夏出版社1995年版，第606页。
②　[法] 安德列·勒维：《评〈金梅瓶〉的艺术》，载蔡国梁选编《金瓶梅评注》，第64页。
③　阙铎：《〈红楼梦〉抉微·序》，载周钧韬主编《金瓶梅资料续编1919—1949》，北京：北京大学出版社1991年版，第9页。
④　傅憎享：《〈红楼梦〉与〈金瓶梅〉比较兼论性的描写》，载蔡国梁选编《金瓶梅评注》，第157页。
⑤　庐阳：《贾平凹怎么啦？》，第121页。

力量毫无作用，吹捧也是毫无作用的，《金瓶梅》和《红楼梦》的例子已经充分地证明了这一点。文学作品只有依靠充沛的思想和情感的容量，以及精湛的艺术作为支撑，才能在历史的长河中立得住脚。正如伊恩·瓦特所言："任何意义上的对其他文学作品的模仿，对一部小说来说，无疑都是危害甚深的。原因在于，小说家的根本任务就是要传达对人类经验的精确印象，而耽于任何先定的形式常规只能危害其成功。"[①]在《金瓶梅》之后，《玉娇梨》之类的未能得其精髓的蹩脚模仿之作已屡见不鲜，《废都》只是其中并不高明的一个。"神经过敏的人又自作聪明地替它解脱，以为这本书是别有寄托，替它捏造成一串可歌可泣悲壮凄烈的故事"，那就大错特错了。当然，我们得佩服《废都》作者暴露我们所处时代沉疴的胆识和勇气，以及在搜集民谣方面所下的功夫，但就艺术成就而言，《废都》远不是作者用心血灌溉出来的文学奇葩，充其最大量也不过是一件草率炮制的、拙劣的仿制古董。

---

① ［美］伊恩·瓦特：《小说的兴起》，高原、董红钧译，北京：生活·读书·新知三联书店2003年版，第6页。

"怕君着眼未分明"[①]

——论叶嘉莹先生的《艳阳天》研究

叶嘉莹先生是当代著名的诗人和词人，并以诗词研究蜚声海内外学林。此外，她还曾倾力于浩然的《艳阳天》研究，这点随着叶先生的论述不断被征引渐为人知，且影响有愈来愈巨之势。据叶先生讲：她在一九七四至一九七六年间，将浩然的《艳阳天》"这一部百万字以上的巨著前后阅读了三遍，并发表过三篇与此一巨著相关的文稿。第一篇是一九七六年连载于香港《七十年代》的一篇长达八万字左右的专著《我看〈艳阳天〉》，第二篇是一九七七年连载于北美《星岛日报》的一篇论述书中之爱情叙写的长文《萧长春与焦淑红的爱情故事》，第三篇是先后曾刊载于香港的《抖擞》双月刊及纽约《海内外》的一篇《浩然访问记》"[②]。专著《我看〈艳阳天〉》被孙达佑、梁春水编入由百花文艺出版社一九九四年出版的《浩然研究专辑》，《萧长春与焦淑红的爱情故事》和一九九四年写的《〈艳阳天〉重版感言》则收入由北京大学出版社二〇〇八年出版的《迦陵杂文集》。这些著述总计起来，洋洋十几万字。叶先生通过对浩然的生活经历、写作经

---

① 陈师道：《放歌行二首》，载冒广生《后山诗注补笺》（下），北京：中华书局1995年版，第572页。

② 叶嘉莹：《〈艳阳天〉重版感言》，载《迦陵杂文集》，北京：北京大学出版社2008年版，第109页。

验，以及《艳阳天》的时代背景、结构艺术、人物刻画与萧长春同焦淑红爱情等方面的细致分析，得出了这样一个结论：《艳阳天》是极为成功的小说作品，"之所以特别成功，便因为它不是在套式样板中的口号教条，它是作者对革命的理想和热情正当的高潮时，结合了斗争实践的体验孕育出来的作品。小说的作者所代表的农村的无产阶级成分，在中国文学史上是一种前所未有的新生的血液；小说的内容所叙述的农业合作化的路线斗争，是中国小说中未经前人写过的革命题材，这种开新创造所获得的成就，可以说具有划时代的历史意义，应该引起所有关心中国文学的读者们的注意"①。如此高文宏议，足以惊杀人也。接下来的论调，可谓是石破天惊之论了。叶先生提到，有个叫马森的人著文认为，"就凭《艳阳天》的成绩，也未尝不可以获得一项诺贝尔文学奖"。叶先生觉得这话"绝非溢美之辞"，她说："当然，中国可以根本就不重视西方世界所玩弄的像'诺贝尔奖'这些花样，可是浩然的《艳阳天》之所以列入世界伟大小说之林，则是不容置疑的一件事，只是这部小说的篇幅之长，人物之众，以及复杂的情节和生动的口语，要想翻译介绍给西方的读者，并非是一件易事。"②这段评论，如果不标明出自著名的加拿大籍华裔学者之口，读者会以为这是"文革"时期的评论。《艳阳天》绝不是中国文学史上"一种前所未有的新生的血液"，在此之前我们知道已经有大量书写农业合作化运动的小说创作，这点可谓不顾历史史实。至于说"具有划时代的历史意义"的确不假，但绝不是叶先生所言的那样，浩然的《艳阳天》在"文革"中独霸文坛、一枝独秀、扭曲现实和宣扬阶级斗争，

① 迦陵：《我看〈艳阳天〉》，载梁春水、孙达佑《浩然研究专辑》，天津：百花文艺出版社1994年版，第540—541页。
② 迦陵：《我看〈艳阳天〉》，载梁春水、孙达佑《浩然研究专辑》，第542页。

在中国乃至人类历史上，绝对是空前绝后的。

　　浩然的写作，从政治理念出发，被捆绑在阶级斗争的战车上，已完全不是个人意义上的写作。其作品也无法如叶先生那样，仅仅从文学的角度来评价。正如伽达默尔所言："文学艺术作品其实与所有文著作品文本有共同之点，即它是用它的内容意义向我们述说的。我们的理解并不特别关注于作品作为艺术作品应具有的形式成就，而是关注于作品究竟向我们述说了些什么。"①在一部艺术作品中，"思想必须具体地和形式融合在一起，就是说，必须和它构成一体，消逝、消失在它里面，整个儿渗透在它里面"②。正是由于"内容和完全适合内容的形式达到独立完整的统一，因而形成一种自由的整体，这就是艺术的中心"③。因而，叶先生这种思路本身就值得商榷。如何评价浩然的创作，关系到我们这个民族对"文革"这一浩劫的认识和评价，牵系着无数在"文革"中受到伤害的人的感情，因而不可不慎重焉！

　　叶先生长期羁旅海外，故国之思真切，在与国内隔绝的情况下，将《艳阳天》视为"旷世奇作"，作一家之言，未尝不可。在回国之后，叶先生于华夏千古未有之浩劫，认识应该有所深化，她在著述中也不止一次提到"文革"对于师友亲人之摧残伤害，而唯独对《艳阳天》评判依然。二〇〇八年出版的《迦陵杂文集》中，收入了其溢美《艳阳天》的两篇文字，可以看出叶先生的认识仍未有转变。对于此种矛盾，有人说叶先生有赤子之心，不懂政治；有人传布叶先生与浩然目遇神接，如何如何；有人援引叶先生论《艳阳天》之文字，作为

---

① [德] 伽达默尔：《阐释学 I：真理与方法》，洪汉鼎译，北京：商务印书馆 2010 年版，第 239 页。
② [俄] 别林斯基：《〈冯维辛全集〉和札果斯金的〈犹里·米洛斯拉夫斯基〉》，载《别林斯基选集》（第二卷），满涛译，上海：上海译文出版社 1979 年版，第 16 页。
③ [德] 黑格尔：《美学》（第二卷），朱光潜译，北京：商务印书馆 1979 年版，第 157 页。

翻案的权威之论……叶先生说自己不懂政治，其实未必。至于其和浩然之间的私人感情，另当别论，但作为学者，学术乃天下之公器，不能因为私人感情而虚美扬恶，"无私于轻重，不偏于憎爱；然后能平理若衡，照辞如镜矣"①。矮子观场者援引叶先生文字作为权威之论，一是可能对这段历史并不了解，也可能受惠于这段历史；二是一些年轻论者并未认真细读过《艳阳天》；三是评论者普遍缺乏经典小说的阅读背景，缺乏鉴赏能力、判断能力和独立意识。他们援引著名学者的论述，拉大旗作虎皮，殊不知这杆大旗本身漏洞百出。还有一些论者从对现实之诸种不满出发，对这样一段"浪漫"历史产生无限眷恋，"自将磨洗认前朝"，赞颂并妄图回到那个"理想"时代。凡此种种，都使我们有必要对叶先生的思想及《艳阳天》研究做一番梳理分析。

一　"隔帘惟爱枣花香"②
——叶嘉莹对"文革"的双重态度

叶先生在分析小词意蕴丰富起来的原因时，反复谈到"双重性别"的原因。她常以《花间集》为例佐证，《花间集》的作者都是男性，而所写"形象、情思和语言却都是女性的"，这种"双重性别"，"就容易引发读者丰富的言外联想"③。笔者以此为开端，并不想去讨论叶先生对于小词的分析，而是发现叶先生在对待"文革"上，有一个与之类似的"双重态度"。那就是在对待整场"文革"上，叶先生

---

① 赵仲邑：《文心雕龙译注》，桂林：漓江出版社1982年版，第396页。
② 该句系叶先生少作，无题，见叶嘉莹：《我与我家的大四合院》，载《迦陵杂文集》，第5页。
③ 叶嘉莹：《当爱情变成了历史——晚清的史词》，载《叶嘉莹说词讲稿》，北京：北京大学出版社2007年版，第98页。

表现出痛心疾首、民胞物与的态度；而在对待代表"文革"文学的《艳阳天》时，却不吝笔墨，说尽美言。是什么导致了叶先生这种双重态度呢？

叶先生旅居海外之时，拳拳爱国之心溢于言表。一九七九年她第一次回国讲学，曾写下"书生报国成何计，难忘诗骚李杜魂"的感人之句。"文革"开始之后，她也曾失望地想再也没有报效国家的机会。对于"文革"，她曾说："当时在中国所进行的'文化大革命'，则对自己国家的宝贵的文化却正作着无情的扭曲和摧残。这自然使我的内心中常有一种难以言说的感慨。"[1]她在多处颇为痛心地谈到"文革"对中国传统文化的践踏和对友人的伤害。如赵朴初给她送了一幅书法作品，书自己在一九六八或一九六九年所作的一首吊陈同生的词——《临江仙》。叶先生对之进行了精到的分析，她说："我之所以抄录此词，一则既可以借此说明朴老在小词创作方面所表现出来的一种兴于微言的幽约怨悱之意境的成就，再则也可以借此说明朴老对人世之一种悲悯的关怀。"[2]在给朱维之的书所作序中，叶先生谈到，她在撰写《王国维及其文学批评》一书时，国内正值"文革"，这场浩劫对学术和学者的摧残迫害，比起王氏的遭际，有过之而无不及，因而"对王氏所言深有所感"，"全国皆投身于斗争而不复为学，这当然是一种可悲的现象"。[3]这些文字表现出叶先生对"文革"的深切批判，以及真挚的爱国赤忱和对传统文化的无限热爱，实在难能可贵。

然而，在论及"一个作家和八个样板戏"中的"一个作家"浩然时，叶先生完全换了另外一副"面孔"。她说，浩然的"政治立场之

---

① 叶嘉莹：《我与我家的大四合院》，载《迦陵杂文集》，第10页。
② 叶嘉莹：《悼念赵朴初先生——记我与赵朴老相交往之二三事》，载《迦陵杂文集》，第81页。
③ 叶嘉莹：《朱维之先生〈中国文艺思潮史稿〉再版序言》，载《迦陵杂文集》，第190页。

正确，自不待言。至于他的写作良心，我以为就《艳阳天》而言，浩然也可以称得上是一位非常诚挚的作者。他歌颂新社会，然而却不是为政治教条而歌颂，他歌颂，是因为他对于新社会的革命理想，确实有着热爱和信心。而且他也并没有隐瞒新社会中所存在的许许多多缺点和问题。只就东山坞这一个小小的村庄而言，其中的问题就有投机干部的错误领导，有干部路线的彼此分歧，有偷卖粮食的罪行，也有真正缺粮的现象，有抢粮抢牲口的暴动，更有对无辜幼童的阴谋杀害"[1]。《艳阳天》虽不是"文革"时期所作（一九六六年三卷出齐），但其主旨和出发点同"文革"中所倡导的"以阶级斗争为纲""阶级论""血统论"本出一源。浩然自己也说："在《艳阳天》和《金光大道》中我非常突出血统论。"[2]正是因为如此，再加上《艳阳天》情节的紧张、讲述的流畅和浓郁的泥土气息，其影响远远超过了浩然在"文革"中所创作的《金光大道》（第一部），江青也将其视为当时文坛的代表之作。叶先生认为浩然"政治立场之正确，自不待言"，写作良心"非常诚挚"，这和主流意识形态的评价以及浩然的自我宣扬是完全一致的。浩然说："写农民、给农民写是我自觉自愿挑起的担子……我要把这副担子挑到走不动、爬不动、再也拿不起笔时为止。"[3]浩然所说的"农民"，是按照意识形态期待和规定"想象"出来的农民，而不是现实生活中的农民，这些形象虽然在局部有着一定的真实性，但在整体上是虚假的、扭曲的、畸形的，违背了农民的根本利益和真实意愿，是一种虚幻的农村生活场景。浩然自己也说过："我也知道农民的苦处，我是在农民中熬出来的，农民的情绪我了解，

---

① 迦陵：《我看〈艳阳天〉》，载梁春水、孙达佑《浩然研究专辑》，第 507 页。
② 郑实采写：《浩然口述自传》，天津：天津人民出版社 2008 年版，第 240 页。
③ 浩然：《写农民，给农民写》，载《浩然研究专辑》，第 26 页。

那几年挨饿我也一块经历过。但是这些事当年能写进书里吗？不行啊！"[1]他所描绘的"现实"，是一种经过精心打扮的"歪现实""伪现实"。浩然曾这样介绍他的写作技巧："我在构思小说时，对在生活中遇到的事情，常常从完全相反的角度去设想，譬如，一个生产队员懒散消极自私自利，我就设想一个勤劳积极大公无私的形象。"[2]《艳阳天》虽写农业合作化运动，但主旨是贯彻八届十中全会提出的"以阶级斗争为纲"，沿袭着鲜明的战争思维。浩然的优势在于他长期在农村生活，对农村非常熟悉。于是，这部作品出现了奇怪的矛盾面貌："一方面，它有一种夸大声势，惟恐天下不乱的氛围，这是忠于当时政治观念的表现；另一方面，在人物的行为方式、性格特点、情感方式和语言方式上，又不能不说有一种真切的生活韵味，这又是浩然忠于生活的表现。由于阶级斗争这一贯串性矛盾终究带着人为夸大的痕迹，处身矛盾漩涡的人物就又都在真实生命之上平添着各种观念化的光晕。这既真切又虚浮，既悖理又合情，《艳阳天》就是这么一个奇妙的混合体。"[3]正因为这个"奇妙的混合体"将优点和缺点鲜明地融合在一起，因而大家才意见纷纭、莫衷一是。然而，最关键的是这部小说的主旨是什么，一切技术上的考虑都是为主旨服务的，这是小说分析围绕的中心。

有人说叶先生之所以被《艳阳天》这个"奇妙的混合体"迷惑，是因为她旅居海外，对国内现实并不了解。实际上，叶先生一九七六年专著《我看艳阳天》的写作，并不是完全与国内隔绝的。她曾于一九七四年回国旅游探亲，时隔三年之后，叶先生又再次回国。应该

---

① 陈徒手：《人有病，天知否》，北京：人民文学出版社 2000 年版，第 381 页。
② 李辉：《李辉文集》（第一卷），广州：花城出版社 1998 年版，第 295 页。
③ 雷达：《浩然，十七年文学的最后一个歌者》，《光明日报》，2008 年 3 月 21 日。

说，叶先生对国内的社会形势与人情世态应该有一个浮光掠影的感知。叶先生这两次回国访问，在政府的刻意安排下，参观了"不少与革命事迹有关的名胜之地"。这种刻意的安排，赵树理早在五十年代就沉痛地说："从五五年后我是有这经验，不写模范了，因为模范都是布置叫我们看的。"① 凡是熟悉中国"国情"的人，都明白诸如此类的"模范""先进"是怎么一回事。叶先生当时对此可能并不明白，由眼前所见不禁联想到抗战时期的亡国奴生活，生发出无限感慨，"看到祖国终能独立自强的种种成就，确实极为激动和兴奋，因此曾写了一首题为《祖国行》的两千余字的七言长古"②。诗中写道：

> ……陶然亭畔泛轻舟，昆明湖上柳条柔，公园北海故宫景色俱无恙，更有美术馆中工农作品足风流。郊区厂屋如栉比，处处新猷风景异，蔽野葱茏黍稷多，公社良田美无际。长城高处接浮云，定陵墓殿郁轮囷，千年帝制兴亡史，从此人民做主人。几日游观浑忘倦，乘车更至昔阳县，争说红旗天下传，耳闻何似如今见。……③

应该说，这些句子流于印象，和当时主旋律作品没有什么差别。叶先生后来也提到，此诗"虽不免因当时政治背景而有不尽真实之处，但就本人而言，则诗中所写皆为当日自己之真情实感"④，因而她在收入文集时特作此说明。一九七七年第二次回国，正值全国"学

---

① 赵树理：《在大连"农村题材短篇小说座谈会"上的发言》，载《赵树理文集》（第四卷），北京：人民文学出版社 2005 年版，第 256 页。

② 叶嘉莹：《〈叶嘉莹作品集·创作集〉序言》，载《迦陵杂文集》，第 391 页。

③ 叶嘉莹：《迦陵诗词稿》，北京：中华书局 2007 年版，第 128 页。

④ 叶嘉莹：《迦陵诗词稿》，第 127 页。

大庆"，旅行社曾安排叶先生到大庆参观，她"对于大庆当年艰苦创业的精神也甚为感动，于是就写了一首题为《大庆油田行》的七言长古"。内容都是从感时伤身到歌颂抒情，和《祖国行》几无差别。叶先生说，当时所见"都是从来未曾在古典诗歌中出现过的新生事物，因此在写作时自不免用了一些融新入古的尝试"，格调"激昂奔放"。叶先生的这些作品发表的时候，香港的"左派"报纸赞赏有加，台湾报刊则予以严厉批评。而叶先生认为，这些作品她是真诚地叙写她的见闻和感动，与缪钺先生称述的早期作品"称心而言，不加雕琢"的写作态度是一致的。她也因缪先生早逝而未能得到其"指正和品评"感到遗憾。[1]然而在我看来，老辈学者襟怀开阔，奖掖后学，常有夸大之言，被夸赞者应有自知之明。如钱锺书题勉后学，尽是客套赞扬之词，岂可句句当真！在"文革"刚刚结束之际，老学者惊魂甫定，被整怕了，常对歌颂工农兵不置否定之词。缪先生称叶先生早期作品"称心而言，不加雕琢"已是一九八九年，应该为肺腑之语。而对"文革"前后之歌颂工农之作品，恐怕不能给予"称心而言，不加雕琢，自与流俗之作异趣"的评语。叶先生所见，不过走马观花。虽然工农之热情及精神可嘉，但更多是准备好的"先进""模范"，稍加留意，不难发现这种表面的繁荣与振奋下掩藏的病态与弊端。由此我不禁想到余英时一九七八年的十一月随美国国家科学院组织的"汉代研究代表团"访问中国，这期间他拜访了著名学者唐长孺，从谈话开始，余先生就觉得唐先生"多少有些顾忌"，"异常谨慎"，唯恐失言。余先生"说话时也不得不加倍小心，以免为他添上困扰"[2]。余先生的

---

① 叶嘉莹：《〈叶嘉莹作品集·创作集〉序言》，载《迦陵杂文集》，第 392 页。
② 余英时：《追忆与唐长孺先生的一次会谈》，载余英时著、邵东方编《文学研究经验谈》，上海：上海文艺出版社 2010 年版，第 219 页。

眼里，看到的却不是叶先生笔下的景致，反而是到处疮痍，人们言语谨慎，唯恐失语带来祸端。如果说叶先生对这些没有些微的感触，恐怕也难以服人。

作为诗人和词人，叶先生可以天真，"不失赤子之心"。然而叶先生同时也是一位学者，应该有深邃的洞察力和敏锐的判断力，这在叶先生的研究著述中不难发现，然而在她歌颂工农兵和新社会的诗词中难窥端倪。这究竟是视而不见还是叶先生不愿言说呢？缪钺先生这一代知识分子，饱经政治运动之折磨，如果在二十世纪八十年代末九十年代初看见叶先生这样一味颂扬的调子，恐怕会百感交集，遑论赞赏！叶先生将这几首作品收入诗词集时已是二十世纪末，只加短短说明之语，强调自己当初感情之真实，缺少反思性的内容，不能不令人遗憾。当然，这不仅是叶先生个人之问题，也是中国知识分子的问题。由此我们不难看出，叶先生在对"文革"的判断上，有两副"面孔"。我们不难理解国内知识分子在高压环境中形成的双重人格，那么叶先生身处海外，完全可以独立，这种态度又是为何呢？这点是令人深思的。这里我不禁想起叶先生丈夫的话。叶先生丈夫在台湾因为思想问题被捕入狱，叶先生一人独撑家庭，养育儿女，无怨无悔，很不容易。可是她丈夫却对她说："你应该感谢我，如果你不是跟我出来，'文革'时在内地你早就被批斗了。"①此话未免刻薄了点，不过叶先生如留下来，恐怕是在劫难逃，当然，如果她生存有道，又当别论了。叶先生口口声声说自己不懂政治，看她的文集，却不尽然。这些我们姑且不论，还是回到她对《艳阳天》的研究上来。

---

① 叶嘉莹：《诗词里别有洞天》，叶嘉莹口述，刘晋锋采写，《新京报》，2004 年 9 月 17 日。

二 误把杭州作汴州

——叶嘉莹的婚姻之痛与爱情之梦

据叶先生自述，她当初阅读《艳阳天》的时候，刚从中国台湾到加拿大不久，"一旦从对大陆的一切都予以封锁的台湾，来到了完全脱除了封锁的西方社会"，她"当时对祖国一切都深怀着既关心又好奇的探索之情"。在"探索"的过程中，叶先生也曾阅读过一些革命斗争题材的小说，大多并未引起她的兴趣，但阅读了《艳阳天》之后，她才改变了对这一类小说的"抗拒心态"。[①]她认为"文学的创作不该含有政治的目的"，因此每当看到满纸"革命""斗争"等字样时，便"往往会产生一种直接的反感，而否定了它们的文艺价值"。再就是她觉得这些作品所写的人物和生活，距离自己的生活过于疏远，"对之自然也就产生不出阅读的兴趣来"。但是对《艳阳天》，她"由初读、再读至三读，却产生了浓厚的兴趣。从喜欢到仔细分析进而找有关的资料作一番研究。结论认为这是一本具有世界水准的佳作"。[②]第一次阅读，她"不由自主地被其中紧张的情节吸引住，急于想知道'后事如何'的'下回分解'而已"[③]。第二次阅读，她"开始对于小说中所叙写的在农业合作化过程中的尖锐斗争，有了真正的关心。因此认识到作者浩然在这部小说中所写的斗争，原来正是中国经历社会主义革命，在农村所掀起的巨大变化的忠实反映，具有极重要的时代意义"[④]。《艳阳天》之所以能改变她对以"斗争"为主题的小

---

① 叶嘉莹：《〈艳阳天〉重版感言》，载《迦陵杂文集》，第 111 页。
② 迦陵：《我看〈艳阳天〉》，载梁春水、孙达佑《浩然研究专辑》，第 471 页。
③ 迦陵：《我看〈艳阳天〉》，载梁春水、孙达佑《浩然研究专辑》，第 472 页。
④ 迦陵：《我看〈艳阳天〉》，载梁春水、孙达佑《浩然研究专辑》，第 473 页。

说的成见，是因为她了解到，"'斗争'原来既是在社会主义革命过程中普遍存在着的事实，那么以斗争为主题，就不仅是主要的，而且是必然的了"①。此外，另一个原因是"这部小说充满了一种由热情与理想所凝结兴发感动的力量，而凡是具有这种品质的作品，都必然可以超越不同时代与不同的环境，而可以恒久地唤起人们的一种感发和共鸣，浩然这部小说的重新出版，相信仍可获得广大读者的欢迎和喜爱"②。

是的，《艳阳天》的确如叶先生所言情节跌宕起伏，斗争剑拔弩张，使人有急于想知道"下回分解"的阅读冲动，这是《艳阳天》艺术构思上的一大特点。但真正的乡村日常生活是这样吗？显然不是！作者用阶级斗争的场景代替了正常的乡村日常生活，"幻化"出你死我活、硝烟弥漫的两军对垒和阶级斗争来，歪曲了正常的乡村生活。这点叶先生应该觉察到。至于叶先生所说的"这部小说充满了一种由热情与理想所凝结兴发"的"感动"甚至"超越不同时代与不同的环境"的魅力，显然只是叶先生的个人阅读体验，并不是文本客观呈现出的自然蕴含。叶先生在谈到自己早期的诗词鉴赏作品时，说《几首咏花的诗和一些有关诗歌的话》《说杜甫赠李白诗一首——谈李杜之友谊与天才之寂寞》等作品，"是从颇为主观的欣赏态度开始的，属于以一己之感发为主，既带有创作之情趣也带有个人心灵之投影的作品"③。她分析《艳阳天》，仍然沿着这样的路子。我们分析作品，必须按照文本所呈现出的客观效果来做适当的阐发，不能脱离文本，凌空高蹈。《艳阳天》中的"热情与理想"，是一种违背现实、违背人性

---

① 迦陵：《我看〈艳阳天〉》，载梁春水、孙达佑《浩然研究专辑》，第 481 页。

② 叶嘉莹：《〈艳阳天〉重版感言》，载《迦陵杂文集》，第 117 页。

③ 叶嘉莹：《我的自述》，载《迦陵杂文集》，第 519 页。

的阶级斗争主题和仇恨哲学，将阶级情幻化为超越一切人伦的最伟大的革命感情，将阶级斗争视为人们生活的唯一主题，将生活视为你死我活充满斗争的战场，而这一切，都是为了向伟大思想、伟大生活、伟大领袖恪尽职责和效忠尽力，这样的东西岂能"超越不同时代与不同的环境"？我们知道："真正的艺术作品，永远摆在人性的天秤上。这天秤永远会说：'不足'。艺术家的生活经验与反映此经验的作品间具有某种关系，一如'威廉·麦斯特'（Wilhelm Meister）与歌德成熟间的关系。当作品的目标是要在解说文学的镶金纸上所表现的全部经验时，那种关系便是坏的。当作品不过是经验的片段，是钻石的一面，不受限制地缩影其内在光泽时，那种关系便是好的。第一种情况是对永恒的润饰与夸大。由于其内涵的经验，第二种乃是丰富的作品，虽然其经验的价值被人怀疑。"①叶先生毕生沉浸在中国伟大的诗词传统之中，应该知道什么才是文学作品超越时空的决定性因素。那么，她为何在对《艳阳天》的分析上，偏离了最基本的价值经验呢？这是因为叶先生不幸的婚姻使其对《艳阳天》中萧长春和焦淑红的"志同道合"的爱情无限歆羡，叶先生所谓《艳阳天》蕴含的"热情与理想所凝结兴发感动的力量"能超越时空，也是即此而言，这才是叶先生赞誉《艳阳天》的最根本的原因。在这里，我们不能不秉持知人论世的原则，提及叶先生不幸的婚姻。

叶先生一九四八年结婚，婚后同丈夫去了台湾。一九四九年，叶先生的丈夫因为思想问题在台湾被捕，出狱之后性情大变。叶先生一九七八年提起她这段人生经历："其后外子虽幸获释放，但他不幸

---

① ［法］加缪：《荒诞的创作》，载崔道怡、朱伟等编《"冰山"理论：对话与潜对话》（下册），第 494 页。

的遭遇自然造成了他内心的许多牢骚愤怨，我对此有相当了解，而因此也就于生活的重担外，更加了一副精神上的重担。"①在一九九九年的文章中，叶先生这样重述这段经历："数年后外子虽幸被释放，但性情发生变异，动辄暴怒。……至于我自己则在现实物质生活与精神感情生活都饱受摧残之余，还要独立承担全家的生计。"②在二〇〇四年，叶先生详细谈到自己的婚姻，介绍说丈夫是她中学英语老师的弟弟，这个老师对她很好。她的弟弟常去找她，她没有答应。后来他去找她，她还是犹豫，"可他正是倒霉的时候，又失业又生病，他的姐夫给他找了一个在南京海军部队教书的职务"，他说叶先生不答应，他就不去，叶先生就答应了，因而叶先生说"这可能算是同情而不是爱情吧"，"我结婚的先生不是我的选择"。后来叶先生丈夫被关，她一个人支撑家庭，养育儿女，无怨无悔，可是她丈夫却对她说："你应该感谢我，如果你不是跟我出来，'文革'时在内地你早就被批斗了。"叶先生在二〇〇九年曾这样说："我的一生都不是我选择的。我的先生不是我的选择。他姐姐是我中学老师，她很喜欢我，我老师选择了我。"③婚姻乃人生大事，不可不慎重焉。而合心与否，如鱼饮水，冷暖自知，因而我们对于叶先生之婚姻不便置喙。但是，"我的一生都不是我选择的。我的先生不是我的选择"这样的话未免有些过头。叶先生结婚时二十四岁，属于成人，应该有独立的判断能力和选择能力，也应该为自己的选择完全负责。她将责任完全推与他人，于情于理，难以说通。

　　正是叶先生不幸的婚姻，使她对志同道合的爱情充满了向往和

---

① 叶嘉莹：《王国维及其文学批评》，广州：广东人民出版社 1982 年版，第 469 页。

② 叶嘉莹：《〈叶嘉莹作品集〉总序》，载《迦陵杂文集》，第 348 页。

③ 叶嘉莹：《我的遗憾都已过去》，《南方人物周刊》，2009 年第 27 期。

羡慕。而《艳阳天》中萧长春和焦淑红的"志同道合"的爱情，契合了她对爱情的这种期待，改变了她对"斗争"主题小说的看法，并使之花费大量心力，著文阐发。这也是诸如董桥等海外学人，翻了当年红彤彤的《艳阳天》毫无感觉，而叶先生却被深深吸引的原因。[①] 叶先生认为，"浩然对萧长春和焦淑红之间的爱情发展，实在写得非常细腻"。据她的札记，《艳阳天》关于"长春和淑红之间爱情发展的叙写，全书共有四十余处之多，此外非正式的伏笔和暗示，远不计算在内"。在全书的斗争主题以外，"长春与淑红的爱情，实在是贯穿全书的一条重要副线"[②]。叶先生认为，读者之所以对作者的细致用心不能体味，认为其不写爱情，一是"可能是由于我们看惯了现在资本主义社会作家所写的爱情故事。一般总是在男女主角一出场时，便光描写对方的容貌仪表如何彼此吸引，然后又安排一些花前月下的场面，用浪漫热情的笔调，写他们由谈情、接吻、拥抱甚至上床的进展过程。可是《艳阳天》中，却全没有我们所熟悉所预期的这些描写，这该是我们这些读者，认为浩然'不写爱情'的主要缘故"[③]。此外，"浩然对于长春与淑红的爱情叙写又往往多用曲折含蓄的笔法，而且常与当时的斗争事件相结合一起来进行，这很可能是使读者以为'不写爱情'的另一缘故。就我们本身预期的落空而言，我觉得那是由于我们的预期，本来就可能是一种错误的成见。因为不同的思想性格，对于爱情的表达，自然有不同的方式"[④]。叶先生为此列举了鲁迅和许广平的《两地书》、徐志摩和陆小曼的《爱眉小札》等例子。她认为："萧

---

①　董桥：《喝了饮料漫天艳阳》，载董桥《为红袖文化招魂》，沈阳：辽宁教育出版社 1999 年版，第 127—130 页。

②　叶嘉莹：《〈艳阳天〉中萧长春和焦淑红的爱情故事》，载《迦陵杂文集》，第 96 页。

③　叶嘉莹：《〈艳阳天〉中萧长春和焦淑红的爱情故事》，载《迦陵杂文集》，第 97 页。

④　叶嘉莹：《〈艳阳天〉中萧长春和焦淑红的爱情故事》，载《迦陵杂文集》，第 98 页。

长春和焦淑红都是社会主义革命的激烈斗争中生活的青年男女，他们对于农村有着共同的热爱，他们对于合作化有着共同的理想，他们在斗争的情势中，面对着共同的敌人，他们之间爱情的紧张和表达的方式，其不可能相同于小资产阶级有闲有钱的男女们之谈情说爱的方式，毋宁是一件极为自然的事。所以要想欣赏和了解浩然对于长春和淑红二人间爱情的叙写，也许我们应该对我们过去的成见先有一些反省。至于浩然之多用曲折含蓄的笔法，而且常把爱情的进展与当时的斗争相结合在一起来叙写，则主要是由于小说本身的需要，而并不是由于作者不肯或不会描写爱情。"①此外，"这部小说的背景是中国的北方农村，一般说来，关于男女间的爱情，在国内，北方较南方表现得含蓄保守，农村又较城市表现得含蓄保守"②。在叶先生看来，萧长春和焦淑红基于共同理想的爱情，是一种非常令其欣赏和向往的"志同道合"的爱情。

在叶先生看来，萧长春与焦淑红的爱情毫不逊色于中国古典诗词中的爱情表达。她说："《艳阳天》的某些品质，与古典诗歌中某些优秀的作品，却是颇有相似之处的。那就是它们既都具含有作者内心中一份真正感动的诗意，而且更写出了对社会大我的一种关怀和理想。如果用我一向评说古典诗歌时所习惯常用的语言来说，那就是这些作品的好处，乃在于它们同样具含了一种深厚博大的感发的生命。"③她讲到《西北有高楼》末尾两句"愿为双鸿鹄，奋翅起高飞"的时候，联系到李白《大鹏赋》中的"我呼尔游，尔同我翔"和杜甫《奉赠韦左丞丈二十二韵》中的"白鸥没浩荡，万里谁能驯"，分析道："总

---

①　叶嘉莹：《〈艳阳天〉中萧长春和焦淑红的爱情故事》，载《迦陵杂文集》，第99页。

②　叶嘉莹：《〈艳阳天〉中萧长春和焦淑红的爱情故事》，载《迦陵杂文集》，第99页。

③　叶嘉莹：《〈艳阳天〉重版感言》，载《迦陵杂文集》，第110页。

之，远走高飞，离开这个龌龊的、钩心斗角的尘世，这是千古以来很多读书人的共同向往，或者说是一种共同的心态。"这不仅是古代诗人、士大夫的想法，农民也有，她特意举到浩然的《艳阳天》："大陆作家浩然是农民出身，只受过三年小学教育，从小就参加了游击队，后来又参加过土改。他写过一部小说《艳阳天》，男主角叫萧长春。书中还有一个女孩子叫焦淑红，她对萧长春发生了爱慕的感情，却又不能够确知对方是不是也爱她，在一个有月光的夜晚，两个人在路上一边走一边谈话，焦淑红就说：看到月光这么好，我真想变成一个什么飞到月亮里边去。所以你们看，不只是诗人士大夫，即使是从事革命工作的人，当他们在工作中遇到很多挫折和烦恼的时候，也会产生失望的情绪，也会产生这种高飞远走的想法。所以，这实在也是人类一种基本的心态，我们不宜对这种心态作过分求全的责备。"① 在讲到晏几道的词《鹧鸪天》时，因为其上阕有"舞低杨柳楼心月，歌近桃花扇底风"一句，而联想到"明月"的意象。她说，"在中国旧文学里，明月与高楼常使人联想到曹子建的'明月照高楼'的富贵人家，可是在新文学里，浩然在他写得成功的《艳阳天》的小说里，他描写的月亮就不再是照着高楼轻歌曼舞的月光，而是照着北国平原一片麦田的劳动人民眼中的月光。书中开头写主角萧长春从工作地点夜晚回到乡村一路见到的月光，后来经过一次斗争以后，他去找乡村的党委书记王国忠谈话，然后同对他深有情谊的少女焦淑红一起走回来所见到的月光。他这两段完全不是继承旧文学的写法，而是根据他亲身经验描写农民心中的月光，写得很美"②，写得很成功。那么，《艳阳天》

---

① 　叶嘉莹：《汉魏六朝诗讲录》，石家庄：河北教育出版社 2001 年版，第 92—93 页。
② 　叶嘉莹：《晏小山词赏析》，载叶嘉莹《古典诗词演讲集》，石家庄：河北教育出版社 1997 年版，第 208—209 页。

中的爱情真有叶先生分析的那么精彩吗?

三 "多情恰似总无情"①

——《艳阳天》中萧长春与焦淑红的爱情

　　文学作品中的爱情,对于"了解人们对爱情的看法及表现方式,对理解一个时代的精神是个重要因素。从一个时代对爱情的观念中我们可以得出一把尺子,可以用它来极其精确地量出该时代整个感情生活的强度、性质和温度"②。从《艳阳天》中的爱情我们也可以看出阶级斗争时代爱情的特征,那就是情侣之间的爱慕评价,完全以政治觉悟、工作能力、工作态度为标准,除此之外不允许有其他的任何标准,情侣之间的卿卿我我被视为腐蚀人心的"小资产阶级情调",是绝对不许可的,爱情和婚姻被极端政治化和"纯洁化"了。

　　在《艳阳天》中,我们可以看到,萧长春和焦淑红之间的私人感情,是在革命和斗争中成长起来的,是完全革命化和政治化的。焦淑红这种情感的萌生和发展,是因为萧长春作为一个大公无私的革命者所表现出的人格魅力和精神魅力的吸引,或者说,是完全被党的化身——萧长春身上体现出来的革命精神所吸引,这场恋爱,已经完全不是生命个体意义上的恋爱,而是具体的生命与抽象意识形态的恋爱。在他们的爱情活动中,"政治话语似乎彻底征服了爱情话语,但就在爱情话语面临着被政治话语全面代替的'危机'之时,爱情话语与政治话语的关系却表现出非常微妙的复杂性:爱情话语开始

---

① 杜牧:《赠别二首》(二),载张厚余解评《杜牧集》,太原:山西古籍出版社 2004 年版,第 55 页。

② 〔丹〕勃兰兑斯:《十九世纪文学主流·法国的反动》,张道真译,北京:人民文学出版社 1986 年版,第 221 页。

改头换面，以政治话语为掩护展开隐蔽的爱情对话"①。在他们的爱情中，革命爱情的伦理已经超越甚至抹去了基本的乡村生活伦理。萧长春是焦淑红的表叔，在中国传统的伦理中，不同辈分的人是不能谈情说爱的，这种跨越辈分的情恋或婚姻是作为"乱伦"受到斥责和惩罚的。萧长春和焦淑红的爱情一开始就面临着辈分的壁障，焦淑红反驳自己的母亲说："同志不分辈儿。再说，我们又不是真正的亲戚，我不跟你们排。"②这个革命化的称呼抹去了传统伦理的禁忌，以革命话语完成了对传统伦理秩序的颠覆，同时也完成了革命话语对爱情话语的置换。这样一来，他们的爱情才有了合理的、不受到世人诋毁的生成条件。因而可以如此来说，这个革命化的爱情从开始就是一场违背中国传统伦理的乱伦，而革命话语为它披上了合理的外衣。焦淑红所感到的吸引，也不是基于正常两性的吸引，而是意识形态和革命话语预设的吸引——萧长春一心为公、光明磊落，"像碧玉无瑕，像真金放光，像钢铁一样放在那儿丁当响"③，能够完成她的革命意识形态的塑造。在这场"爱情"中，萧长春是居于主导地位的，有着巨大的磁力，能够完成对焦淑红的"引导"。这种虚假的先进人物的崇拜常常是革命爱情萌生的动力，置换了爱情之中正常的人情和人性。焦淑红就是在这种虚假的爱情意识的推动下，要求小石头说："往后不许再叫我姐了。""叫姑姑，好不好？"由此她"常常不知不觉地流露出一种她接受过的、却又没有支付过的母爱的感情"④。这种急切的感情流露，更多的不是基于一种女性的母性意识，而是基于革命化的爱情

---

① 　余岱宗：《被规训的激情——论 1950、1960 年代的红色小说》，上海：上海三联书店 2004 年版，第 200 页。
② 　浩然：《艳阳天》（第一卷），北京：人民文学出版社 2005 年版，第 185 页。
③ 　浩然：《艳阳天》（第一卷），第 206 页。
④ 　浩然：《艳阳天》（第一卷），第 202 页。

的促动，在这个促动中，代表革命话语的萧长春实际上已经完成了对她爱情心理的重置。正如孟悦所分析的，"政治话语通过女人自身转译成欲望、爱情、婚姻、家庭关系等等的私人语境，它通过限定和压抑性本质、自我以及所有的个人情感，使女人变成一个政治化的欲望、爱情和家庭关系的代理人"[①]。焦淑红正是这样一个"政治化"的欲望，她在自己崇拜的代表意识形态话语符号的萧长春身上，才能找到存在的意义。

　　因而我们可以说，萧长春和焦淑红的"爱情"，是逼真的革命话语，却是虚假的爱情意识。他们爱情的萌生及发展，是在完全政治化、革命化的场景中展开的（马之悦想利用嫁出焦淑红削弱萧长春的政治势力；萧长春一方面是喜欢上了焦淑红，但他似乎更看中焦淑红的政治能力），是一种预设的意识形态的渗透和认可，而不是正常的、健康的两性相悦和灵魂碰撞。"革命同志"关系比恋人关系更为重要，个人的感情完全被政治化了，对待农业社、对待社会主义、对待贫下中农的态度同对待爱情婚姻的态度紧密地焊接在一起。同时，这种虚假的爱情有一个"志同道合"的迷人外表，叶先生就被这一点迷惑了。如第二十九章，焦淑红在和马翠清的谈话中说："爱人是互相帮助，你帮助他，他帮助你，谁也不兴瞧不起谁，谁也不兴光闹气儿；要没有互相帮助，还叫什么爱人啊？"第三十五章写焦淑红的心思："她回味着昨天晌午的干部会，回味着昨晚月亮地里的畅谈，特别回味着刚才跟萧长春面对面坐着剖解东山坞的阶级力量……他们的恋爱是不谈恋爱的恋爱，是最崇高的恋爱。她不是以一个美貌姑娘的身份跟萧长春谈恋爱，也不是用自己的娇柔微笑来得到萧长春

---

①　孟悦：《性别表象与民族神话》（*Female Images and Ntional Myth*），第 1119 页，转引自刘剑梅《革命与爱情》，第 196 页。

的爱情，而是以一个同志，一个革命事业的助手，在跟萧长春共同为东山坞的社会主义事业奋斗的同时，让爱情的果实自然而然地生长和成熟……"叶先生认为，从这些叙写里，"我们清楚地看到，焦淑红对爱情的观念，应该是互助的、恒久的，有着共同理想、参与共同奋斗，以同志爱为基础的身心完全相合为一的爱情。这种爱情观念，与西方资本主义社会中，彼此为满足暂时的自私的欲望，而产生的调情泄欲的恋爱，当然有着绝大的不同"①。叶先生因为自己婚姻爱情的不幸，对志同道合的、互助恒久的爱情有着本能的期待。然而，萧长春和焦淑红的这种"志同道合"的爱情传达着意识形态话语，承载着阶级斗争的期待和要求，私人感情的空间完全被挤占了。在他们的恋爱关系逐渐趋于明朗时，萧老大催促儿子，萧长春却说："不管怎么说，这是个人的事儿，往后，就算我们两个人可能各奔前程，这有什么关系呢！我们不是永远都是一条线上的好同志吗？还有比革命同志再亲近的吗？"②他们的爱情是政治之爱，基于空洞的一大二公、无私奉献，基于对阶级敌人刻骨铭心的恨，这种同志之爱不是从生命个体出发的，而是从抽象的政治教义、革命律令出发的，没有丝毫的鲜活的人性气息。而且，这种爱情中夹杂着中国旧伦理的糟粕，那就是以焦淑红为代表的女性不是和男性站在平等的地位，而是处于"助手"、从属的地位，这点同我们长期批评的"三从四德"并无不同。我们知道，叶先生已经尝尽婚姻中"大男子主义"的辛酸，而她却为这种本质上还是男性中心主义、存在着新的人身依附的爱情摇旗呐喊，岂不痛哉！

---

① 叶嘉莹：《〈艳阳天〉中萧长春和焦淑红的爱情故事》，载《迦陵杂文集》，第107页。
② 浩然：《艳阳天》（第二卷），第170页。

　　有意思的是，叶先生在分析《艳阳天》的时候，一再强调自己撇开政治，仅从文学性上进行分析，然而她在分析萧长春和焦淑红的爱情的时候，却一直将其与资本主义社会中"满足暂时的自私的欲望"的爱情进行对比，以突出萧长春和焦淑红的爱情的圣洁。这种简单的对比如同刘勰所言："故比类虽繁，以切至为贵；若刻鹄类鹜，则无所取焉。"①我们知道，西方文学中确有不少叶先生所说的那类作品，但同时也有大量作品并不是叶先生所说的那样，岂能用简单的姓"社"还是姓"资"来简单地对比划分？诸如《艳阳天》之类的不写亲昵和欲望的作品果真就崇高和圣洁吗？并非如此，这种清教徒式的禁欲主义不仅虚伪，而且泯灭了人性，导致了人性的变态和异化。奥威尔是这样分析集权主义"党文学"中的禁欲主义的："党的目的不仅仅是要防止男女之间结成可能使它无法控制的誓盟关系。党的真正目的虽然未经宣布，实际上是要性行为失去任何乐趣。不论是婚姻关系以外还是婚姻关系之内，敌人与其说是爱情，不如说是情欲。……唯一得到承认的结婚目的是，生儿育女，为党服务。性交被看成是一种令人恶心的小手术，就像灌肠一样。"②这种禁欲主义所表现出的虚伪的"圣洁"，可以说是反人性的，而叶先生却对之交口称赞，实在匪夷所思。

　　我们承认，"爱情里确实有一种高尚的品质，因为它不只停留在性欲上，而是显出一种本身丰富的高尚优美的心灵，要求以生动活泼、勇敢和牺牲的精神和另一个人达到统一"③，但同时，"不应该把

---

① 赵仲邑：《文心雕龙译注》，桂林：漓江出版社 1982 年版，第 308 页。
② ［英］奥威尔：《一九八四》，董乐山译，上海：上海译文出版社 2008 年版，第 66 页。
③ ［德］黑格尔：《美学》（第二卷），朱光潜译，第 332 页。

精神和肉体分开。这会导致人的本质的变态，导致扼杀生命"①，因为"即使在最崇高的爱情中也有肉体的基础"。正常的爱情描写，不但会体现出丰富美好的人性，同时会产生迷人的艺术魅力。如果否定摈弃了爱情中正常的肉欲基础，倡导清教徒式的纯洁、崇高，必然会导致"人的本质的变态"②。对于革命者而言，情爱不能撼动革命者的伟大理想和坚强意志，这是不能怀疑和亵渎的革命纪律。文学作品中如果突出情爱的魅力，则无疑会腐蚀软化革命者的精神世界，体现出"小资产阶级的情调"。对于革命者而言，只有彻底摒绝肉体诱惑追求真理的时候，才能保证革命精神的纯正，并爆发出巨大的能量来。革命的"天理"，压抑着正常的"人欲"。男女关系在革命者中间是圣洁的、无性的，只有那些灵魂发臭的阶级敌人，才暴露出动物般的情欲，因而姚文元说，"一切男女关系也只是阶级关系"③。

四　爱屋及乌
——叶嘉莹对浩然及其作品的评价问题

《艳阳天》是浩然影响最大的作品，也是他最好的作品。这部作品的优点，目前可谓众人皆知。叶先生一九七五年在《我看〈艳阳天〉》一书中早就指出，浩然的"小说在结构和叙述方面，特别具有娓娓引入的故事性，而且在人物的描写方面，特别富有民间色彩的鲜活的生命力"④，"对于人物的介绍和刻画，并不像《水浒传》似的作个别突出的出场，而是与小说斗争的发展结合在一起推进的。初看

---

① ［保］瓦西列夫：《情爱论》，赵永穆等译，北京：生活·读书·新知三联书店1984年版，第19页。
② ［保］瓦西列夫：《情爱论》，赵永穆等译，第9页。
③ 姚文元：《文艺思想论争集》，北京：人民文学出版社1966年版，第338页。
④ 迦陵：《我看〈艳阳天〉》，载梁春水、孙达佑《浩然研究专辑》，第479页。

时，虽觉得头绪纷繁，可是正是这种错综的交织，才造成了这一部小说的完整的结构和宏伟的气魄"[1]。费正清等人也指出，浩然的《艳阳天》"从小说的流畅方面来说他是没比的。他精心选择的人物，在姿态、特点以及语言的措辞上都具有感染力；他选择的事件，通过隐喻本身的内涵避免陷入琐事；他选择的象征，斧子是指快刀斩乱麻，绳子是指在团结中寻找力量。所以这些生动的故事的构成看起来像是从浩然那易于流淌的小溪中流出来那样"[2]。应该说，这些分析是公允和到位的。《艳阳天》的成就，以我之见，也就止于这些。然而，这些对一部小说来说，并非决定性的。决定小说本质的是小说要表现的内容，而不是小说采取的艺术形式，《金瓶梅》和《洛丽塔》可谓最好的例子。但在对《艳阳天》的分析中，叶先生被小说中的"伪爱情"迷惑，过度推重技艺，忽略了小说的主旨中心。浩然的《艳阳天》《金光大道》《西沙儿女》等作品，从政治律令出发，为政策写作，已经完全不是个人意义上的写作，而是贯彻着阶级论、血统论的革命"战歌"，承载着中国二十世纪一段不堪回首的痛苦历史，无法简单地用诸如"好""坏"之类的字眼加以评骘判别。《艳阳天》在细节、艺术等方面固然有它的独到之处，但从本质上说，这种阶级论、血统论、斗争论是违背人情人性的，造成的伤害已无须赘述。因而，我们不能"明察秋毫之末，而不见舆薪"。然而，众多论者在分析的时候，都是将"秋毫之末"无限放大，将萌芽说成大树，将鸡蛋说成小鸡，独独忽略最为本质性的东西，对"舆薪"视而不见听而不闻，叶先生

---

[1]　迦陵：《我看〈艳阳天〉》，载梁春水、孙达佑《浩然研究专辑》，第482页。

[2]　[美] 费正清等：《剑桥中华人民共和国史（1966—1982）》（下），海口：海南出版社1992年版，第845页。

就存在这个问题。①当然，这和叶先生不幸的人生遭际有关，正是叶先生情感婚姻上的不幸，以及对此时国内的生活缺少体验和了解，才使得她把这种"伪爱情"当成了志同道合、海枯石烂的理想爱情。

从上述分析我们不难看出，叶先生由于婚姻极其不幸，而对《艳阳天》中萧长春和焦淑红的所谓"志同道合"的爱情产生羡慕之情。这种解读小说的方式，和叶先生论诗词时"极重感发兴起之功"②的路子同出一辙。这种方法只要使用得当，并无不妥之处。然而难度就在于，只有"感发兴起"不脱离文本所呈现的客观意蕴，这种"感发兴起"才是有意义的。《艳阳天》中"志同道合"的虚幻爱情，对叶先生不幸的爱情和婚姻而言，具有心理上的"补偿"作用，以至于使其沉湎其中，失去了冷静的理解、分析和把握；叶先生因此离开了文本实际，忽略了这种以阶级和血统为根基的政治化的、病态化的爱情的弊端，无限放大其表层的迷人之处，无视其"反人性"的特征，背离了中国文论"知人论世"的优良传统，得出了令人惊诧的论断。

如果我们结合叶先生的不幸婚姻以及长期的海外羁旅，这种刻舟求剑之解并不难理解。遗憾的是，叶先生在熟悉国内的情况之后，不

---

① 孙绍振先生的看法也存在着类似的问题。他认为："《艳阳天》的艺术评价具有跨历史语境的奇特性。从纯粹政治文化意识形态价值来说，在中国当代农村题材的著名的长篇小说中，《艳阳天》并不被看好，但是从今天的审美历史语境来说，它不但比之《太阳照在桑干河上》、《秧歌》（张爱玲英文版）、《三里湾》，而且比之《白鹿原》在艺术成就（审美价值）上要高得多。"同《三里湾》相较，"《艳阳天》对于现实农村烦琐的生活过程则有更高的艺术概括力。""至于五十年代的中国文学所最不擅长描写的爱情，在《艳阳天》中，虽然也未能完全突破政治化实用化的框框，但仍然能比较接近活人的感情，当然我们可以说它比之《青春之歌》可能要逊色一点，但是人物情绪的饱满却要比《青春之歌》略胜一筹。在'文革'浩劫开始的时候，一切当代文学作品都被横扫，而《艳阳天》则仍然称雄文坛，排除了'四人帮'的阴谋，审美形象本身的感染力是不可否认的。"孙绍振：《审美历史语境和当代文学史研究》，《文学评论》，2001 年第 2 期。

② 缪钺：《〈迦陵诗词稿〉序》，载叶嘉莹《迦陵诗词稿》，北京：中华书局 2007 年版，第 1 页。

仅没有对自己此前的研究进行深刻的反思和修正，而且变本加厉，由对《艳阳天》的喜爱，辐射到对浩然人品的不吝褒赞，以及对浩然自传体小说的无限欣赏，乃至更多尔尔。在叶先生的如椽巨笔之下，浩然俨然成了人品、文品无可挑剔的"文豪"，前文所引的叶先生的文字即是明证。那么，我们应该如何评价浩然的写作以及他的为人呢？

叶先生在对浩然的为人的分析上，至少分析的理路难以讲通。叶先生在一九七八年回国探亲的时候，经人介绍和浩然认识。回国之前，叶先生为了了解国内情况，阅读了浩然的《艳阳天》，起初只想大概翻翻，但后来"发现他写得非常生动"。从此，她和《艳阳天》结下了不解之缘，"不但讲古典诗词，还讲过《艳阳天》"，还"写了好几万字的《我看艳阳天》，给美国东岸的华人中的爱国人士讲《艳阳天》"。叶先生特别强调，自己是从"文学的角度来谈"的。叶先生将自己写的东西给浩然看，浩然说："叶先生您真的写得深刻细腻，甚至有些我只是下意识地去写，您点评得非常深刻、非常正确。"[1]一九九四年，叶先生在《〈艳阳天〉重版感言》中再次高度评价了《艳阳天》，她说："我在古典诗歌的评赏中，常常赞美一些杰出的作者，说他们乃是用他们的生命来写作他们的诗篇的，他们乃是用他们的生活来实践他们的诗篇的。而凡是具有此种品质的作品，就必然会在具有真诚善感之心的读者中，获得一种超越于外表所写之情事的局限以外之感发的共鸣。我认为浩然先生的《艳阳天》之所以能战胜了我由于不同之生长背景，与不同之思想意识所形成的抗拒之心，主要也就由于浩然先生的这一部小说，也同样含了此一种品质的缘故。"叶先生认为："浩然《艳阳天》所展现的雄伟气魄，众多的人物，便

---

[1]　叶嘉莹：《诗词里别有洞天》，叶嘉莹口述，刘晋锋采写，《新京报》，2004 年 9 月 17 日。

正因为他所要叙写的，不是片面的真实，而是整体的真实，不是一时偶发的事件，而是对于历史趋向的展示。浩然是一个既有写作良心也有政治理想的作者，他对于黑暗的反面势力的暴露，和对于光明的正面势力的歌颂，正是他的理思和信心的表现。"①叶先生写《我看〈艳阳天〉》时，《金光大道》还没有出齐，她认为，"就其已经发表的部分来看，则无疑是一部气魄宏伟的作品"②。对于浩然的革命儿童文学，她说："如果是在资本主义社会中，一个有名的大作家可能根本就不肯考虑去写这种并不能增加更多名利的儿童故事。浩然之写儿童故事，当然决不是为了名利，而只是为了给革命的下一代写下一些既正当有益也动人有趣的故事，培育他们自幼养成正确的革命人生观。这种写作动机和写作精神是值得我们尊敬的。尤其当我们从北美洲电视节目中看到青少年犯罪案件不断增加时，就更加觉得能够读到像浩然所写这些故事的祖国儿童是幸运的。"③浩然的《乐土》与《地泉》两本自传体小说出版后，她评论道，作者"以如此深挚生动的文笔，传达出一种品行和人格的成长的过程"④，从中"我们就可以越发清楚地明白了他的《艳阳天》之所以写得成功的主要因素。那就正因为他在《艳阳天》中所写的人物和事情，既有着他真正的生活的体验，也有着他真挚的感情的投注，而他在小说中所表现的理想，也正是他当时所正在衷心信仰和追求的理想"⑤。她进一步分析道："如果一位作者的生活体验和思想及感情，都是与他所要表达的政治目的相合一的话，那么政治的目的对于他的创作生命便不仅不是一种遏抑，且有时

①　迦陵：《我看〈艳阳天〉》，载梁春水、孙达佑《浩然研究专辑》，第538页。
②　迦陵：《我看〈艳阳天〉》，载梁春水、孙达佑《浩然研究专辑》，第508页。
③　迦陵：《我看〈艳阳天〉》，载梁春水、孙达佑《浩然研究专辑》，第537页。
④　叶嘉莹：《〈艳阳天〉重版感言》，载《迦陵杂文集》，第113页。
⑤　叶嘉莹：《〈艳阳天〉重版感言》，载《迦陵杂文集》，第116页。

还会成为一种滋养，因此他自然便可以写出一部虽然含有强烈的政治目的，也同样具有强烈的创作生命的文学作品来。所以如果只就文学作品的艺术价值而言，则只要作者在内容方面有真诚深锐的体验，在表达方面有完美纯熟的技巧，二者相结合，便该可以写出成功的作品来。可是如果要求一部作品，不仅蕴含单纯的艺术价值，还要有政治上的目的和效果，那么我们所求于作者的，除了前二者以外，便更需要作者对于所写的政治目的，也具有深切的了解和热爱，而且这种了解和热爱要真正发自于内心，而不是虚伪的矫饰，如此三者相结合，才能写出成功的作品来。因此含有政治目的的作品，较之一般作品便有着更进一步更深一层的要求，而这也正是为什么含有政治目的的作品，往往会流为口号教条，而不容易写得好的缘故。可是浩然的《艳阳天》却无疑是一部兼有三者之长的成功的作品。"[1]叶先生说浩然的《艳阳天》等作品表现出"他当时所正在衷心信仰和追求的理想"固然不错，但由此推导出作品中有着"他真挚的感情的投注"以及他有着如何高度的人格和人品来，未免过分。这样的分析，完全不是严谨的学理意义上的分析，而是掺杂着某种复杂情愫的简单阿谀。前面提到，浩然自己也说过："我也知道农民的苦处，我是在农民中熬出来的，农民的情绪我了解，那几年挨饿我也一块经历过。但是这些事当年能写进书里吗？不行啊！"由此怎能窥察出叶先生上述的推论呢？我们知道，有时候的确"文如其人"，但"文不副人"也是文学创作的常态，这在文学史上屡见不鲜。浩然也是如此。在这里，我们不能不说到浩然的人品，这也是浩然去世之后一时热议的焦点。

用刘绍棠的话来说，"浩然是个好人"，也可以说浩然是个本质不

---

[1]　迦陵：《我看〈艳阳天〉》，载梁春水、孙达佑《浩然研究专辑》，第 473 页。

坏的人，他有着农民的简单和质朴，也有着农民的倔强、固执、狡黠和自大。这在他晚年的自述中表现得很清楚，他在接受《环球时报》的采访时说："我是不是一个作家，一个什么样的作家，怎样从一个祖辈为农民的平民百姓，竟然干起文学这一行。这种现象，在中国历史上是没有出现过的，除了苏联有过高尔基之外，其他国家还不曾听说过。……我想我这是个奇迹，亘古未曾出现过的奇迹。这个奇迹的创造者是中国农民。……农民政治上解放我解放，农民经济上翻身我翻身，农民文化上提高我提高。我站在前列，在向文化进军的农民中间我是一个代表人物。……我不是蠹贼，不是爬虫，而是一个普通的文艺战士，一个有所贡献、受了伤的文艺战士。迄今为止，我还从未为以前的作品后悔过。相反，我为它们骄傲。我认为在'文革'期间，我对社会、对人民是有积极贡献的。"[1]浩然的这番自我崇拜的"奇迹论"曾引起轩然大波。是的，浩然的确是个奇迹，这个奇迹的出现离不开浩然的勤奋、执着和努力，然而更重要的，他是被历史的洪流裹挟到风口浪尖的，即使没有这个叫梁金广的浩然，也会有叫"张金广""孙金广"的浩然取而代之，浩然未免"高看"了自己，他显然也无法和高尔基相比。至于他说的"农民政治上解放我解放，农民经济上翻身我翻身，农民文化上提高我提高"，恐怕未必尽然，当他享受无限的荣光、衣食无忧地炮制"战歌""颂歌"的时候，农民的生活如何，浩然是非常清楚的，他自己也说这些事当年不能写进书里。浩然明白如果按照现实生活的本来面目去写，将会付出怎样的代价。因而，他聪明地将现实生活进行了改造和粉饰。他并没有站在农民的立场，也没有为农民负责，他更不像自己所说的，是一个"农

---

① 　郑实采写：《浩然口述自传》，第 303—304 页。

民"。他将生动真实的农民生活细节用政治律令绾结在一起，虚构出农村生活剑拔弩张的阶级斗争生活场景，充分地体现了意识形态和时代话语的形塑要求，但绝未反映农民的新生，更不是农民的"代言人"。

　　浩然的可贵在于他大红大紫的时候仍然执着于自己的文学之梦，没有撂下笔杆，也没有像一些得志者借势整人，或者落井下石，仍然最大限度地保持了农民的本色，在一定的限度内做了一些好事，保护了一些作家。①当然，他也伤害过一些作家。比起那些曲学阿世、两面三刀、伪装自己、美化自己的知识分子来，浩然的一以贯之是非常可贵的。然而，内心深处的农民意识使得他高傲自大、固执倔强，缺少深刻的自省意识和反思精神，农民的本色使得他纯朴简单、耿直善良，这二者在浩然身上非常突出地统一起来，如同硬币之两面。然而，这些不能代替对他作品的评判，我们分析浩然、评判浩然，首先得面对那段不堪回首的历史，再就是要面对作品的主旨和意图，不能简单地以作品写得好坏来遽下结论。他的作品也无法和政治剥离开来，作纯粹的文学上的考察和分析。《艳阳天》采用军事化的思维构造情节，宣扬阶级斗争，将乡村生活的日常矛盾夸张为你死我活的敌我矛盾，在本质上鼓励人与人之间的相互斗争和仇恨。如今我们明白，"社会不能建立在相互仇恨的基础上，而强调阶级差异却正好鼓励大家相互仇恨"。阶级斗争煽动相互仇恨，破坏了正常的乡村生活秩序和人情关系，打击了农民的生产积极性，给中国农村带来巨大

---

① 比如，1966 年红卫兵冲击北京文联事件，浩然保护老舍等作家的说法并不能坐实，傅光明和妻子郑实采访了当时冲击北京市文联的女红卫兵，她的回忆和浩然以及杨沫的说法不符。郑实：《新版后记·读懂浩然》，载《浩然口述自传》，第 313—314 页。

的灾难。①马克思也曾明确指出："西欧的特殊的历史经验不能转化为一般性的历史哲学学说，以为一切民族都必然经历过同样的历程。他更进一步说，凡是把一般性的历史哲学学说当作万灵方的人都不可能了解历史，因为这种学说在本质上是超历史的（supra-historical）。正是因为当时的追随者滥用他的历史理论，马克思才愤然地用法语说：'我不是一个马克思主义者。'"②我们知道，文学作品中的人物，很难从阶级性出发去刻画，"纯粹的阶级性，只存在于人们的头脑中，在实际生活中的具体的人身上是不存在的。文学的对象，既是具体的在行动中的人，那就应该写他的活生生的、独特的个性，写出他与周围的人和事的具体联系，而不应该去写那只存在于抽象概念中的阶级性，不应该把人物的活动作为他的阶级性的图解。阶级性是从具体的人身上概括出来的，而不是具体的人按照阶级性来制造的。……过去的杰出的古典作家，绝大多数都是不知道有阶级性这样的概念的，但是，他们却都写出了不朽的典型"③。而《艳阳天》的写法，恰恰是用贴在人物脸上的阶级性代替人情人性，用虚幻斗争的"伪现实"代替生活现实，用两军对垒的、非此即彼的简单的军事化思维扭曲现实，用愚昧的、缺少反思的愚忠主义宣传政治政策，这样的沦为政治奴婢的"传声筒"文学，岂能如叶先生所言将之"列入世界伟大小说之林"是"不容置疑的一件事"？

时至今日，巴金所呼吁的"文革博物馆"还没有建立起来。表面看来，"文革"成了和我们了无关系的魏晋往事，然而其思维模式仍

---

① 黄树民：《林村的故事》，北京：生活·读书·新知三联书店 2002 年版，第 42 页。

② 见马克思的 "Reply to Mikhailovsky"（1877），收入 Dvid Mclellan 之 *The Thought of Karl Max* (Aharper Yorchbook, 1971, pp.135-136)，转引自余英时《十字路口的中国史学》，李彤译，上海：上海古籍出版社 2004 年版，第 82 页。

③ 钱谷融：《论"文学是人学"》，《文艺月报》（上海），1957 年第 5 期。

然存在，各种为"文革"翻案的沉渣仍不时泛起。叶先生用浩然人品的优点或者作品细节上的优点来肯定整个作品，不但缺少对这一段沉痛历史以及个人灵魂的反思，而且还将其标榜成前无古人后无来者的"旷世奇作"。或许这只是叶先生个人化的解读，但其论调却被诸多翻案者反复征引为据，因而我们有必要对叶先生的论调做清醒的批判和分析。如此，我们才能既不负既往，亦无愧将来。

《骚动之秋》简论

《骚动之秋》获茅盾文学奖之初，我曾草草翻过，感觉平平，当时就诧异：这样平常乃至平庸的小说竟然摘取了中国长篇小说的最高奖项。前不久看了胡平先生的文章我才豁然明白：《骚动之秋》获奖并不是从艺术水准出发，而是从弘扬主旋律出发，综合各种因素妥协的结果。胡先生说："四部作品中较弱的一部是《骚动之秋》，它的获奖使许多人感到惊讶，但必须考虑到，一九八九年至一九九四年间，在长篇小说创作范围里，正面反映改革现实的作品不多，质量好的更少，而弘扬主旋律，鼓励贴近现实生活、体现时代精神的创作是评奖的一个指导原则，所以此次评奖中对这类题材作品无法要求太高……《骚动之秋》反映农村改革现实，属于最早出现的一批写改革的长篇小说。"[1]因此我不禁想起"时无英雄，使竖子成名"的古语。时势可以使《骚动之秋》忝列茅盾文学奖之列，但并不能提升其低劣的艺术水准，真正优秀的作品是依靠艺术魅力屹立在历史和文学的长河之中的。《骚动之秋》至今的无声无臭，已经充分表明了这一点。

—

《骚动之秋》叙写中国当代农村的重大变革，无疑可以纳入"改

---

① 胡平：《我所经历的第四届茅盾文学奖评奖》，《小说评论》，1998 年第 1 期。

革文学"之列。从"改革文学"的发展脉络来看，《骚动之秋》上承蒋子龙等人的"改革文学"，下接九十年代中期的"现实主义冲击波"，处于"改革文学"发展的低谷时期。十一届三中全会之后，改革开放成为时代的主潮，文学迅速对此做出回应，"改革文学"应运而生。自蒋子龙一九七九年发表短篇小说《乔厂长上任记》开"改革文学"之滥觞，反映各个行业的改革成为文学创作的热潮，风靡一时。短短两三年时间，先后有张洁的《沉重的翅膀》、李国文的《花园街五号》、张锲的《改革者》、苏叔阳的《故土》、柯云路的《新星》、王润滋的《鲁班的子孙》、张炜的《秋天的愤怒》等一大批从各个角度反映改革进程繁难与艰辛的作品。这些作品贴近现实，关注问题，呼吁改革，塑造英雄，不但写改革的艰辛，同时也表现改革给人们带来的思想观念、伦理道德、文化心理的震荡和变化，在当时产生了巨大的影响。"改革文学"的这种写法，实际上同苏联勃列日涅夫时代流行的"大厂文学"非常相似，乔光朴和《当代英雄》《你到底要什么》《普容恰托夫经理》等小说塑造的中心人物，具有某种血缘上的遗传性。以乔光朴为代表的"开拓者家族"系列人物，有魄力、有能力、有品德，做人正派，办事公正，既坚持正确的政治导向，但不搞"政治挂帅"，不瞎指挥，坚持科学管理，实际上和苏联"大厂文学"中的英雄人物一样，都是技术专家治厂论者。他们所搞的改革，实际上只是用最少的消耗完成上级布置的生产任务。同时，这些作品也暴露出严重的问题。作家对于改革的复杂性缺乏深刻的认识，对改革的理解停留在肤浅的表层，不能深层次地表现改革者的文化心理、经济意识、思维方式，只不过是一种"水过地皮湿"的生活现象的罗列。从结构上看，这些小说大多遵循"好与坏""对与错"的二元叙述模式，构思模式化，矛盾冲突简单化。在人物塑造上，作家满足于人物塑造的理想化，倾力表现一部分人的改革热情和铁腕行动，存在着严重的脸谱化弊病。

从中国当代文学发展的轨迹来看，"改革文学"有着强烈的政治意识，同五十年代国家政权用文学创作来验证社会革命非常相似，和之前的"伤痕文学""反思文学"在理路上有着很大的一致性，都是充当社会或民众的代言人，提出改革中尖锐的政治、伦理、经济冲突，急于通过文学来表达历史交替中的阵痛与欢欣，进而改变社会风气与社会现实。也正因为如此，"改革文学"和现实产生了巨大的共鸣。所不同的是，"改革文学"已相对有了较大自由，而不仅仅是革命的"螺丝钉"，在宣传改革开放必然性的同时，也可以在一定的限度内批判社会的阴暗面和消极面。在一九八五年之后，我们可以看到，"改革文学"在题材的开拓和内容的挖掘上，力求避免之前的模式化、简单化和脸谱化，趋向于从生活化、历史化的角度去表现改革时期的人心世态、社会心理，呈现出复杂多重的矛盾和冲突。然而，这类作品关注的中心，依然是重大的社会问题和生活冲突，始终不能落到社会生活与文学创作的中心——"人"以及人性的中心点上，不能将一般性的社会意义转化成文学性意义，几乎没有跳脱出同类题材的报告文学式的写作模式。小说毕竟是一种具有独立性、含混性和复杂性的艺术，它的主旨，正如黑格尔所言，"艺术的要务不在事迹的外在的经过和变化，这些东西作为事迹和故事并不足以尽艺术作品的内容；艺术的要务在于它的伦理的心灵性的表现，以及通过这种表现过程而揭露出来的心情和性格的巨大波动"①。"改革文学"最缺乏的，就是"伦理的心灵性的表现，以及通过这种表现过程而揭露出来的心

---

① [德] 黑格尔：《美学》（第一卷），朱光潜译，北京：商务印书馆 1997 年版，第 275 页。

情和性格的巨大波动"，以及基于其之上的思想上的穿透力、情感上的震撼力和艺术上的感染力。

　　到了一九八七年前后，经济的飞速发展以及社会体制改革的严重滞后，带来贪污腐败、道德沦丧、精神滑坡等严重的社会问题。面对这些复杂的社会现象，"改革文学"表现出无力把握的困境，在艺术上也捉襟见肘，整个创作陷入了低谷。《骚动之秋》即是这一时期诞生的一部艺术上很孱弱的作品（后面做具体分析）。直到九十年代中期，"改革文学"经过长时间的蓄势酝酿，形成了"现实主义冲击波"。所谓"现实主义冲击波"，是指刘醒龙、谈歌、关仁山、何申等人创作的一批反映改革进程中，国企以及乡镇集体企业极少数具有责任感和使命感的领导在艰难时势中和大家同舟共济、分享艰难的作品。这些作品，以极大的勇气真实地书写现实的严峻，揭露改革中的深层问题。但任何精神和道德上的变化，作者都从经济上去解释。同时，这些作品中的改革者的形象都消弭了八十年代"改革文学"中的改革者和我们的距离感，"英雄"落地成了凡人，乔光朴这样有魄力、有激情、有理想的改革者已不复存在，人物"普遍表现出对理想主义的厌弃，对激情和浪漫生活的拒绝，而无可奈何地认同于日常生活中的现存秩序"[①]，取代英雄行为的是为了维护小集体利益的绞尽脑汁和不择手段。更为严重的是作家对当时的生活状态多持认同感，表现出对庸俗和堕落的迎合，对种种歪风邪气和污浊现象只有现象的展示，而无深刻的解释，并表现出无奈的正义和苟且的妥协。历史理性、现实关怀以及人文精神的多重缺失，极大地损伤了"现实主义冲击波"

①　孙先科：《颂祷与自诉——新时期小说的叙述特征及文化意识》，上海：上海文艺出版社1997年版，第182—183页。

的批判性和深刻性,"改革文学"至此非但未能浴火重生,反是很快又失魂落魄。

二

胡平先生认为,《骚动之秋》的获奖,是因为一九八九年至一九九四年的长篇小说创作,"改革题材小说在套路上相比《骚动之秋》等作品还没有显著的突破,因此《骚动之秋》的获奖也还说得过去"[①]。同"改革文学"相比,《骚动之秋》既有明显的继承,也有显著的变化。在叙述模式上,《骚动之秋》虽然部分改写了改革家的塑造模式,但依然沿袭了"改革文学"简单的政治性思维,没有跳出"改革文学"黑白分明、对错判然的构思模式,没有深度结构。作者只停留在改革的表面冲突上,缺少马克思所说的"对现实关系的深刻理解",更谈不上透视生活,做深入的历史性的思考。乡镇企业家岳鹏程和乔光朴那样的"开拓者"家族截然不同,作为改革开放后农村成长起来的第一代改革家,他有魄力,敢想敢干,内心深处希望大桑园富裕起来,并且做到了,但其专制霸道、打人骂人、搞独立王国,则因袭着浓厚的农民思想。他投机倒把、行贿受贿、偷税漏税,为抵达目的不择手段,用一套封建的东西去反对另一套封建的东西,如同计算机杀毒,用一种流氓软件去杀另一套流氓软件,而两者在本质上并无区别。极端自私的利己主义、以邻为壑的地方主义、化公为私的腐败行为在他的身上都可以看到。作者虽然肯定了其将大桑园由"大丧院"变为"大福院"的贡献,但本质上是将其作为批判性的人物来塑造的。小说的结尾,实际上已经预示了他不可避免的失败,情人

[①]　胡平:《我所经历的第四届茅盾文学奖评奖》,《小说评论》,1998 年第 1 期。

"叛变"，妻子"起义"，儿子挑战，"他觉得自己简直成了天边雁、海上舟，于茫茫中显出孤零零一个身影"①。实际上，岳鹏程这样的人物在农村改革家中是非常普遍的，遗憾的是作者并没有挖掘岳鹏程这套改革做法的历史成因、现实原因和体制问题，而只是轻飘飘地将其外部表现罗列出来，没有刺穿生活的表象，触及历史和现实的原因，做深刻的思考、挖掘和表现。

作者要肯定的一方，是岳鹏程的反对者——他的儿子岳羸官。岳羸官和父亲一样，都致力于改变家乡的面貌，但其做法和父亲那一套截然不同。用小说中蔡黑子的话说："人家岳鹏程和羸官，在家父子兵，出门双虎将，是要在这大小桑园，来一场联村友谊创业大竞赛的。"（第84页）岳羸官对父亲在乡、县、市建立各种关系网络的做法不屑一顾，与老爹的封建专制脱钩，坚持可持续发展的道路。小说的第三章岳羸官具体阐述了自己的发展思路，即充分利用小桑园"山多土地多"的优势：山多，办水泥厂，地多，大力种植林果和经济作物，"从开山采矿到运输粉碎、烧制销售，从果树管理到果品收藏、深层加工，各自形成一个'一条龙'网络，山和土地就会变成摇钱树和小金矿"（第33页）。这种想法，正如岳鹏程质疑的，果树栽培收益周期长，买树苗和前期投资无法解决，而办水泥厂，资金无法筹措。这些问题如果不能解决，那么岳羸官不过是纸上谈兵；作者如果不能令人信服地解决这些问题，也会使得整部小说叙事缺乏可信力。果树栽培小说写得很简略，小说后半部分主要写了岳羸官集资办水泥厂的事情。岳鹏程釜底抽薪，抢走了银行贷款。岳羸官想依靠民

---

① 刘玉民：《骚动之秋》，北京：人民文学出版社2011年版，第337页。以下凡小说中引文只在正文中用括号标明页码。

间集资，大家信不过嘴上没毛、办事不牢的他。作者花了大量篇幅写岳赢官效法商鞅变法，用十万响花炮吸引人心、鼓足士气的做法。用作品中小玉的话说，水泥厂建起来就能赚大钱，就能带动很多村子，可集资就是集不起来，"人家就是不信服赢官这伙子人！赢官他们的意思是得干成一件事，把李龙山惊一惊、震一震，也让群众看一看他们这伙人到底说话算不算数！这跟商鞅变法，在城门口竖一根杆儿，悬赏让人扛是一个道理"（第 341 页）。十万响花炮是放了，小说的结尾为岳赢官的未来涂上了迷人的玫瑰色。可我们不禁要想，仅凭十万响花炮和对未来的美好许诺就能打消农民对集资的顾虑，这未免太理想化了。同时，岳赢官和父亲面对的，是同样的体制，尽管他不齿父亲的做法，可他那一套理想化的做法在当时也难以行通，他的这条路能走下去吗？岳赢官放个花炮政府都千阻百拦，他搞集资政府不会干涉吗？岳赢官的本质，依然是"改革文学"那种大而无当的英雄主义激情底下的粗鄙本相。他公正诚实，一切为公，心无杂念，是个高纯度的党性化的人物。现实的情况和生活的逻辑恰恰遵循的是岳鹏程那一套做法，而不是岳赢官那种空想主义的发展理念。以集资为例，在现实中，八十年代中国农村的各种名目繁多的集资、商会、基金会有几个不是骗取老百姓的血汗钱，最后卷钱而逃的？这并不是说作家要预言未来，而是作家要严格按照生活的逻辑去做合情合理的预言和想象。如果作家不按照生活的情理、人物内部的逻辑去行动，而是硬要按照自己的提纲去写，那么情节就会变得空洞虚假，人物就会变得苍白僵硬。水泥厂放炮吸引集资，过于理想化，沉浸在廉价的乐观主义想象中；岳赢官的形象，没有遵循生活的逻辑，也很难说是作者精心孕育出来的人物典型，而是按照意识形态臆想出来的先进人物或模范人物。这个人物身上所体现出来的一切，无不中规中矩于意识形态，我们看不到属于人物自己的东西，作者也没有灌注自己对生活的思考。对于写作主旋律作品的作家来说，这可以说是聪明世故之处，同时也可以说是浅薄致命之处。

如果将岳鹏程和岳赢官在改革路线上的冲突视为小说展开的主线，那么二人对待岳锐、肖云嫂等老一辈革命者的态度，以及各自婚恋爱情上的冲突则是小说展开的辅线。主线没有写出改革的风云激动、内在变化，辅线也平平淡淡，水波不起。以岳锐和肖云嫂而言，作者极力肯定其所为，将其塑造成不染一丝杂尘的"高、大、全"式的坚定革命者，是毫不利己专门利人的好干部的写法，是典型的好人好事的写法，没有写出人物的复杂性，也缺少历史性的反思。如肖云嫂年轻时，认为战友的、同志的感情高过一切。面对追求者，为了革命的利益，她断然拒绝，"埋葬的是个人的爱情和幸福，升华的是一种高尚纯洁的对于战友、同志的深挚的友情"（第 266 页）。在她看来，这种革命的感情是"永恒"的；在弥留之际，她夸赞炫耀的是自己在村里执政三十二年获得的五十四面锦旗以及上台领奖的风光。她将获得上级的嘉奖视为人生的最高追求，而她执政的这三十二年，老百姓过的是怎样的日子，经过怎样的折腾和变故，一丝也没有放在心上。这样的人物，完全是平面化的，依然没有跳出"文革"文学英雄人物的塑造模式。

除此之外，小说失败的地方还在于将改革冲突聚集在岳鹏程一家三代人中展开，缩小了小说反映的内容广度。岳赢官性格的形成，缺乏足够的交代和表现，因而其和父亲的决裂，也就缺乏叙述上的深度支持。不过这并不是最重要的，最为人诟病的是这一对父子不但是事业上的"敌人"，而且是感情上的仇敌，两人简直冲突到"牙齿"了。如此集中的冲突，充满了偶然性，或者编造的痕迹，没有火辣辣的生活感和真实感。如果仔细分析，我们就很容易看到"马脚"。小说前面写到，岳赢官很长一段时间暗恋着秋玲，秋玲自己也感觉到，她对赢官也有很深的感情，觉得他的"目光时常灼烧得她深思迷离"，"她喜欢这个小伙子，时常盼望见到他的身影"（第151页）。岳赢官从技工学校回到村里和当木器厂厂长的几年里，他们经常在一起，竟然没有碰撞出爱情的火花。而岳鹏程是在秋玲进木器厂才开始注意到这个姑娘已经出脱得很漂亮。秋玲因为岳鹏程的注意进了木器厂，并当上了班长，但没有干多久，就被岳鹏程调到了接待处。（第124页）这和小说后面所写的她在木器厂和赢官相处的"几年"明显矛盾。如果岳鹏程注意到自己的儿子对秋玲有感情，会不会打秋玲的主意则是一个疑问。即使撇开这个致命的矛盾不谈，秋玲无疑对岳赢官是有感情的，因此也就不可能如小说中那样简单地因为和岳鹏程有一夜之欢而置岳赢官不理，至少内心应有很激烈的波澜。但小说前面写道，"秋玲从来没有为那个'天津之夜'怨恨和懊悔过"（第128页），后面又写道，"在秋玲的心目里，她的全部的情和爱突然间一齐转移了位置：原来她的心是真正属于这个被自己伤害过的决裂刚勇的小伙子的！哪怕为了小伙子的一句问候、一个目光去死，她也觉得荣耀和幸福！"（第274页），最后写她离开李龙山的时候，仍然剪不断情思，向"这个她欲爱不能、欲恨无由的刚毅坚决的小伙子来告别"（第342页）。如果秋玲对岳赢官有这样强烈的感情，那么在她和岳赢官相处的日子则早已表达，或者即使和岳鹏程有了"天津之夜"，也应该努力试图从传统的道德观念中冲出来去寻找自己的幸福。在小说中我们看不到这样的东西，有的则是秋玲面对岳鹏程的逆来顺受。而小说在结尾时，秋玲狠下决心，和心爱的人远走高飞，似乎又不是秋玲的性格。究其原因，则是秋玲这个人物，并不是作者怀胎自然分娩出来的，因而对她不够熟悉。这其中还有一个重要的原因，那就是作者缺乏男女平等的现代意识，因而秋玲也被塑造成一个不断向命运妥协的可怜女性。不仅秋玲如此，岳鹏程的妻子亦是如此，面对丈夫的背叛，尽管也曾咬牙切齿、寻死觅活，但在最后还是家庭意识消融了平等意识，作者后来为她找到了一套"巧妙"的说辞："她恨他，恨他背着自己跟别的女人干丢人现眼的事儿。但她平心静气时肚里也明亮，岳鹏程跟那种为了另寻新欢、不惜把老婆孩子朝茅厕坑里丢、朝死里逼的男人"还是不同，"良心和夫妻情意也没有丧尽"。（第344页）因此，她还是原谅了丈夫，回到他身边。这两个女性，生活在男性权力意志以及变态文化心理的重压之下，不但没有反抗，而且隐忍求曲，表现出温驯的顺从和妥协。作者对此却表现出某种认同和欣赏，亦不能不令人感到失望。

　　"改革文学"同改革开放一样，是在摸索和探讨中进行的，创作对象本身有复杂性和难以预测性，但文学承担的任务并不是去预见改革形势、判断正确与否，而是要去表现变革中的人情人性、文化心理、社会风俗的波动、冲突与变迁。《骚动之秋》没有深化和发展"改革文学"的模式，没有从文学的意义上对题材进行开掘和提炼。这也说明，作者在写改革的同时，并没有认真思考"改革文学"的经验及改革自身，因而也就不能发展和深化"改革文学"，仍然停留在对主旋律的简单图解、阐释和论证上。而这种解释和论证，又很难说属于作者自己，而是主旋律认同肯定的"社会共识"。因而，整部小说传达的东西，没有鲜活的个人思考和个人经验，而"一个作家如果对这个世界没有鲜明的、确定的、新颖的看法，尤其是如果他认为这根本没有必要，他不可能写出真正的艺术作品"[1]。正因为《骚动

---

[1]　托尔斯泰：《托尔斯泰论创作》，戴启篁译，第10页。

之秋》对改革没有鲜明的、新颖的、个人化的看法，而是把生活的内容刨平磨光，变成平滑的概括化的东西，传达出会议文件式的内容，所以才令人有索然寡味之感。"改革文学"以至后来的"现实主义冲击波"最大的误区，就是过于关注题材的社会意义，忽略了生活的中心以及文学围绕的鹄的——人以及人性。"真正的艺术作品，永远摆在人性的天秤上。这天秤永远会说：'不足'。艺术家的生活经验与反映此经验的作品间具有某种关系，一如'威廉·麦斯特'（Wilhelm Meister）与歌德成熟间的关系。当作品的目标是要在解说文学的镶金纸上所表现的全部经验时，那种关系便是坏的。当作品不过是经验的片段，是钻石的一面，不受限制地缩影其内在光泽时，那种关系便是好的。第一种情况是对永恒的润饰与夸大。由于其内涵的经验，第二种乃是丰富的作品，虽然其经验的价值被人怀疑。"[①]而在《骚动之秋》以及类似的作品中，我们找不到加缪所说的东西，看不到人性的火光，听不到生活的回声，也觉不到历史的质感，看到的只有题材的重大和政治性的正确与否。

三

由于作者不是按照生活的逻辑来反映这一段生活，而是按照意识形态限定的东西或者提纲上规定的东西去展开叙述，因而人物被事件淹没，形象模糊，缺乏性格刻画和心理描写，情节生硬幼稚，不近情理，甚至有编造的痕迹。比如小玉，小说中写道："去年高考，七门功课总分六百一十，北京大学发来录取通知书。但她为了照顾病重的奶奶，给高考办公室和学校去信，主动取消了升学资格。肖云嫂后来

---

① 加缪：《荒诞的创作》，载崔道怡、朱伟等编《"冰山"理论：对话与潜对话》（下册），第494页。

知道了，发了一通脾气，抹了一阵眼泪。"（第 91 页）这显然是编造的情节。在八十年代，考大学是无数青年人的梦想，很难理解一个正常人会轻易放弃。考上著名的北京大学，即使个人生活有困难，当地政府为了"名声"也会出面照顾肖云嫂的生活，不会让小玉失去深造的机会。小玉的成绩这么好，父老乡亲以及肖云嫂应该早就知晓，即使肖云嫂自己病重，按常理也该早有妥当的安排，怎会有小玉背着奶奶要求取消深造的机会？再者，即使学生个人要求取消录取资格，按照当年的招生程序，招生办也会找学生家长了解详情，怎会有小说中所说的小玉瞒哄奶奶呢？另外，我们知道，在二十世纪的八十年代，农村的外语教学是比较落后的，至少口语教学很落后，但初中没上过几天的秋玲不但能够用流利的英语向老外介绍河滨公园的八角亭，还能讲德语，连读过北京外语学院、曾在国外实习过一段时间的翻译也惊叹秋玲的外语水平，这不是胡编乱造又是什么？（第 149 页）岳鹏程这个人物虽然比较饱满，但也有许多地方不符合他的性格和身份。作者将许多不符合他生活逻辑的东西硬贴到他身上。他懂文学，谈《艳阳天》的现实意义；懂经济理论，说马克思将商品经济说成资本主义的土特产站不住脚，社会主义也需要商品经济，到了共产主义，取消商品经济也不灵（第十六章）。第五章写他们父子同心，谎称当市委书记的山东老乡请他们住到书记家里去，镇住了林场的领导，生意化险为夷，完全是虚幻的革命浪漫传奇，或者面壁空构的传说故事，禁不住一丁点推敲，甚至连生活的影子也没有，我们还以为是杨子荣再世。岳赢官也是一样，大公无私，一心为民，纯洁善良，心无杂念，生活中有没有这样的人物都令人怀疑。他读《诸葛亮集》《孙子兵法》不难理解，小玉偷看了他的读书笔记，他就能马上援引宪法的具体条款要"予以惩罚"，实在有悖于一个农民的实际。

那些优秀的反映重大历史题材的作品，不但能将艺术的重心聚焦在人性的天平上，同时能够做到"风云吐于行间，珠玉生于字里"，《战争与和平》《静静的顿河》《日瓦戈医生》等可以视为最具代表性的典范。而《骚动之秋》这样的作品，和这些作品有着难以丈量的距离：看不到人，"风云"也无可观之处，语言也呆板粗糙，经不起品读。《骚动之秋》的语言，是会议文件式的语言，水门汀一样的风格。作者可能自己也觉察到了枯燥呆板，行文中间偶尔会生硬地镶嵌几个看似很具文学性的词语或一点描写，结果连那种枯燥呆板的风格也破坏了，变得不伦不类。同时，一些词语胡用乱用，不禁让我们怀疑作者的文字表达能力。如小说第一章写岳鹏程躺在车内休息，将座位调到最佳位置，"便闭上眼睛，半躺半倚进入到出神入化的境地"（第 7 页）。作者显然不明白"出神入化"的含义。"出神入化"是指某项艺术或者技艺进入很高的境界，睡觉是否能进入"出神入化"的境地只能存疑。小说在写到秋玲时，说她有"得天独厚的容貌风采"（第 124 页），也恐怕禁不住推敲。"得天独厚"一般指地理或者自然条件优越，没有见过用于人的容貌上。赢官见到秋玲后，"突如其来的情势，和显现面前的一片令人眼花缭乱的彤云倩影，猛然间把赢官推入到一个牵魂动魄的迷宫"（第 273 页），往昔恋人看起来令人"眼花缭乱"很不妥当，何况眼前只有一个。小玉生气大哭，赢官"好不容易逗得小玉抹干了香腮"（第 327 页），"香腮"一般指美女的脸颊，比较文雅，和这部分的风格极不协调。"初胜利的双眸里荡起了碧波……"（第 294 页），初胜利是男性，因为欣喜而有上述的表情，很难令人理解。

《骚动之秋》整部小说基本停留在表象层面，没有做到以精神性的力量去穿透生活现象，去触及人物的思想和魂灵，对人的境况和人

的发展缺乏深刻的思考和表现，而迷恋与主旋律的合拍共鸣，停留在
讲好人好事的水平，是典型的肤浅的现实主义和廉价的理想主义。其
价值取向，依然是表达或宣传主流意识形态，并未有力地回应实际问
题和现实矛盾。作品虽然题材重大，只是政治或者社会意义上的重
大，没有表现出文学意义上的重大。就文学而言，题材并无大小之
分，关键是深入题材的五脏六腑，挖掘出灵魂性的东西，而不仅仅是
停留在"问题"或者表面的矛盾冲突上面。正如李建军所言："一个
小说家，如果总是按照由'生活'提供的外在的'尺度'来写作，那
他注定写不出可以超越自己时代局限的小说。他必须与生活保持距
离，必须用怀疑的复杂眼光来观察生活，要尽力摆脱流行的价值观对
自己的影响，这样，他才有可能获得对人性、现实的深刻的理解和把
握。"①正因为《骚动之秋》热衷于表面的矛盾冲突的塑造或者是制造
理想化的矛盾冲突，没有和生活"保持距离"，没有站在较高的视点
去观察生活、消化生活，因而它没有火辣辣的现实感和鞭辟入里的深
刻性，结果成了流行歌曲或者换季的时装，即便获得了茅盾文学奖，
也无法免于被遗弃的命运。

---

① 李建军：《新国民性批判的经典之作——论〈农民帝国〉及蒋子龙小说创作的路向转移》，载
李建军《文学的态度》，北京：作家出版社 2011 年版，第 135 页。

魔幻的鬼影和现实的掠影
——评余华的《第七天》

让鬼魂来担当小说的叙述者或主人公这种写法在小说史上并不鲜见，国外远有但丁的《神曲》、歌德的《浮士德》，近有胡安·鲁尔福的《佩德罗·巴拉莫》、马尔克斯的《百年孤独》等；中国古代则有魏晋志怪、唐宋传奇以及明清文人笔记小说，当代则有美籍华裔作家伍慧明的《向我来》、莫言的《生死疲劳》等。对于信奉"未能事人，焉能事鬼""敬鬼神而远之""不敬鬼神敬祖先"等的现实功利而又缺乏宗教意识的中国人来讲，鬼神叙述并未刷新他们的审美期待和阅读习惯，因为小说中的"彼岸"世界不过是现实纷扰的"此岸"世界的复制、挪移或倒影，并没有衍生出具有精神意义的崭新生活。因而对于中国小说家而言，让鬼魂担当小说的叙述者或者主人公，要想走出传统观念的藩篱，无疑是极富挑战的写作冒险。

就中国当代小说而言，这种探索可以说是失败的。魔幻现实主义的幽灵在中国文坛徘徊的三十余年，产下的是葛川江最后一个渔佬，是鸡头寨的丙崽，是西藏隐秘岁月的"天葬"，是《生死疲劳》中驴、牛、猪、狗的折腾……二十世纪八十年代之后中国小说林林总总的魔幻，始终没有脱离拉美魔幻现实主义的魔掌，中国的小说家如同五行山下的孙猴子，直不起腰来。当我们将目光从拉美拉回现实并投向传统，传统中或为精华或为糟粕的魔幻，一直没有停止发酵，但结果始终没走出这个民族的深层文化心理或集体无意识，即孔老夫子的诫语："未知生，焉知死？"对现实的把握尚且无力，又何谈把握遥远的"彼岸"？以莫言的《生死疲劳》为例，阎罗世界的残酷阴戾契合了作者血腥残暴的美学诉求，形成了德国汉学家顾彬所言的十八世纪的诡谲离奇的小说风格，不符合中国文化传统中的混乱驳杂的鬼神观念，也未切合中国人对鬼神世界的现实而功利的想象，更遑论基督教世界中经历磨难的"净界"和"天堂"。《生死疲劳》只不过用"旧瓶"装上莫言追求感觉放纵和语言狂欢的"新酒"。诺贝尔文学奖冠冕的不吝授予，毋庸置疑膨胀了中国小说家这种乖张的艺术追求。至于是否刺激了余华，我们难以断言，但余华无疑使用了莫言式的荒诞离奇的中国魔幻的写法。

《第七天》在对鬼神以及"彼岸"世界的理解和表达上，既不是彻底的基督教世界的"彼岸"世界，也不是纯粹的中国传统鬼神观念里的"彼岸"世界。小说中既可以看到中国观念里"彼岸"世界的高低贵贱、贫富美丑之分，也可以看到基督教世界里的众生平等和静穆祥和。中西鬼神观念杂糅并陈，前矛后盾，扞格别扭。更匪夷所思的是，余华要用西方世界对基督教的虔诚和皈依，来为在生存线上挣扎的中国芸芸众生寻找出路，那就是放弃希望，放弃抗争，到第七天这个"圣日"休息。余华在题记中引出了《旧约·创世记》关于第七日的一段文字：

> 到第七日，
> 神造物的工已经完毕，
> 就在第七日歇了他一切的工，
> 安息了。

　　这段话也是小说名为"第七日"的缘由。我们知道，犹太教规定"第七天"为"圣日"，上帝在六天内创造宇宙万物，第七天应该休息，所以这天叫"安息日"。摩西律法规定，以色列人应该劳作六天，第七天休息，并把这个规定作为同上帝订立的盟约不可变更。凡敢犯安息日的，必须将其治死；凡在这天工作的，必须从民中剪除。犹太人以日落作为一天的起始，"第七日"指从星期五日落到星期六日落。基督教承袭犹太教关于守安息日的规定，宗教改革以前，基督教也以星期六为安息日，后来根据基督在星期日复活的故事，改为在星期日守安息。圣安息日指神圣不可变更的约定或盟约。如果"第七天"即圣安息日指神圣不可变更的约定或盟约，那么余华的"第七天"又蕴含怎样的寓意？如果我们做一个大致的概括，会发现基督教宣扬的中心理念是尽管人们在世俗生活中处于不同的阶层，有高低贵贱之分，但在上帝面前众生是平等的。这使得笃信基督教的西方世界有了强大的精神支援，这种精神背景也使得西方文学尤其是俄罗斯文学与中国小说截然不同。因而，相貌平平的简·爱可以倔强自尊地对罗切斯特说，如果经过坟墓，我们可以平等地站在上帝的面前；普希金可以平静而高傲地对不可一世的沙皇说：陛下，如果我在彼得堡，肯定会支持乃至参与十二月党人反对您的行动。正是因为存在"彼岸"世界的平等，那些有宗教意识和宗教背景的作家才能够坚强地反对专制，维护生命个体的尊严、荣誉、爱情和理想等。这是历史悠久、注重实用理性的中国所不具备的。余华在小说的开头部分对此也有所表现，已经死去的"我"看到了殡仪馆的三六九等之分：

　　　我坐在塑料椅子里，这位身穿蓝色衣服的在贵宾候烧区域和普通候烧区域之间的通道上来回踱步，仿佛深陷在沉思里，他脚步的节奏像是敲门的节奏。……

　　塑料椅子这边的候烧者在低声交谈，贵宾区域那边的六个候烧者也在交谈。贵宾区域那边的声音十分响亮，仿佛是舞台上的歌唱者，我们这边的交谈只是舞台下乐池里的伴奏。[①]

至于贵宾区和普通区，那不过是现实世界或者"此岸"世界的世俗性划分，在已经成为鬼魂的等待火化者之间，如果看到这种区别，无疑属于中国传统的鬼神观念；如果看不到这种差别，可谓是西方的"彼岸"世界了。小说前半部分呈现给我们的是中国传统的鬼神观念，实用而理性，人有等级贵贱之分，一切同"此岸"的现实并无区别。候烧者对等待市长先用进口的炉子焚烧气愤不已，对那些面朝大海、云雾缭绕的海景豪墓羡慕不已。然而小说的结尾，"彼岸"世界却是西方世界的图景：

　　……那里树叶会向你招手，石头会向你微笑，河水会向你问候。那里没有贫贱也没有富贵，没有悲伤也没有疼痛，没有仇也没有恨……那里人人死而平等。[②]

整部小说呈现给我们的，是东西方鬼神亡灵观念的冲突以及杂糅。虽然小说的结尾大力渲染"彼岸"世界的平等、关爱，但我们觉得与开头部分中国化的"彼岸"世界掣肘反向。作者稀里糊涂地将二者放在一起一锅煮了，结果成了一锅非中非西、不中不洋的大杂烩。

---

① 　余华：《第七天》，北京：新星出版社 2013 年版，第 9 页。
② 　余华：《第七天》，第 225 页。

作者对西方宗教意识的挪移，缺乏历史和现实的依据，这种舶来的洋货悬浮在作者的理念和意识中，并不能将精神之根扎入中国的大地。记得余华在《音乐影响了我的写作》（原名《高潮》）中一直标榜西方音乐中的宗教因素对自己创作的影响。由此可见这种影响非但不够彻底，而且与中国本土的鬼神观念杂交盘错，紊乱而无章，这一点恐怕作者也未必洞察知晓。

在这种非中非西的伪宗教意识的笼罩和结构下，余华将当前中国社会的症候蜻蜓点水似的连缀在一起，以成为鬼魂的杨光的人世生活为主线，串起一串串鬼魂的"此岸"生活，其中有感人肺腑的父子深情，有忠贞不渝的炽热爱情，有疲惫不堪的白领生活，有蜗居地下的鼠族生活……一切都绾结在杨光这个纽结上，生活容量巨大：墓地问题、房价问题、鼠族问题、地下器官移植问题、环境污染问题等，当下生活中的问题几乎都在这部薄薄的小长篇中有所反映。不过这一切如同一只敏捷的燕子轻轻划过水面，有容量而无深度，有悲悯而无思索，没有将涉及题材的社会性意义转变为文学性意义，没有揭示出社会表象之后的深刻矛盾和本质性的东西，甚至没有超过滚动的网页或猎奇的报纸。虽然语言和表达比《兄弟》干净和流畅了许多，但仍无法挽救这部作品的致命失败：思想的匮乏和深度的缺失。作者喋喋不休地讲述自己的稀奇见闻，如同街头巷尾好事多语的妇女那样重复早已充斥人们大脑的新闻，不禁使人有"白头宫女在，闲坐说玄宗"的感慨。作者除了让人们感知生活的艰难和不幸以引起同情之外，不但没有传达出更多有意义的东西，反而逃避现实，指出了一条幼稚的唯有一死可以抵达幸福"彼岸"的解脱之道，暴露出思考的极度浅薄和思想的极度乏力。按照作者在作品中披露的思想，普通人或者小人物只有死亡或者逃逸才是沧桑的"正道"，那么我们不禁要问，这个世界是仅为权贵者而造的吗？这并不是廉价地要求作家为众生指出一条反抗绝望或者超度苦难的大道，但如果作家的思索不能超越平面的网页信息或者报刊猎奇，那么这种创作的意义又有多大？小说写作，始终无法回避历史观、世界观和价值观这些门槛，这就是列夫·托尔斯泰所说的"生活的态度"："任何一部文学作品中，对读者来说最为重要、最为珍贵、最有说服力的东西，便是作者自己对生活所取的态度，以及作品中所有写这一态度的地方。文学作品的价值不在于有首尾贯通的构思，不在于人物的刻画等，而在于贯穿全书始终的作者本人对生活的态度是清楚而明确的。"这种"生活的态度"，宣示着小说家对于历史与现实"常"与"变"的惆怅、痛苦、喜悦或者兴奋。如果小说没有作者自己"生活的态度"，那么也就仅剩一堆丰富的材料了。

除此之外，《第七天》的细节也禁不住仔细的推敲和生活的打量，即使魔幻现实主义的细节，也并非空穴来风、胡乱编造。如《百年孤独》中随人而至的蝴蝶和卷走俏姑娘的被单，都有活生生的现实基础。但《第七天》中的不少细节，却缺乏扎实的生活基础，有面壁虚构之嫌。如杨光的养父年轻时单身养育杨光，种种遭遇岂如小说叙述的那样简单？鼠妹和男友即使全部失业，恐怕也不会如小说叙述的那样，不顾脸面丧失尊严地去乞讨。鼠妹因为男友送她的手机是山寨版苹果，竟选择轻生，在情理上也难以讲通。鼠妹男友卖肾的细节，似乎也是作者的凭空想象，难以使人信服……这些都缺乏生活逻辑的支撑，惊人而难以服人。在小说中，作者毫无顾忌地将现实中无法生存的人们赶入"彼岸"世界，这并没有超越一个接一个死人的《活着》的写作思维。我们始终觉得，活着比死去更艰难，我们固然怕死无葬身之地，更惧怕活无立足之处。

　　余华是一位非常聪明的作家，也是一位极富叙事才华的作家，同时也和当代不少小说家一样，深陷生活、文化资源同质化的泥淖。我们需要那种老实的、笨拙的、能将精神之锚扎入时代五脏六腑、能够吐纳时代的极富深度的作家，而不需要那种浮光掠影、在生活水面上翩翩起舞的作家。浮躁腐烂的现实需要作家不留情面地刺穿，同时也需要作家进行咀嚼、反刍和消化，将他们自己的想象力和精神气息灌注其中。杰出的小说应当像一坛好酒那样经历蒸馏、窖藏，而不应像可乐或鸡尾酒那样，迫不及待地予以勾兑。当下乱麻般的现实，早已超越了小说家既往的知识积累、文化沉淀与想象能力，即使小说家很难做出总体性的认识，最起码也应表明自己的生活态度、精神指向以及对现实的理解。余华极力用基督教的观念，去把握中国的现世生活，乃至为芸芸众生指出"突围"之路，然而橘生淮北则为枳，如此"不合地宜"尚且不说，同时也显现出作家精神的贫困和思想的懒惰。记得二〇一一年译林版的胡安·鲁尔福的《佩德罗·巴拉莫》的宣传语里，有余华这样一段话："在这部一百多页的作品里，似乎在每一个小节之后都可以将叙述继续下去，使它成为一部一千页的书，成为一部无尽的书，可是谁也无法继续《佩德罗·巴拉莫》的叙述，就是胡安·鲁尔福也同样无法继续。"遗憾的是，余华最终还是把持不住，画虎成猫，为《佩德罗·巴拉莫》进行中国式的"续貂"。至于结果，他早已道明。

小说的谱系、版本与地域性

《创业史》的文学谱系

《创业史》（第一部）一九五九年发表之后①，迅速得到了"农村社会主义史诗"②的评价，继而被公认为"十七年"长篇小说创作的峰巅。自二十世纪八十年代末期"重写文学史"以来，这部具有里程碑意义的"史诗"被不断质疑和重估，其对之后的农村长篇叙事的影响也在不断被梳理和揭橥。萧子显在论"文无新变不能代雄"时说："习玩为理，事久则渎，在乎文章，弥患凡旧，若无新变，不能代雄。"③那么，这部"史诗"继承了谁的怎样的艺术经验，有何"新变"，又进行了怎样的熔铸和创造呢？这一直是《创业史》研究中的"不毛之地"。柳青在谈到作家的继承和创造关系时曾举到《滕王阁序》的例子。他说王勃的"落霞与孤鹜齐飞，秋水共长天一色"的诗句只不过是一个世纪前南北朝诗人庾信《马射赋》中"落花与芝兰齐

---

① 《创业史》1959 年 4 月起以《稻地风波》为题在《延河》杂志 4 月号开始连载，8 月号改题为《创业史》，11 月号载完。《收获》1959 年第 6 期转载。1960 年 5 月，《创业史》（第一部）由中国青年出版社出版单行本。

② 《光明日报》编辑部：《农村社会主义革命史诗〈创业史〉第一部出版》，《光明日报》1960 年 6 月 13 日。类似文章有任文的《中国农村合作化初期的史诗——评〈创业史〉》（《人民文学》，1960 年第 6 期）、扬州师院中文科二（2）班文学评论小组集体创作的《农业合作化运动的史诗——评柳青同志的长篇小说〈创业史〉》（《扬州师院学报》，1960 年第 9 期）、姚文元的《中国农村的社会主义革命史——读〈创业史〉》（《文艺报》，1960 年第 17、18 合期）等。

③ 萧子显：《南齐书·文学传论》，载郭绍虞、王文生主编《中国历代文论选》（第一册），上海：上海古籍出版社 1979 年版，第 264 页。

飞，杨柳共春旗一色"的仿造。如果知道了这种关联，"那么就可以断定王勃不是什么真正的文学天才，他仅仅是天资聪颖而已。因为意境的创造者是庾信"①。王勃的诗句显然不是柳青所说的"仿造"，"落霞"与"孤鹜"、"秋水"与"长天"各自成对，动静结合，意境开阔，一下子化腐朽为神奇，可谓点铁成金。由于种种因素，对于《创业史》的艺术谱系、传承技巧，柳青并没有留下吉光片羽。我们只能顺着有限的文献资料沿波讨源，爬梳寻绎，从而理出《创业史》的艺术谱系。泛泛而论，柳青作为"延安讲话"哺育起来的革命作家，汲取了俄苏文学的艺术经验和文学养分。那么他究竟镜鉴了哪些作家、作品？这些作家在精神气质和艺术经验上究竟对其产生了怎样的影响？这些作品在主题上或者意义层面，有没有尚未被阐释的空间？《创业史》是否和中国古典小说叙事传统发生了联系？对于这些问题，本文试图做出解答。

一　"题叙"的谱系
——《创业史》和《母亲》开头之对照

《创业史》的"题叙"最为人称道，也是作者最满意的一部分。柳青当年曾对人讲，要是全书都能够达到"题叙"的水平，那么他就很满意了。一九六四年，"新日本出版社"将《创业史》第一部分上、下两部翻译出版，冈田英树评价道："这部《创业史》确实把中国长篇小说已有水平引向了一个更高的阶段。为其直视现实的敏锐目光而惊讶，为其生动的人物形象而兴奋，被作者对于未来充满坚定的信念

---

① 柳青：《美学笔记》，载《柳青文集》（第四卷），北京：人民文学出版社 2005 年版，第 294 页。

的描写而征服的，恐怕不只是我自己。"①迄至今日，这个精彩的题叙依然魅力不减，让人叹服。有学者评价道："这位作家有着丰富而透彻的生活经验与人生经验，有着很出色的叙事能力，并且有着超出同时代人掌握理性的能力。就《创业史》开始的'题叙'，我们就足可以形成这种印象。这是一个即便是在今天看来仍然是很精彩的'题叙'。这之后，一些局部的叙述和描写，也依然存活。"②那么，"题叙"的写法从何而来，《创业史》"题叙"的精彩又在何处？

"题叙"的结构功能，类似于中国古典小说中的"楔子"。好的"楔子"，常有玉振金声、驰魂夺魄的艺术功能。金圣叹评点《水浒传》的楔子时说："此一回，古本题曰'楔子'。楔子者，以物出物之谓也。""以物出物之谓也"，即以彼事作为此事的引端。《水浒传》以"张天师祈禳瘟疫　洪太尉误走妖魔"为楔，"楔出三十六天罡，七十二地煞"之"正楔"，中间"楔出劫运定数""星辰名字"等，可谓"奇楔"。③类似的诸如《全相三国志平话》《儒林外史》《红楼梦》《镜花缘》等小说，楔子在整个小说叙事中或假托转化，或交代缘由，或引出故事，或寄托寓意，正篇紧随其后，水到渠成，具有不可忽略的结构设置功能。不过，考察中国古典小说中"楔子"与正文的关系，我们发现有两个重要的缺陷。一是"楔子"多从宿命论或循环论的角度对小说内容做一锤定音的总结，其基本情节常为正篇中叙述者认同的人生经验的预示或象征。如《全相三国志平话》从司马仲相断狱阴曹引出小说故事，不过是为三国归晋做宿命论的阐释论

---

① ［日］冈田英树：《长篇小说〈创业史〉——生动的农民群像》，原载日本《野草》1971年春第3号，孙歌译，载《人文杂志》编辑部、陕西省社科院文学研究所合编《柳青纪念文集》，西安：陕西省新华书店1983年版，第223—224页。

② 曹文轩：《二十世纪末中国文学现象研究》，北京：作家出版社2003年版，第313页。

③ 《金圣叹全集》（一），南京：江苏古籍出版社1985年版，第28页。

证，同小说内容并无密切联系；《水浒传》的"楔子"将英雄出世归于"天命""天数"，称这些英雄为妖魔，在价值观念上也是混乱不定的；《镜花缘》中百花遭贬谪流寓尘世，也不过为众多才女的聪慧伶俐做宿命论的解释。《红楼梦》出现之后，"楔子"与小说内容的关系才有所改观，"它的两则神话故事与一个现实故事的巧妙配合，使整部小说既具有一种迷幻的艺术色彩，又具有深刻的现实意义和哲理意蕴，而且楔子与正文内容相互映衬，在我国古代小说史上焕发出一道奇特的光芒"[1]。二是楔子和正篇内容的联系常常松疏散漫，甚至几乎没有联系。如《水浒传》中张天师与洪太尉，《儒林外史》楔子中交代的重要人物，在其后正篇中，不是没有后文就是没有现身。《创业史》的"题叙"从结构上完全可以视为"楔子"，但其主要作用和艺术蕴含同上述古典小说的"楔子"迥然不同。追溯柳青的古典文学学习历程，我们发现，在学生时代以至延安时期，其对《三国演义》《水浒传》《儒林外史》等古典小说"兴味索然，不是读不到底，就是读过就忘记了"[2]。中华人民共和国成立前后，他才一字不漏地阅读《三国演义》《水浒传》等古典小说，这时候他已经开始在孕育《创业史》。证之于他的创作，中国古典小说传统几乎对他的创作没有产生些微影响。

　　国外小说中虽对类似于"楔子"的部分没有确定的称谓，但开头的一二章常有类似于"楔子"的功能。尤其是在柳青推重的高尔基的长篇小说《母亲》中，开头前两章都具有"楔子"或者"题叙"的功能和意义。《母亲》的前两章和全书有些游离。在这两章中，高尔基

---

①　刘相雨：《论〈红楼梦〉的楔子——兼论中国古典长篇小说的开头模式》，《红楼梦学刊》，1999 年第 1 辑。

②　柳青：《和人民一道前进》，载《柳青写作生涯》，天津：百花文艺出版社 1985 年版，第 28 页。

以简赅经济的笔墨，给我们描摹了俄国工人世代循环的生活景象。他们在沉重的生活重压下酗酒、谩骂、攻击和斗殴，过着粗野不堪和令人窒息的生活，让人一刻也不能容忍，觉得非改变不可。巴维尔的父亲符拉索夫，就是在这种生活的泥淖中凄苦挣扎、可怜死去的。因而，年青的巴维尔一代的觉醒和参加无产阶级活动，是这种旧生活压抑下的必然产物，他们势必要举起改革和革命的大纛。如此一来，巴维尔的参加革命具有了坚实的历史根基和生活基础，人物形象的发展也有了令人信服的逻辑动力。在柳青深爱的《静静的顿河》的第一章，肖洛霍夫简要地叙述了麦列霍夫家族的血统遗传，从血缘的角度初步勾勒了麦列霍夫家族的精神气质，引出了小说的主人公——狂野彪悍的葛利高里。柳青则从社会历史的深层视角挖掘"创业"的历史意义和梁生宝性格品质的形成原因。在细节上，我们也能够察辨出《创业史》"题叙"和《静静的顿河》第一章之间明显的"互文性"关系。比如，普罗珂菲带回的土耳其老婆同梁三拾荒时遇到的梁生宝母子；普罗珂菲的老婆穿普罗珂菲的裤子同生宝娘穿梁三老汉的裤子；普罗珂菲村子里的畜疫同梁三老汉的两次死牛，等等。但就概括的历史深度而言，《静静的顿河》过度钟情于血缘，显然不及高尔基的《母亲》深刻。

　　"题叙"的精彩之处在于，柳青开篇气势不凡地开掘历史深度，"把《创业史》的内线伸向中国历史命运的深处去，使《创业史》所描写的社会主义革命的环节，同整个历史的链条结合起来。只有从各个历史的环节中看历史，才能看出真正的历史，《创业史》的史诗效果从这里得力不少"①。一万七千余字的篇幅让农业合作化运动自下而

① 何文轩：《论〈创业史〉的艺术方法——史诗效果的探求》，《延河》，1962年第2期。

上、自觉而起，让三次"创业"失败的梁生宝发出"世事成了咱们的啦"的时代感叹。和《母亲》中的巴维尔一样，梁生宝被境遇逼迫为农业合作化运动的执旗者。这就和《三里湾》《山乡巨变》等当时产生巨大影响的农业合作化小说截然不同，也同对《创业史》产生深刻影响的肖洛霍夫的农业集体化小说《被开垦的处女地》（草婴译为《新垦地》，此处采用周立波的译名，本章以下简称《被》，人物姓名亦从周译）有着很大的差异。在这些作品中，农业合作化运动都是自上而下发动起来的，先是上级开会动员，接着是下派领导干部，而柳青硬是不给蛤蟆滩派遣工作组。王汶石最为钦佩的就是《创业史》打破了自上而下的叙述模式，柳青"是那么吝啬，连个工作组也没有给蛤蟆滩村派"[①]。从艺术上而言，《创业史》"不派工作组"的处理产生了"陌生化"的效果，但这明显不是柳青的创造，最起码在高尔基那里，巴维尔的成长道路就提供了经验；就思想上而言，这更符合马克思主义的历史决定论和官方意识形态的期待。与此同时，梁生宝的母亲的形象具有极其重要的意义，她同《母亲》中巴维尔的母亲一样，在对亲生儿子朴素温情的信赖、包容与爱恋之中，给予了梁生宝参加农业合作化的勇气以及道德理念的巨大支持。

二　"以人物结构作品"
——高尔基、肖洛霍夫等俄苏作家对柳青的启示

柳青在访谈和读书笔记中，多次以高尔基的《母亲》为例，分析苏联社会现实主义文学的成功经验。《母亲》对《创业史》的"题叙"以及梁生宝的塑造也的确产生了深刻的影响。但就作品的艺术结构而

---

① 　王汶石：《漫谈构思》，《延河》，1961 年第 1 期。

言，对《创业史》产生决定影响的却是肖洛霍夫的长篇小说。柳青认为，类似《静静的顿河》这样的长篇小说，用主要人物结构作品，众星拱月似的层次清晰地安排周围的人物，矛盾冲突递进式地展开，小说的深度和质量也因此迥然不同。①梁生宝形象的塑造，就是完全按照这样的结构方式完成的。在前四章里，梁生宝虽然没有现身，但一切情节无不围绕其展开。直到第五章，令人充满期待的梁生宝才徐徐现身。这种写法的弊端正如路遥所云："我的导师柳青似乎说过，人物应该慢慢出场。长卷小说中的一种现象是，有特别辉煌的开卷和壮丽的结束，但中间部分却没有达到同样的成绩，这在很大程度上会给读者带来难言的遗憾。我个人觉得，天才作家肖洛霍夫的《静静的顿河》似乎就有这种不满足。"②实际上，葛利高里的出场并不迟缓，路遥含而不露地道明了柳青"以人物结构作品"的艺术渊源。路遥和陈忠实的创作，都继承和吸纳了柳青"以人物结构作品"的结构方法，不过路遥的小说艺术始终没有跳出柳青的经验。陈忠实在创作《白鹿原》之前，幡然觉得"一个业已长大的孩子，还抓着大人的手走路是不可思议的"，从而摸索总结出适合自己的以"人物文化心理"结构作品的写法，突破了柳青的束缚，"获得了描写和叙述的自由"③，也推进提升了当代长篇小说写作的艺术水准。

柳青是最早并长期关注肖洛霍夫创作的当代作家。就技术层面而言，肖洛霍夫对其创作产生了决定性影响。柳青在西安高等师范读书时，就读过《静静的顿河》（第一部）和《被》。在延安随军转战时

① 王维玲：《路遥：一颗不该早陨的星》，载王维玲《岁月传真——我和当代作家》，北京：首都师范大学出版社 2009 年版，第 320 页。

② 路遥：《早晨从中午开始》，载《路遥文集》（一、二合卷本），西安：陕西人民出版社 1993 年版，第 268 页。

③ 陈忠实：《寻找属于自己的句子》，上海：上海文艺出版社 2009 年版，第 44—45 页。

期，金人翻译的《静静的顿河》[①]随身不离，被翻得破烂不堪。在柳青的朋友和熟人中间，有这样一件事曾被传为美谈，那就是在抗日战争期间，在艰苦的战争环境中，他把一切笨重的东西都丢掉了，却把厚厚的英文版《被》（第一部），始终带在身边。[②]

　　"文革"中柳青受到批判，罪名之一就是四十年代在延安时，迷醉于肖洛霍夫的作品。从一九四一年二月份起，柳青除了本职工作以外，还承担延安向重庆邮寄稿件的任务。当时叫"文化站"，实际只有柳青一人。[③]柳青早期的不少短篇，即发表在由茅盾主编的在重庆出版的《文艺阵地》上。《文艺阵地》四十年代初期刊发了不少有关肖洛霍夫的文章，如刊载柳青《牺牲者》的一九四〇年六卷三期，发表了杨振麟翻译的犹黎·卢金的《萧洛霍夫在一九四〇年》。一九四二年六卷四期发表了王语今翻译的肖洛霍夫的《在顿河上》。同年七卷四期辟有"苏联文学专辑"，刊有戈宝权的《二十五年来的苏联文学》等文章。戈宝权盛赞"肖洛霍夫的笔是犀利的，他特别善于运用丰富的哥萨克人的语气，来充实全书的色彩和内容"；《静静的顿河》是关于苏联国内战争的里程碑意义的作品，甚至可以同《战争与和平》相颉颃；《被》是表现农业集体化这一过程的"最好的作品"。柳青作为《文艺阵地》的作者，应该比较关注上面刊载的文章，这些都应该对柳青接受肖洛霍夫产生过影响。

　　中华人民共和国成立以后，肖洛霍夫的作品被大量译介、出版和

---

①　《静静的顿河》第一部 1931 年由贺非翻译，作为鲁迅主编的"现代文艺丛书"之一，由上海神州国光出版社出版。1941 年，上海光明书店出版了由金人从俄文原著翻译的《静静的顿河》。《被开垦的处女地》（第一部）1936 年由周立波从英译本转译，由生活书店出版。

②　胡采：《简论柳青——〈论柳青的艺术观〉序》，载胡采《新时期文艺论集》，西安：陕西人民出版社 1983 年版，第 183 页。

③　蒙万夫等：《柳青传略》，西安：陕西人民出版社 1988 年版，第 23 页。

再版，其研究也出现热潮，尤其是反映农业集体化运动的《被》，更是引起了中国读者和评论界的重视。截至中苏关系恶化之前，评论界重要的研究文章有四十多篇，同时还出版有辛未艾的《生活与斗争的教科书——谈"被开垦的处女地"》，《被》几乎被一致认为是"卓越的社会主义现实主义"，是"一个时代的历史画卷"[①]。五十年代的中国大地上，正在如火如荼地开展着农业合作化运动，人们渴望从肖洛霍夫的作品中获得直接的指导和启示。一九五四年二月二十六日，肖洛霍夫在罗斯托夫地区高尔基剧院同选民会见，讲话中谈到他收到从中国的来信，请求他写一篇农业集体化的特写，来帮助中国这个人民新国家的社会主义建设。不过他想，与其写文章鼓舞中国人民积极参与农业合作化，可能不如尽快完成《被》的第二部对中国人民更有鼓动意义。[②]次年五月，肖洛霍夫获得"列宁勋章"，他忆及中国，致信感谢中国读者的喜爱和关注，并高度评价了中国的农业合作化运动。中国的普通读者在和肖洛霍夫进行积极的交流和互动，作家们也在潜心地钻研总结肖洛霍夫的艺术经验，如刘绍棠、周立波、柳青等作家的农业合作化小说，都受到肖洛霍夫的巨大影响。[③]柳青从延安时期就非常熟悉肖洛霍夫的作品，肖氏的作品也自然成为他创作的最佳范例。需要指出的是，《被》的第二部直到一九六〇年才创作完成，因而柳青借鉴的，主要是《被》的第一部。我们从他这一时段的文学活动中，不难看出他对肖洛霍夫的熟悉和推崇。一九五一年十月至十二月，柳青随中国青年作家代表团访问苏联。他说："虽然我们和苏联

---

① 辛未艾：《生活与斗争的教科书——谈"被开垦的处女地"》，上海：上海文艺出版社1958年版，第36页。

② 孙美玲编：《米·亚·肖洛霍夫年谱》，载《肖洛霍夫文集》（第八卷），金人、草婴、孙美玲译，北京：人民文学出版社2005年版，第396页。

③ 参见本书第二部分之《〈被开垦的处女地〉在中国——传播与影响的考察》。

农业生产中的领导者交谈时几乎没有谈到一点关于他们个人的生活状况和思想状况，可是我感到我是那么了解他们；因为我和他们在一块的时候，总是想起达维多夫（《被开垦的处女地》的主角）的许多后进者。我想起伏罗巴耶夫（《幸福》的主角），想起屠达里诺夫（《金星英雄》的主角），想起瓦西里（《收获》的主角）和凯莎（《萨根的春天》的主角）；他们从军事战线的阵地走出来，立刻进入生产战线的阵地，并且继续获得胜利。"[1]一九五二年，柳青落户长安县，挂职县委副书记，在给县委办公室主任安于密介绍的文学书籍中，外国的有《战争与和平》《安娜·卡列尼娜》《被》《远离莫斯科的地方》，中国古典文学有《西游记》和《三国演义》。[2]一九五四年春天，柳青开始写作《创业史》，据拜访柳青者回忆，他走进柳青的屋子，"柳青同志正在屋子里伏案写作，桌子上放着一杯茶，一本肖洛霍夫著的《静静的顿河》"[3]。一九五六年高级社时期，谈到如何巩固高级社时，柳青介绍安于密好好读读《被》："《被开垦的处女地》写得比较真实，可以看出苏联当时合作化的一些情况。苏联由于搞行政命令，搞冒进，弄得农村生产力受到破坏，后来，他们又派大批工人下去，这些人也不懂农业，搞得更不好。我们现在搞合作化，一定要吸取苏联的教训，不能采取剥夺农民的办法。"[4]在《创业史》写作之前，柳青阅读了大量的政治、历史、哲学、美学以及文学作品，"这时特别用心地读了关于苏联集体化的各种书籍"[5]。《创业史》出版后不久，成为当时文坛的重要话题，柳青也获得了极大声誉。沙汀在日记中提到，

---

[1]　柳青：《在农村工作中想到苏联》，《群众日报》，1952 年 11 月 13 日。

[2]　安于密：《谈柳青在长安的思想和创作》，载《柳青传略》，第 177 页。

[3]　陈策贤：《难忘的印象》，载《柳青纪念文集》，第 71 页。

[4]　安于密：《谈柳青在长安的思想和创作》，载《柳青传略》，第 187 页。

[5]　安于密：《谈柳青在长安的思想和创作》，载《柳青传略》，第 200 页。

他和朋友聊到《创业史》，"我们一致肯定这是部好作品，有分量；但也一致感觉有些沉闷。原因呢，戈以为抒情的东西太少，我和安旗不以为然；他正是用抒情笔调发了不少议论，而这是不容易看出来的；但是感觉沉闷。最后，我用托翁、萧洛诃夫的表现方法作了比较，因为，据安说，柳特别敬佩萧，他的书房里只有一张照片：萧洛诃夫的照片……"①。沙汀以小说家的敏锐感，将柳青同托尔斯泰、肖洛霍夫比较，洞悉了柳青艺术谱系中的三昧。就抒情和议论而言，柳青同托尔斯泰、肖洛霍夫不乏比较之处，但不同的是，柳青所抒发和阐述的，往往不是自己对于历史、人生与社会问题的独立思考，而是个人化的马克思主义历史观、人生观和价值观，在此暂不赘述。就小说的结构而言，托尔斯泰的《战争与和平》同肖洛霍夫的《静静的顿河》有很大的不同。《战争与和平》的构架宏伟复杂，小说对十九世纪初叶的俄国生活做了全景式的反映，既有宫廷、政界和军界错综复杂的关系和斗争，也有上流社会的社交活动和领地贵族的日常生活，亦有普通百姓的生活情状，可以说无所不包。小说以鲍尔康斯基家族、罗斯托夫家族、别祖霍夫家族和库拉金家族这四大家族为中心，几乎涉及十九世纪初期俄国历史的所有变动，融合了家庭纪事小说、历史小说、社会心理小说和哲理小说的特点，气势磅礴，是一部空前绝后的史诗性巨著。正如法国小说家德·沃盖所感叹的，在托尔斯泰笔下，"一切都在这个铁面无私的法官前展开，他把人间的一切活动都搬上他的法庭，使人间的所有隐私和读者的灵魂沟通。读者感到自己为一条平静的江河所裹挟，总也碰不到头；这是生活在流逝，它触动着人

---

① 《沙汀日记》1962 年 2 月 28 日，载吴福辉编《沙汀日记》，太原：山西教育出版社 1997 年版，第 166 页。

们的心灵，突然把人们的种种行为所包含的真实性与复杂性暴露无遗"①。《静静的顿河》的情节结构设置，明显依靠了托尔斯泰《战争与和平》的结构传统，这有着极为明澈的迹象和论据。这两部长篇所要处理的都是历史转折关头的人民生活的史诗，历史既给予了人类严厉的惩罚，同时又开辟了新的篇章。肖洛霍夫在处理这样一个宏大的历史场景和生活画面时，"家庭和它的社会的、日常生活的道德准则是表现历史规律的重要途径之一"。而在这些家庭中，众星拱月，珂尔叔诺夫家、莫霍夫家、李斯特尼茨基家紧紧围绕着麦列霍夫家，麦列霍夫家的那几间小木屋始终是"史诗的思想结构的中心"，②葛利高里则是"中心中的中心"。勃里吉科夫犀利地指出，葛利高里"体现着长篇小说的史诗观念"，"《静静的顿河》中主要人物的问题规定着作品的总的结构"。列·雅基缅科否认了勃里吉科夫的说法，认为肖洛霍夫的"长篇小说的史诗观念"要比葛利高里的形象广阔得多，但他是从社会主义文学的角度去理解《静静的顿河》，因而诋毁批评勃里吉科夫这个很独特的洞见，以及小说呈现给我们的无可辩驳的现实。③在家庭的日常生活中，葛利高里具有举足轻重的作用，更关键的是，葛利高里将家庭的航船驶向了历史的广阔海面，在他摇摆不定的人生选择中，史诗般地呈现了顿河流域严峻而悲壮的历史。

柳青虽然对托尔斯泰很熟悉，但是个人的气质、禀赋、素养以及要处理的题材不同，这都使得托尔斯泰不能直接成为借鉴参照的镜

① [法] 德·沃盖：《虚无主义和神秘主义——托尔斯泰（1886）》，载《欧美作家论列夫·托尔斯泰》，北京：中国社会科学出版社1983年版，第8页。
② [苏] 亚·赫瓦托夫：《〈静静的顿河〉里的麦列霍夫一家》，转引自孙美玲编选《肖洛霍夫研究》，第198页。
③ [苏] 列·雅基缅科：《论肖洛霍夫的〈静静的顿河〉中的悲剧因素》，转引自孙美玲编选《肖洛霍夫研究》，第179页。

像。而肖洛霍夫则不同，他长期关注并非常熟悉肖氏的创作，更为关键的是，《被》和他要处理的农业合作化运动在题材上是相同的。耐人寻味的是，柳青对于肖氏这部反映农业集体化的名著不但并无赞词，而且多有曲解和批评。一九五一年冬，柳青随中国青年作家代表团访苏归来，谈及他的见闻感受，他感慨苏联人民的社会主义热情，联想到《被》，说梅谭尼科夫将自家的牲口拉到农业社，是"完全出于自愿"①，但小说中并非如此，梅谭尼科夫入社完全出于强迫。牲口入社的前一天晚上，他"没有脱衣服，也没有熄灯，他去看母牛去了七次！第八次去的时候，天快亮了"。看着牲口，他"忽然感到喉咙被尖锐的硬块塞住，眼睛刺痛得厉害。他哭起来，离开牛栏。流了点眼泪，仿佛好点了。剩下的半夜他没睡，只是不断地抽烟"②。这显然不是柳青没有读懂小说，而是在《被》被官方定为正面歌颂农业集体化的小说之后，柳青也许必须违心地顺着这样一个论调。在《创业史》中梁大老汉的身上，我们能看到其同梅谭尼科夫的相似之处。梁大老汉对自己的黑马的不舍，比梅谭尼科夫有过之而无不及。在形势的压迫和儿子的催促之下，他无奈地将大黑马交公入社，从此便魂不守舍，三天两头跑到饲养室，犒劳自己的大黑马。白占魁赶车虐待大黑马，梁大老汉追到集市，大闹不休，其形象之生动饱满甚至超过了梅谭尼科夫。大约一九七七年前后，柳青接受媒体采访时谈及《被》，全然不屑，完全否定了这部作品。③对哪些地方不满，他语焉不详。柳青一九五一年评价梅谭尼科夫时，正值中苏关系的蜜月期，顺从官方语调，曲解人物形象并不难理解。而一九七七年这次整体否定

---

① 柳青：《中国热火朝天——为苏联〈文学报〉而作》，载《柳青文集》（第四卷），第 150 页。
② 肖洛霍夫：《肖洛霍夫文集》（第六卷），金人、草婴、孙美玲译，第 79—80 页。
③ 徐民和：《一生心血即此书——柳青写作〈创业史〉漫议》，《延河》，1978 年 10 月号。

《被》，正处在中苏关系的对抗期。他这种表态，首先应是政治上的表态，其次才是艺术上的不满。"延安文艺座谈会讲话"之后，柳青虽然偶尔也有《王老婆山上的英雄》这样逸出规范的作品，但绝大多数是严格遵从"讲话"精神的。经过中华人民共和国成立前夕的"转弯"①之后，柳青在思想和创作上完全恪守社会主义现实主义文学的美学规范。在他看来，这是党性问题、原则问题。而《被》如刘绍棠认为的那样，"我们更无法从肖洛霍夫的作品中找到理想人物，达维多夫当然不配"，他对富农、反革命分子失去警惕性，还和破鞋乱搞男女关系，"封他一个'正面人物'，恐怕还需要打八折呢"②！《被》虽然在传播的过程中被修正为"社会主义现实主义"的典范，实际上却与之格格不入。肖洛霍夫始终忠于生活真实，随处可见"残酷的未加任何修饰的真实"，"不是那种被弄的七扭八歪的、变了形的、似是而非的真实，而是原原本本的、真正的真实"。③这显然是柳青极为不满的。另一方面，柳青也有可能觉得《被》在艺术上不如《静静的顿河》，或者借对《被》的不满隐匿自己的艺术谱系。

比较《创业史》和《被》，我们就会发现：梁生宝和达维多夫在小说中的结构功能和统领作用是完全一致的。同时，小说的情节和一些主要人物也有明显的对应关系。梁生宝和达维多夫一样，在旧社会苦大仇深，新社会使得他们完全自觉起来。梁生宝的母亲是因为逃难而和梁三老汉结合，达维多夫的母亲则靠卖淫来维持一家人的生

---

① 中华人民共和国成立前夕，柳青有回忆自己文学经历、兼具表态性质的文章《转弯路上》，见中华全国文学艺术工作者代表大会宣传处编《中华全国文学艺术工作者代表大会纪念文集》，1950 年 3 月。
② 刘绍棠：《现实主义在社会主义时代的发展》，《北京文艺》，1957 年第 4 期。
③ [德] 安娜·西格斯：《生活——真实的源泉》，《星火》，1965 年第 43 期，转引自孙美玲编选《肖洛霍夫研究》，第 444 页。

活。两人的内心独白和情感活动也极为相似："我们要给他们建设美好的生活，就么回事！费多特现在戴着父亲的旧军帽跑来跑去，可是二十年以后，他就会用电犁来耕这块土地了……他就不会过苦日子，不会像我在死了娘以后那样：又要给妹妹洗衣裳，又要补袜子，又要做饭，又要赶到厂里去工作……费多特他们会幸福的，就么回事！"①《创业史》以梁生宝领导的互助组为主线，围绕活跃借贷、购稻种、终南山捎竹子、水稻密植和统购统销等事件，展现了下堡村农业合作化进程中的历史面貌和农民思想情感的转变，塑造了崭新的社会主义"新人"梁生宝。《被》中格内米雅其村农民在达维多夫的领导下，以召开贫农积极分子会议、清算富农、家禽牲口公有化、娘儿们造反、春耕春播为中心事件，倾力描写一个接一个的群众场面。达维多夫经受不住"毒蛇"罗加利亚的纠缠，两人有了肉体之欢，和真诚的革命同伴拉古尔诺夫发生了裂隙，同时又跟十七岁的赶牛姑娘华丽雅发生爱情。罗加利亚生性放荡，背着丈夫同别人偷情，并引诱了农业合作化的领导者达维多夫。她觉得达维多夫成了机械的革命的螺丝钉，没有人性，心被囚禁了。达维多夫在出轨后既严厉自责，又控制不住自己对罗加利亚的喜爱。为了让心上人华丽雅出人头地，达维多夫让她远离是非之地，派她到城里学习当农艺师。梁生宝也曾受到"坏女人"素芳的骚扰，不过他抵抗住了诱惑，收获了改霞的爱情。梁生宝处处以党的事业为重，坐怀不乱，"拿崇高的精神控制人类的初级本能和初级感情"。最终，徐改霞去长辛店当了工人。而素芳的形象，从某种程度上可以视为罗加利亚的改造和变异。她被旧社会腐蚀毒害，是一个被侮辱被损害的不幸女性。她童年遭遇不幸，结

---

① ［苏］肖洛霍夫：《肖洛霍夫文集》（第六卷），金人、草婴、孙美玲译，第265—266页。

婚后又常遭丈夫的暴打和公公的厉声斥责，这时候正气勤朴的梁生宝成为她爱慕的对象。她忐忑不安地表达爱慕之后，梁生宝的严厉呵斥使她羞愧不堪，其罗加利亚式的那种放荡在姚士杰的引诱之后，得到了充分的表现，革命新人的"道德败坏"则被模式化地移植到了富农身上。素芳对姑父姚士杰大手的期待，带有明显的自然主义倾向，这点上《创业史》的描写甚至超过了《被》。后来柳青遭到了批评，大概他自己也觉得有些过度，在重版的时候进行了删节。

梁生宝的爱情纠葛，显然也参照了《被》的结构模式，爱情态度则很明显受到尼·奥斯特洛夫斯基的《钢铁是怎样炼成的》的影响。我们不妨比较一下梁生宝与保尔的爱情，就会发现这两部小说的衍生相似关系，以及情感处理态度的同一性。《创业史》中，改霞做出进城当工人的决定之后，想征求一下梁生宝的意见，等了五个晚上，终于等到了梁生宝。她觉得自己以前对把身心全交给党的梁生宝比较拘谨，决定在之后的交往中主动些，她"柔媚地把一只闺女的小手，放在生宝穿的'雁塔牌'白布衫的袖子上"，"夏夜的微风把她身上的雪花膏气味，送到梁生宝的鼻孔里去"，"她的两只长眼毛的大眼睛一闭，做出一种公然挑逗的样子。然后，她把身子靠得离生宝更贴近些……"。他闻到了改霞脸上的雪花膏味，心"已经被爱情的热火融化成水了"，他"感觉到陶醉、浑身舒坦和有生气"，"他真想伸开强有力的臂膀，把这个对自己倾心相爱的闺女搂在怀中，亲她的嘴"，但"共产党员的理智，在生宝身上克制了人类每每容易放纵感情的弱点。他一想：一搂抱、一亲吻，定使两人的关系急趋直转，搞得火热。今生还没有真正过过两性生活的生宝，准定有一个空子，就渴望着和改霞在一块。要是在冬闲天，夜又很长，甜蜜的两性生活有什么关系?共产党员也是人嘛！但现在眨眼就是夏收和插秧的忙季，他必须拿崇高的精神来控制人类的初级本能和初级感情。……考虑到对事业的责任心和党在群众中的威信，他不能使私人生活影响事业"[①]。其实，梁生宝的顾虑有两个。一个是他对有万说的："人家想进工厂哩。你思量，既有这意思，咱何必惹那个麻烦？咱泥腿子、黑脊背，本本色色，不攀高亲。咱要闹互助合作，又要闹丰产，咱哪有工夫和她缠？你往后甭提这层事了。"[②]梁生宝不止一次慨叹自己不像改霞那样有文化，他自己无法越过"文化"这个壁垒。二是他搞的互助合作是高于一切、大于一切的，他是党的最听话最虔诚的儿子，他首先属于党，这是亲娘老子也不能撼动的。因而，他和改霞的分手择路，不仅仅是个体生命的爱情选择，还是一个革命利益权衡和服从的过程。《钢铁是怎样炼成的》中，切尔尼亚克上校释放了保尔，惊恐不安的保尔偶遇冬妮亚，躲在她的家中，两人独处一室，"在黑夜里，他闻到了她的发香，又似乎看到了她的眼睛"。"他的脑子很昏乱……她那柔软的肉体是多么顺从呵……但是青春的友情比一切更宝贵。"[③]与其说是"青春的友情"阻遏了年轻人的冲动，不如说劫后余生的保尔没有心情享受爱情的盛宴，或者说潜在的身份和地位的沟壑拦截了青春的激情。这种"身份和地位的沟壑"，最后终于发酵成冬妮亚小资产阶级的作风和"卑鄙的个人主义"，保尔对冬妮亚说："冬妮亚，这件事我们早谈过了。自然，你知道我曾经爱过你，而且就是现在，我对你的爱情还是可以恢复的，不过你必须跟我们在一起。我已经不是你从前认得的那个保尔了。同样，如果你要求我把你放在党的前头，我就

---

① 柳青：《创业史》（第一部），北京：中国青年出版社 1960 年版，第 486—488 页。
② 柳青：《创业史》（第一部），第 227 页。
③ ［苏］尼·奥斯特洛夫斯基：《钢铁是怎样炼成的》，梅益译，北京：人民文学出版社 1990 年版，第 165 页。

不会是你的好丈夫。我首先是属于党的，其次是属于你和别的亲人们的。"①因而，保尔在同丽达的爱情上，表现出革命圣徒的克制和纯洁——"她是他的志同道合的朋友和同志，他的政治指导员。但是她究竟是一个女人。这一点，是他今天在天桥上才第一次发觉的，所以她的拥抱才使他这么冲动。他感觉到她那均匀的呼吸，她的嘴唇已经跟他十分靠近。这使他产生了一种要找到那嘴唇的强烈愿望。然而他终于用顽强的意志把那愿望克服了"②。顽强的革命意志克服了"人类的初级本能和初级感情"，延宕并终止了这场爱情。在保尔看来，爱情会给革命者"带来许多不安的痛苦"，妨碍革命理论的学习。他的学习时间不够了，学习没有了效率："从前我跟谢加尔同志学习的时候，我真是句句能记住，但是跟你在一起，就怎么也不行。每次在你这里学了之后，我还不得不到托卡列夫同志那里再补习一遍。"③三年之后，已经成家的丽达质问保尔为什么中断了同自己的友谊，保尔承认了自己的错误："这件事不仅怪我，'牛虻'和他的革命浪漫主义也该负责。那些生动地描写坚毅勇敢的、彻底献身于我们事业的革命者的书，给了我难忘的印象，使我产生这种做人的愿望。所以，我用'牛虻'的方式处理了我对你的感情。"④所谓"牛虻的方式"，即个人的事情丝毫不能与党的、集体的、国家的事情相比，在投身崇高的事业的时候，必须舍弃自己的任何的个人考虑。

梁生宝秉持的革命伦理和情感态度，是当时意识形态规训孕育出来的一种典范，同时也是苏联红色经典《钢铁是怎样炼成的》的辐

---

① [苏] 尼·奥斯特洛夫斯基：《钢铁是怎样炼成的》，梅益译，第237页。
② [苏] 尼·奥斯特洛夫斯基：《钢铁是怎样炼成的》，梅益译，第256页。
③ [苏] 尼·奥斯特洛夫斯基：《钢铁是怎样炼成的》，梅益译，第262—263页。
④ [苏] 尼·奥斯特洛夫斯基：《钢铁是怎样炼成的》，梅益译，第453页。

射和衍生。这两部小说中的主人公的生命已经不属于自己，而属于国家、民族或人民，成了抽象的共同体。在这种崇高的国家公意或者集体伦理的规约下，个体不许思考也无须思考与本身相关的生命意义、价值伦理问题，一切都被宏大的国家、集体笼罩并遮掩住了。这种"伦理"是"用历史发展的必然性铁丝编织起来的，缠结在个人身上必须使个体肉身血肉模糊。在人民伦理中，个体肉身属于自己的死也被'历史必然'的'美好'借走了，每一个体的死不是为了民族解放的'美好'牺牲，就是为了'主义'建设的'伟大'奉献。个体的肉身不是靠着偶然的死才活着，而是早已为了'历史必然'的活着而死了"[1]。因而，梁生宝式的爱情抉择在今天看来迂腐甚至可笑，但在当时，却代表了主流意识形态的价值观念。一旦时间的距离拉开，这种道德伦理和价值观念与现实的悬置隔阂也就愈来愈清晰地显露出来了。

三　《狠透铁》
——《创业史》不可剥离的"副文本"

在《创业史》的写作间隙，柳青创作了中篇小说《狠透铁》（发表时题为《咬透铁锨》）。一九五八年，在《狠透铁》发表不久，在座谈会上，柳青说："至于'老汉'的事迹，这篇小说因为故事的限制，没有写到百分之一。他那股忠诚和顽强劲儿，我在长篇里用另外一个名字写着。"[2]"另外一个名字"就是《创业史》中的高增福。高增福比梁生宝年长，境遇比梁生宝困窘，在农业合作化道路上同梁生宝一

---

[1]　刘小枫：《沉重的肉身》（第六版），北京：华夏出版社 2008 年版，第 91 页。
[2]　《延河》编辑部：《座谈〈咬透铁锨〉》，《延河》，1958 年 7 月。

样坚决，是梁生宝的坚定支持者。他大公无私，对互助组的忠诚和办事的认真劲儿，同狠透铁如出一辙。因而可以说，狠透铁的形象是高增福的有机组成部分，高增福的形象是狠透铁的延续和发展。用热奈特的术语来说，《狠透铁》是《创业史》形象系列的一部分，是这个正文本的"副文本"。更为重要的是，《狠透铁》虽然在艺术上简单粗糙，无法同精雕细琢的《创业史》并论，但其对农业合作化运动表现出的认识价值以及慷慨悲凉的格调，同《创业史》那种热火朝天、凯歌高奏的乐观主义判若云泥，两部作品共同构成了柳青对农业合作化运动认识和判断的一体之两面。就此而言，《狠透铁》是《创业史》不可剥离的副文本。我们不仅要思索：同一时期创作的两部小说，对农业合作化的态度为何差异如此之大？作者有着怎样的矛盾心态，又有着怎样难言的隐忧？

《狠透铁》的副题是"一九五七年纪事"，是在真实的生活事件之上创造而成的，而狠透铁则是一个悲剧性的人物。据柳青说，"《咬透铁锨》所反映的，是他亲自参加处理过的一个真实事件，故事本身很完整，他没有进行更多的概括与加工，就写成了"①。狠透铁在中华人民共和国成立前夕即和地方工作队接头，组织农会，并担任了小组长；农会被取消以后，他被选为人民代表；一九五四年春，水渠村以他为首，成立起由十一户穷鬼组成的合作社，他是社主任；一九五六年农业合作化高潮到来之后，小社并入大社，他担任水渠村的生产队长。他热爱集体，大公无私，无怨无悔，脑子里没有比农业社重要的事情，并为之伤透了脑筋，累坏了身体。为了合作社，他白了一半头发，得了风湿性腰腿疼；社里没有饲养室，他腾出土改时分给自己的

---

① 《延河》编辑部：《座谈〈咬透铁锨〉》，《延河》，1958 年 7 月。

高瓦房，自己住在破草房里；大女儿满月，他几乎忘记了这件事。但一九五五年夏季以后，农业合作化运动急速冒进，基层有限的民主管理被破坏。水渠村的民主改革本来就不彻底，这就给了觊觎私利、老奸巨猾、能说会道的王以信机会。狼透铁这样一个立场坚定、忠诚老实、一心为民的基层领导，被王以信视为眼中钉。王以信调虎离山，造谣中伤，使狼透铁在群众中丧失了威信，完全被孤立了起来。狼透铁受尽了委屈，也碰了不少钉子，但他孤军奋战，无怨无悔，凭着一股倔劲，坚持"一切当着群众的面办"的原则，最终揭开了王以信的真面目。虽然坏人最终被揪了出来，但狼透铁的悲凉恓惶的境遇，还是让人痛心叹惋。柳青对群众的人随王法草随风的"势利"和"圆滑"，也表示出深深的忧虑。他说："皇甫乡的实际例子比这篇小说写的还要严重……在上级党的领导采取措施揭露敌人的真面目以前，群众中一部分被利用的忘本分子很活跃，为敌人打掩护；大部分群众是死气沉沉，奸溜溜的。有些人肚里打转转，嘴里说不出话。问题一揭露，群众如洪水冲破了闸口……"[1]因而，《狼透铁》是一部带有提醒和警示意味的隐忧之作，蕴含着他对农业合作化运动的出乎意料的跳跃的担忧，骨鲠在喉，不吐不快。这在他一九七八年为《狼透铁》再版拟定的"出版说明"中体现得更为明确："作品有一种明显的精神，就是作者对所有制改变后我国农村社会主义民主的理想。作者认为，群众的觉悟在民主的管理中才能提高，干部的能力在民主管理中才能增强，阶级敌人在民主管理中才能暴露。"[2]然而在《狼透铁》中，小人得道，民主被破坏，一切工作不是以群众的利益去衡量，表面上

---

[1]　《延河》编辑部：《座谈〈咬透铁锨〉》，《延河》，1958 年 7 月号。
[2]　张长仓：《重读〈狼透铁〉》，载《柳青纪念文集》，第 240 页。

打着"为人民服务"的旗号，占主导的是个人的私利和恩怨。在权利的威慑之下，即使觉悟的群众也暗哑不语，因而王以信的那套东西就能畅行无阻。农业合作化运动的跳跃和冒进，为无数个王以信提供了生存的土壤。其身上，集中体现了农业合作化运动后期的致命缺点和严重偏差。因而，狠透铁的遭遇是一面镜子，让我们窥见了时代的悲剧。而后来农业合作化运动的发展，确实也是顺着这个轨道来进行的。这同柳青揭示农业合作化运动"历史必然性"的《创业史》构成了鲜明的对照。如果说《创业史》是代表时代的宏大历史话语的话，那么《狠透铁》则是代表无情现实的私人真实话语，其价值不可低估。

《狠透铁》一九五八年发表时，《创业史》尚在创作之中。有人冷嘲热讽，讥笑柳青惊天动地、扯旗放炮地从北京到皇甫村安家落户，憋了六七年工夫，才拿出了这么一个主题阴暗、不合时宜的中篇。直到一年之后《创业史》开始连载，才堵住了一些人的嘴巴，大家被《创业史》的宏伟深沉、史诗气度和人物生动等折服，并誉其为农业合作化运动的"史诗"。《创业史》中对于农业合作化运动历史原因的揭示、现实基础的表现以及未来前景的展望，自然被视作柳青对农业合作化运动的认识和判断，而同一时期创作的《狠透铁》，体现出的柳青在与时代"共名"中的另外一种心境，则被大家视而不见。《狠透铁》是《创业史》不可剥离的"副文本"，将二者综合起来审视柳青对于农业合作化运动的认识和判断，可能更为理性和可靠一些。

四　"白羽茅草"神话
——《被》与《创业史》之比较

柳青在创作《创业史》时，《被》无疑是重要的参照，这从上文

的比较不难看出。同时，柳青对这部"社会主义现实主义文学"典范
进行了修正和改造，其中至为重要的是对主人公形象的"洁化"，以
及将农业合作化运动自上而下的"命令式"改为自下而上的"自发
式"。此外，这两部都被誉为"社会主义现实主义"史诗的小说，在
精神气度上有霄壤之别。

　　客观地说，肖洛霍夫的创作无法被纳入正统的社会主义现实主
义的框架之中，《被》也很难被视为实践"社会主义现实主义"理论
的典范之作。首先在时间上，《被》（第一部）的创作比"社会主义现
实主义"被确定为苏联文学创作的最高律条早了两年。《被》那种严
格按照现实的毫不遮掩的现实主义精神，同"社会主义现实主义"也
格格不入。表面上看来，小说是在为集体化唱赞歌，但对集体化的残
酷以及存在的种种弊病也毫不遮掩，突出了人性话语，从而隐曲地传
达出小说家对农业集体化的认识和判断。肖洛霍夫从开始文学活动时
就力矫时弊，力求质朴洗练、贴切传神，反对那种华而不实、辞藻
艳丽的甜滋滋、酸腻腻的叙事格调，作品充满火辣辣的现实感。在
一九二七年写的《浅蓝色的原野》序言中，他说："某个没有闻过火
药味的作家，非常生动地讲述着国内战争……讲述着散发出芳香的白
羽茅草，而实际上羽茅草是一种令人讨厌的淡黄色的草，没有任何
香味。"①当时的一些小说描写"在顿河和库班地区的草原上，红军战
士死去时，嘴上总是说着豪言壮语"。在肖洛霍夫早期的短篇小说中，
革命的巨浪撞击生活的岩岸，并没有溅出幸福的浪花，而是迸溅出痛
苦的泪珠、血腥的气味和忧郁的雾霭，如弟兄间互相残杀、儿子杀死

――――――――――――

① ［苏］费·比留科夫：《肖洛霍夫的史诗中的农民》，转引自孙美玲编选《肖洛霍夫研究》，第
55 页注释。

父亲、土匪父亲打死红军儿子、粮食委员为了救小孩子牺牲自己、女革命者私生活混乱等等。人们"死去时是那么难看，多么平淡"，揭穿了这种"银色羽茅草"的神话，毫不妥协地反对粉饰生活、诗化事件，追求浑然质朴的叙事。在《被》（第一部）中，他依然坚持火辣辣的现实主义。在一九六五年的诺贝尔奖获奖演说中他重申了这一主张："同读者对话要坦诚，要向人们讲真话——尽管真话有时是严酷的，但永远是勇敢的。"我们看到，书中的达维多夫、纳古尔诺夫、拉兹苗特诺夫以及他们所依靠的骨干，不是道德完美的英雄模范，而是存在严重缺点甚至令人反感的"圆形人物"。如农业集体化倚重的骨干梅谭尼可夫、刘比施金、乌沙科夫、狗鱼老爹等，大多游手好闲、好吃懒做，劳动没有劲头，瓜分富农的浮财却兴趣十足。小说远非苏联官方所钦定的集体化的颂歌，大胆地、毫不掩饰地记录了苏联农业集体化带来的人祸，是"苏联政府在集体化运动中的困难总结报告，集体化运动的困境和失败"[①]。《被》第二部的结局惨淡悲凉，有读者向肖洛霍夫提出了"力所不及的要求"：《尤里·米洛拉夫斯基》的第二部保留了主人公，而"肖洛霍夫的第二部书中却杀死了纳古尔诺夫和达维多夫"，"这与社会主义现实主义有什么共同之处呢"？肖洛霍夫明确表示："不能听取这样的建议。但是，今后我将遵照心灵的指示写作。"[②]在现实生活中，肖洛霍夫也能够"遵照心灵的指示"，以巨大的道德热情和无畏的精神勇气抨击现实、关注民生，从未丧失自己的独立人格。三十年代，肖洛霍夫敢就集体化和肃反问题冒天下之大不韪，为民请命，上书斯大林。在艰难严峻的时势中，肖洛霍

---

① 吉林大学外文系编："第二次肖洛霍夫讨论会资料"《肖洛霍夫在美、德、日》，1987年，第6页。
② ［苏］肖洛霍夫：《深致衷心的谢意——长篇小说〈新垦地〉获得列宁奖金时在克里姆林宫的讲话摘录》，载《肖洛霍夫文集》（第八卷），金人、草婴、孙美玲译，第233页。

夫没有在人民的疾苦灾难面前闭上自己的眼睛，没有躲在自家的百叶窗后面创作精美的文学，而是为人民的命运奔走疾呼，无所畏惧。一九三一年至一九三三年，肖洛霍夫先后四次上书斯大林，指责北高加索以及维约申斯克区等地区农业集体化带来的灾难。这些地区的集体农庄出现了非常危急严峻的问题，牲口大量死亡，有些农庄的死亡率甚至超过了百分之七十五，他的家乡维约申斯克区死掉的牲口已经超过了三千头。他说："可以毫不夸张地说，是灾难性的。这样管理是不行的！"①他指责新闻媒体面对这样严重的灾难喑哑无语，对残酷的现实视而不见听而不闻。一九三三年，顿河地区以及维约申斯克强力征购农民余粮，采取了暴力的手段，大批农民被攻击、惩罚或者虐待，农民的粮食被掠夺一空，连种子也没有储备，"集体农庄庄员们和个体农民们由于饥饿现在正濒临死亡；成年人和孩子们都浮肿，他们吃人所不能吃的一切东西，从橡树的树枝到树皮以及沼泽地里各种各样的草根"②。对肖洛霍夫反映的问题，斯大林及时做了回答和处理。这既是由于肖洛霍夫在苏联以及国际上的巨大影响，同时也由于其"虽千万人吾往矣"的道德良知。肖洛霍夫之所以能够勇敢地揭示生活真相、为老百姓鼓与呼，不是因为他坚持"党性"，而是因为他始终能够坚守作家的良知，遵从"心灵的指示"，正直独立地展示人性的魅力和人性被毁灭的过程，从而使他的作品超越了时代限制，获得了永恒的审美价值和艺术魅力。

　　肖洛霍夫的创作在艺术上给了柳青很大启示，但在精神气质上却没有给柳青带来深刻影响。尽管柳青在《王老婆山上的英雄》以

---

① 孙美龄编译：《作家与领袖》，北京：北京大学出版社2000年版，第40—41页。

② 孙美龄编译：《作家与领袖》，第46页。

及《狼透铁》中也偶尔能够坚持人道主义或者揭示现实中的问题，在《耕畜饲养管理三字经》《建议改变陕北的土地经营方针》等中关心农业生产与发展，但他一直缺乏肖洛霍夫那样"遵从心灵的指示"并超越"党性"的独立精神。用柳青自己的话说，他是一个坚贞不渝的"永远听党的话"[①]的作家，"小说的字里行间徘徊着一个巨大的形象——党"[②]，因而他的小说所传达出的思想倾向，具有不可动摇的预设性，没有自己的声音或者自己的声音完全被掩盖了。这其中不仅有两个民族文化差异的因素，也和两位作家的精神气质密不可分。经历"延安讲话"的洗礼之后，柳青成为坚定的无产阶级作家，他去除了自己创作中驳杂的声音，不断努力追求与主流意识形态获得"共名"。他的《种谷记》《创业史》等作品不仅仅是在讲述革命圣徒的故事，同时也是在亲身践行革命的理想与信念。

当然，柳青在与时代"共名"的同时，也有自己对农业合作化运动的独立判断和非常复杂纠结的写作心态。如果我们细心一点，就会发现《创业史》第一部的结局和之前的内容出现了明显的脱节，作者抛弃了"题叙"那样形象化的写法，代之以文件讲话的罗列来推动故事。梁生宝的互助组尚未巩固，一下子就跳跃到了"灯塔社"。作者为何要这样结尾呢？《创业史》的编辑、柳青的挚友王维玲道出了其中原委：《创业史》第一部从结局跳跃到一九五五年底，在这里作者是用心良苦的。他"急匆匆地交代了灯塔社的成立，此时梁生宝的互助组并不稳定、巩固，它的优越性和生命力刚刚开始显露一点，只是因为'在宣传总路线的声浪中，就呼啦啦地联了社'，'像动员好了

---

①　柳青：《永远听党的话》，《人民日报》，1960 年 1 月 7 日。
②　柳青：《提出几个问题来讨论》，《延河》，1963 年 8 月号。

的军队一样'建立灯塔社。这是生活真实、历史事实，很明显柳青在小说中是有所保留的，他没有像'题叙'和前三十章一样，用生活画面和人物形象去作艺术的充实，而是大段大段地引述当初中央下发的文件，特别强调文件中规定的'按照农民自愿的原则，经过发展互助合作的道路，大约十五年左右的时间内一步一步地引导农业过渡到社会主义的方针'，实现农业合作化的进程。现在在批判'保守主义''小脚女人'的所谓右倾思想后，一下子就掀起了农业合作化高潮，打破了'十五年'计划，一夜之间就进入了高级社，显然是有违原来的决定，对此柳青是有看法的，所以他宁可使联组建社成为一片空白，也要保持第一部形象的纯洁性。这样的不协调的构思，正反映了柳青政治上的成熟和艺术上坚守现实主义阵地，巧妙地'立此存照'，抵制一系列'左'的做法的意思。这就是'题叙'和前三十章与'第一部结局'留给我们脱节、割裂感觉的原因所在"①。由此我们可以看出，这样的写法是作者在无奈时代语境中的妥协，似乎也隐约透露出了《创业史》续篇难继的历史宿命。但必须承认，一九六〇年初版所引的文件以及议论过于啰唆重复，作者在一九七七年将之删去也是应该的，但问题也随之而来——那就是农业合作化与总路线、统购统销以及工业化的逻辑联系被斩断了，农民为何要欢天喜地、敲锣打鼓地交售统购粮，富农姚士杰为何要极力反抗，人物的行动逻辑从何而来？这些问题都模糊不清了。这些告诉我们不能完全脱离时代情境，做简单的历史判断和艺术分析，而应该置身于时代的语境之中，以"了解之同情"的态度，做忠实而可靠的历史剖析和艺术解读。当

---

① 王维玲：《柳青洒在〈创业史〉上的生死情》，载王维玲《岁月传真——我和当代作家》，第95页。

然，这不是简单的辩护，而是在找出问题的同时，必须承认柳青及其写作依然有不可取代的优点和经验。比如在艺术观念上，他的"三个学校"即"生活的学校、政治的学校、艺术的学校"的写作观念和"六十年是一个单元"的提法依然具有一定的合理性，对今天的写作者仍具有一定的启示。他对于中国农民、中国农村历史转型时期心态的把握无疑是大手笔的，塑造的梁三老汉、王二直杠、改霞等的形象已成为高度的人物典型，这已成为文学史上争议不大的共识，也是与他同时代的沙汀、林斤澜、王汶石等诸多作家非常认可赞赏的。如曹文轩就认为："这位作家有着丰富而透彻的生活经验与人生经验，有着很出色的叙事能力，并且有着超出同时代人掌握理性的能力。就《创业史》开始的'题叙'，我们就足可以形成这种印象。这是一个即便是在今天看来仍然是很精彩的'题叙'。这之后，一些局部的叙述和描写，也依然存活。"①柳青"以人物结构作品"，以梁生宝为核心，展开叙述，用欧洲尤其是苏俄现实主义的写法，硬是不给蛤蟆滩派遣工作组，很洋气地书写农业合作化运动带给中国农民的心理波动、震荡以及冲突，虽然难以超越时代的限制和意识形态的束缚，但心理描写生动细腻，场面恢宏精彩，议论熨帖精辟，截然不同于当时农业合作化小说派遣工作组、自上而下的叙事模式，代表着"十七年"长篇小说创作的最高水平，并对浩然、李准、路遥、陈忠实等人的小说创作以及当代农村小说叙事产生了不可替代的深刻影响。陈忠实的《白鹿原》在汲取《创业史》艺术经验的基础上，将柳青"以人物结构作品"的写法推至"以人物的文化心理结构作品"，完成了从"史诗"到"秘史"的艰难跨越，将当代长篇小说叙事推至新的境地。因而，

①　曹文轩：《二十世纪末中国文学现象研究》，北京：作家出版社 2003 年版，第 313 页。

我们摒弃那些玩世不恭地嘲笑或者挑剔英雄主义、理想主义和激进主义精神的浅薄之论，同时也要警惕那些美化历史、掩饰事实的矫情之说。对于《创业史》，我们应该怀着拉马丁在读博纳尔的著作的心情，去梳理我们走过的这一历史阶段——"我读这些作品时怀着对过去诗一般的热情和对残垣颓壁产生的崇敬情绪"①，但绝不"虚美""隐恶"。

---

① ［丹］勃兰兑斯：《十九世纪文学主流·法国的反动》，张道真译，北京：人民文学出版社1997年版，第202页。

秦腔对陕西当代小说的影响

秦腔是中国戏曲中历史最为悠久的剧种之一，也是目前全国群众基础最好、参与性最为广泛的地方戏曲。作为梆子戏的代表，它浑厚深沉，慷慨激越，血泪交流，在声腔界一直有"南昆北弋，东柳西梆"①之说。秦腔以梆子伴奏强化节奏，以板胡为弦乐的主奏乐器，演出多在村舍旷野，因而也被人视为"俗乐""激越俚鄙之音"，归为"花部"。正如清代学者焦循所言，以秦腔为代表的"花部"，"曲文俚质"，"其事多忠、孝、节、义，足以动人；其词直质，虽妇孺亦能解，其音慷慨，血气为之动荡"②。欧阳予倩认为："秦腔的主要成分是广大平原上的牧歌，其声音高亢激越，有莽莽苍苍的气概，适宜表现慷慨激昂或激楚悲切之情。"③诚如此言，这种"粗人的艺术"，以方言土语的"土辣爽直"为滋生中介和语言基座，繁音激楚，沉郁悲凉，声振林木，响遏行云。其与其他声腔在主题的伦理化、人物的脸谱化、唱念的程式化等方面并无多大区别。它们之间最大的区别在于

---

① "南昆"，指在江苏昆山一带产生的"昆山腔"；"北弋"，指弋阳腔，明末清初发展到北京而成为所谓京腔，致有"燕俗之剧"的看法，故称"北弋"；"东柳"，指山东的柳子腔；西梆，即陕西的梆子腔，其名梆子腔的原因，是因为其伴奏场面于鼓板之外另加两根枣木梆相击作"桄桄"声（因而秦腔又名"陕西梆子"或"陕西桄桄"），借以增助其声调的节奏之故，证明其演出场所在旷野民间。详见何桑：《历史进程中的秦腔艺术》，载李培直、杨志烈编《秦腔探幽》，西安：陕西旅游出版社2001年版，第123页。

② 焦循：《花部农谭·序言》，载《焦循论曲三种》，韦明铧点校，扬州：广陵书社2008年版，第173页。

③ 苏育生：《中国秦腔》，上海：上海百家出版社2009年版，第36页。

"地域因素和人文特点造就的人与人之间精神气质的迥异形成的音乐唱腔和表现题材的不同，即美学风格的差异"①。这种"美学风格的差异"很大程度上是由板腔体决定的。以此为基础，唱念做打各种表现手段都可灵活运用且能发挥优势，为剧情和人物服务，形成整体性的表演效果。这在任何曲牌体结构的戏曲中是很难做到的。随着所具的民间狂欢化性质的不断演练，秦腔这种板腔体戏曲艺术最终成形，并形成了迥异于其他戏曲曲种的语言支撑、文化基因和唱腔体式，成为一种具有高度融合性、整体性和感染性的戏曲品种。

　　秦腔最晚形成于明末，清初逐渐兴盛，清中叶达到鼎盛。乾隆时期的西安秦腔剧坛，班社云集，名角荟萃，具有很大的艺术影响。徐元九在《秦云撷英小谱·题词》中写道："万紫千红古长安，到眼芳菲着意看"；"西地梨园三十六，与郎细细辨秦声"。严长明亦云："西安乐部著名者三十六。"②如果再加上其他不太知名的班社，当时秦腔之盛足见一斑。在北京，秦腔也具有很大影响，同昆曲、京腔相颉颃，成为广受欢迎的地方戏之一。清人徐孝常在《梦中缘·序》中说："长安（指北京）梨园盛称……而所好唯秦音、罗、弋，厌听吴骚。闻听昆曲，辄哄然散去。"③秦腔的艺术魅力和观众基础由此可见。在著名的"花雅之争"即以秦腔为代表的地方戏与昆曲（包括后来的京腔）的艺术争夺中，秦腔起初是占有绝大优势的。尤其是著名秦腔艺人魏长生的两次进京演出，轰动京华，充分展现了秦腔的艺术魅力，使得秦腔声名大振。乾隆四十四年（一七七九年）魏长生以《滚楼》"名动京城，观者日至千余，六大班为之减色"，时人称

① 何桑：《历史进程中的秦腔艺术》，载李培直、杨志烈编《秦腔探幽》，第124页。
② 苏育生：《中国秦腔》，第78页。
③ 苏育生：《中国秦腔》，第82页。

"举国若狂"。①据史料记载:"时京中盛行弋腔,士大夫厌其嚣杂,殊乏声色之娱,长生因之变为秦腔,辞虽鄙猥,然其繁音促节,呜呜动人,……故名动京师。"②就在秦腔如日中天的时候,清廷驱逐秦腔班社及魏长生出京。乾隆皇帝接受和珅等人的建议,认为秦腔唱词粗鄙,有伤风化,惑动人心,遂令禁止在京城演出。③本来"花雅之争"纯属两种审美情趣之争,由于朝廷权利的介入和王公贵族的驱逐,秦腔最终退出了北京。乾隆五十一年(一七八六年),魏长生离开北京,南下扬州、苏州等地。所到之处,出现了"到处笙箫,尽唱魏三"④的场面。但不久,在苏州等地也遭到了官方的禁止和驱逐,魏长生及其班社只得回到原籍四川。秦腔的全国性影响也逐渐式微,只能在西南和西北等地演出和发展。

秦腔在艰苦乏味的生活中,是"作为救苦救难般的仙子降临"的,"惟她能够把生存荒谬可怕的厌世思想转变为使人活下去的表象"。⑤王国维说:"元曲之佳处何在?一言以蔽之,曰:自然而已矣。"⑥秦腔的最大特点就是自然畅然,慷慨激昂。传统秦人之所以有

---

① 吴长元:《燕兰小谱》卷之五《杂咏》,转引自王政尧《清代戏剧文化史论》,北京:北京大学出版社 2005 年版,第 28 页。

② 昭梿:《啸亭杂录》卷八《魏长生》,转引自王政尧《清代戏剧文化史论》,第 28 页。

③ 据光绪朝《钦定大清会典事例》卷一千零三十九《都察院·五城》中记载:"乾隆五十年议准。嗣后城外戏班,除昆弋两腔仍听其演唱外,其秦腔(同州戏班)交步军统领五城出示禁止。现在本戏班子,盖令归改昆弋两腔。如部愿者,听其另谋生理。倘有怙恶不遵者,交该衙门查拿惩治,递解回籍。"乾嘉时代,在京城喜欢秦腔的著名人物有洪亮吉、焦循、赵翼、袁枚、汪中、戴震、毕沅、郑板桥、吴长远、孙星衍、张际亮、李调元等人,在此之前有孔尚任、岳钟琪、年羹尧等人,他们大都有关于秦腔的诗文评论。如孔尚任的《平阳竹枝词:四十八》中写道:秦声秦态最迷离,屈九风骚供奉知。莫惜春灯连夜照,相逢怕到落花时。见徐振贵主编:《孔尚任全集》,济南:齐鲁书社 2004 年版,第 1850 页。

④ 李斗:《扬州画舫录》卷五《新城北录下》,转引自王政尧《清代戏剧文化史论》,第 28 页。

⑤ 李斗:《扬州画舫录》卷五《新城北录下》,转引自王政尧《清代戏剧文化史论》,第 55 页。

⑥ 王国维:《王国维文学论著三种·宋元戏曲考·元剧之文章》,北京:商务印书馆 2004 年版,第 160 页。

视秦腔如生命的宗教心理，正是因为"他们能从这种土生土长的民间样式里看到自己的影子，找到心灵的归宿，感受到精神的愉悦并达致情感的共鸣。这就是血浓于水的秦腔情结，是远古的农业文明的条件下，民间乡里自发形成的自娱自乐形式，其组织形式叫板社，接受者是十里八乡的农民"①。秦腔因而成了黄土地上的"摇滚"，是"一片永恒的海，一匹变幻着的织物，一个炽热的生命"②。秦人战栗着沉醉在秦腔之中，把她当作超越苦难的"圣歌"。她消弭了秦人之间的距离，将他们融合成兵马俑那样的一个浑然厚重的整体。秦人沉浸在强烈的使人痉挛的刺激中，酣畅淋漓地喊叫和宣泄，使他们几乎崩溃的生命得以复原，使他们熬煎的生活得以为继。陕西小说也被秦腔的光辉普照，秦腔不仅点染了作品的气氛，而且在结构作品、推动情节发展方面发挥了很大的作用。汪曾祺认为："中国戏曲与文学——小说，有割不断的血缘关系。戏曲和文学不是要离婚，而是要复婚。"③他认为"中国戏曲的结构像水"，"这样的结构更近乎是叙事诗式的，或者更直截了当地说：是小说式样的"④。陕西小说和秦腔可以说是完成了文学和戏曲的"复婚"。在某种程度上，秦腔也影响了陕西小说家的文化心态，决定了陕西小说的美学风格。秦腔楔入陕西小说，大致经历了两个阶段。

一 "添得'秦腔'四五声"

秦腔在陕西这块土地上，有着神圣不可动摇的基础。正如贾平凹

① 何桑：《历史进程中的秦腔艺术》，载李培直、杨志烈编《秦腔探幽》，第125页。
② 尼采：《悲剧的诞生》，周国平译，桂林：广西师范大学出版社2002年版，第67页。
③ 汪曾祺：《晚翠文谈新编》，北京：生活·读书·新知三联书店2002年版，第121页。
④ 汪曾祺：《晚翠文谈新编》，第117—118页。

散文《秦腔》所言："每每村里过红白丧喜之事，那必是要包一台秦腔的；生儿以秦腔迎接，送葬以秦腔致哀；似乎这个人生的世界，就是秦腔的舞台。"在老百姓的生活里，是"听了秦腔，酒肉不香"。贾平凹并非矫情，秦腔在明清之后直至当前在西北五省区尤其是在陕西的风行，绝不亚于古希腊的悲喜剧演出。所不同的是，古希腊的戏剧演出有着浓厚的主流意识形态性质，秦腔的内容大多是忠孝节义，但它的演出完全是民间自发的。可以毫不夸张地说，当代文坛没有一个地方戏种像秦腔和陕西当代小说融合得那样紧密。马克思说："人们自己创造自己的历史，但他们并不是随心所欲地创造，并不是在他们自己选定的条件下创造，而是在直接碰到的、既定的、从过去承续下来的条件创造"，真正是"一切已死的先辈们的传统，像梦魇一样纠缠着活人的头脑"。①秦腔就是一个梦魇，它世代纠缠着这片土地上的人们，是老百姓"大苦中的大乐"，如黄土一样融入到了农民的血液当中。更为重要的是，秦腔的慷慨悲凉、热耳酸心的美学特点内化为陕西小说的美学追求，直接影响了陕西小说家的创作。

在柳青的作品中，秦腔已作为元素，渗透在小说当中以表现人物，但在作品中出现的次数很少。《创业史》第一和第二部中，秦腔出现了四次。第一次是在第一部第三章，孙水嘴"手里拿着一张纸，晃晃荡荡走过土场"，快乐地唱着秦腔："老了老了实老了，十八年老了王宝钏。"②秦腔名段《寒窑》说的是王宝钏与薛平贵分别十八年后，在寒窑相见。王宝钏穷得买不起镜子，平日没有心思照镜子的她在"水盆里面照容颜"，不禁发出"老了老了实老了，十八年老了王

---

① 马克思、恩格斯：《马克思恩格斯选集》（第一卷），北京：人民出版社 1980 年版，第 603 页。

② 柳青：《创业史》（第一部），北京：人民文学出版社 2005 年版，第 63 页。

宝钏”的慨叹，可谓千古一哭。此时的孙水嘴，高兴地接受郭振山的命令，去问高增福拉扯一两户中农入互助组的事情弄成了没有，顺意溜出哀伤的调子，却表现了欢快的内容，完全是一副小人得志的嘴脸。也正是这一张登记四个选区的互助组的名单，才使孙水嘴碰巧遇见改霞，并同这个“王宝钏”有搭讪的机会。作者写孙水嘴满脸堆起笑容，骚情地问改霞吃饭了没有，并问登记表登记得对不对，生动暴露了孙水嘴对改霞垂涎三尺的觊觎。在高增福被选为互助组副组长以后，唱秦腔的是冯有万，他跑到高增福跟前，学着秦腔的姿态和道白说：“元帅升帐，有何吩咐，小的遵命就是了……”[1]他略带调皮的唱腔，将高增福当选为互助组副组长以后的高兴表现得淋漓尽致，甚至连正为自己问题苦恼的郭锁也笑了。在《创业史》第二部第十三章，王亚梅在向县委副书记杨国华汇报问题时说：“白占魁唱了两句秦腔——老牛力尽刀尖死，韩信为国不到头。郭锁问他唱什么，他说了韩信替刘邦打得天下，刘邦怕韩信比他能干，把韩信骗到长安去杀了。”[2]白占魁用两句秦腔——“老牛力尽刀尖死，韩信为国不到头”委婉地表示了自己对互助组疏远自己的不满，也正是这一句秦腔，揭示了他当时的复杂心理。而此事却引起了杨国华的高度警惕，意识到这个没有阶级立场的动摇分子问题的严重性。作者的处理，可以说有四两拨千斤之妙。后来白占魁在黄堡镇粮站拉黄豆回来时，路上遇见姚士杰，姚士杰冷嘲热讽思想已经大为进步的白占魁，白占魁尽管也丝毫不给姚士杰留面子，但还是有点心虚。他拉着五百斤黄豆回蛤蟆滩的路上，不断地在空中打响鞭，此时的秦腔已经一点也不合调了。[3]

---

[1]　柳青：《创业史》（第一部），第 396 页。
[2]　柳青：《创业史》（第二部），北京：人民文学出版社 2005 年版，第 137 页。
[3]　柳青：《创业史》（第二部），第 251 页。

　　我们可以看到，秦腔并未引起柳青的足够重视，他不像陈忠实、贾平凹那样，将秦腔作为小说叙事的一个重要组成部分，但仅有的几处恰到好处，曲尽人物的微妙心理，体现出柳青突出的吸收和转化能力。柳青是从陕北来到关中的外来人，秦腔没有融入他的生命之中，他也可能因此而没能充分运用秦腔资源。另一方面，也跟他的艺术追求不无关系，柳青经历了延安文艺运动，对秦腔、信天游、秧歌等民间文艺形式在"穷人乐"的艺术方向上扮演的重要地位应该非常了解。但他追求倾慕的是契诃夫、托尔斯泰、肖洛霍夫等欧美经典小说的艺术表现形式，秦腔慷慨悲凉、热耳酸心的美学风格和"下里巴人"的审美趣味，不合他的艺术追求，也无法适应农业化运动凯歌高奏、激越豪迈的"时代抒情"。换言之，火热的时代压抑了柳青用秦腔抒情的可能。不过，柳青还是感到了所处时代的"万木争荣"与关中平原"老气横秋"之间的悲剧性张力。作品第一部第二十四章有一段这样的文字：

　　　　一九五三年春天，庄稼人们看作亲娘的关中平原啊，又是风和日丽，万木争荣的时节了……站在下堡乡北原上极目四望，秦岭山脉和乔山山脉中间的这块肥美土地啊，伟大祖国的棉麦之乡啊，什么能工巧匠使得你这样广大和平整呢？散布在渭河两岸的唐冢、汉陵，一千年、两千年了，也只能令人感到你历史悠久，却不能令人感到你老气横秋啊！……①

　　这段话可以说是典型的"时代的抒情"，热火朝天的农业合作化

---

① 　柳青：《创业史》（第一部），第331页。

运动令人热血沸腾，"散布在渭河两岸的唐冢、汉陵，一千年、两千年了，也只能令人感到你历史悠久，却不能令人感到你老气横秋啊"却显得有些虚假矫情。唐冢、汉陵是中国专制社会的文化遗存，也是秦腔滋生的文化之源，狂热的农业合作化运动能够驱除"西风残照，汉家陵阙"的悲凉吗？实际上不仅未能，反而为历史深处的沧桑悲壮又皴染了一层悲凉。

二　"一派秦声浑不断"①

　　秦腔在点染气氛、结构作品、推动情节发展等方面发挥重要作用是在陕西第二代小说家身上，尤其是在陈忠实的《白鹿原》和贾平凹的《秦腔》中。贾平凹可以说是秦腔专家，在散文《秦腔》和长篇小说《秦腔》中，他表现出丰厚的秦腔素养和极高的艺术鉴赏力。陈忠实同样热衷秦腔，并能够如盐之溶于水那样，浑然一体地将之化铸在自己的小说之中。秦腔是他们作品中不可或缺的重要元素和叙事资源。陈忠实曾经说："如以时间而论，秦腔是我平生所看到的所有剧种中的第一个剧种；如就选择论，几十年过去，新老剧种或多或少都见识过一些，最后归根性的选择还是秦腔，或者说秦腔在我的关于戏剧欣赏的选择里，是不可动摇的。"②他的《白鹿原》就是"喝着酽茶，听着秦腔"③写出来的，他的小说语言也具有浓郁的秦腔唱词的特点。在《白鹿原》中，秦腔和作品融为一体，作者熟稔地把秦腔化

①　清雍正年间，陆箕永在《绵州竹枝词》里写道："山村社戏赛神幢，铁铋檀槽拓作梆。一派秦声浑不断，有时低去说吹腔。"
②　陈忠实：《惹眼的〈秦之声〉》，载陈忠实《原下集》，上海：上海人民出版社 2002 年版，第221 页。
③　陈忠实：《关于〈白鹿原〉与李星的对话》，载《陈忠实研究资料》，济南：山东文艺出版社2006 年版，第18 页。

入他的作品中，具有"中国套盒"或"戏中戏"的丰富蕴含。如第一章白嘉轩娶卫老三家的姑娘时，将其称为"穷苦人家的三姑娘"，喻示其命运如同《五典坡》中王宝钏一样凄苦。王宝钏寒窑十八年苦等，才等到丈夫薛平贵的归来。白嘉轩的第六房女人胡氏嫁到白家，"有人就开始喊胡凤莲了，那是秦腔戏《游龟山》里一位美貌无双的渔女，几乎家喻户晓人人皆知"[①]。胡氏如同胡凤莲一样光彩艳丽、泼辣勇敢，命运也近乎相同。小说的第五章，祠堂竣工，红麻子戏班来唱乐三天三夜以示祝贺。第六章中看秦腔《滚钉板》时，白狼来抢。白灵和兆海相吻时"突然感到胸腔里发出一声轰响，就像在剧院里看着沉香挥斧劈开华山那一声巨响"[②]（第十三章）。鹿兆海在当了连长以后，鹿子霖住在兆海那里，每天早晨到老孙馆子去吃一碗热气腾腾的羊肉泡馍，晚上到三意社去欣赏秦腔（第二十六章），白嘉轩犁地时，唱的是秦腔"汉苏武在北海……"（第十七章）。这样的细节，在作品中大量出现。整部小说，氤氲着浓郁的秦腔气氛，既深化了人物的塑造，丰满了小说的叙事，同时又具有浓郁的文化地理意蕴。

　　小说第十六章的重要转折也是依靠演出秦腔来完成的。贺家坊"忙罢会"日，贺耀祖请来了南原久负盛名的麻子红戏班连演三天三夜。戏迷白孝文就是在看《走南阳》——刘秀调戏村姑的这出戏的时候，被田小娥拽进了砖瓦窑，《走南阳》暗示了小说此段轻佻迷色的情节转折。恰在这时，白孝文家受鹿子霖暗中唆使遭抢。白孝文"硬着头皮走进街门时候感到一种异样的气氛，他的豆腐渣似的女人急慌慌走到院中，看见他失声叫道：'哎呀，你才回来……土匪打抢……'

---

① 陈忠实：《白鹿原》，北京：人民文学出版社1993年版，第14页。
② 沉香为神话剧《劈山救母》中的人物。

白孝文像当头挨了一棍差点栽倒"(第十六章)。白家遭抢，白孝文和田小娥的奸情败露，白嘉轩气涌心头，晕倒在小娥的窗前。鹿子霖通过秦腔传达了自己的险恶用心："小娥转身跑出院场要去找冷先生，刚跑到慢坡下，鹿子霖喊住她：'算了算了，还是我顺路捎着背回去。'小娥又奔回窑院。鹿子霖咬牙在心里说：'就是叫你转不开身躲不来脸，一丁点掩瞒的余地都不留。看你下来怎么办？我非得把你逼上"辕门"不可。'他背起白嘉轩，告别了小娥说：'还记得我给你说的那句话吗？你干得在行。'小娥知道那句话指什么：你能把孝文拉进怀里，就是尿到他爸脸上了。"(第十七章)被逼上辕门的族长白嘉轩，没有任何回旋的余地，手执钢刷演出了一场《辕门斩子》。一个执法如山、恪守仁义的老族长的形象也跃然纸上，呼之欲出。

秦腔在贾平凹的生命中，也占有极其重要的位置。正如孙见喜所言："秦腔之于贾平凹，好比是洋芋糊汤，好比是油泼辣子，好比是那位明目皓齿的妻子。他钟情于这门艺术，从很小的时候就在心里有了熏陶。三岁记事，就骑在大伯的脖颈上看戏；六岁懂事，自己趴到台角上，听那花旦青旦唱悲戚戚的调子，不觉得就泪流满面，常常挨了舞台监督的脚踹还不动弹。正月十五，三月三，端午中秋寒食节，是秦腔牵着他由春而夏而秋而冬。从秦腔里，他知道了奸臣害忠良，知道了小姐思相公，知道了杨家将的英武，知道了白娘子祝英台的痴情……秦腔故事是他道德启蒙的第一课，也在他感慨世事时引用得最多。"①在长篇小说《秦腔》中，秦腔被引一百余处，更为重要的是，"秦腔是《秦腔》的魂脉"："秦腔音乐和锣鼓节奏用来渲染人物的心理活动，用来营造气氛，用来表达线性的文字叙述，有时难以表

---

① 孙见喜：《鬼才贾平凹·第一部》，太原：北岳文艺出版社 1992 年版，第 310—311 页。

达的团块状或云雾的情绪、感受和意会。……在整部作品中，秦腔弥漫为一种气场，秦韵流贯为一种魂脉而无处不在。它构成小说、小说中的生活、小说中的人物所共有的一种文化和精神的质地。"①除此之外，小说的两个主要人物白雪和夏天智的命运和秦腔不但息息相关，而且已经融合为一体，浓得化不开。秦腔是白雪的另一张脸，也是她的一切。她为秦腔而生，为秦腔而活，她生命中的一切都是围绕秦腔而展开的。她因为秦腔而恋爱，在秦腔中步入婚姻的殿堂，又因为舍不得离开秦腔剧团而和城里的丈夫失和，最后在哀婉的苦音慢板中与丈夫分道扬镳。夏天智也是如此，他完全浸泡在秦腔里，几十年如一日地收集秦腔脸谱，不厌其烦地四处巡展，只想为了把秦腔这根火苗传递下来。退休后，他在村里义务放秦腔，一直在努力传递秦腔的薪火。同时，秦腔中的忠孝节义也成了他做人的准则。然而，他的家势和秦腔一样不可避免地走向衰落，兄弟间的彼此隔膜，下一辈小夫妻之间的摩擦，没有屁眼儿的孙女的降生，儿子和白雪的离婚，最终击倒了这个靠秦腔维系自己生命的倔老汉。夏雨和白雪离了婚，老人放开高音喇叭，在凄怆的《辕门斩子》中抚慰自己的创伤。秦腔作为陕西最风靡的地方戏曲，作为中国一种传统文化和中国农村的象征，在城市化的进程中，无可挽回地走向衰败。贾平凹说："我之所以把这部小说叫《秦腔》，其中也写到了秦腔，秦腔是地方戏曲，而别的戏曲没有叫腔的。秦腔的另一个意思就是秦人之腔。文章所写的作为戏曲的秦腔，它的衰败是注定的，传统文化的衰败也是注定的。李商隐诗：夕阳无限好，只是近黄昏。这一种衰败中的挣扎，是生命透着

---

① 肖云儒：《〈秦腔〉：贾平凹的新变》，《小说评论》，2005 年第 4 期。

凉气。"①在《秦腔》中，我们能够看到乡村文化伦理无可挽回的颓败，以及人心、人性透彻心骨的悲凉，"或许，在内心里，贾平凹并不愿意让秦腔成为故土的挽歌和绝唱，但现实如此残酷，生存如此严峻，那股生命的凉气终究还是在《秦腔》的字里行间透了出来"②，尽管艺术上很粗糙甚至粗俗。

陕西作家的悲剧意识同其文化氛围和地理环境密不可分。高尔基曾用"秋天的忧郁"来形容契诃夫作品的基调。陕西作家身上也有一种难以退去的悲伤和忧郁。秦腔作为婚丧嫁娶、生老病死的一个重要文化事件，其热耳酸心、慷慨悲凉的美学特点润物无声地渗入其生命之中。秦人是把秦腔当宗教的，他们关于人生处世的教育大多是通过秦腔来完成的。秦腔的悲怆气质，不知不觉厚化了陕西作家对历史的追忆和回溯。当作家开始创作以后，作为十三朝古都之秦地的荒凉与黄土高原的雄浑，又如汹涌河流被有意识地注入脑海之中。这两条文化之流汇合以后，陕西作家的悲剧意识就如同水乳一样交融在作品之中。尼采曾把"母鸡下蛋的啼叫和诗人的歌唱相提并论，说都是痛苦使然"③。陕西作家和作品也是"痛苦使然"，但他们的悲剧品质，绝不是来自于亚里士多德意义上的外在行动，而是来自于一种现代人的内心冲突。他们作为一个整体，共同拉着出土的秦朝"铜车马"向周、秦、汉、唐回奔，当他们跃出古城墙的垛口看到鳞次栉比的高楼大厦时，感觉类似于阮籍和嵇康，前方要么无路，要么是歧路，所以不是在白鹿原上追寻白鹿的影子，就是在马嵬坡采集种花的灰土，或者沉浸在历史的迷梦里面自欺欺人。福克纳说："唯有此种内心冲突

---

① 贾平凹：《三月问答》，《美文》，2005 年第 3 期。
② 谢有顺：《尊灵魂，叹生命》，《当代作家评论》，2005 年第 5 期。
③ 钱锺书：《诗可以怨》，载钱锺书《七缀集》，上海：上海古籍出版社 1993 年版，第 120 页。

才能孕育出佳作来，因为只有这种冲突才值得写，才值得为之痛苦和烦恼。"①如果说陕西作家在当代文坛有一点分量的话，也是在这种文化冲突和历史转型的"蚌壳"里磨砺的结果。

以柳青为代表的陕西第一代作家，处在激情澎湃的革命年代，政治的热情和革命的向往遮蔽了作品中的悲剧意识。一旦激情退却，沉淀多年的压抑以及在现代社会中的边缘处境和美人迟暮般的伤感，一下子涌入作家的脑海。《废都》中的文人颓废，《白鹿原》中的"翻鏊子"，《最后一个匈奴》中对民族骁勇血性的追寻，无不打上悲凉的底子，渗透着悲剧的色彩。陕西当代小说的繁荣（这里指"文革"以后），和尼采认为古希腊艺术繁荣的原因一样，是源于"他们内心的痛苦和冲突，因为过于看清人生的悲剧性质"②。所不同的是，古希腊产生的日神和酒神两种艺术冲动，是"用艺术来拯救人生"的，而陕西作家更多的是感伤人生。清代以来，秦腔之所以迅猛发展，成为西北和三秦大地最为繁盛的民间艺术，是因为秦腔如酒神一样，追求情感的放纵，追求痛苦与狂喜交织的癫狂状态。尼采说，酒神状态是"一种情感的整体激发和释放"③。这种"形而上的慰藉使我们暂时逃脱世态变迁的纷扰。我们在短促的瞬间真的变成原始生灵本身，感觉到它不可遏止的生存欲望和生存快乐"④。秦腔作为一种极度狂欢化的"摇滚"艺术，其令人迷醉的价值就在这里。

秦腔追求的这种酒神情绪，是一种具有形而上深度的悲剧性情绪。它不仅与黄土高原的莽阔背景融为一体，更契合了陕西作家的精

① 福克纳：《在接受诺贝尔文学奖时的演说》，载王宁编《诺贝尔获奖作家谈创作》，北京：北京大学出版社1987年版，第191页。
② ［德］尼采：《悲剧的诞生》，周国平译，第1—2页。
③ ［德］尼采：《偶像的黄昏》，卫茂平译，上海：华东师范大学出版社2007年版，第125页。
④ ［德］尼采：《悲剧的诞生》，周国平译，第138页。

神气质和宣泄冲动，所以秦腔一直深受陕西作家的青睐。秦腔的特点正如泰纳谈到希腊音乐时说的："它的特点是庄严、雄壮、铿锵的，还很朴素，甚至有些粗犷，很能予人以耐性和力量。这种音乐不许人思想放任，它的调子不随着外来的风格而改变、削弱、变得花哨。它是一种公众的精神约束，就像我们的军号战鼓一般让我们集合，规范步伐。"①作为黄土高原最具有魅力的艺术形式和老百姓最主要的精神文化生活，秦腔在陕西作家的作品中一直占有重要的份额，最为主要的是，秦腔完成了陕西作家前期艺术气质的无意识塑造，对他们的创作构成了预设和限定。在开始创作之后，他们通过文化身份的确认和追寻，产生一种浓郁的文化眷恋和文化乡愁。陕西作家自觉的本土文化意识，自尊和自强的文化精神，其中一大部分是秦腔的馈赠。当逐渐远离秦腔的时候，作家们也就慢慢缺乏了那种充沛淋漓的元气，"陕军"东征之后创作的疲软和作品水准的下降，似乎也无意说明了这点。

---

① ［法］H.丹纳：《艺术哲学》，张伟译，北京：北京出版社 2004 年版，第 177 页。

《秦腔》的艺术问题及当下的批评危机

最近媒体上最热闹的，莫过于重拍《红楼梦》和贾平凹的《秦腔》获得香港浸会大学颁发的"红楼梦奖"。[①]重拍《红楼梦》已经骂声如潮，贾先生在香港的获奖却颇使有些崇洋媚外的人陶醉了一阵。《秦腔》突如其来的获奖，不但乐坏了作者，也似乎印证了一些评论家讨好作家的谀断。自从《秦腔》问世以来，大大小小的讨论会令人目不暇接。如果说，整齐划一、没有切入脊髓的肯定和好评，让我惊诧于众多聪明人思维的惊人一致，那么，软骨的文学批评和浅薄的文学掮客，则让我深刻理解了"世界上没有什么事比恭维更容易"的格言，让我更进一步地认识了批评精神的堕落已经到了多么严重的程度。

俗话说，"外来的和尚会念经"。要是来的是个歪嘴和尚，也能把《素女经》念成圣经，《废都》获得"法国女评委奖"是个旧例子，而《秦腔》获"红楼梦奖"则是个新证据。就我知道的"红楼梦奖"的评委里，赫赫有名的，有哈佛大学王德威教授。王先生以"被压抑的现代性"想象晚清小说，既给学界以巨大启发，又疑点重重。晚清现代性的萌生，是"由于作者读者对'新'及'变'的追求与了解，不再能于单一的、本土的文化传承中解决。相对的，现代性的效应及意义，必得见诸十九世纪西方"。令我们疑惑的是："当欧洲现代主义

---

① 本文写于 2006 年《秦腔》获"红楼梦奖"不久。

也仍只处在初起期时，晚清的这些'现代主义形式''已然成形的实验'从何而来？是'得力于来自西方的新刺激'吗？如果我们同意沟口雄三所言，没有接受基体的地方也就不可能有引入，同时也同意现代主义作为一种文学思潮和运动，自有其特定内涵，有其经过长期孕育而形成的坚实土壤，是欧洲文学现代性表达在世纪之交的新高度，那么，这个'现代主义晚清'的身份就着实令人疑惑：它究竟从何而来，是否只是一个站在今天的'期待视野'上阐释出来的结果？"①这些关键的问题如果不能得到合理而充分的解决，"现代性"在晚清就无从谈起。

王德威这种典型的"欧洲式的透视法"，没有深入中国文学自身肌理，从现在想象过去，以外观内，一厢情愿，不得要领，只是一种"想象历史"的方案。然而，这个被恶性开掘的"透支的想象"，却被我们有些没有思辨能力、确信"外国月亮比中国月亮圆"的学者奉为金科玉律。当然，这不是此文讨论的目的，且看王德威对《秦腔》的评语：

> 在众多优质入围作品中选出《秦腔》，是因为作者借陕西地方戏曲秦腔的没落，写出当代中国乡土文化的瓦解，以及民间伦理、经济关系的剧变。全书细腻写实而又充满想象活力，有关当代中国城乡关系的创作为数不少，但《秦腔》同中求异，以世俗写真情，平淡中见悲悯，寄托深远，笔力丰厚，足以代表中国小说的又一次重要突破。

①　冷露：《想象历史的方法？——试论王德威"被压抑的现代性"一说中的几个问题》，《中国现代文学研究丛刊》，2000 年第 2 期。

说《秦腔》"细腻写实而又充满想象活力",我们不禁要怀疑王先生的判断力是否被"想象"取代了,怀疑他究竟有没有足够的艺术细胞和判断力,因为这个缺乏常识的判断显然是"想象"的、可疑的,并不像高深莫测的"现代性"使一般读者不明就里、望而生畏。实际上,《秦腔》的叙事是对明清小说的模拟,与作品没有多少关联的知识卖弄,民间荤段子和秦腔曲谱的堆积所散发出的旧文人的气息,正好契合了王先生非常钟情的《品花宝鉴》《九尾龟》等晚清狭邪小说蕴含的所谓"现代性"期待,所以王先生又开始想象了,把它当成"中国小说的又一次重要突破"。我们先看一下王先生高度推崇的细腻:

> ……家里没面粉了,菊娃从柜里舀出一斗麦子,三升绿豆,水淘了在席上晾,一边晾一边骂。……庆玉在院门外打胡基,打着打着就躁了,提了石础子进来说:"你再骂!"菊娃骂:"黑娥我日了你娘,你娘卖×哩你也卖×哩!嘘!嘘!你吃你娘的×呀!"她扬手赶跑进席上吃麦子的鸡。鸡不走,脱了鞋向鸡掷去,鸡走了,就又骂:"你就恁爱日×,你咋不把×在石头缝里蹭哩,咋不在老鼠窟窿里磨哩?!"庆玉说:"你再骂,你再敢骂!"菊娃喝了一口浆水,又骂一句:"黑娥,你难道×上长着花,你……"庆玉举起了石础,菊娃不骂了,说:"你砸呀!……"①

这样的细腻在《秦腔》中比比皆是,《秦腔》中的想象也很多,

---

① 贾平凹:《秦腔》,北京:作家出版社 2005 年版,第 230 页。以下《秦腔》引文均出此版本,只在正文中用括号标明页码。

但不是充满想象力，且看：

> 我跑得越远，魂却离白雪越近，如果白雪能注意的话，一只螳螂爬在她的肩膀上；那就是我。最可恶的是金莲，她首先看见了螳螂，说："这个时候了哪儿来的螳螂？！"把螳螂拨到地上。白雪看见了螳螂就尖叫，她说她害怕这种长胳膊长腿的虫子，就咕咕地吆喝鸡，鸡就把我叼起来跑了。鸡吃不了我，鸡把我叼到院门外，我一挣扎就飞了。……我恨起了金莲，我的螳螂不再是螳螂了，我变成了绿头苍蝇来恶心她，在她头上嗡嗡地飞，她赶不走，还把一粒屎拉在她脸上。金莲的脸上有好多雀斑，全是苍蝇屎的颜色。（第349页）

> ……我梦着剧团里的演员坐着拖拉机要回县上了，白雪就坐在车厢沿上，两条腿担在空里，许多人在送他们，有夏天智，也有四婶和翠翠，我就站在送行的人群里看着白雪。白雪似乎也看见了我，她很快地又转了脸和四婶说话，但那一双担在空里的腿一晃一晃的。嘴能说话，腿也会说话的，白雪的腿在给我说话。我盯着两条腿，在心里说：让鞋掉下来吧！鞋果然就掉下来一只……我盼着拖拉机永远发动不起来！但我却突然尿憋，想找个僻静处放水，走到哪儿，哪儿都是人，急着尿了还要送白雪的，就是没个地方尿……（第263页）

这样琐碎龌龊而又苍白失血的细节堆砌成的一部小说，竟然被说成"细腻写实而又充满想象活力"，我不禁想起沈从文的慨叹来："好作家固然稀少，好读者也极难得！这因为同样都要生命有个深度，与平常动物不同一点。这个生命深度，与通常所谓'学问'积累无关，与通常所谓事业成就也无关。所以一个文学博士或一个文学教授，不仅不能产生什么好文学作品，且未必即能欣赏好文学作品。"①戈蒂耶也曾经毫不客气地把那些职业批评家（例如教授学者们）称作"文学太监"，龚古尔兄弟说他们"专为死人唱赞歌"，德·李尔则把他们比作"未枯先落"的树叶，脱离了"文学和艺术的所有枝条"。②我们暂且不议这些话语的刻薄，但有一点是可以肯定的，他们都表示出了对没有审美判断力的批评家的愤怒和不满。

《秦腔》获得的大奖是以中国古典小说名著《红楼梦》命名的，香港浸会大学文学院院长暨"红楼梦奖"筹委会召集人钟玲教授表示，"红楼梦奖"的设立，是希望提升世界华文长篇小说的创作水平，鼓励当代华文作家创作出像《红楼梦》般千锤百炼的文学作品。三十万元能评出一个"红楼梦奖"，三十万元能写出一部《红楼梦》吗？文学奖不是催生大师的必要条件，没有任何文学奖也没耽误文学大师的诞生。我们这个畸形的时代，大力提倡什么，往往最缺少什么，因而不免将鸭子赶上架，将猴子封为大王，更助长了某些甚嚣尘上、脱离艺术轨道的坏风气，不但不能拯救垂死的文学，反而将它推向万劫不复的深渊。

不可否认，贾平凹具有一个小说家的敏感，但他缺乏一个小说家的才情。正如刘勰在《文心雕龙·才略》中评论李尤的赋和铭时说："李尤赋铭，志慕鸿裁；而才力沉膇，垂翼不飞。"贾平凹也倾慕

① 沈从文：《小说作者和读者》，原载 1940 年 8 月 15 日《战国策》第 10 期，转引自沈从文《抽象的抒情》，上海：复旦大学出版社 2004 年版，第 25 页。
② 郭宏安：《读〈批评生理学〉——代译本序》，见阿尔贝·蒂博代《六说文学批评》，赵坚译，郭宏安校，北京：生活·读书·新知三联书店 1989 年版，第 24—35 页。

于鸿篇巨制，可是才力像一只受了伤的鸟儿，垂着的翅膀沉重无力，飞不起来。在《秦腔》中，贾平凹再现"贾郎才尽"的艺术困窘。他自《废都》以后能感觉到"悲凉之雾，遍被华林"，却不能像曹雪芹那样悲天悯人和在艺术上精雕细刻。贾平凹谈到创作《秦腔》的动因时说："看见传统的东西慢慢地在中国土地上消失，感觉是复杂。对秦腔的消失更是彷徨痛苦。"他希望用文字把其对中国历史的感情记录下来。要注意的是，《秦腔》中的故事大多是他这个西京城里的中产阶级"听来的故事"，因而缺乏曹雪芹的"一把辛酸泪"和"字字得来皆是血"的真切体味，也就无法在材料上予以剪裁和熔铸，大小不捐，良莠不择，因而只能像照相机一样机械地照搬生活，这种未能进入人物内部的高高在上的怜悯式的写作就导致了《秦腔》"沉痛其肤，油滑其骨"，甚至庸俗其骨。贾平凹说："我写的是一堆鸡零狗碎的泼烦日子，它只能是这一种写法，这如同马腿的矫健是为马的觅食跑出来的，鸟声的悦耳是鸟为求爱唱出来的。""鸡零狗碎的泼烦日子"当然可以写，淡化情节，突出细节，这是直逼《红楼梦》的艺术雄心，问题是细节的描写必须经过作家的审美选择和道德过滤，眉毛胡子一把抓的一味地描写细节的做法，只能导致"恶劣的个性化"。恩格斯批评斐·拉萨尔为写细节而写细节道："这种个性化总而言之是一种纯粹低贱的自作聪明，而且是垂死的模仿文学的一个本质的标志。"[①]《红楼梦》抓住了细节描写和人物性格与主题思想的内在联系，经过作者的千锤百炼和精心筛选，细节描写服从于典型化的需要，可

---

① ［德］恩格斯：《致斐·拉萨尔》，载《马克思恩格斯选集》（第四卷），北京：人民出版社1972年版，第347页。

以说"骊龙选珠颗颗明"①，而且一般不事夸饰，只是老老实实地按照事物原来的样子把它描绘出来，所以读起来不觉得烦琐，也不令人生厌。这些细节有机地结合在一起，便产生令人震服的艺术魔力来。贾平凹在小说创作中任由创作感性放纵，缺乏理性光辉的照耀，因而作品苍白无力，灰色庸俗。别林斯基在谈到莎士比亚的创作时说："如果相信他（莎士比亚）以无与伦比的精确和逼真表现一切的本领，而不惊奇于创作理性所赋予他的幻想形象的价值和意义，那将是很奇怪的。"②细节是小说的血肉和细胞，情节使小说站立，而典型的细节使小说摇曳生姿。将典型的细节描写与琐碎的细节描写区分开了，就显示了艺术家的伟大。贾平凹的小说，没有典型的细节，没有值得玩味的细节，没有含蓄蕴藉具有美学意义的细节，其细节描写既不能服从情节的需要，又不能显示出人物的本质特点，而且带有恩格斯说的"恶劣的个性化"倾向，这是贾平凹小说最大的毛病。凡是读过贾平凹小说的人，如果有一点鉴赏的眼光的话，都会发现他这个致命的"死穴"。在《秦腔》中他又犯了这个老毛病。

没有典型细节，也就没有典型人物。没有一个作家敢说自己的小说不需要人物，尤其是高度典型化的人物。大凡塑造得特别成功的艺术形象，总是概括性极高的；而概括性极高的艺术形象，总是永不衰老的。林黛玉使人难忘的是焚稿断痴情；阿Q令人难忘的是那个画成瓜子模样的圆；华威先生令人难忘的是拿着雪茄时无名指和小指构成的兰花图样；安娜·卡列尼娜使人难忘的是和沃伦斯基相遇时的眼

---

① 《庄子·列御寇》中有："千金之珠，必在九重之渊，而骊龙颔下。"方勇译注：《庄子》，北京：中华书局2010年版，第562—563页。袁枚《续诗品·割忍》有句曰："骊龙选珠，颗颗明丽。"王英志：《续诗品注评》，杭州：浙江古籍出版社1989年版，第72页。

② ［俄］别林斯基：《对于因果戈理长诗〈死魂灵〉而引起解释的解释》，载《别林斯基选集》（第三卷），满涛译，上海：上海译文出版社1980年版，第504页。

神；堂吉诃德令人难忘的是把风车当成巨人，把妓女当成贵妇，把理发师的铜盆当成魔法师的头盔，把羊群看成军队，把苦役犯当成受迫害的骑士；《包法利夫人》使人难忘的是包法利的那匹瘦马和爱玛棺材上的黑丝棺套；《百年孤独》令人难忘的是唤起追忆的冰块，会飞的床单，吃土的女孩……细节的成功，是衡量一部小说艺术成就的重要标杆，也是读者能够记住作家的唯一途径。亨利·詹姆斯说："予人以真实之感（细节刻画得翔实牢靠）是一部小说至高无上的品质——它就是令所有别的优点（包括自觉地道德方面的目的）都无可奈何地、俯首帖耳地依存于它的那个优点。如果没有了这些优点，别的优点就全都变成枉然，而如果有了这些优点，那么它们所产生的效果就归功于作者在制造生活的幻觉方面所取得的成功。"[1]而贾平凹的小说中的人物，是作家跛足世界观和畸形文学观念的产物，如同木偶，机械苍白，形似走尸，没有"自己的声音"，是失去血肉的机器人。如《秦腔》中张引生太监式的自裁：

> ……我掏出裤裆里的东西，它耷拉着，一言不发，我的心思，它给暴露了，一世的声名它给毁了，我就拿巴掌扇它，给猫说："你把它吃了去！"猫不吃。猫都不肯吃，我说："我杀了你！"拿了剃头刀就去杀，一下子杀下来了。血流下来，染红了我的裤子，我不觉得疼，走到了院门外，院门外竟然站了那么多人，他们用指头戳我，用口水吐我。我对他们说："我杀了！"染坊的白恩杰说："你把啥杀了？"我说："我把×杀了！"白恩杰第一个跑进我家，它果然看见×在地上还蹦着，像

---

[1]　[美] 亨利·詹姆斯：《小说的艺术》，朱雯等译，第15页。

只青蛙，他一抓没抓住，再一抓还没抓住，后来是用脚踩住了，
大声喊："疯子把×割了！割了×了！"……（第46页）

　　这样的人物，读者躲之不及，要记住简直是病态了。所以不难
发现，贾平凹的小说，能留在读者脑海里的典型人物，似乎一个也没
有，所以大众读者中才有"假烟假酒贾（假）平凹"的戏谑。在《秦
腔》中，夏天义的形象已经趋向典型化，但由于作者没有艺术上的取
舍，人物形象可能放光的一面却被淹没。问题最大的是小说的叙述
人疯子张引生。贾平凹说："这是以我的家族为原型写成的一部小说，
表现的是中国农村的变革过程，倾注了自己最真实的感情，我用了近
两年时间写就，是自己最为投入的一部小说。"然而在张引生这个人
物身上，我们可以看到，最缺乏的是"真实"的感情：这是一个病态
的缺乏可信度的人物，这是一个没有"自己的声音"的人物。《秦腔》
艺术上最大的失败就是这个叙述人的选择。有评论家不切实际地说，
《秦腔》这个叙述采用的疯子角度，可以和《红楼梦》的宝玉叙述和
《喧哗与骚动》中的白痴叙事相媲美。《红楼梦》的宝玉和《喧哗与
骚动》中的班吉是从"他们时代的五脏六腑里孕育出来的，全部人类
感情都在他们的皮囊底下跳动着，里面往往掩盖着一整套的哲学"①，
并且是他们时代的一面"镜子"。贾宝玉的痴情是对女性人格的体贴
入微的尊重与同情，而张引生从小说开头就在桑树上偷窥白雪，就有
病态的倾向，他把白雪当成性爱的猎物。如张引生为白雪和武林打架

---

① ［法］巴尔扎克《〈人间喜剧〉前言》中说："他们（《人间喜剧》中的人物）是在时代的五脏
　　六腑里孕育出来的，全部人类感情都在他们的皮囊底下跳动着，里面往往掩盖着一整套的哲
　　学。"见《巴尔扎克全集》（第一卷），傅雷、袁树仁等译，北京：人民文学出版社1984年版，
　　第7页。

之后，在家里哭闹道："……哎嗨，白雪呀白雪，你为啥脸蛋上不突然生出个疤呢？瘸了一条腿呢？那就能看出夏风是真心待你好呀还是我真心待你好？！"（第4页）张引生对白雪"所谓的痴情"则是对女性肉体病态的窥视和迷恋。张引生缺乏一个正常人的意识，是一个典型的"性变态"，承担不起类似于班吉镜子似的见证整个家族衰败与人性善恶的叙述任务。如张引生偷白雪胸罩一节：

> 我是一口气跑到西街村外的胡基壕的。我掏出了那件胸罩，胸罩是红色的，我捧着像捧着两个桃。桃已经熟了，有一股香气。我凑近鼻子闻着，用牙轻轻地咬，舌尖一舔舌尖就发干，有一股热气就从小腹上结了一个球儿顺着肚皮往上涌，立即是浑身的难受，难受得厉害。那个时候我知道我是爱了，爱是憋得慌，出不了气，是胀，当身上的那个东西戳破了裤子出来，我身边的一棵蘑菇也从土地长出来，迅速地长大。我不愿意看我的那个东西，它样子很丑，很凶，张着一只眼瞪我。我叫唤道："白雪白雪！"我叫唤是我害怕，叫着她的名字要让我放松却越来越紧张了，它仍是瞪我，而且嗤地吐我。（第45页）

正因为不能营造生动的细节，没有具有高度真实感的典型人物，所以贾平凹在叙述上靠和情节无关的黄段子来调节读者的阅读疲劳。"荤素搭配，看起来不累"是他自《废都》以后如获至宝的叙述策略，这是他小说艺术的第二个软肋。在《废都》《怀念狼》《秦腔》中这样的细节比比皆是，只不过《秦腔》中少了一些。如在《秦腔》中写金莲到秦安家里：

眼里看着染坊门口的对联：进来了，我知道你的长短；出去了，你知道我的深浅。心里就说：这肯定是赵宏声写的！秦安的老婆在翻印花布，却没理睬金莲。金莲又说："嫂子，我找秦支书哩！"秦安的老婆说："他算什么支书呀，那是聋子的耳朵，我早就让他割了哩！"染坊的白恩杰说："耳朵割了那成啥啦？"秦安老婆说："成啥了？"白恩杰说："你还解不开？"秦安老婆说："解不开。"白恩杰说："笨得很！我说个故事吧，一个大象正走着，一条蛇挡了路，大象就说：躲开！蛇不躲，说：你张狂啥哩，不就是脸上长了个毯么！大象也骂道：你不也就是毯上也长了个脸么！"（第31页）

《秦腔》中有这样一段，白雪说自己想要个男娃，夏风说：

你说这话让我想起一个荤段子了。说是一群孕妇到医院去检查怀的是男娃还是女娃，医生问第一个孕妇：做爱时你在上边还是你丈夫在上边？"孕妇说："他在上边。"医生说：是男娃。轮到第二个孕妇，医生还是问：你在上边还是你丈夫在上边？说：我在上边。医生说：女娃。轮到第三个孕妇了，医生还没有问，孕妇却哭了。医生说：你哭啥呢？孕妇说：我可能生个狗呀，我丈夫是在后边的。（第353页）

这样没有任何意义的、琐碎的、可有可无的细节，不但会毁坏人物形象，同时也会毁坏小说特定的思想主题，然而在贾平凹的小说中却被当成琼瑶美玉，这可能是明清狭邪小说的馈赠，也是一个失败的小说家无法营造生动细节吸引读者的无奈选择。贾平凹没有亨利·詹姆斯说的"真实之感（细节刻画得翔实牢靠）"，其他的优点也没有具备。人物平面化，没有自己的声音，用福斯特的话来说，只有"扁平人物"，没有"圆形人物"，这是贾平凹小说的硬伤。写作是一种将人和动物区分开来的高级精神活动，真正的、伟大的、有意义的写作更要突出精神的牵引和人性"庙堂"的建构。沈从文说："一个好作品照例会使人觉得在真善美感觉以外，还有一种引人'向善'的力量。我说的向善，它的意义，不仅仅是属于社会道德一方面'做好人'为止。我指的是读者能从作品中接触了另外一种人生，从这种人生景象中有所启示，对人生或生命能做更深一层的理解。"① 然而，贾平凹的创作却屈从于动物原则的牵引，缺少理性的调控，缺少真善美，缺少一种引人"向善"的力量，甚至读起来令人恶心反胃。

獐鹿野雉与麒麟凤凰相去很远，沙砾石头与珍珠美玉也迥然不同，然而我们以为高明的批评家，却将鱼目当成珍珠，东施当成西施，将《秦腔》当成了"细腻写实而又充满想象活力"的"中国小说的又一次重要突破"。呜呼哀哉！呜呼哀哉！刘勰在《文心雕龙·知音》里慨叹："知音其难哉！音实难知，知实难逢，逢其知音，千载其一乎！"《秦腔》发表以后，知音可谓不少。二〇〇五年在上海召开了一个讨论会，我们可以看看二〇〇五年第五期《当代作家评论》的《秦腔》研讨会摘要。

某批评家嫌主人公"张引生"姓张不吉利，在宏谈阔论中几次将"张"换成了"赵"。另一位则说："一看这题目我就知道是一个大作品。"一看题目就知道是大作品，不知道咋样的题目一看是小作品？李健吾说："一个真正的文艺批评家，与其说是法庭的审判者，不如

---

① 　沈从文：《小说作者和读者》，载沈从文《抽象的抒情》，第17页。

说是一个科学的分析者。科学的，我说是公正的。分析者，我是说要独具只眼，一直剔爬到作者和作品的灵魂深处。"①有批评家说"渭南"这块土地贾平凹写了几十年了。中国凡是知道贾平凹的人都知道他不是写"渭南"，也不是写"渭北"，而是写"商州"。另一位批评家说贾平凹是"中国一等伤心人"，《秦腔》的成功，"就在于它的闲言碎语"。此论者其他的话我暂且不说，看看他前几年在《贾平凹：失真走调的纸上秦腔》一文中是如何评价贾平凹的：

> 贾平凹类似于王朔，也是当代大大有名的一个俗物。
>
> ……（贾）化用鲁迅的硬语盘空，羡慕笔记小品的飘逸隐秀，承袭话本小说的叙述声口，喜谈士大夫的性命易理，乃至营造蒲留仙的狐魅世界，追求辞章灿烂境界高华的所谓"美文"，则是有意靠向知识分子古今同调的风雅一途。
>
> 事实证明，贾平凹这两种追求（前文说贾"在世俗天地打滚，老想往别的路子上靠"），都没有如愿以偿。文化政治的流行色涂抹多了，由那个俗字支撑的一点灵名，反而愈显暧昧。
>
> 这倒有点像他大力刻画过的"秦腔"，作为一种俗而又俗的大众艺术和艺术化了的民间节日庆典，只能在古风犹存的秦人秦地盛演不衰，一经文人插手，或者当作政治传声筒请进庙堂，也就失真走调濒临绝迹了。
>
> 贾平凹的作品，正是这样一种往往失真走调的纸上秦腔。②

---

① 李健吾：《〈边城〉——沈从文先生作》，载李健吾《咀华集·咀华二集》，上海：复旦大学出版社 2005 年版，第 24 页。
② 载《在语言的地图上》，上海：文汇出版社 1991 年版。

　　然而贾平凹到了上海，秦腔就成为"一种最好的话语方式"了，贾平凹也不再是"俗物"了。但最令笔者惊讶的是，贾平凹洗心革面、脱胎换骨、重新做人，由原来所说的"俗人"改造成了伤时悲世的"中国一等伤心人"。其实，贾的新作仍然还是老样子。

　　众所周知，对文学的基本评价不仅要看文学作品是否带来快感或审美感受，而且更要看文学作品带来的快感和审美感受，是否符合社会或人类所共同遵守的伦理底线和道德准则。上海评论家的这种故作惊人之语，实际同"红楼梦奖"评委会一样，与作品没有发生多少联系。这种圈子内的"沙龙式"的"甜蜜批评"，混淆黑白，颠倒是非，充满贵族气和闲适调。实际上，在他们眼里，文学批评只是一种显示个人语言才华的智力游戏。伏尔泰曾经把"健康的批评"列为第十个缪斯，批评家所承担的角色，正像"人们为了检查送往市场的猪是否有病而设立了专门检查猪舌头的人一样"①。批评家有自己的社会责任，那就是将不合质量标准的"猪舌头"清理出商场，把好作品介绍给读者。

　　文学批评最重要的是批评精神。真正的批评是反奴性的，"凡是屈服于权威，屈服于时代，屈服于欲望（例如虚荣和金钱），屈服于舆论，屈服于传说，屈服于多数，屈服于偏见成见（不论是得自他人，或自己创造），这都是奴性，都是反批评的。千篇一律的文章，应景的文章，其中绝不能有批评精神。批评是从理性来的，理性高于一切，所以真正的批评家，大都无所顾忌，无所屈服，理性之是者是之，理性之非者非之"；"批评需要分析，不但好坏分明，就是好之中

---

① ［法］阿尔贝·蒂博代：《六说文学批评》，赵坚译、郭宏安校，北京：生活·读书·新知三联书店1989年版，第33页。

的坏，坏之中的好，也要分明……严羽说：'吾论诗若哪吒太子，析骨还父，析肉还母'，这是批评家的真精神"。[1]令人失望的是，在长篇累牍铺天盖地的《秦腔》评论中，很难找到几篇辨出"好中之坏，坏中之好"的文章，要找"若哪吒太子，析骨还父，析肉还母"的文章就更是奢望了。

鲁迅先生在《我们要批评家》中说："现在所首先需要的，也还是——几个坚实的，明白的，真懂得社会科学及其文艺理论的批评家。"[2]我们迫切需要一群勇敢、独立的批评家，像光脊梁作战的典韦一样，不避箭矢，来同败坏的风气作战，如此，才有可能拯救陷入混乱和危机的中国当代文学批评。

---

① 郜元宝、李书编：《李长之批评文集》，珠海：珠海出版社 1998 年版，第 376—377 页。

② 鲁迅：《我们要批评家》，载《鲁迅全集》（第四卷），北京：人民文学出版社 2005 年版，第 245 页。

《白鹿原》的版本及修改问题

毋庸置疑，《白鹿原》已经成为新时期长篇小说的经典。《白鹿原》以新的眼光重新书写辛亥革命至中华人民共和国成立前后中国的政治历史，其所包孕的独特的文化、历史、政治思考以及质询，超越了主流意识形态的政治文化规范，并对之进行了有效解构，"成功地构筑起了一个对笼罩在民间真实生存利益之上的一种权力话语进行解构的完整虚实"①，混沌而感性地表现了历史转型时期民族深处的精神躁动和文化蜕变。《白鹿原》在文坛引起轰动以至荣获茅盾文学奖，其"经典化"的过程自然主要依靠作者殚精竭虑的艺术探索和作品硬铮铮的艺术含量，但也涉及了新时期文学创作的环境及文学评奖的规范问题。韦勒克和沃伦认为："文学变化是一个复杂的过程，它随着场合的变迁而千变万化。这种变化，部分是由于内在原因，由文学既定规范的枯萎和对变化的渴望引起，但也部分是由于外在的原因，由社会的、理智的和其他的文化变化所引起的。"②虽然新时期的文艺政策为文学写作预留了较为开阔和较有弹性的艺术空间，能使作者将"生活体验、生命体验、艺术体验"融汇化合，创作出一部"令人震撼的民族秘史"。这并不是说主流意识形态或者"泛意识形态"可以

---

① 姚晓雷：《故乡语言中的权力质询》，《文学评论》，2002年第1期。
② [美] 勒内·韦勒克、奥斯汀·沃伦：《文学理论》，刘象愚等译，第309页。

让作家信马由缰、率意而为，作家仍然要受到主流意识形态或者"泛意识形态"的牵拽或掣肘。此时的政治性之于文学，"不再是一种难以承受的桎梏与重负，或是一种相当严重地侵损着文学性的异己性力量，而是不同历史时期政治文化力场中的一种功能"①。与"延安"文学、"十七年"文学以及"文革"文学不同的另一点是，这种政治的影响或者调控并不要求唯政治马首是瞻或者直截了当，而是体现出一种内在的规定和关联。考察《白鹿原》在《当代》发表时和后来获茅盾文学奖时的删改，就能够窥视出新时期政治文化意境重造之后对作家创作的隐形控制和内在影响。

《白鹿原》目前共有三个版本。一个是在《当代》上发表时的本子（以下称"当代本"），一个是一九九三年六月人民文学出版社出版的本子（以下称"九三本"）②，还有一个是人民文学出版社一九九七年十二月出版的获得"茅盾文学奖"的修订本（以下称"九七本"）③。在《当

---

① 朱晓进等：《非文学的世纪——20世纪中国文学与政治文化关系史论》，南京：南京师范大学出版社2004年版，第384页。

② "九三本"的版次如下：1993年6月人民文学出版社1版1印，印数14850册；同年10月第7次印刷，印数10万册；1996年1月华夏出版社出版《陈忠实小说自选集·长篇小说卷·白鹿原》，1999年1月第3次印刷，未标印数；"百年百种优秀中国文学图书"（1900—1999）系列之《白鹿原》，人民文学出版社2000年7月第1版，印数1万册；"中国当代名家长篇小说代表作"系列之《白鹿原》，人民文学出版社2004年5月第1次印刷，印数2万册。长江文艺出版社《陈忠实小说自选集》之长篇小说卷《白鹿原》，2004年1月第1版，印数2万册。港台繁体版也用的是"九三本"（香港：天地图书有限公司，为"天地文丛"第20种，1993出版；台湾：金安文教机构，2000年2月出版）。以上相关数据，引自邢小利《〈白鹿原〉的版本》一文，该文收入邢小利所著《陕西作家与陕西文学（上）》（西安：陕西人民出版社2017年版）一书。

③ 修订的"九七本"版次如下：1997年12月人民文学出版社第2版，为"茅盾文学奖获奖书系"之一种，1997年12月北京第2版，1997年12月北京第9次印刷，印数：584851—589850。1998年6月北京第2次印刷，印数5001—15000；教育部全国高等学校中文学科教学指导委员会指定书目"大学生必读"系列之《白鹿原》，1997年12月北京第2版，2003年1月河北第3次印刷，印数15001—20000册；"中国文库"之《白鹿原》，中国出版集团、人民文学出版社2004年3月北京第1版，2004年3月第1次印刷，印数15000册，精装本2004年7月第1版第1次印刷，印数500册；"茅盾文学奖获奖作品全集"之《白鹿原》，1997年12月北京人民文学出版社第2版，2005年1月第1次印刷，印数2万册。定价：31元。以上相关数据，引自邢小利《〈白鹿原〉的版本》一文。

代》上发表时，编辑有一些改动，幅度也不算小，但这些改动多是出于杂志社或者编辑的个人意见，也应该有出于对意识形态方面和性描写方面的顾虑。《白鹿原》在《当代》发表后引起轰动，但《白鹿原》在文坛产生持续影响当是其一九九三年在人民文学出版社出版之后。而一九九七年的修订又使《白鹿原》出现了"九三本"和"九七本"，大众阅读和专业研究也都注意了这两个版本的差异问题，不过缺乏全面的系统的分析。一九九七年《白鹿原》参评茅盾文学奖时，评委会给陈忠实传达的修订意见是："作品中儒家文化体现者朱先生这个人物关于政治斗争'翻鏊子'的评说，以及与此有关的若干描写可能引出误解，应当以适当的方式予以廓清。另外，一些与表现思想主题无关的较直露的性描写应加以删改。"①陈忠实表示，他本来就准备对《白鹿原》做适当修订，已经意识到这个问题。②作者于一九九七年十一月对原版进行了修订，同年十二月人民文学出版社出版了修订版。一九九七年十二月十九日茅盾文学奖揭晓，修订版《白鹿原》荣获第四届茅盾文学奖。时至今日，《白鹿原》发行已超过二百万册。③除发表时的《当代》外，《白鹿原》这两种版本印量之大，影响之广，在当代文学史上堪称罕见。而"九七本"的删改之处又关系到当时的创作环境、社会意识、政治问题以及茅盾文学奖的评奖问题，对理解作品甚为关键（当然也包括一些技术性的枝叶删改），所以考察

---

① 《消息》，《文艺报》，1997 年 12 月 25 日。

② 何启治：《欣喜·理解·企盼》，载人民文学出版社编辑部编《白鹿原评论集》，北京：人民文学出版社 2000 年版，第 354 页。

③ 据何启治先生统计，从 1993 年 6 月到 1997 年，四年中《白鹿原》累计印数为 566850 册，盗版书超过正版书，原版实际总印数无疑已有一百多万册。何启治：《永远的白鹿原》，载《白鹿原评论集》，北京：人民文学出版社 2000 年版。从 1998 年至 2008 年这 10 年间修订版的正版书和盗版书最少也应有一百万册以上。这样算来，《白鹿原》的发行量已近或已逾三百万册。

《白鹿原》的版本及修订问题，无疑是一件十分有意义的事情。

对读"当代本""九三本"和获得茅盾文学奖的"九七本"（修订时作者大大小小的改动删去了五千多字，二十多处做了大的修改），发现修改主要集中在以下几个方面。

一　性爱描写的删改

性爱是人生的一部分，作家几乎都不能绕过这个人生的重要组成部分。不过性爱描写的把握难于"玩火"，稍不留心就会"自焚"。性欲是一股强大的力量，如果失去控制，它就可能成为灾难。人生如此，小说亦然。纳博科夫认为真正文学艺术的描写应与简单直接的描述分清楚，"低级色情小说中的动作都只限于陈词滥调的交媾，好像是说，作品不应用风格、结构、意象来分散读者的淫情"[①]。莎士比亚的作品、《红楼梦》甚至《圣经》中也有性爱的描写，但都是出于作品的必需，虽有猥亵的分子而并无不道德的性质。陈忠实自己称在性爱描写上"不回避、撕开写，不是诱饵"[②]，但是《白鹿原》在一些细节上还是没有能把握住分寸，描写过度。

出于对初版时社会环境和当时"国情"的顾虑，"当代版"和获得茅盾文学奖的修订本相比，在性爱描写上做了很大的删改。如在《当代》发表时第九章删去黑娃和小娥初次幽会的性爱细节千余字：

　　他现在急切地寻找她的嘴唇，急切地要重新品尝她的舌

[①]　董鼎山：《不朽的文学杰作》，《洛丽塔》代序，载纳博科夫《洛丽塔》，黄建人译，桂林：漓江出版社1989年版，第3页。

[②]　陈忠实、李星：《关于〈白鹿原〉与李星的对话》，《小说评论》，1993年第3期。

头……她的手摸着他胸脯上的纽扣一个一个解开了，脱下他的粗布衫子。……她的手已经伸到他的腰际，摸着细腰带的活头儿一拉就松开了，宽腰裤子自动抹到脚面。他从裤筒里抽出双脚的当儿，她已经抓住了他的那个东西。黑娃觉得从每一根头发到脚尖的指甲都鼓胀起来，像充足了气，像要崩破炸裂了。她已经爬上炕，手里仍然攥着他的那个东西，他也被拽上炕去。她顺势躺下，拽着他趴到她的身上。黑娃不知该怎么办了，感觉到她捉着他的那个东西导引到一个陌生的所在，脑子里闪过一道彩虹，一下子进入了渴盼想往已久却又含混陌生的福地，又不知该怎么办了。她松开手就紧紧箍住他的腰，同时把舌头送进他的口腔。这一刻，黑娃膨胀已至极点的身体轰然爆裂，一种爆裂时的无可比拟的欢悦使他顿然觉得消融为水了。她却悻悻地笑说："兄弟你是个瓜瓜娃！不会。"黑娃躺在光滑细密的竹皮凉席上，静静地躺在她的旁边。她拉过他的手按在她的奶子上。"男人的牛，女人揉。女人的奶，男人揣。"他记起了李相的歌。他抚揣着她的两只奶子。她的手又搓揉着他的那个东西。她用另一只手撑起身子，用她的奶子在他眼上脸上鼻头上磨蹭，停在他的嘴上。他想张口吮住，又觉得不好意思。她用指头轻轻掰开他的嘴唇，他就明白了她的用意，也就不觉得不好意思了，一张嘴就把半拉子奶头都吞进去了。她噢哟一声呻唤，就趴在他的身上扭动起来呻吟起来，她又把另一只奶子递到他的嘴里让他吮咂，更加欢快地扭动着呻唤着。听到她的哎哎哟哟的呻唤，他的那种鼓胀的感觉又蹿起来，一股强大急骤的猛力催着他跃翻起来，一下子把她裹到身下，再不需她导引就闯进了那个已不陌生毫不含混的福地，静静等待那个爆裂时刻的来临。她说："兄弟你还是个瓜瓜娃！"说着就推托着他的臀部，又压下去，往覆两下，黑娃就领悟了。她说："兄弟你不瓜，会了。"黑娃疯狂地冲撞起来，双手抓着两只乳房。她搂着他的腰，扭着叫着，迎接他的冲撞。猛然间那种爆裂再次发生……他又安静清爽地躺在竹编凉席上，缓过气之后，他抓过自己的衣裤，准备告辞。她一把扯过扔到炕头，扑进他的怀里，把他掀倒在炕上，趴在他的身上，亲他的脸，咬他的脖颈，把他的舌头裹下嘴里咂得出声，用她的脸颊在他胸脯上大腿上蹭磨，她的嘴唇像蚯蚓翻耕土层一样吻遍他的身体，吻过他的肚脐就猛烈直下……黑娃噢哟一声呻唤，浑身着了魔似的抽搐起来，扭动起来，止不住就叫起来："娥儿姐！娥儿……"她爬上他的身，自己运动起来，直到他又一次感到爆裂和消融。她静静地偎在他的怀里，贴着他的耳朵说："兄弟，我明日或是后日死了，也不惦记啥啥了！"[1]（加点部分在"九七本"中删去）

"兄弟呀，姐疼你都要疼死了！""娥儿姐呀，兄弟想你都快想疯了！""兄弟呀，姐真想把你那个牛儿割下来揣到怀里，啥时间想亲了就亲。""姐呀，兄弟真想把你这俩奶奶咬下来吃到肚里去，让我日日夜夜都香着饱着。"[2]（加点部分在"九七本"中删去）

"九三本"的这段描写突出了田小娥在性爱过程中的主动。作为郭举人的小老婆，田小娥实为郭举人的性工具。郭举人每晚给田小娥下部塞三个枣去泡，早晨洗净来吃。这种没有爱情的屈辱生活使她受

---

[1] 见《当代》1992 年第 6 期第 51 页，《白鹿原》第 136—137 页。此文中关于《当代》的删改，均以人民文学出版社 1993 年 6 月版的《白鹿原》为参照。

[2] 陈忠实：《白鹿原》，北京：人民文学出版社 1993 年版，第 139 页。

到压抑和伤害，在黑娃身上她找到了迷醉的爱情，大胆泼辣而无所顾忌。小说大胆地揭示了田小娥如何引导黑娃初试男女之事，并泼墨如水般地叙写了两人热烈的性爱过程，田小娥的性压抑、性饥渴以及对爱情的热烈期待跃然纸上。《当代》将之几乎全部删去之后，一定程度上斫伤了田小娥形象的饱满度。

第十五章发表时则删去鹿子霖和田小娥的性爱描写：

> 他扬起头来恨不能将那温热的嘴唇咬下来细细咀嚼，他咬住她的舌头就不忍心换一口气丢开。他吻她的眼睛，用舌头舔她的鼻子，咬她的脸蛋，亲她的耳垂，吻她的胸脯，最后就吮咂她的奶子，从左边吮到右边，又从右边换到左边，后来就依恋不丢地从乳沟吻向腹部，在那儿像是喘息，亦像是准备最后的跨越，默默地隐伏了一会儿，然后一下子滑向最后的目标。①

这一段性描写充分表现出鹿子霖的放荡好淫。"九三本"在描写中透出些许欣赏，对于人物形象的刻画实则无多大作用，"九七本"删除实属必要。

在《当代》发表时，性爱描写的删节，是出于杂志的顾虑，还是其他方面的原因（我考虑作者主动修改的可能性应该很小），无从确定。杂志刊出不久，已有评论家预言在出书时会恢复。②《白鹿原》中的性描写是酣畅淋漓的，它一改当代小说中性描写的欲言又止、遮遮掩掩，褪去了性爱的神秘面纱。但其中一些无节制的性爱描写，确实

---

① 见《当代》1992 年第 6 期第 87 页，《白鹿原》第 258 页。
② 陈忠实、李星：《关于〈白鹿原〉与李星的对话》，《小说评论》，1993 年第 3 期。

也有迎合读者低俗窥淫趣味的嫌疑。左拉好用粗俗的话写猥亵的事，已为后世诟病。庸俗色情文学作品与文学艺术的情色作品间的分界线便是：前者是露骨的，千篇一律的，陈词滥调的；后者则寓含独特的想象力。从陈忠实的创作谈中，我们得知他是看过劳伦斯的《查太莱夫人的情人》的。"性交在于劳伦斯是健的，美妙的，不是罪恶，无可羞愧，是成年人人人所常举行的。羞愧才是罪恶。"[①]劳伦斯写妇人怀孕，描写性交的感觉，带有玄学的色彩，是"同大地回春，阴阳交泰，花放蕊，兽交尾一样的。而且同西人小说在别方面的描写一样，是主观，用心灵解剖的方法"[②]。在林语堂看来，"劳伦斯的话是对成年人来讲的，它不大容易懂。给未成熟的社会读了反而不得其旨"[③]。劳伦斯有为畸形的人类生活而发的爽快而沉痛的呼吁，那些骚动不安的场面背后，蕴含着无限的贞洁理想。《白鹿原》力图用一种理性的、健全的心理来解析中国农民的性形态和性文化，从性心理结构的视角，去透视传统道德伦理规范给农民所酿成的深重的性压抑，总体上是比较成功的，但在部分场景和细节描写上，渲染过度，有浓郁的自然主义色彩。

二　关于政治问题的重新修订

（一）"翻鏊子"问题

小说的主要人物之一朱先生认为国共两党的革命和斗争是"翻鏊子"。"九三本"写"鏊子"最少有三次，分别在第十四章（235页）、

---

① 林语堂：《谈劳伦斯》，载劳伦斯《查太莱夫人的情人》，饶述一译，长沙：湖南人民出版社1986年版，第7页。
② 林语堂：《谈劳伦斯》，载劳伦斯《查太莱夫人的情人》，饶述一译，第6页。
③ 林语堂：《谈劳伦斯》，载劳伦斯《查太莱夫人的情人》，饶述一译，第1页。

第十五章（251 页）、第十六章（275 页）。"翻鏊子"是什么意思呢？
小说的第十五章通过田福贤一席话做了解释。田福贤对黑娃的三十六
弟兄家属讲：

> 我前几天到县上去撞见朱先生。朱先生耍笑说："福贤，你
> 的白鹿原成了鏊子了。"我想起白嘉轩也对我说过这句话。其实
> 是从他姐夫那儿趸下的……我回来想了几天几夜才解开了，鏊
> 子是烙锅盔烙葱花大饼烙砣砣馍的，这边烙焦了再把那边翻过
> 来，鏊子下边烧着木炭火。这下你们解开了吧？还解不开你听
> 我说，这白鹿原好比鏊子，黑娃把我烙了一回，我而今翻过来
> 再把他烙焦……要叫鏊子凉下来不再烙烫，就得把底下的木炭
> 火撤掉。黑娃烙我是共产党煨的火，共产党而今垮塌了给它煨
> 不上火了，所以嘛我现在也撤火——①

书中第一次写到"鏊子"是在第十四章，在"仁义白鹿村"石碑
被黑娃及其农协三十六兄弟砸成三块之后，白嘉轩重树石碑：

> 当白家父子和工匠们精心实施这个神圣的工程时，祠堂前
> 的戏楼下传来一阵阵轰鸣声，夹杂着绝望的叫声。工匠们受到
> 那些声音的刺激提出想去看个究竟，甚至孝文也呆不住了。白
> 嘉轩反而去把祠堂的大门关子插上了，站在祠堂院子里大声说：
> "白鹿村的戏楼这下变成烙锅盔的鏊子了！"工匠们全瞪着眼，
> 猜不透族长把戏楼比作烙锅盔的鏊子是咋回事，孝文也弄不清

---

① 陈忠实：《白鹿原》，第 250 页。

烙锅盔的鏊子与戏楼有什么关系。白嘉轩却不作任何解释，转过身做自己的事去了。及至田福贤走进祠堂说："嘉轩，你的戏楼用过了，完璧归赵啊！"他口气轻巧而风趣，不似刚刚导演过一场报仇雪耻的血腥的屠杀，倒像是真格儿欣赏了一场滑稽逗人的猴戏。白嘉轩以一种超然物外的口吻说："我的戏楼真成了鏊子了！"①

黑娃当土匪，进保安团，揭竿起义，成为白鹿原上与国民党、共产党并列的第三种力量。"九三版"第十六章写白嘉轩遭受土匪抢劫毒打以后，其姐夫朱先生来看望。白嘉轩对姐夫说："不是白狼是黑狼——""土匪白狼就是黑娃!"

"噢! 这下是三家子争着一个鏊子啦! "朱先生超然地说，"原先两家子争一个鏊子，已经煎得满原都是人肉味儿；而今再添一家子来煎，这鏊子成了抢手货忙不过来了。"

白嘉轩听着姐夫的话，又想起朱先生说的"白鹿原这下变成鏊子啦"的话。那是在黑娃的农协倒台以后，田福贤回到原上开始报复行动不久，白嘉轩去看望姐夫企图听一听朱先生对乡村局势的判断。朱先生在农协潮起和潮落的整个过程中保持缄默，在岳维山回滋水田福贤回白鹿原以后，仍然保持不介入不评说的超然态度，在被妻弟追问再三的情况下就撂出来那句"白鹿原这下成了鏊子啦"的话。白嘉轩后来对田福贤说这话时演绎成"白鹿村的戏楼变成鏊子啦"。白嘉轩侧身倚在被子上瞧

---

① 陈忠实：《白鹿原》，第 235 页。

着姐夫，琢磨着他的隐隐晦晦的妙语，两家子自然是指这家子国民党和那家子共产党，三家子不用说是指添上了黑娃土匪一家子。白嘉轩说："黑娃当了土匪，我开头料想不到，其实这是自自然然的事。"①（"九七本"删去）

第十五章，田福贤在黑娃三十六弟兄家属会上，最后对田小娥讲话：

> 黑娃屋里的，你听我说，黑娃是县上缉捕的大犯。其他人我敢放手处理，对黑娃我没权处理，但我准备向县上解说，只要黑娃回来，我就出面去作保。冤仇宜解不宜结，化干戈为玉帛，甭把咱这白鹿原真个弄成个烙人肉的鏊子！我佩服朱先生……②（加点部分"九七本"删去）

朱先生作为白鹿原的圣人，遗世而独立，超然地站在历史的角度透视白鹿原上的革命运动和党派之争。在他看来，国共两党之间的争斗就像关中农民用鏊子烙馍烙饼一样，翻来倒去没有是非正误。作为关学大师和一代圣贤，自然不会泥守于一时一地的拘牵，而是放在漫长的历史长河里加以宏观。朱先生不仅关心国民党与共产党相互之间烙，更担忧他们烙了老百姓。他把白鹿原比作鏊子，国共两党争夺白鹿原，烙烤了老百姓，后来又加上土匪，都争夺这个鏊子。这种"兴，百姓苦；亡，百姓苦"的忡忡忧心，使朱先生既有圣人风范，又有普世情结，截然不同于以往作品中的人物，显得非常独特。

---

① 陈忠实：《白鹿原》，第 275 页。
② 陈忠实：《白鹿原》，第 251 页。

"九七本"认为朱先生这种没有是非正误的看法不妥，担心"翻鏊子"使人误解，造成负面影响，因而将第三处"翻鏊子"的文字删除。这些删改，似乎使人物和内容更加明确，实际上却损害了人物的饱满度和历史的丰富性。

（二）关于国、共两党

"九三本"第十九章（第329页）写道：

> ……兆鹏做出一副轻松玩笑的样子问："先生，请你算一卦，预卜一下国共两党将来的结局如何？"朱先生莞尔一笑："卖荞面的和卖饸饹的谁能赢了谁呢？二者源出一物喀！"兆鹏想申述一下，朱先生却竟自说下去："我观'三民主义'和'共产主义'大同小异，一家主张'天下为公'，一家昌扬'天下为共'，既然两家都以救国扶民为宗旨，合起来不就是'天下为公共'吗？为啥合不到一块反倒弄得自相戕杀？公字和共字之争不过是想独立字典，卖荞面和卖饸饹的争斗也无非是为独占集市！既如此，我就不大注重'结局'了……"鹿兆鹏忍不住痛心疾首："是他们破坏国共合作……"朱先生说："不过是'公婆之争'。"鹿兆鹏便改换话题，说出一直窝在心里的疑问……（加点部分"九七本"修订时删去）

"九七本"第327页删改为：

> ……兆鹏做出一副轻松玩笑的样子问："先生，请你算一卦，预卜一下国共两党将来的结局如何？"朱先生莞尔一笑："算什么卦嘛。"便竟自说下去："我观'三民主义'和'共产主义'

大同小异，一家主张'天下为公'，一家昌扬'天下为共'，合起
来不就是'天下为公共'吗?为啥合不到一块反倒弄得自相戕
杀?"鹿兆鹏忍不住痛心疾首:"是他们破坏国共合作……"朱
先生说:"不过是'公婆之争'。"鹿兆鹏节制一下自己，做出平
静的口吻，说:"先生，'天下为公'是孙先生的革命主张。眼前
的这个民国政府，早已从里到外都变味变质了。蒋某人也撕破了
伪装，露出独裁独夫的真相咧。"朱先生没有说话。他向来不与
人争辩。鹿兆鹏仍然觉得言犹未尽，说:"你没看见但肯定听说
过，田福贤还乡回来在原上怎样整治穷人的事了。先生你可说那
是……翻鏊子。"朱先生不觉一愣，自嘲地说:"看来我倒成了
是非不分的粘浆糊了。"兆鹏连忙解释:"谁敢这样说哩!日子长
着哩，先生看着点就是了。"朱先生再不说话。鹿兆鹏便改换话
题……(以上加点部分为"九七本"所加)

朱先生是关中学派的最后一位传人。他超然于党派之争，认为国
民党与共产党的矛盾是"卖荞面和卖饸饹的争斗"(饸饹是用荞面做
的)，三民主义和共产主义是大同小异，将"天下为公"和"天下为
共"合起来就是"天下为公共"。"九七本"为了防止"有可能引出
误解"，进一步区分共产党与国民党的正和误，明辨是非，强化了政
治性。但鹿兆鹏的两段话，先是间接批评朱先生，接着直接批驳朱先
生，生硬别扭。朱先生冒险藏匿救护鹿兆鹏，使他得以死里逃生，他
却不念救命之恩，教训朱先生，既不合情，也不合理。田福贤整治农
协积极分子，是白鹿原上的大事，朱先生肯定有所见闻，所以"你没
看见肯定听说过"就成了多余之笔。

（三）肃反及其他问题

第二十三章：

　　鹿兆海说："你回咱们原上去看看，看看共产党在原上怎么革命吧！他们整人的手段也是五花八门，令人不寒而栗。"[①]（"九七本"删去）

第二十四章：

　　鹰鹞在空中瞅中地面小鸡箭一般飞扑下来的时候，称为出爪，狼在黑暗里跃向行人时称作出牙，作为保安队员的孝文在从裤兜里掏出手枪射击鹿兆鹏时便自称为出手！出爪出牙和出手不过是一字之差，其结局却是相同的，就是把久久寻找的猎物一下子抓到爪心，或咬进嘴里，或撕碎啄了噬了，或撂进枯井去。[②]（此处在《当代》发表时删去，"九七本"也删去）

第二十八章：

　　她感觉到脖颈上有一股温热，用手摸到一把鲜血，才知道嘴唇咬破了，开始有疼痛的感觉。她扬起脑袋乞望天宇，一轮满月偏斜到房脊西侧，依然满弓，依然明亮。她低下头，瞅见狼藉的杯碟和掺杂着碎麦草的豆芽儿，默默地收拢筷子碟子，

---

① 陈忠实：《白鹿原》，第 420 页。
② 见《当代》1993 年第 1 期第 87 页，《白鹿原》第 425 页。

到灶房里洗刷后又回到厦屋。她想到一根绳子和可以挂绳子的门框，取出绱鞋用的绳子把五股合为一股后却停住了挽结套环的手，说不清是丧失了勇气还是更改了主意，把绳子又塞到炕席底下……①（此处在《当代》发表时删去）

执行活埋她的两个游击队员后来牺牲在山西抗日阵地上。廖军长被周恩来下令释出囚窑后又当了正规红军师长，也牺牲在黄河东边的抗日前线指挥堑壕里，是被日军飞机抛掷的炸弹击中的。毕政委后来也到了延安，向毛泽东周恩来检讨了错误之后，改换了姓名，也已无从查找……

作家鹿鸣也不执意要找到毕某问询什么。他觉得重要的已不是烈士的死亡细节和具体过程，那仅仅只是对未来的创作有用；重要的是对发生这一幕历史悲剧的根源的反省。②（此处在《当代》发表时删去）

"九三本"第三十二章写"文革"后期批林批孔，十年级一个班的中学生挖开了朱先生的墓室，在封暗室的砖头上看到一行字——"天作孽，犹可违；人作孽，不可活"，于是在墓地现场召开批判会。接着写道：

一个男学生用语言批判尚觉不大解恨，愤怒中捞起那块砖头往地上一摔，那砖头没有折断却分开成为两层，原来这是两

---

① 见《当代》1993 年第 1 期第 115 页，《白鹿原》第 531 页。
② 见《当代》1993 年第 1 期第 120 页，《白鹿原》第 546 页。

块磨薄了的砖头贴合成一起的，中间有一对公卯和母卯嵌接在一起，里面同样刻着一行字：折腾到何日为止。

学生和围观的村民全都惊呼起来……①（"九七本"删去）

这一段凸显朱先生像姜子牙、诸葛亮一样神机妙算，颇有故意为之的魔幻色彩。朱先生本来就被奉若神明，这一段使他更加神奇。但这一段纯属画蛇添足的过度叙事，让几十年前就死去的人扮演先知，洞悉解放后"文革"的"折腾"，可谓败笔。

（四）白孝文抓捕鹿兆鹏的内容

白孝文原是族长继承人。田小娥受鹿子霖的唆使勾搭白孝文成奸，白孝文在祠堂遭受刺刷之罚，由地主少爷沦为浪子乞丐和吸食毒品的烟鬼。田福贤保举他到县保安大队，当了地方军官。他和共产党要人鹿兆鹏又成了敌对关系。白灵受组织派遣回滋水县，冒称郝县长儿子的同学给郝县长送信，询问红三十六军在滋水县秦岭深山受敌围歼败溃后，伤病员和溃散战士的收容引渡工作，了解廖军长、鹿政委等干部的下落。随后她见到大哥白孝文。"九三本"第410页写道：

（白孝文）接着就不无遗憾地说："有天晚上，我陪岳书记去看大姑父，万万没料到共匪三十六军政委就在大姑父屋面。你猜是谁?鹿兆鹏呀!碍着大姑父的面子我不好出手，小子又跑了算是命大……"白灵的心早已缩成一蛋儿,想不到兆鹏差点栽到大哥手里……

---

① 陈忠实：《白鹿原》，第639—640页。

"九三本"第二十三章删去：

"碍着大姑父的面子我不好出手！"耳际默然回响着这句显示着职业特点和个性特征的用语……①

"九七本"第 407 页将"我不好出手"改为"我动手动得迟了。""九三本"第 411 页描写白灵的心理活动："……'碍着大姑父的面子我不好出手！'哥哥孝文的残忍狰狞，被职业习惯磨练成平淡的得意和轻俏。当时应该给他一个嘴巴，看他还会用那种口吻说那种职业用语？革命现在到了危急关头，报纸上隔不了几天就发布一条抓获党的大小负责人的消息。……""九七本"（第 409 页）将下面加点的部分删去。

"九三本"第二十四章（426 页）上半页写道：

……她同样估计不来有多少同志被当局抓去了，古城的枯井里填进去多少同志的尸体。"我碍着大姑父的面不好出手！"白灵仿佛又听见哥哥孝文职业性的习惯用语——出手，这无疑是一个绝妙的用语。一旦他出手，就宣告了一个活蹦蹦的人的死期，就给古城的枯井增加一个装着革命者的麻袋。孝文说着出手时那种顺溜的语气就像二姑父说着自己皮鞋时的得意，也像教员走上讲坛让学生打开课本一样自然。白灵真后悔没有抽他一个嘴巴，好让他记住再不许当着她的面说什么出手不出手的用语，

———

① 　陈忠实：《白鹿原》，第 410 页。

更不许他用那样顺溜自然的语调显示出手与未能出手的得意和
··
遗憾……①（"九七本"将上述加点的部分删除）
··

"九三本"突出将共产党人装进麻袋扔入枯井的恐怖，表现出滋
水县保安团军官白孝文的冷血和无情，以及白灵对哥哥白孝文职业性
残忍的震惊。"九七本"删掉"出手"这种略带褒义的词语，删掉白
灵的两段回想，减少共产党遭到杀害的恐怖感，使兄妹之间既有情感
也有政治对立，而不致敌对到不自然的境地。

三　删掉一些冗繁、污浊的段落，润色调整个别句子

（一）《白鹿原》在《当代》发表时，较大的删改有：
第七章删去：

> 皇帝在位时的行政机构齐茬儿废除了，县令改为县长，县
> 下设仓，仓下设保障所；仓里的官员称总乡约，保障所的官员
> 叫乡约。白鹿仓原是清廷设在白鹿原上的一个仓库，在镇子西
> 边三里的旷野里，丰年储备粮食，灾年赈济百姓，只设一个仓
> 正的官员，负责丰年征粮和灾年发放赈济，再不管任何事情。
> 现在白鹿仓变成了行使革命权利的行政机构，已不可与过去的
> 白鹿仓同日而语了。保障所更是新添的最低一级行政机构，辖
> 管十个左右的大小村庄。
> 　　当白鹿仓的总乡约田福贤要鹿子霖出任第一保障所的乡约
> 那阵儿，鹿子霖听着别扭的"保障所"和别扭的"乡约"这些

---

① 见《当代》1993 年第 1 期第 87 页，《白鹿原》第 425 页。

新名称满腹狐疑，拿不定主意，推诿说自己要做庄稼；怕没时间办保障所的事。当他从县府接受训练回来后，就对田福贤是一种知遇恩情的感激心情了。①

第七章删去：

骡马已经卧圈，黄牛静静地扯着脖子倒沫儿，粗大的食管不断有吞下的草料返还上来，倒嚼的声音很响，像万千只脚在乡村土路上奔跑时的踢踏声，更像是夏季里突然卷起的暴风。白嘉轩沉静下来以后，就觉得那踢踏声令人鼓舞，令人神往了。

白嘉轩后来引为终生遗憾的是没有听到万人涌动时的踢踏声。四月初八在期待中到来。②

第十二章删去：

白灵说："'国'和'共'要是有一天不团结不合作了呢？我们俩也……"鹿兆海说："我们继续团结合作，与背信弃义的行为作对！"③

第二十八章删去：

鹿子霖醒过来已到早饭时辰，在穿鞋时似乎才想到昨晚根本

---

① 见《当代》1992 年第 6 期第 37 页，《白鹿原》第 95—96 页。
② 见《当代》1992 年第 6 期第 39 页，《白鹿原》第 102 页。
③ 见《当代》1992 年第 6 期第 64 页，《白鹿原》第 194 页。

没有脱衣服，渐渐悟觉出来昨晚可能在酒醉后有失德的行为，但他怎么也回忆不出具体过程。儿媳把一铜盆温水放在台阶上。鹿子霖一边洗脸一边朝灶房发问："你妈哩？是不是又烧香拜佛去咧？"灶房里传出一声"嗯"的回答。鹿子霖鄙夷地说："烧碌碡粗的香磕烂额颜也不顶啥！"灶房里的儿媳没有应声。鹿子霖看不出儿媳有什么异常，就放心地走到明厅方桌旁坐下吸烟。儿媳先端来辣碟儿和蒜碟儿，接着又送来溜热软透的馍馍，第三回端来一大碗黄灿灿的小米稠粥，便转过身回灶房去了。[①]

（二）《白鹿原》的"九七本"删改主要有：

第七章删去：

他枕着鹿三的被卷，被卷里也散发着类似马尿的男人的腥膻气息。他又想起老人们常说的鸡毛传帖杀贼人的事。一道插着白色翎毛的传帖在白鹿原的乡村里秘密传递，按着约定的时间，各个村庄的男人一齐涌向几个贼人聚居的村庄，把行将就木的耄耋和席子裹包着的婴儿全部杀死。房子烧了，牛马剥了煮了，粮食也烧了，贼人占有的土地，经过对调的办法，按村按户分配给临近的村庄，作为各村祠堂里的官地，租赁出去，收来的租子作为祭祀祖宗的用项开销……[②]

第十三章删去：

①　见《当代》1993 年第 1 期第 114 页，《白鹿原》第 526—527 页。
②　陈忠实：《白鹿原》，第 101—102 页。

直到公元一九五零年共和国成立后，两位共产党的干部走进院子，把一块"革命烈士"的黄地红字的铜牌钉到他家的门框上，他才哆嗦着花白胡须的嘴巴喃喃地说："真个死了？！是我把娃咒死了哇！"①

第十六章删去：

鹿兆海紧走几步又停住脚，回过头去，看见白灵也站在那儿伫立不动。他走过去对她说："我明天就要开拔了……"她已忍不住滚下泪珠来："兆海哥……我还是等着你回来……"②

第十八章删去：

……那时候白嘉轩正领着取水的村民走进峪口朝龙潭进行悲壮的进军……③

（三）污秽段落的删改

另外，"九七本"还删去了一些比较庸俗的与题旨无多大关系的描写，如：

三个人都瞪圆了眼睛，屏住了呼吸，胸膛里开始发憋发闷。黑驴的前蹄踏在红马的背上，张口咬住了红马脖子上的长鬃。

---

① 陈忠实：《白鹿原》，第 208 页。
② 陈忠实：《白鹿原》，第 285 页。
③ 陈忠实：《白鹿原》，第 316 页。

白兴儿伸手托起黑驴后裆里的一条二三尺长的黑黢黢的家伙，随之就消失了，红马浑身颤抖着咴儿咴儿叫起来。①

第二十五章删去：

头回拉下的是稠浆糊一样的黄色粪便，她不大在意；晌午第二次拉下的就变成水似的稀屎了，不过颜色仍然是黄的，她仍心存一丝侥幸；第三回跑茅房的时间间隔大大缩短，而且有刻不容缓的急迫感觉……②

鹿子霖的五辈祖先叫马勺娃，讨饭进城给饭馆拉风箱烧火，为了向炉头学手艺，答应人家三件事：其一，炉头骂他要操他的姐、妈、奶等；其二，打得他遍体鳞伤；其三，鸡奸他。"九三本"第652页写道：

……炉头贴着勺娃耳朵说："我走你的后门。"勺娃愣愣地说："俺家里只有单摆溜三间厦屋，没有围墙哪有后门?你老远跑到原上走那个后门做啥?"炉头嗤嗤嗤笑着说："瓜蛋儿娃，是操你尻子。"勺娃惊诧地打个挺坐起来，沉闷半天说："我把我的工钱全给你，你去逛窑子吧?"炉头说："要逛窑子我有的是钱，哪在乎你那俩小钱!"勺娃自作自践地求饶："尻子是个屎罐子，有啥好……"炉头把他按下被窝说："皇上放着三官六院不操操母猪，

---

① 陈忠实：《白鹿原》，第72页。
② 陈忠实：《白鹿原》，第456页。

图的就是那个黑壳子的抬头纹深嘛；皇姑偷孙猴子，好的就是那根能粗能细能短能长的棒棒子嘛！"勺娃可怜地乞求："你另换一件，哪怕是上刀山下油锅我都替你卖命……"炉头当即表示失望地说："那就不说了，咱俩谁也不勉强谁。"勺娃想到前头的打骂可能白受了，立即顺着炉头的心思讨好地说："你甭急甭躁呀……你只说弄几回……就给我教手艺?"炉头朗然说："这话好说。我操你五回教你一样菜的炒法。"勺娃还价说："两回……"最后双方在"三回"上成交。

"九七本"第 647 页将上述加点的部分删掉。"九三本"说："瓜蛋儿娃，是操你尻子。""九七本"改为："瓜蛋儿娃，是这样子。""九三本"说："尻子是个屎罐子，有啥好……""九七本"改为："那是个屎罐子，有啥好……""九七本"删改后，稍好一些。

（四）个别句子的调整

这样的改动在"九七本"中共有数十处，多是从表达层面做的小调整，并未对小说的阅读产生影响。

四　在《当代》发表时出于版面及其他考虑进行的字数压缩

《白鹿原》在《当代》刊出时，做了大量的压缩和删节。主要有：小说第七章开头删去二百余字（见《当代》1992 年第 6 期 37 页，以下只列页码，十八章以后刊在《当代》1993 年第 1 期）。第九章末尾部分删去田秀才成全黑娃和田小娥一节，千余字（第 53 页）。第十一章几乎全部删去（开头只保留了一百余字）（第 59 页）。第十三章庆祝国民胜利所唱歌曲的乐谱删去（第 69 页）。第二十一章全部删去（以下均为《当代》1993 年第 1 期）。第二十二章全部删去。第二十六章删去朱先生走出白鹿村一段，约一千五百字（第80页）。第二十七章删去白灵砖砸陶部长一节，约三千字（第110页）。第二十八章删去鹿子霖酒醒及儿媳准备自杀两节，三百余字，结尾删去鹿鸣探问母亲及战友牺牲的文字，二百余字（第112—115页）。第三十一章删去孝义结婚生子，二千五百余字（第142页）。第三十三章删去鹿马勺学艺发家一段，六千余字（第152页）。小规模的删改，并不影响小说的阅读。而整章或者动辄三五千字的删除，破坏了小说的完整性，也使人物形象残缺支离。如第二十七章删去白灵砖砸陶部长一节约三千字，白灵陕西"冷娃"的性格也就无法凸显。就此而言，《当代》出于版面及其他考虑所做的字数压缩，一定程度上削减了小说的艺术完整性。

关于《白鹿原》是在修订之后获奖还是在获奖之后修订，学术界和作者之间的意见并不统一。陈忠实称"茅盾文学奖是奖给《白鹿原》（修订本）"的说法，存在"误传和误解"。第四届茅盾文学奖评到最后，评委会的负责人电话通知他，随之问他愿不愿意对小说中的两个细节做修改。"这两个细节很具体，就是书里朱先生的两句话。一句是白鹿原上农民运动失败以后，国民党还乡团回来报复，惩罚农民运动的组织者和参与者，包括黑娃、小娥这些人，手段极其残酷。朱先生说了一句话：'白鹿原这下成了鏊子了。'"另一句"是朱先生在白鹿书院里说的。鹿兆鹏在他老师朱先生的书院里养伤，伤养好了，要走的时候，他有点调侃和试探他老师，因为当时的政局很复杂，他老师能把他保护下来养伤也是要冒风险的。鹿兆鹏在和朱先生闲聊时，问朱先生对国民党革命和共产党革命怎么看，朱先生就说了一句话：我看国民党革命是'天下为公'，共产党革命是'天下为共'，这个公和共没有本质区别啊，合起来就是天下为公共嘛。（'天下为公’是孙中山的话，是国民革命的宗旨和核心）为什么国民党和共产党打得不可开交？朱先生是一个儒家思想的人，他不介入党派斗争，也未必了解孙中山之后的国民党，他是站在旁观者的角度看的，说这样的话是切合他的性格的”①。陈忠实说那一个细节他记得很清楚，就是朱先生说完之后，兆鹏没有说话，这个没有说话的潜台词就是不同意他老师的观点，但也不便于反驳，因为毕竟是他很尊敬的老师，但是也不是默许和认同的意思。后来他就接受意见修改了这两个细节。李国平和陈忠实交流时曾经问道：“《白鹿原》出版后甚至在茅盾文学奖的评奖过程中有过磕绊，似乎读者和文学界的认同好评和某种说法形成了反差，后来的情形是不是说明国家的进步，思想的进步，文学的进步？”②陈忠实的回答很含混，其中隐含着某种无法言喻的约束和无奈。《白鹿原》贯穿着“文革”后中国文学“去政治化”的努力和自主性的追求，但它仍然无法摆脱政治的磁场。“去政治化”实际上就是“文学实践在绝不放弃自主性原则或者理想的前提下，也可以说，正是在对文学自主性原则的捍卫和追求过程中，在整个社会的‘权利场域’中进行艰苦卓绝的斗争”③。尽管是修订版的《白鹿原》获得了茅盾文学奖，我们还是能够感到政治环境的宽松和文学空间的拓展。从某种意义上说，授予《白鹿原》茅盾文学奖，本身就是文学观念的进步。

　　众所周知，“只有在一个达到高度自主的文学和艺术场中，一心想在艺术界不同凡俗的人，才执意显示出他们相对外部的、政治的

① 《13年了，陈忠实还在“炼钢”》，《南方周末》，2006年8月3日。
② 详见李国平、陈忠实：《关于四十五年的回答》，《陕西日报》，2002年7月31日。
③ 朱晓进等：《非文学的世纪——20世纪中国文学与政治文化关系史论》，第476页。

或经济的权利的独立性"①。对于作家或作品设置太多的清规戒律或者
条条框框，只能限制作家艺术个性的伸展。"始知锁向金笼听，不及
林间自在啼"，"戴着镣铐跳舞"，毋庸置疑，是难以产生有艺术生命、
历史深度和精神探索的伟大作品的。

---

① 　[法] 皮埃尔·布迪厄：《艺术的法则——文学场的生成和结构》，北京：中央编译出版社
2001 年版，第 76 页。

路遥小说的道德空间

　　路遥是文学上的道德主义者。他的小说叙事，不追求建造美学的大厦，而是竭力构建道德的理想国。他以虔诚的道德热情、诚挚的生活关怀、深沉的苦难思考，以及史诗式的写作追求，形成了朗润和畅而又浩荡澎湃的艺术世界。他的小说，灌注着其关于人生的道德信念、道德激情和道德理想，是"以道德完善为目的"的关爱人、教诲人、鼓励人、重塑人的布道式文学。他以审美的形式参与社会生活，以"城乡交叉地带"为叙事中心，聚焦"平凡的世界"中奋斗者的生活，将过去、现在和未来整体性地贯穿起来，给予"奋斗者"和"孤独者"以巨大的道德感化和精神慰藉，表现出强烈的时代精神、深沉的历史意识和巨大的精神能量。他的代表作《平凡的世界》汇聚了其所有的道德热情和道德理想，成为众多读者极为欢迎的道德"训诫书"和精神"圣经"，在当代文坛形成了"畅销"而又"长销"的文学景观。同时，《平凡的世界》因"落伍"的现实主义叙事、松散的艺术构架、道德感的"肥大增生"等问题，遭到了学院派和文学史的冷落。近年来，由于众所周知的原因，《平凡的世界》又受到高度赞誉。因此，如何阐释其"阅读"与"评价"的两极现象，尤其是如何定位其道德书写，阐释其道德空间，成为路遥研究中至为关键的问题。

一

在路遥的小说中，传统道德与现代生活、理性与情感之间的矛盾和冲突，成为其"痛苦而富于激情"的叙事主题。用路遥的话来说，即是"当历史要求我们拔腿走向新生活的彼岸时，我们对生活过的'老土地'是珍惜地告别还是无情地斩断呢"？在这一社会转型过程中，我们"将付出巨大的代价，其中就包含着我们将不得不抛弃许多我们曾珍视的东西"①。面对现代生活与传统道德的巨大冲突，路遥无法割断同道德传统、乡土伦理的联系，其道德理想的德性论选择，无意识地流露出对传统道德的眷顾，同时也体现出明显的现代性道德焦虑。他聚焦城乡交叉地带，通过青年奋斗者在人生十字路口的两难选择，表现乡村生活与现代生活的互渗和冲突，展现了传统道德与现代生活的纠结碰撞和尖锐冲突，形成了以道德书写为中心，以人情美和人性善为道德尺度，以道德完善为叙事母题，以道德理想国的审美重建为旨归的叙事特征。

路遥在小说创作伊始就体现出以道德为尺度、以道德完善为旨归的叙事特征。从道德美学的角度来看，"在本源的生命活动中，审美的活动必然要求符合道德的意愿，道德的意愿往往必须满足审美者的生命意志"②。在路遥的小说里，作为人类生命本源的道德活动和审美活动做到了内在的统一。他也是当代少数几个能将道德活动和审美活动做到内在统一的小说家。不过，这种道德的审美化在他小说里的表现并不是一成不变的，而是呈现出极大的不稳定性和不均衡性。在

---

① 路遥：《早晨从中午开始》，北京：十月文艺出版社 2013 年版，第 61 页。
② 李咏吟：《审美与道德的本源》，上海：上海人民出版社 2006 年版，第 1 页。

他早期的作品中，我们可以看到时代变化在道德领域引起的冲突与变化，这种变化以传统的德性论为价值天平，体现出界限清晰、黑白分明的道德判断。如《惊心动魄的一幕》中的马延雄，在史无前例的动乱岁月里，面对复杂的形势和艰难的个人处境，能够处危不惊、临危不乱，表现出一位县委书记的魄力和共产党员的正气。小说过多停留在外部氛围的渲染上，没有深入开掘人物的内心世界，形象简单而又粗糙，道德世界也显得政治化和理念化。《姐姐》中的"姐姐"生于农村，却爱上了城里的洋学生高立民。后来生活变化，高立民抛弃了这个淳朴善良的乡下姑娘。故事没有跳出"痴心女子负心郎"的传统观念，体现出城市与乡村的道德冲突和精神差距，但作者并没有深入开掘下去。《你怎么也想不到》中的郑小芳，大学毕业后拒绝了城市生活的诱惑，抛弃热恋的爱人，毅然回到童年梦想的毛乌素沙漠，去实现自己的理想。这种无私而又崇高的精神世界，只是对时代精神简单诠释、高度认同，没有提供出时代精神所规定的更多的东西。《黄叶在秋风中飘落》的卢若琴，一个乡村学校的女教师，有着纯洁美好的心灵。她不能忍受同事高广厚被妻子刘丽英折磨，不能忍受当文教局长的哥哥卢若华觊觎并挖走高广厚的妻子。出于母性和同情，还是姑娘家的她不顾闲言碎语，照顾同事高广厚，把他的孩子当作自己的孩子。面对哥哥卢若华的辩护，她镇静地说："是的，你没违法。但不道德！"[①]"道德"或"不道德"，可以说是路遥人物塑造的中心和衡量人物的唯一标尺。他前期小说中的马延雄、马建强、吴亚玲、郑小芳、卢若琴、高广厚等，虽然都称不上高度饱满的"圆形人物"，但由于"突出了内在精神的核心是道德的内化——平凡的人物因此获

---

① 路遥：《黄叶在秋风中飘落》，载路遥《人生》，北京：十月文艺出版社 2013 年版，第 202 页。

取了不同凡响的精神境界和闪光的性格"[1]，散发出迷人的道德诗意和人性光辉。在《人生》中，路遥呈现出复杂的道德态度，道德书写到达了其前所未有、后所未至的境地，传统道德和现代生活的冲突得到了圆融而集中的表现。一方面，高加林追求属于自己的生活，要实现自己的价值，甚至表现出膨胀的野心和坚决的个人主义——"我联合国都想去"[2]。在现代社会中，这无可非议；另一方面，他的选择要以抛弃巧珍和传统道德为代价，无疑会受到道德的批判和良心的谴责。在这种两难的人生选择和道德取舍中，高加林无论如何选择，都无法解开现代生活和传统道德之间的纽结，无法获得熊掌鱼肉兼得的圆满人生。因而，小说的道德世界具有前期小说所不曾拥有的复杂性和矛盾性，呈现出涵咏不尽的美学蕴藉。高加林选择离开土地，我们看到了城市生活和现代文明对农村青年难以阻遏的诱惑，同时也看到了传统道德伦理的脆弱。但在最后，生活却同高加林开了个玩笑，现代生活和浪漫爱情离他而去，他只得回到他嫌弃并千方百计离开的乡土世界。德顺爷对他进行了严肃的道德训诫："就是这山、这水、这土地，一代一代养活了我们。没有这土地，世界上就什么也不会有！是的，不会有！只要咱们爱劳动，一切都还会好起来的。"[3]从中我们可以看到乡土的包容性，看到传统道德和乡土人情的感染力。高加林所处的环境找不到第三条出路，他的遭遇，无意之中也表现出现代文明和城市生活的理性和无情，透露出某种怀疑甚至拒斥。

　　《平凡的世界》所表现的传统道德与现代文明的强烈冲突已经完

---

[1]　胡辉杰：《路遥：德性的坚守及其偏执——以〈平凡的世界〉为中心》，《理论与创作》，2004年第 2 期。

[2]　路遥：《人生》，载路遥《人生》，第 133 页。

[3]　路遥：《人生》，载路遥《人生》，第 183 页。

全和解，传统道德在面对生活苦难、身份认同危机等方面，体现出巨大的道德和精神上的优势。孙少安、孙少平没有了高加林的复杂处境和矛盾选择，个人追求与道德规范之间的关系不再是剑拔弩张的，而是体现出和谐的统一。他们在一次次道德磨砺和苦难考验面前，不断趋于完善和完美，最终如虔诚的宗教徒一样，甘愿为理想道德和理想生活受苦受罪，成为通体透明的真善美的化身。在路遥看来，他们这些普通劳动者的身上蕴含着中华民族的传统美德，有一种生生不息的韧性、朴实和淳朴，这是我们这个民族得以延续的最为宝贵的精神资源。他们身上，"表现了我们这个国家、这个民族的一种传统美德，一种生活中的牺牲精神"，并且坚信"不管社会前进到怎样的地步，这种东西对我们永远是宝贵的"。①孙少安虽然也有自己的人生理想，但在传统的道德担当影响下，他还是义无反顾地辍学回家，同父亲一道担起家庭的重担。在历史和生活的双重重轭下，他表现出崇高的道德诗意。孙少平也体现出道德方面的光辉。无论是对落难的郝红梅的搭救，还是在打工时对遭遇凌辱的小女孩的同情和帮助，都散发出人情美与人性美的光辉。这不禁使我们想起《战争与和平》里的彼埃尔公爵：经过战争的洗礼之后，他浑身散发出伟大的人性光辉。娜塔莎当着玛丽小姐的面这样夸赞他："他变得干净、整齐、有生气了；好像从浴室里出来的一样，你明白我的意思吗？——好像精神上洗过澡一样。"②《平凡的世界》可谓是"中国的道德浴室"，一代代青年都渴望在这间浴室里清洗自己的道德污秽和精神委顿，寻找心灵的安妥，舒展理想的翅膀，磨炼奋斗的意志，书写属于自己的精彩人生。

---

① 路遥：《关于〈人生〉的对话》，载路遥《早晨从中午开始》，第149页。

② ［俄］列夫·托尔斯泰：《战争与和平》（下），张捷译，南京：译林出版社2011年版，第1246页。

我们可以说，路遥是一位青春歌手，更确切地说，是一位洞察青年心灵的伟大牧师。他完成了关于青春的伟大发现。他之所以被那么多人称道，被那么多人敬仰，也正因为他的道德理想国散发出的温暖和诗意。康拉德认为，都德"通过对不幸的明晰洞察，有着对信仰的深刻体悟，并且这种体悟以不可抗拒的魅力深入人心。他告诉人类在遭受饥饿、欲望与暴行的时候不要盲目行动，而应该时刻以最为美好的道德信仰为心灵归属。这也正是艺术所要极力达到的超越目标"[①]。他"总是用明朗的孩子般纯真的眼睛看待世界，因为他觉得世界本就应该如此明净，不含杂质，就像雨后洗过的澄澈天空。他心中的责任感逼迫着他丝毫不敢倦怠地表达着他的同情、他的愤怒、他的困惑、他的良知。在刻画这些人类情绪的时候，都德都没有遵照逻辑的顺序，他只是善于捕捉心灵的瞬间，把潜意识中流动的心绪加以灵感的阐述。他可以忍受小小的邪恶，也可以对一些不好的小癖好持一种宽容的态度；他绝不能容忍的事情只有一件，那就是铁石心肠"[②]。路遥亦是如此，他"时刻以最为美好的道德信仰为心灵归属"。以他为开端，一代代青年开始了新的生活。在他之后，很难再有人享受这份荣耀。《平凡的世界》所具有的非凡感染力和震撼力，"来源于一种强烈的对人性的道德关怀，这种关怀进而便为展开深刻的心理分析提供了角度和勇气"[③]。这种明确而坚定的道德理想和精神指向，是路遥小说最为突出和鲜明的艺术特征，同时也形成了他小说春风化雨般的感染力和同化力。路遥曾说："我们应追求作品要有巨大的回声，这回声应响

---

① ［英］康拉德：《阿尔丰斯·都德（1898）》，载康拉德《生活笔记》，傅松雪译，南京：江苏教育出版社2006年版，第37页。
② ［英］康拉德：《阿尔丰斯·都德（1898）》，载康拉德《生活笔记》，傅松雪译，第39页。
③ ［英］F.R.利维斯：《伟大的传统》，袁伟译，第208页。

彻过去、现在和未来。"①他在历史、现实和未来之间寻找可以贯通的"永恒"，这种"巨大的回声"和"永恒"，既是强烈的时代精神，也是深沉的历史感，更多的是纯净的道德诗意和灿烂的精神光芒。

在路遥具有英雄主义特征的道德意识里，"生命应该是壮观的，就好像云雀一定要搏击长空"②，小说中的人物也大致以这种情结来完成自己的人生。因而，他的小说从某种程度上说，不是来源于艺术，而是来源于其性格。对于路遥来说，生活中若不充满激情，便不成其为生活。困境中的坚守、奋斗与激情，严肃而迫切的道德关怀，是路遥小说无法回避而又充满光辉的亮点。孙少安和孙少平等在传统道德的灌溉下，以坚强的意志、不屈的精神，与贫穷、困境、苦难抗争，坚定地维护并确立自己的尊严、价值、理想与意义，在困境和苦难的磨砺中，形成了自尊自立、自强不息的苦难哲学和人生精神。正如孙少平在写给兰香的信里所说的："首先要自强自立，勇敢地面对我们不熟悉的世界。不要怕苦难！如果能深刻理解苦难，苦难就会给人带来崇高感。亲爱的妹妹，我多么希望你的一生充满欢乐。可是，如果生活需要你忍受痛苦，你一定要咬紧牙关坚持下去。有位了不起的人说过：痛苦难道是白忍受的吗？它应该使我们伟大！"③路遥用质朴、诚挚和纯粹作为写作的墨水，总能把日常生活和平凡世界里的琐碎现象拉伸成道德信念和精神信仰的一部分。他也虚构，但更多是将生活和盘托出，呈现出最为真实和本质的存在，在众声喧哗中给生存于苦难之中、在困境中挣扎的人群和青年以方向指引和贴心抚慰。他不像托尔斯泰和陀思妥耶夫斯基那样去考问灵魂，或者揭发人性的暗

---

① 路遥：《答中央广播电视大学问》，载路遥《人生》，第 196 页。
② ［英］康拉德：《海的故事（1898）》，载康拉德《生活笔记》，傅松雪译，第 103 页。
③ 路遥：《平凡的世界》（第二部），北京：十月文艺出版社 2013 年版，第 360—361 页。

面；他倾注心力，感受乡村生活的喜怒哀乐，书写底层群体和青年平凡、充实而又充满温情的生活，发现日常生活中的闪光点，平凡世界里有"金子般心灵"的人们。你可以说他不是杰出的艺术家，但他绝对是伟大的布道者。他总是"把关注普通大众的人生作为自己审美的价值取向，总是于苦难意识与悲剧情节中展现一代农民（特别是青年农民）的奋斗的精神美，而这正是中国当代'城乡交叉地带'曾经拥有和正在拥有的现实"。他通过孙少平热烈赞美自尊自强、积极进取的向上精神："我们出身于贫苦农民的家庭——永远不要鄙薄我们的出身，它给我们带来的好处将一生受用不尽；但是我们一定要从我们出身的局限中解脱出来，从意识上彻底背叛农民的狭隘性，追求更高的生活意义。"①这种不向挫折低头、勇于奋斗拼搏的精神，是路遥心中的理想人格，也是他对人生和青春意义的真诚诠释。他笔下的人物像广袤沉雄的黄土高原一样，用宽厚坚硬的脊梁承载起了一个民族的繁衍、生存与发展。正如孙少安决定要办砖厂时作者所发的议论："什么是人生？人生就是永不休止的奋斗！只有选定了目标并在奋斗中感到自己的努力没有虚掷，这样的生活才是充实的，精神也会永远年轻！"②这些奋斗和拼搏不是于连式的不择手段，不是现代社会弱肉强食的丛林法则，也不是狂热的英雄主义，而是一种如沐春风、坚实坦荡、深沉刚毅的"硬汉子精神"——以最为美好的道德信念和坚定的精神信仰为归宿。这正是伟大的艺术所要极力达到的目标。对于熟谙人情世故、麻木世故的成年人而言，《平凡的世界》与现实世界确实隔着一层厚障壁，因为它没有写出世道的阴险、人性的险恶和生

---

① 路遥：《平凡的世界》（第二部），第360页。
② 路遥：《平凡的世界》（第二部），第350页。

活的龌龊。正是对纯洁、善良、美好心灵的呼唤，对理想的坚守和追求，对于美好事物和幸福的期待，使它在心灵尚未衰老者之中拥有大量的读者。这正如格拉宁在评价苏联作家格林的中篇小说《红帆》时所言："当岁月蒙上灰尘并失去光辉的时刻，我拿起格林的作品，翻开他的任何一页，春天立即破窗而入。一切都变得明亮和光彩。一切又像童年时代那样神秘莫测和令人激动。"对路遥产生过影响的纳吉宾则说："如果成年时代还热爱格林的话，那就是说他已经避免了心灵的衰老。"①《平凡的世界》无疑也是《红帆》一样的作品。

　　路遥的道德叙事存在的问题和弊端也十分明显。他的道德叙事统摄一切，没有深入内化到人物的心灵深处，体现出浅表化、平面化和理念化的特征。这种道德取向正如有学者所言："他不去着意开掘平凡世界中深藏在平凡人身上的民族劣根性，而是更多地关注他们身上潜在的传统美德，特别是他们在社会变革中克服自身弱点走向自我觉醒的痛苦历程。"②缺乏道德思考的多维性，就难免出现道德理想化和肤浅化的问题。在道德选择上，路遥也表现出矛盾的态度，不由自主地体现出对传统道德的眷顾和对现代生活的拒斥。一方面，路遥肯定传统道德在维系、保持美好人情、人性方面的作用，对传统道德体现出感情上的依恋。另一方面，他敏锐地感受到了传统道德的价值理性，在现代文明的工具理性和城市生活的物质压迫下失去了存在的基础和空间，不合时宜且不堪一击。在传统道德与现代文明的矛盾和两难中，路遥力图用善良、仁义、同情、包容等传统道德伦理，挽救现代文明冲击下的道德滑坡。这种努力，实际上是希望在现代性的背景

①　章廷桦：《格林和他的〈红帆〉》，载格林《红帆》，重庆：重庆出版社1985年版，第14页。
②　周承华：《在现代理性和传统情感之间：论〈平凡的世界〉的审美特征》，《小说评论》，1994年第1期。

中重建德性论的道德理想国，契合现代社会个体道德的选择，却很难建立社会性的道德规则。在谈到《在困难的日子里》时，路遥曾感叹道："在当代现实生活中，物质财富增加了，我们常常看到这样一种现象：人们的精神境界和道德水平却下降了；拜金主义和人与人之间表现出来的冷漠态度，在我们的生活中大量地存在着。"①可以说，《在困难的日子里》以及《平凡的世界》都充斥着这种道德拯救的诉求，并且取得了空前的成功，我们的心灵也得到了道德净化，但现实中道德的困惑以及生活中的道德困境并不能因此消释。在进行道德的自我审视和考问的同时，我们不由自主地会超越简单的道德抒情，去考虑具体化的道德语境和深层次的道德规范问题，去思索造成这些苦难的原因，谁对这些苦难负责，忍受这些苦难的必要性，苦难是否一定能够使人成功成材等问题，即苦难的正义性和合法性的问题。这些表面看来虽然超越了路遥的道德叙事，实际上却是路遥道德叙事和苦难书写的内在出发点。只有解决了这些问题，我们对路遥的道德叙事和苦难书写的透视和把握才具有本质性和历史深度。从这些方面来看，路遥表现出道德决定论和精神决定论的认知偏颇，缺乏道德探究和道德反思，存在着将苦难合理化、神圣化、诗意化，将道德简单化、抒情化和理想化的问题。

路遥在小说中写道："我们活在人世间，最为珍贵的珍视的应该是什么？金钱？权利？荣誉？是的，有些东西也并不坏。但是，没有什么东西能比得上温暖的人情更为珍贵——你感受到的生活的真正美好，莫过于这一点了。"②一方面，他高度认同并礼赞乡土社会的人情

---

① 路遥：《这束淡弱的折光——关于〈在困难的日子里〉》，载路遥《早晨从中午开始》，第104 页。
② 路遥：《平凡的世界》（第三部），第 24 页。

人性；另一方面，对于传统道德存在的问题以及乡村社会人情世故的复杂，他也并非视而不见。他通过孙少平在远门舅舅家的遭遇，道出了他对于乡村社会道德伦理的理解。尽管这番议论在整部小说对传统美德和道德的褒扬中显得微不足道，但无疑是洞悉其对乡村社会道德伦理认识的一个重要窗口。舅舅和妗子的无情无义，使孙少平"第一次深深地感受到，人和人之间的友爱，并不在于是否亲戚。是的，小时候，我们常常把'亲戚'这两个字看得多么美好和重要。一旦长大成人，开始独立生活，我们便很快知道，亲戚关系常常是庸俗的；互相设法沾光，沾不上光就翻白眼；甚至你生活中最大的困难也常常是亲戚们造成的；生活同样会告诉你，亲戚往往不如朋友对你真诚。见鬼去吧，亲戚！"①。路遥童年所遭遇的不幸、乡村社会道德伦理的势利，以及他经历的"文革"对传统道德美好方面的破坏，都使得他的道德书写具有一种"补偿"意识，因此他没有对国民劣根性进行挖掘、透视和表现，更多的是积极表现传统道德与乡村伦理中美好淳朴、温情脉脉的一面，以此求得心灵上的慰藉。同时，也"由于路遥难以割舍的乡土感情，使他不可能从理性上达到揭示农民意识的高度，巨大深沉的乡土意识笼罩着他整个的精神空间，使他往往从情感上为他的乡土人物抹上了一道浓重而动人的光环，而总是让人觉得缺少了一点冷峻———一种对乡土的冷峻审视"②。路遥常常用强大的道德意念去面对生活中的问题和人生的苦难，他用道德诗意去解化一切问题，用克己利他、仁爱善良去面对他人，用苦难哲学去反观人生和理想。这种道德叙事，与现代社会的个体生活无疑有着契合点，不仅仅

---

① 路遥：《平凡的世界》（第二部），第 143 页。
② 赵学勇：《路遥的乡土情结》，《兰州大学学报》（哲学社会科学版），1996 年第 2 期。

是个人道德完善，同时也是现代社会中需要珍视保留的一面。也正因为如此，他小说中的道德诗意才获得了人们的巨大认同和强烈共鸣。但与此同时，他的道德激情遮蔽了现实处境的复杂，悬置了道德的历史具体性。比如，田润叶和李向前的婚姻，是迫于社会关系的无奈结合，没有任何爱情基础，可谓"不道德"的婚姻。在丈夫遭遇车祸失去双腿之后，同情、怜悯、责任等使得田润叶弥合了爱情的伤痕，传统道德战胜了感情裂痕和个人意识，"不道德"的婚姻散发出道德的诗意。王满银游手好闲、不务正业，兰花忍受着肉体和精神上的双重折磨，但却固执地恪守传统的女性的"妇道"，不忍离开他，放弃对自己权利和幸福的追求。由此我们可以看到传统道德观念的凄美，以及巨大的文化惰性。一旦偏离了传统道德，人物就会受到惩罚。比如卢若华同高广厚的妻子相恋，拆散了高广厚原本和睦的家庭，遭到了传统道德的强烈谴责。浪漫的杜丽丽同诗人古风铃偶然出轨，在现代爱情和传统道德的煎熬中，杜丽丽同丈夫两人都痛苦不堪。路遥无意识地流露出对传统道德的赞同，体现出价值判断上的偏颇。再如高加林、孙少平在社会转型中表现出的身份危机，作者让他们完善自身的道德并广施善行，简单地用温馨的道德抚慰，掩盖了更为复杂的传统道德与现代观念、农村生活与城市文明之间的冲突。传统道德是否能够拯救他们，是否能够摆脱乡村社会固有的落后蒙昧，是否能够使他们完成精神上的现代意义的解放，是值得质疑和反思的。对这些路遥显然缺乏思考，由此造成的缺点和不足并没有对小说造成决定性的影响。读者更为看重的是小说中人物珍视亲情、友情、爱情，身处逆境、面对苦难时能够坚守传统道德，坚持道德的自我完善，以及坚定追求梦想的奋斗精神。

二

在道德观念上，路遥是德性论者。德性，即我们通常所论的道德品质和道德情操。德性论的目标和方法有两个方面："首先是追问和回答人格理想是什么，然后才是以这一人格理想为目标的实现自我完善的方法。一个人实践自我完善的修养方法在自身之所'得'，就是道德品质。"换言之，德性论的基本问题就是应当做一个什么样的人，如何按照一种预设的理想的道德人格，完成个人道德的自我完善和自我实现。其"主张道德评价的对象是一个人的内在的道德品质，而反过来，一个有道德的人，就是具有良好的道德品质和道德情操的人。这听上去似乎是理所当然、乃至天经地义的，由于我们的道德传统乃至于所有的前现代社会的道德传统都是某种德性论的传统，所以我们也许会把道德和德性完全等同起来，把德性论当作是唯一的道德理论"①。在路遥小说里，如何在道德上自我实现和自我完善，如何做一个道德完人是其紧紧围绕的叙事中心。其小说的精神力量也是由此喷涌而出。路遥将道德设想为一种自我发现，在他小说写作的初期，就形成了稳定而完善的道德尺度。他之后的小说叙事，虽有略微的变化和调整，但他的道德倾向和道德态度一直是清晰稳定的。

从道德形态的形成来看，路遥以中国传统的德性论为底色，俄罗斯文学以及柳青文学的道德经验也参与了其道德观念的形成。尽管这三者的程度和分量无法确定，但他们相互作用、共同塑造了路遥的德性论道德观念。德性论的道德观念诉诸小说叙事的过程中，路遥汲取了列夫·托尔斯泰、拉斯普京、艾特玛托夫、恰科夫斯基等俄罗斯

---

① 崔宜明：《道德哲学引论》，上海：上海人民出版社 2006 年版，第 89 页。

作家的叙事经验。俄罗斯文学的宗教意识、救世主题、苦难意识、道德态度、叙事方式、人物塑造，以及人道主义精神和人文情怀，都对路遥产生了重要影响。这其中，托尔斯泰的影响要更大一些。托尔斯泰是路遥最喜欢的作家之一，他喜欢托翁的全部作品。在《平凡的世界》的创作准备时期和创作中，他一直在反复研读托尔斯泰的作品。托翁宏大的史诗模式、结构作品的方法、人物的出场和塑造、人物的道德完善，都对路遥起到极其关键的影响。在长篇随笔《早晨从中午开始》中，路遥征引了契尔特科夫记录的托翁的一段话："在任何艺术作品中，作者对于生活所持的态度以及在作品中反映作者生活态度的种种描写，对于读者来说是至为重要、极有价值、最有说服力的……艺术作品的完整性不在于构思的统一，不在于对人物的雕琢，以及其他等等，而在于作者本人的明确和坚定的生活态度，这种态度渗透整个作品。有时，作家甚至基本可以对形式不作加工润色，如果他的生活态度在作品中得到明确、鲜明、一贯的反映，那么作品的目的就达到了。（契尔特科夫笔录，一八九四年）"[1]路遥的小说，也持有"明确和坚定的生活态度"。可以说他继承了托翁的艺术追求，能够返归内心、坚守本性，具有稳定的道德态度和价值判断。在《平凡的世界》里，我们可以清晰地看到托尔斯泰式的道德说教，具有普遍人性的简朴和坚韧地受难的崇高。我们都热爱作为艺术家的托尔斯泰，厌恶他小说中的布道，但我们"很难把艺术家的托尔斯泰和说教者的托尔斯泰简单地一分为二——同样深沉低缓的嗓音，同样坚强有力的肩膀撑起一片景致，以及丰富的思想"[2]。托尔斯泰的道德说教

---

[1] 路遥：《早晨从中午开始》，第 20 页。

[2] ［美］纳博科夫：《俄罗斯文学讲稿》，丁俊、王建开译，上海：上海三联书店 2015 年版，第 141 页。

"如此温和、暧昧，又远离政治，同时，他的小说艺术如此强大，熠熠生辉，如此富有原创性而具有普世意义，因此后者完全超越了他的布道。归根结底，作为一个思想家，托尔斯泰感兴趣的只是生与死的问题，毕竟，没有哪一个艺术家能够回避这些问题"[1]。托尔斯泰的小说艺术深植于他的道德感之中，他认为小说是有罪的，艺术是不道德的，"创作的孤独与同人类连接的冲动所构成的激烈的内心冲突，即作为布道者的托尔斯泰和作为艺术家的托尔斯泰之间的冲突，积极的外向者和伟大的内向者之间的冲突"[2]一直潜藏在他的灵魂之中。尤其到晚年，这种斗争愈演愈烈。托尔斯泰认为，个人只有融入到上帝悲悯注视的人类之中，才可能获得内心的宁静和幸福，个人才有可能获得拯救。他超越了简单的道德申诉和判断，关注的是超时间的人类最本质最核心的问题，譬如生与死、罪与罚、爱情与婚姻、忠实与背叛等，具有永恒的价值和意义。路遥没有托尔斯泰这种"积极的外向者和伟大的内向者之间"的斗争和冲突，也不像托翁那样将人们引向宗教或者天国。路遥没有也不可能有这样的精神环境和思考深度，他由德性论主导的道德认知，完全扎根在现实的土壤之中，并期望对现代转型中社会的道德滑坡和个人的道德迷惘产生影响。因而，路遥的道德态度中没有"外向者"和"内向者"的冲突。在他的道德世界里，这两者可能有小抵牾，但整体上是和谐的、无冲突的。传统道德在现代生活中不但不能抛弃，而且是可以利用和凭借的精神资源。因此，在他的小说叙事中，我们可以看到：他没有对传统道德存在的问题以及适用的语境范围做出思考，而是由道德完善主导了一切，压倒

---

① 　[美]纳博科夫：《俄罗斯文学讲稿》，丁俊、王建开译，第 139 页。
② 　[美]纳博科夫：《俄罗斯文学讲稿》，丁俊、王建开译，第 237 页。

了个人意识和美学意识，甚至表现出与时代话语的简单认同。从叙事上看，路遥也没能像托尔斯泰那样，保持作者同人物的适当距离，而是充分地利用全知全能，不断地强行介入，插入解释和判断，以保持历史叙事和道德判断的权威。

在路遥审美道德意识的形成过程中，他的文学教父柳青对他产生了不可忽略的影响。柳青笔下梁生宝式的"高大全"的政治英雄，在路遥这里发展为人格完美的道德英雄。孙少平、孙少安是千千万万个农村青年中的一分子，他们在逆境中总是百折不挠地去完成自己的使命，追寻生活与生命的意义。这和柳青笔下的承载着意识形态期待的政治英雄梁生宝已截然不同。他们没有了宏大的历史使命，在人生的困境和生活的苦难面前，努力拼搏，认真履行自己的责任和义务，追求真善美，追求道德的完善，追求人性的美好，以自己的行动诠释了平凡世界里的新英雄形象。路遥"将农村一代又一代人生活的悲哀和辛酸，同农村家庭生活、人伦关系的温暖情愫，溶解于人的经济、政治关系中，让严酷的人生氤氲着温馨的人情味"[1]。路遥"在创作中始终要求自己'不失普通劳动者的感觉'，他不是像'民粹派''启蒙派'那样'到民众中去'，而是'从民众中来'，他不是为民众'代言'，而是为他们'立言'，他自身的形象经常是他笔下的典型人物形象——浑身沾满黄土但志向高远的'能人''精人'合二为一。以'血统农民'的身份塑造出从中国农村底层走出来的个人奋斗的'当代英雄'，这是路遥对当代文学的独特贡献"[2]。正因为这一点，路遥与千千万万在"城乡交叉地带"以及在困境中奋斗拼搏的青年们，产生

---

① 李星：《无法回避的选择——从〈人生〉到〈平凡的世界〉》，《花城》，1987 年第 3 期。

② 邵燕君：《〈平凡的世界〉不平凡——"现实主义常销书"生产模式分析》，载李建军编著《十博士直击中国文坛》，北京：工人出版社 2004 年版，第 277 页。

了灵魂与精神的共振，并赢得了他们永远的尊敬和爱戴。柳青笔下的梁生宝，在今天看来虚假刻板，不过是政治正确的传声筒罢了。路遥则将这种虚假的乐观主义转化为坚定的道德信条，并使之散发出迷人的魅力。但他们笔下的人物又有相同之处，那就是无论是梁生宝，还是孙少安、孙少平，在出场时道德世界已经基本定型，现实环境的影响以及生活的磨砺，只不过是为了论证或者完善预设的道德律条。由于思想深度和精神资源的限制，路遥没有其他可以凭借的精神资源，因而在他看来，个人的奋斗、接受苦难以及道德完善是最为理想和可靠的救赎通道。

小说艺术的道德伦理书写，源于人性自身以及人类社会的要求。倘若作者感觉到道德伦理是一种压力，就等于掷弃了本应承担的道德责任。约翰·罗斯金说过："艺术只有以道德完善为目的时才是在自己相宜的位置上。艺术的任务——是关爱地教诲人。假如艺术不是帮助人们揭示真理，而只是提供愉悦的消遣，那么它就是可耻的事业，而非崇高的事业了。"[①]但是路遥的这种目的论道德观念，作为个体的道德追求被设定了，个体的任务就是发现什么是值得追求的并正确地执行。一旦知道了什么是正确的，个体就不会做错事或者坏事。但我们要反思的是，难道意识形态和社会观念对人的道德意识没有影响吗？当意识形态的道德观念和个体普遍的、正确的道德追求冲突甚至相反时，个体的道德如何实现？意识形态会不会导致不道德的压迫性专制？另外，如果道德陈述和事实陈述相反，即某种虚假的道德成为一种悬浮的意识形态，而实际生活却遵循另一种道德伦理，那么道德

---

① ［俄］托尔斯泰：《托尔斯泰读书随笔》，王志耕、张福堂译，上海：上海三联书店 2007 年版，第 178 页。

就陷进了逻辑黑洞。如我们将"不准盗窃"确定为普遍性的道德，而在实际中，大家却都偷窃，而且觉得这是正常行为，那么"道德"的意义就消失了。我们也应该看到，路遥小说中人物所面临的问题和苦难，是城乡二元体制以及其他社会体制问题造成的，个人的奋斗和抗争根本无济于事。对于他个人而言，如何处理这一问题，是十分矛盾和疑惑的，他更多的是用模糊的叙事予以回避，让人物回到自己道德的理想国，用自我的道德去完善，对体制化、等级化等社会问题并没有深刻的反思。至少在路遥的作品中，我们可以看到，他是有政治情结的。他关心政治、政策包括领导人变化带给人们生活的变化。他也会偶尔讽刺、挖苦基层领导在决策等方面存在的问题。但总体上而言，他对政治、政策是充满信任和满抱希望的。当然，更重要的原因可能是路遥无法超越自己的知识体系和认知判断，形成思考社会体制的深层次问题的能力，或者他即使有这种能力，但心不在焉。在历史和生活的"当局"中，我们很难有作家像巴尔扎克那样，超越自己出身的局限。再加之我们也知道，路遥写作的八十年代，整个社会有着普遍广泛的共识，社会各个阶层有着流动和跨越的可能性，整体上体现出一种明朗、积极、乐观的理想氛围。不过，从《平凡的世界》里，我们还是可以看到路遥强烈的宿命感。高加林、孙少安、孙少平等的失败命运，透露出路遥心灵深处潜藏的悲恸和忧伤。他们都努力奋斗、拼搏过，但最后都失败了，没有一个是成功者。他们打动读者的是桑提亚哥式的硬汉精神，不断地去拼搏，不断地去抗争，力图"扼住命运的喉咙"。作品打动读者的，也正是这种西绪福斯式的抗争宿命的精神。

　　路遥的道德书写尽管存在着上述问题，但他以宗教般的虔诚形成了温暖可人的道德理想国。他用纯洁美好的道德诗意抚慰着平凡人的心灵世界，给予困境中的人们以温暖、力量、希冀和奋斗的信心。在这样一个拜权教、拜物教盛行无阻并覆盖一切的时代，路遥温暖了平凡者的心灵，捍卫了人的尊严和灵魂，树立起了精神的大纛。这是路遥写作的重要意义所在。

三

按照阐释学的观点，文本将阐释者带入了陌生的世界。阐释者的视界不同，对作品意义的理解就会不同。阐释者总是从自己的需要出发，做出自己需要的理解和阐释。但如果脱离了诉之于个体的阅读经验，脱离了文本产生的历史语境和意义指向，阐释者就犯了怀特德所谓的"错置具体感的谬误"。也就是说，一个同样的东西，在不同的时间和环境中，其意义和功能是不同的。如果放错了地方，它的意义和功能就可能被扭曲。路遥小说的阅读和阐释，目前即面临着这样的问题。

路遥小说的道德观念，是古典的前现代社会的德性论伦理学。其和规范论伦理学的相同之处是都强调道德中的理性因素，不同之处在于"规范论伦理学是根据理性的原则来确定行为的规范，行为规范的普遍性来自于人类理性的普遍性，而德性论伦理学是要求从美德出发、运用理性权衡当下的具体环境和条件去行为，而并不要求普遍性的行为规范。正是在这里，突出体现着传统社会和现代社会不同道德评价体系的历史性差异，突出体现着不同伦理学理论形态的历史性差异"[1]。德性论这种前现代的道德形态，既是路遥无法摆脱的历史局限，同时也造就了其无可匹敌的优点。路遥不可能双脚悬空，去书写

---

① 崔宜明：《道德哲学引论》，第92—93页。

现代社会的道德观念，他无力去书写，也不可能去书写，这也不是他文学世界的图景。他对德性论的道德观念的认识可能是含糊的，但他的写作是清楚的。他将充沛的道德激情灌注其中，产生了巨大的感召力和影响力。需要清楚的是，路遥小说的道德影响建立在个体自由选择的基础之上，建立在路遥的道德态度、道德召唤同读者的阅读期待、道德选择的认同的基础之上，因此才产生了强烈的道德共振和精神共鸣。我们知道，"道德评判文学作品，只能根据每一代人所接受的道德准则，不论那一代人是否真正按照道德标准生活"[①]。当时代变化了之后，上一代人接受的东西，下一代人可能要反对。而上一代觉得震惊的事，下一代可能泰然自若地接受了。文化背景的差异、个体经验的差异、时代环境的差异，都可能使得读者做出不同的道德解读。也即是说，当文学中含蕴的道德观念与时代具有某种共鸣的关系时，它的声誉会不断增加，如果两个时代的关系是对立性的甚至是敌对性时，那么它的声誉就会丧失。文学史上这样的例子不胜枚举。因而，我们难以判断中国城乡的二元对立消失之后，在完成国民社会向公民社会、前现代的身份社会向现代的契约社会的转变之后，路遥的小说是否还会产生之前那样巨大的道德影响。这是存疑待论的。

道德根植于个体内心的自觉和自律，是内守的、可以选择的。个体在生活中做出道德选择，为所做的好事或者坏事负责，影响着一个时代的道德风气，因而可以说是一个大问题。在德性论雪崩和宏大的道德话语解体之后的道德价值虚无中，路遥的小说无意给我们提供了一种自我审视、自我评价的参照，无意会磨砺我们的道德意识。但在

---

① 　[英]艾略特：《艾略特文学论集》，李赋宁译，南昌：百花洲文艺出版社 2010 年版，第266—267 页。

道德表达和道德实践严重脱离甚至完全相反的情况下，无论如何，即使意识形态强力号召，也不会成为康德所言的"道德的绝对命令"，不会形成社会的普遍道德与普遍伦理。康德"将道德行为与纯粹的善良的意志、出于责任的行为以及对道德法则的尊重联系在一起，表现出一种无条件的绝对命令。道德的绝对命令所以可能的根据，关键在于必须存在一个将行为者的主观准则与客观的道德法则'先验综合'于一体的'第三者'。这个'第三者'即自由概念，它也被解释为意志自律"[①]。但道德法则只是针对接受者而不是制定者的时候，普遍道德和普遍伦理就无法形成。社会对个体的道德铸造产生决定性的影响，甚至为有关道德的事物完全负责。一个野蛮的社会常对某些人的道德品质产生负面影响。道德的纯洁无瑕美好温暖，人人向往，我们敬重一切洁身自好、品行高尚的个体。但单向的道德纯洁性的肯定和追求，忽略了社会对个体道德成长的影响，忽略了世界的丰富性和复杂性，会影响到社会伦理规约的形成。中国的传统和现实是，很多不道德者却要站在道德制高点，对别人提出道德要求、进行道德绑架，甚至对道德高尚者大泼脏水。正如胡适所言："一个肮脏的国家，如果人人讲规则而不是谈道德，最终会变成一个有人味儿的正常国家，道德自然会逐渐回归；一个干净的国家，如果人人都不讲规则而大谈道德，谈高尚，天天没事儿就谈道德规范，人人大公无私，最终这个国家会堕落成为一个伪君子遍布的肮脏国家。"[②]德性论也常常成为有权力者道德豁免的借口，形成对无权力者的道德压迫，为权力话语培育精神沃土。按照马克思经济决定论的观点，道德是资产阶级意识形

---

① 傅永军、尚文华：《道德情感与心灵改善——兼论康德理性宗教的道德奠基》，《山东大学学报》（哲学社会科学版），2012 年第 5 期。
② 转引自姜明安：《再论法治、法治思维与法律手段》，《湖南社会科学》，2012 年第 4 期。

态的产物，它完全决定于经济基础，它是"遮掩资产阶级经济利益和其他经济利益的意识形态"。实际上，经济的"鸡"并不一定会生出道德的"蛋"。人们往往过于相信资产阶级的"正义"不涉及其他利益，实际上，道德总是为捍卫它的阶级利益而战，它"把一个阶级的利益伪装成一种道德兴趣"①。确实，阶级的利益常常会伪装为某种道德兴趣，成为有权力者压迫弱小者的知识构造。权力的道德捆绑成为政教合一国家的典型特征，中国如明太祖朱元璋，严刑峻法与道德狂热成功结合；在阿拉伯某些国家，女人穿衣不能有伤风化，私订终身或同性恋爱，被抓住不是被用石头砸死就是被绞死，对道德的纯洁追求与原教旨主义无缝黏合，成为政教合一政权的统治基础。

　　阅读什么书是个体的自由选择，完全属于"私域"。当某种话语鼓励或者号召大家都去阅读某一本书时，这种"私域"就被侵犯了。根据经验和现实，这种现象透露出社会的某种"症候"和危机，恰恰是我们应该警惕的。《平凡的世界》诞生在理想主义高涨的八十年代，从那时直至后来相当长的一个时段里，社会上还有一个大致的关于奋斗改变命运的共识，还有对理想主义的积极追求。而在今天，环境发生了巨变，在物质化、金钱化、市场化以及拼爹化的当下，道德理想国的领地还有多少，人尽皆知。在道德坍塌、信仰遁迹、理想迷失、价值虚无、物欲横流、世风日下的当下中国，我们毫不怀疑路遥的小说对个人具有道德净化、道德照亮、道德抚慰和道德激励的重要功能，但也不能过分夸大它的道德重建功能。路遥德性论的道德书写，不可能帮助整个社会建立普遍的道德秩序和道德规范。道德的形成，

---

① ［英］戴维·罗比森：《伦理学》，郭立东译，北京：生活·读书·新知三联书店 2016 年版，第 63—64 页。

取决于个体的内在品质，也必然表现为个体的外在行为。内在品质是外在行为的习化，外在行为是内在品质的体现。二者互相作用，相辅相成。对于个体来说，德性论伦理学可以提升个人品德，但社会奉行弱肉强食的丛林法则，老使德性论者吃亏甚至不能生存时，德性论者自己就放弃了。正如涂尔干所指出的，"割断道德规范与社会环境之间的联系，就等于把道德与其得以形成的生命之源分割开来，从而使道德不可能得到理解"①，也不可能形成健全的、良性的道德秩序和道德规范。因而，一个社会不去积极地建立规范论的道德准则、道德秩序，而一味地要求按照德性论伦理学培养个人品德时，这个社会的道德系统就出现了严重紊乱，就出现了表达性道德和实践性道理相互矛盾的"双层话语"。这正是我们的现实处境。

　　路遥道德理想国里的同情、善良、仁爱、包容、自尊、自强等，是前现代德性论伦理学的精神遗产，是人情与人性中最为美好的部分，是前现代社会和现代社会的道德伦理共识，对这种美好的德行的颂扬和践行都是道德完善的应有之义和必由之路。建立起个体良好的道德世界，才有可能形成社会普遍的道德。但同时我们也应该明白，道德传统的继承和发展，一方面要"通过不同个性的自由创造而形成社会的价值共识"，另一方面，社会也要为其提供生长的可能和成长的条件。真正的困难在于，路遥小说中的道德观念，以及德性论的道德传统"如何在社会转型的条件下得以发展，在生产方式发生根本性的变革以至于社会本身的基本结构随之重塑的历史条件下，既有的价

---

① ［法］爱弥尔·涂尔干：《职业伦理与公民道德》，载《涂尔干文集》（第二卷），渠东、付德根译，上海：上海人民出版社 2001 年版，第 323 页。

值共识和道德规范如何与新的生产方式、生活方式相调适"①? 当下中国正处于这种转型和困难之中,一方面是传统德性论雪崩般的瓦解和宏大的革命道德的解体,利己主义、唯我主义、弱肉强食、丛林法则、"他人即地狱"成为实际上的道德标准和行为规范,个体道德面临着迫切的选择和重建;另一方面是意识形态道德秩序和道德话语不断重建德性论道德的努力。二者形成了一种相互背反的表达与实践的矛盾。我们应该认识到,个体的"德性的道德"的建立,是实现社会的"规则的道德"的基础。社会的"规则的道德"的建立,是实现个体的"德性的道德"的保障。如果没有这个保障,个体的"德性的道德"就会成为悬浮于整个社会真实道德的牺牲品,成为遥不可及的道德幻象。因此,要建立社会的"规则的道德",仅仅靠阅读《平凡的世界》,是远远不够的。

---

① 崔宜明:《道德哲学引论》,第 87 页。

《青木川》：在历史的缝隙里窥视"土匪"的秘密

《青木川》是一部关于秘密的小说，讲的是一个土匪的秘密。叶广芩不仅在斑驳枯黄的历史幻片上想象人物、窥视秘密，更引人入胜之处在于：她趴在苔藓丛生的枯井旁，探寻一个土匪的灵魂。这种探寻和沉思隐含着一个更为深邃的秘密：作者在"叙事的缝隙里"传达出一种和读者隐含的潜在的交流。正如康拉德《秘密分享者》中莱格特队船长所说的："只要我知道你明白。……当然你是明白的。能让人明白就是最大的满足。你似乎是有目的的。……真是太妙了。"

《青木川》开篇第一句，作者便给读者设置了一个悬念：魏富堂是一九五二年春天被人民政府枪毙的。枪毙他的时候油菜花正开，山里山外明黄一片……一个女性的"细密而又蕴藉的情感，一切在这里轻轻地弹起共鸣，却又和粼粼的水纹一样轻轻地滑开"①。实际上，《青木川》整个故事有三个声部，是由"三驾马车"牵引的。一是曾经在青木川剿匪的三营教导员、现已离休的老干部冯明，重回故地打捞关于心上人林岚的记忆；一是冯明的女儿、写小说的冯小羽在陪父亲重回青木川时探寻土匪魏富堂的故事；另一个则是从日本留学归来的博士钟一山，主要是来青木川镇东八里考察自认为和杨贵妃有关的太真坪。故事的叙述特别像福克纳的《在我弥留之际》。三个人共同拽着这

---

① 李健吾：《九十九度中》，载李健吾《咀华集·咀华二集》，第35页。

驾马车，回到了五十多年前的青木川。三个人的回忆和寻找是在探寻和讲出秘密，读《青木川》就等于分享其中的秘密。开头作者设置的这一个阅读期待，即秘密、秘密的叙述者和共享者，在故事的开始和结束都可以辨别出来。秘密可以是耻辱、荣耀、伤痕、政治、桃色事件甚至其他无关紧要的事情，但无论秘密指向何处，都牵涉一个伦理判断的问题。《青木川》的特别之处在于它是关于土匪的秘密。"土匪"在众人的伦理判断中已形成一个思维定式：杀人越货、打家劫舍、奸人妻女……除此之外，土匪几乎别无其他秘密。而叶广芩在《青木川》覆盖了这种旧伦理维度，将一个独特土匪鲜为人知的秘密揭露出来：这个土匪尽管也曾杀人劫舍、贩卖烟土、霸占土地，但也保境安民、铺路架桥、开设学堂，把听学生朗读英语作为一种享受，种鸦片而又不准本乡人抽食……这又建立了一种关于土匪的重新认识。这种认识判断，不但在读者中，也在小说中的人物之中构成伦理冲突。在小说第一章第一部分老汉们将魏富堂尊称为"魏老爷"，而年轻后生直呼其名曰"魏富堂"。老汉们说，魏老爷的老婆个个都是大家闺秀，有两个还是西安进士府第的千金，一对艳丽的姊妹花嫁到魏家，她们个个情愿。而后生们说，魏富堂的老婆准是连抢带骗，强行霸占，用非法手段弄来的，让那些可怜的女人们在深宅大院里终日以泪洗面。这样的冲突，牵引着作者对存在的"秘密"进行勘探窥视，也在考验着作者是否能揭开纷繁复杂的地壳。一个浅薄的头脑绝对不会产生一本伟大的小说，小说家的尝试、实践、努力、发现是没有限度的。叶广芩对历史的深度开掘，将土匪的叙述推至一个逼真复杂而又难以企及的高度。更可贵的是作者将潜伏的秘密揭露出来，反拨了历史的混沌和谬误，蜕掉了"土匪"残暴的蝉壳，还原了一个复杂而又生动的对文化充满向往的土匪形象，套用《白鹿原》中鹿三死时白嘉轩的那句话——"白鹿原上最好的一个长工去世了",秦岭山中一个最好的土匪在沉寂了五十五年后又复活了。作者谈道:"谈及小说内容,八十三岁的徐种德老汉(四川大学肄业)说我对青木川的历史做了最公允的评价。一块石头才落了地,还有点受宠若惊。有记者问我书出版后,到青木川最想见的人是谁?我说,魏富堂。"①叶广芩没有将历史情绪化、精神象征化,其脱离了意识形态的历史思维,更为突出精神氛围和自在自为的心理力量,最终用完美的叙述,释放了我们的情感冲突。

　　叶广芩把对魏富堂的不稳定的印象和评价交织起来以引起读者的阅读兴趣。魏富堂究竟是为民造福的恩人还是无恶不作的土匪?给他收尸的究竟是解苗子还是谢静仪?他究竟有没有和谢静仪结婚?鬼子究竟是高鼻子还是绿眼睛?杨贵妃是否真到过太真坪?乡亲们是否将冯队长冯明藏在洋芋窖里躲过敌人的搜查?魏富堂面对解放军不知何去何从时,让谢静仪决定命运,谢静仪用笔圈的是"降"还是"扳"(魏富堂错将"反"写成"扳")?……叶广芩将诸多的不稳定性和模糊性交织在一起,"强化了我们在叙事读者和作者的读者中感觉到的悬念,因为这两种读者是朝相反的方向移动的"②。叶广芩叙述中探听秘密唤起的不稳定性和悬念增强了故事的张力,同时更逼近历史的原态,使读者更深入地被魏富堂的故事吸引。小说无须像数学一样澄清太多棘手的证据,所追求的应该是呈现更多的可能和蕴藉,"冰山"式的叙述,或许更能抵达历史的腹心。海明威的《印地安营地》和《乞力马扎罗的雪》等小说,将小说的这种可能推向极致。叶广芩的《青木川》,可以说在"挖掘一口深井,这井往下看黑咕隆咚,意味着遗忘;透入一些光线,或许能看到几片枯黄的树叶,一圈泛绿的苔藓;

---

① 叶广芩:《一言难尽〈青木川〉》,《长篇小说选刊》,2007年第3期。
② [美]詹姆斯·费伦:《作为修辞的叙事》,陈永国译,北京:北京大学出版社2002年版,第94页。

再把沉积的淤泥挖出，便可能见到慢慢汪出的清水"①。当然，"清水"的汪出，只能靠叙述者和读者心灵在扑朔迷离的历史镜像里猜度，但可以肯定的是，这部有点像探案小说似的悬疑小说只是在探究可能而不求唯一。在整部小说中，众多的悬疑和不确定构成了小说的巨大张力和磁力。但悬疑并不芜杂，而是由"三驾马车"牵引着向过去和历史靠拢。土匪的秘史、杨玉环的踪迹、冯明的情殇，将众多的疑惑串结起来并集结于现实，完成一种判断、一种感叹、一种记忆和经验的摩擦，以及"革命""土匪""爱情""文化"的历史融合和诗意摹写。

《青木川》自始至终都在质疑秘密，归根结底，这是一个历史问题。它向那些有力的正史之外的历史缝隙聚光，即试图射照历史废墟和世界上的异样历史景观。它"撕毁了线性历史，暴露历史连接的多样性，揭寻历史的缝隙"②。胡适说，历史是任人打扮的小姑娘。历史的吊诡就在于历史本相总是掺杂了许多个人化的东西，不是树叶盖住了树干，就是琐碎遮蔽了视野，往往只能停留在历史的表层。《青木川》将过去所说的单数历史分解成众多"小写复数历史"③，刺穿了传统"宏大叙事"的堂皇假面。魏富堂作为青木川的土皇帝，"他不仅驯服所有的走兽，他不仅用机智分配元素，实际上只有他独自知道分配，凭借思维，甚至遥远的星宿他也弄作自己所有"④。随着镇压反革命已作为历史逝去，对半世纪之后的叙述者和读者来说，魏富堂的故事已是一本尘封在历史角落里的被严重蛀蚀的破书。叶广芩努力想弥补添加这段腐烂的历史，同时质疑关于历史和土匪的单一化叙述。整部小说既在探听秘密，同时也在质疑秘密，思索历史的合理化叙述。

---

① 吴秉杰：《测度人心的秘密》，《长篇小说选刊》，2007 年第 3 期。
② 张进：《新历史主义与历史诗学》，北京：中国社会科学出版社 2004 年版，第 252 页。
③ 李泽厚：《历史本体论》，北京：生活·读书·新知三联书店 2002 年版，第 13 页。
④ [法] 卢梭：《萨华副主教的信仰宣言》，转引自李健吾《咀华集·咀华二集》，第 38 页。

古希腊哲人苏格拉底在被判死刑以前曾为自己这样申诉：我宁可照我的样式说话而死，也不照你们的样式说话而活。叶广芩的可贵在于：照历史的样式澄清历史并不传奇式地猎取故事，也不单用显微镜放大闪光点的体积，也不是用逸闻野史等历史瓦砾拼接的极端的叙述覆盖另一种叙述。她尽可能还原历史的面貌，让微弱沉寂的历史事件发出声音，让大历史丰碑遮蔽之下的人和事浮出历史地表。她以灵魂和心态的平静，鉴别历史，激活历史，给历史一条多层面深维度的叙述之路。隐然而悠久的叙述虽然显得有些粗疏，但丰盈的人性弥漫渗透着小说的肌肤，所以单纯简化的情节故事很难从小说中抽拔出来。

《青木川》是典型的、本雅明所说的打破历史连续性、"逆向梳理"的"爆破式"叙述——"把一个特定人物的生平事迹从一个时代中爆破出来，把一特定的事情从他的整个生平事迹中爆破出来"[①]。但这种叙述也易"抑扬任意"，吹肿历史，放逐历史的真实性，同时最为关键的审美性解决不充分，沉沦弥散于传说故事、稗官野史、历史资料、档案记录等历史碎片中。《青木川》同样存在这样的问题。小说中的历史成了一种偶然无定的漂浮物，作者阉割了大历史又沉沦于小历史，一些内容缺乏审美依托，陷入了强烈的非理性色彩的心造幻影之中。《青木川》也暴露出一些技术和写作上的问题。如故事的第二个声部，从日本归来的博士钟一山探寻关于杨太真的踪迹，这和整个故事声音融合得不太和谐，最终的聚拢也不圆润。冯明的形象过于单一平面，有概念化和脸谱化的倾向。小说中还出现了一些哗众取宠、和内容无关的荤段子，如小说第一章第三部分红头发讲述的"副处鸡"的故事等，这些虽对整部小说没有决定性的影响，但一定程度上影响了小说的美学品质。

---

① ［德］本雅明：《历史哲学论纲》，载《本雅明文选》，北京：中国社会科学出版社1999年版，第414页。

"被悬挂起来的人"

——《带灯》与当前小说写作

　　小说与现实的距离问题，可谓是一个历久弥新的话题。在充满喧哗与骚动的当下中国，这个话题显得更为紧迫和严峻。批评家们喋喋不休地呼吁作家关注现实，小说家们振振有词地辩称自己从未离开现实。"现实"的所指，在批评家和小说家之间难以达成满意的一致。必须承认，离眼睛太近或太远，我们都看不真切。单就距离太近而言，即便看到令人震撼的生活场景，也需要特别小心地调整自己的透视距离，否则会陷入对现实感受的眩晕，拍摄到的往往是模糊的生活镜像，无法楔进时代的腹地深处。可以肯定的是，我们当下那些自称反映现实的绝大多数小说家一直悬浮在生活的水面上，不愿或不能一头扎进水里，来个漂亮的"猛子"。贾平凹二十世纪九十年代以来的农村题材长篇，就是最为典型的例证。从《秦腔》到《古炉》，到新作《带灯》，他一直乐此不疲地重复自己，在生活的水面上打水漂，不曾深入到生活的五脏六腑，差别无非就是水漂的多与少。即使偶尔有漂亮的水花，那也只是水花而已。围观的人不管如何喝彩，看到的也只是水花的美丽绚烂，不见生活的复杂纷繁。表面看来，这些作品似乎都没有脱离时代，但这不等于按生活本身写作。乍看上去，作者好像在把握现实的脉搏，《带灯》甚至还有生活原型，但这只接触到生活的表象，而没有触及现实本身的阵痛与裂变。这样，小说家描写的不是事情本身，而是流行的见解；作品不是分泌出来的，而是制造出来的。这样的作品，即使能让读者感受到生活水面的油腻，但也很快会被无情的时间之风吹散，归于沉寂。

　　《带灯》的主人公"带灯"很容易使人联想到"持灯的使者"。作者很明显想将其塑造为一个使者，这从小说的内容，以及书后的题记——"一只在暗夜里自我燃烧的小虫，一次螳臂当车的抗争，一颗在浊世索求光明的灵魂"——可以看出。不过，征之于生活，我们会发现这个人物的虚假贫血；征之于小说，我们会发现这个人物性格的分裂，其行为不符合生活的逻辑。带灯这个女性，同《沙家浜》中的阿庆嫂有点相像。阿庆嫂跟丈夫吵了几句，丈夫就不见了影踪；带灯因为不同意丈夫辞去公职在省城画画，丈夫也就断了音讯，她从此可以一边专心地"带灯"在樱镇当天使，一边仰望星空给省政府副秘书长写信。带灯美丽高雅、孤芳自赏，俨然是樱镇观音菩萨式、天使般的父母官。她喜欢文学，在镇政府读了好多书，在河堤上、山坡上读书，一本古典诗词里有"萤虫生腐草"的话，她心里不舒服，便将自己的名字由"萤"改为"带灯"。刚参加工作的女大学生或许有读书的雅兴，但在镇政府这个大熔炉里生活上一年半载，还是带灯这样，可能就被领导和同事视为异类了。对于领导，带灯也是爱护有加。镇长喊她姐抱住她，想和她发生关系，她说："你如果年纪大了，仕途上没指望了，你怎么胡来都行，你还年轻，好不容易是镇长了，若政治上还想进步，那你就管好你！"[1]这真可谓一切为上级考虑、发乎情止乎礼义也！中国基层官场的实际人人皆知，要是领导对哪个女下属有了想法，十之八九者投怀送抱，十之一二者反抗不从。像带灯这

---

① 　贾平凹：《带灯》，北京：人民文学出版社 2013 年版，第 31 页。以下该书引文只在正文中用括号标明页码。

样珍惜领导政治生命、凭着嘴皮子说退领导系上皮带者，可谓一个大胆的创造！对群众，带灯可谓是观音菩萨再世，集市上看小贩忙碌，义务帮其看摊半天；农村妇女没钱买卫生巾，她一次能送一大箱；张膏药的儿媳在地里栽西红柿，带灯问栽的西红柿能卖多少钱，张膏药的儿媳说能卖二三十元，带灯就给了三十元，说自己空了就来吃；范库容病入膏肓，带灯违反财务制度，带了一千五百块钱去家里探望；她用自己的工资帮助困难群众，请律师为外出务工患上矽肺病的群众做医疗鉴定……这样焦裕禄式的好干部，符合陈旧的毫不利己、专门利人的滥调，这在电视和新闻中屡见不鲜，在小说叙事中还真不多见。这个焦裕禄式的好干部，在感情上却是个幻想狂，竟然敢不断地意淫省政府的副秘书长。带灯的丈夫同她闹了意见，两人感情不和，她将自己的所有心思都倾在了樱镇上走出的大人物元天亮——省政府副秘书长身上，这成为小说的另一条主线。带灯生活中想着他，做梦也梦着他。这个镇政府综治办的小主任，同省政府副秘书长素不相识，也不沾亲带故，却给他不停地发短信，他居然回了。她将他当成知己，当成家人，什么都给他说，并写起信来，前后有几十封。在小说中，带灯给元天亮的信占了大量篇幅，她不惜作践自己，将元天亮当成一尊神："你是有出息的男人，有灵性的男人，是我的爱戴我的梦想。我是那么渺小甚至不如小猫小狗可以碰到你的脚。"（第43页）她将元天亮当成梦中情人，不断地意淫："走着你曾经走过的路，突然见你的脚窝子里，蜂起间嗡声骤响，由目入耳。我听说人的灵魂起程时要到去过的地方拾上自己的脚印，你的脚印是书，我给你抱着。"（第124页）她给元天亮寄地软，为元天亮学中医开清肺方和肝脾肾血虚方，给元天亮的祖坟里栽兰花……一个基层的干部如此不厌其烦地骚扰省政府的副秘书长，这个副秘书长会理她吗？镇政府的一个小主任公开地意淫副秘书长，镇长、书记不担心自己的乌纱帽吗？带灯的内心，有着极为畸形的自我作践的阿Q心理和领导崇拜，甚至觉得自己连小狗小猫都不如。但作者却给予了带灯这个人物很大的同情和期望，说她在浊世中寻找光明，实在令人费解。同时，带灯的心理意识、现实判断，有不少并不符合女性的心理，不符合一个乡镇女干部的认知水准，作者不断地强行介入人物，表达的是作者自己的思想认识和现实判断，不但没有赋予带灯以自己期望的优雅和善良，反而露出了酸溜溜的臣妾心理。按照现实生活的逻辑，带灯恐怕早以精神分裂或者其他理由被收容处理了，岂能容她继续待在樱镇，继续意淫省上领导。而在小说中，副秘书长荣升常委，带灯还想着给当了省委常委的元天亮嘴里喂酸枣，真可谓荒诞！作为反映现实的小说，我们自然不会机械地要求作品中的人物和事件都真实无疑，但无论如何，作品的本身结构关系必须使之成立，必须符合生活的情理和逻辑。就此而言，带灯和现实中乡镇女干部的距离非常遥远，作者纯粹靠着自己不近生活情理的想象将人物和事件拉扯在一起，这种强制给予的意义因而也就十分有限。

带灯这个人物虚假、苍白、分裂，缺乏生活基础，不符合生活逻辑，让人觉得靠不住、信不过。整部小说的细节也婆婆妈妈、神神叨叨，迷恋污秽，不堪卒读。《带灯》的写法，因袭了《秦腔》《古炉》鸡零狗碎的自然主义写法，脚踩西瓜皮，溜到哪里是哪里。细节描写，鸡毛蒜皮、吃喝拉撒，照单全收，与其说是散文化的小说写法，不如说是捕捉现实无力的一堆烂肉。可能是作者写作的时候觉得乏味，也感到读者会觉得了然无味，因而在枯燥的时候，作者便乐此不疲地用起了手机段子当然也包括黄段子，这是作者自《秦腔》以来形成的叙事模式。一个严肃、认真和负责的作家，自然不会用这些庸俗不堪的段子调剂自己的乏味无力的叙述。小说"汇报各村寨选举情况"一节写到侯干事向书记汇报黑鹰窝村的选举的成功经验时说，选举时他站在边上说黄段子。"黑鹰窝村的那个麻子去一妇女家睡后那妇女要二十五元钱，掏出来五十元找不开，妇女说笨死了，明天再来就不用找了。黄段子还在说着，选举就结束了。"（第27—28页）我们且相信侯干事真的用这样的方式确保了选举的成功，但不禁要想，众目睽睽之下，侯干事敢实话实说吗？即使荒诞现实主义的写法，也不能不符合生活的情理。这些细节，缺乏真实的生活基础，纯属面壁虚构。比如镇政府有狗看门；马水平酒醉后在镇政府大院撒尿，说这里将来会长出一株牡丹，结果长出了一棵狗尿苔；镇长给县领导送礼，要带灯收购没有被公鸡踏过的母鸡下的蛋，等等。小说中反复写到虱子，作者说"虱子隐喻了很多，包括环境的污染，也隐喻了开发可能带来的别的灾难，比如水污染等等"[①]。如果挪到二十年前，说农民身上有虱子，还不难理解。干部身上有虱子，就有些虚假了。虱子成群结队地飞到樱镇，是元老海带人阻止兴建大矿区的时候。按照小说内容，应该是二〇〇〇年前后，最近到二〇〇五年。这时候别说是干部，就是农民身上，虱子也可以说是稀有动物了。而在樱镇，虱子依然在农民干部的身上一抓一大把。作者显然是将以前的生活的经验复制到小说中，岂不知时过境迁，此一时也，彼一时也！类似的如带灯初到樱镇，镇政府的集体伙房"三天顿顿都是苞谷糁糊汤里煮土豆"，"糊汤里的土豆没有切，全囫囵着吃，人人吃的时候眼睛都睁得很大"。（第12页）书记和镇长也和大家吃一样的饭……这些细节放在"文革"时代，读者自然不会怀疑。可小说明明写的是近几年，很

---

① 《贾平凹访谈录（上）——这40万字我说的都是真话》，《钱江晚报》，2013年1月20日。

明显就失真走调了。二十世纪九十年代中后期，镇上的干部别说"三天顿顿都是苞谷糁糊汤里煮土豆"，一个月吃上一顿也是稀罕。书记和镇长别说顿顿吃苞谷糁糊汤里煮土豆，就是吃羊肉泡馍，也吃得腻了。不可否认，《带灯》中的一些细节，涉及了农村的严峻现实，如厂矿环境污染、低保发放不公、基层干部腐败等等。但这只是触及了社会现象，没有深刻地触及本质的原因，缺乏刺穿隐藏在种种病症之下的洞察力，只具有巴赫金所说的小说家必备的第一视野，第二视野中的诸如自身生存问题、生命的意义、生存的意义等种种人类具有根本性的东西并没有触及。因而，整部小说如同农村生活表象的浮泛记录，再加之作者迷恋的性景象、神神叨叨的玄幻（如书记给王后生说，单头蛇毒不大性欲大，手帕上不要让猫尿，让蛇爬上去排精液，那样手帕在女的口鼻前晃晃，女的就会迷惑了跟你走！）、手机段子、黄段子，以及罗列堆砌的工作目标、县志记载等，《带灯》的文学价值甚至不能超过一部平庸的农村报告文学。

阅读《带灯》，也是在重温阅读《秦腔》《古炉》等的体验和判断：生活表象浮光掠影式的采撷、自然主义的细节堆积、荤素搭配的叙述策略、神神叨叨的故弄玄虚、"反人物"的自我陶醉等等，比以前的作品有过之而无不及。另外，《带灯》中不厌其烦地罗列工作计划、责任目标、会议讲话、抗洪总结等，令人难以忍受。如县委县政府的维稳目标、樱镇维稳工作要点、书记会议讲话要点、县委书记讲话记录、市委书记的接待要求、收购烟叶总结等，如此长篇累牍地列举这些干涩乏味的公文，在当代长篇小说创作中也可谓是一个创举，带给读者的阅读疲劳，甚至超过了《秦腔》中罗列的那一百多段秦腔曲谱。美国剧作家阿瑟·米勒曾说过，在社会现实的外衣之下隐藏着另外一个现实，那是一种潜在的存在，它是一种尚未进入大众意识的真实，小说家的使命之一便是对这种现实进行勘探与发现。《带灯》涉及的题材虽然具有突出的时代特征和社会意义，但由于作者只是在生活的岸边扔水漂，没有将题材的新闻学或社会学的意义转换成文学意义，没有将生活表象后面深刻的矛盾以及本质性的东西揭示出来，其冗长的细节堆积，并不能传达出更多的意义，从中看不到"社会现实的外衣之下隐藏着另外一个现实"，从中看不到人性的复杂和人心的幽微。作者在小说的每个部分平均使用了力量，但没有一个细节能给读者留下深刻印象。

《带灯》所暴露出的问题，也是当前长篇小说存在的问题。长篇小说因其叙事的历史广度、人性深度、思想力度和情感厚度成为一个时代文学与文化的重要标志之一。但是我们的长篇小说，面对芜杂骚动的现实时有一种"蚂蚁咬象"的尴尬。其中最本质的原因，是因为我们的作家放弃了对自身人格的塑造，失去了列夫·托尔斯泰所说的"生活的态度"："任何一部文学作品中，对读者来说最为重要、最为珍贵、最有说服力的东西，便是作者自己对生活所取的态度，以及作品中所有写这一态度的地方。文学作品的价值不在于有首尾贯通的构思，不在于人物的刻画等，而在于贯穿全书始终的作者本人对生活的态度是清楚而明确的。"对于我们的不少五六十岁的小说家而言，现实砍断了他们精神的桅杆，他们自己也找不到、举不起新的精神之剑，长期积存于他们心中的文化态度、心理习惯、思维惰性尚没有更新变化，又被新的同质化的生活所裹挟，他们被报纸、电视、网络和道听途说俘虏，成了索尔·贝娄所谓"被悬挂起来的人"。这些都极大地妨碍了作家捕捉新的现实、刺穿生活表象、再现生活的能力。即使许多作家意识不到，习焉不察，这些实际上已经左右了他们的写作。

附录　思想的王国，语言的石匠
——关于安黎文学创作与作品的谈话

安黎是当代文坛的"异类"，也是一位"大"作家。这个"大"不是名气大、作品印数大，而是指他的精神气象、思想容量和艺术深度。我很赞同一位评论家的话，安黎的写作，为我们的文学、作家赢得了尊严。在小说和散文创作上，他都取得了突出的成就，形成了自己极具个性和极富魅力的艺术王国。有安黎这样的作家存在，说明文坛绝不是一些评论家所说的那么荒凉，而是他们的焦距或标准出了问题，没有发现或者看到真正的好作家和好作品。

王鹏程（西北大学文学院教授、评论家）：最早知道安黎，是看了陕西电视台给他拍的一个专题片，给我印象最深的是安黎一头长发，很有艺术家的气质。记得一九九六年前后，我读书的那个小县城的书店，大门上贴着放大的《痉挛》的封面，很引人瞩目。虽然这部小说命运多舛，文学界也关注不够，不过时间已证明，这是一部难得的杰作。从二○○一年开始，我跟踪关注安黎的创作，他的文字基本上都读了。我觉得他是一个有着现代艺术精神的作家，已经形成了个人化的艺术风格。从这个角度入手，可能会比较贴近，也能比较真实地把握安黎的创作。杨兄你长期研究安黎的创作，写了不少文章，《安黎评传》也已完成，你觉得安黎创作的独特性在什么地方？

杨柳岸（青年学者、评论家）： 安黎在当代文坛之所以显得独立特行，我觉得是因为他绕开了当代文学七十来年的基本传统，接续的是"五四"文学的传统，具体来说就是启蒙传统和批判精神。当代文学从革命文学脱胎而来，很多作家身上都可以看到这种遗传，当然程度的大小不同。你看陕西的作家，路遥、陈忠实是柳青这一条线下来的，贾平凹早期的创作受到孙犁很大的影响。当然这有时代的因素在里面，个人是很难摆脱的。安黎读大学中文系是八十年代初，那是一个理想主义的时代，也是中国近百年最好的时代。经过十年"文革"，一切停滞的东西又重新启动了，思想解放，改革重启，启蒙、自由、民主等，都可以重新谈了。西方的各种文学潮流也都涌进来了，大家对知识的那种沉醉，对理想的那种狂热，对文学的那种痴迷，是今天的年青一代难以想象的。有学者把"八十年代"称为第二个"五四"，"八十年代"这个词，和"五四"一样，成为对一个大时代的特指名词，可见大家对这个时代的认同和留恋。安黎的青春年华正好经历了八十年代，作为一个亲历者和见证者，他全身心地感受了那个生机勃勃的大时代。生逢大时代、好的时代，这对一个人来说是一种难得的幸运。

王鹏程： 安黎是呼吸着这个时代的精神成长起来的，启蒙的精神、批判的精神扎下了坚实的根基，比如作为知识分子写作的个人立场、担当的勇气、责任意识、悲悯情怀等，并且二三十年一以贯之，不断深化，这很难得，在中国文坛，虽不敢说独步，但至少也是罕有其匹的。

杨柳岸：你看他的第一部长篇《痉挛》，一出手就不同凡响，把同辈远远抛在后面。他的《小人物》，写作手法属于八十年代，而所写的生活内容却属于九十年代，他用文学的形式向他所经历的时代致敬。那种犀利的批判和激切的启蒙，和"五四"文学精神是一脉相承的。同时，他也使得中国有了自己的黑色幽默，也就是把黑色幽默中国化了。雨果当年谈到他的《悲惨世界》时说："但丁用诗歌造出一个地狱，而我呢，我试图用现实造出一个地狱。"安黎的《小人物》也是这样的，是用小说的形式写的一部"离骚"，也是他的一部"神曲"——神圣的喜剧。如果要屈指数说当代最好的长篇小说，他的《痉挛》《小人物》《时间的面孔》可以说是二十世纪八十年代、九十年代甚至整个二十世纪的代表之作。他的写作反对粉饰，我们今天粉饰性的作品太多了；反对回避，直面真实，这是一种文学伦理意义上的道德感与责任感。他把我们这个时代混乱、粗鄙、扭曲、畸形的生活状况、生存状态，以及精神内囊揭示出来，毫不掩饰，愤激痛切，这正是我们当代文学最缺少的东西。

王鹏程：我也深有同感。就我个人的当代文学阅读经验而言，安黎的创作在思想性和艺术性上都达到了很高水平，是令我们很多所谓著名的作家汗颜的。他继承了"五四"的启蒙精神和批判思想，是典型的知识分子写作，有责任意识和担当意识，又具有鲜明的个人立场，不哗众取宠，不追名，不逐利，不妥协，不骑墙，不放弃批判和反思，是一个能将思想诗性化的作家。他有很强的把握能力和呈现能力，能够穿透历史和现实，有鲁迅般的深刻和深邃。他写黑暗，写绝望，但不悲观，让人能看到希望和温暖。

杨柳岸：鲁迅对中国人看得太透彻了，所以很绝望，他反抗绝望，但背后找不到清晰有力的精神支援。现实生活里，鲁迅其实很有人情味，是很温暖的。安黎第一部长篇《痉挛》，也是很绝望，很愤激的。到了《小人物》，激愤淡化了，藏锋于平静、忧伤、同情与悲悯之中，深刻，有哲学追问。在《时间的面孔》里，有了暖色，有了亮光，更多的是一种平静与忧伤、同情与悲悯。教堂的存在，也隐喻着一种精神的拯救。我觉得这是一种更大的气象。时代的丑恶是我们共同的不幸，人虽丑恶，但怎么说也是我们的同类，人应该得到宽厚的怜悯。正是在这样一种悲悯之中，安黎的这部作品有了一个更高的视点、更深的思考，比如精神与物质的双重贫困问题，文化的根系问题。立本为什么回来？其实是一种文化的联系，文化的追寻，还有所谓进步与发展的问题。

王鹏程：《痉挛》是对当代生活的全面出击，官僚权力、金钱或商品化、饥饿年代与"文革"记忆、粗鄙的生活维度与人性恶等，人性的扭曲与变形、心灵的沉沦与挣扎、情欲的渴望与虐杀、生命的病态与荒诞等，都有揪人心魄的披露与展现。我读的时候，觉得李亚红的遭遇，跟《罪与罚》中拉斯柯尔尼科夫杀死的房东老太婆阿廖娜和她的妹妹丽扎韦塔一样，很无辜，都是被落后愚昧而又死气沉沉的生活杀死的。拉斯柯尔尼科夫的犯罪是因为抛弃了对上帝的信仰导致的，李亚红的遭遇呢，则是传统文化、道德、伦理被革命和商品经济洗劫后的愚昧现实导致的。拉斯柯尔尼科夫在索尼亚虔诚信仰的感召下，皈依了上帝，最后投案自首，接受"罚"，完成了救赎。在中国，大家都能找到"罪"，但没有一个人主动去接受"罚"的，如今依然如此。《痉挛》写了"罪"，是在叩问谁该被"罚"的。从人生阅历和精神资源上说，安黎是没有能力、没有资源完成救赎的。到了《时间的面孔》，这就很清晰了：安黎的母亲信仰基督教，这种影响逐渐显著，最终影响了他的精神成长和小说叙事。你看《时间的面孔》中，不但具有教堂生活的场景，同时"我"（黑豆）体现出浓郁的宗教气质，具有悲天悯人的同情仁爱之心。小说极其自然地叙述灵魂污染、精神拯救等具有宗教意味的生活事件，处处闪耀着真实、真诚与思想的光辉。这就将同时代的小说家远远抛在了后面。在小说精神上，安黎是现实主义者，但在小说叙事上，安黎是时髦的现代主义者。我读《小人物》，有读陀思妥耶夫斯基《地下室手记》的感觉，安黎对心灵中各种关系的敏锐觉察，对嘴尖皮厚的现实的穿透力，对集体的道貌岸然的文化幻象的洞穿力，跟陀思妥耶夫斯基很相似。

杨柳岸：安黎很喜欢陀思妥耶夫斯基的那种残酷。陀氏能把很多非文学的素材融入文学，点化他所遇到的一切素材。这也是安黎写作很大的一个特点和能力，他能点化许多非文学性的素材，给予许多琐碎的素材以文学关照，以及文学性的提升，你看《小人物》，很圆熟，安黎撕开了生活表面温情脉脉的假面，把生活毫无遮掩地揭示于世人面前。从精神气质上，我觉得《小人物》与毕加索的《格尔尼卡》有相似之处，现代派气息浓郁，荒诞戏谑占很大比重，已经形成了安黎式的黑色幽默。写这部小说之前不久，安黎修改了他的《痉挛》。可以看得出，或可以想见，《痉挛》的原稿中，传统现实主义气息应该还是很浓，只是到了一九九五年他为了出版此书，而对其做了较大的修改。修改过程中，现代派成分大量融入。原来的现实主义写法已经不能容纳更多的世相内容。比如《痉挛》的后半部分，他写了大量的世相内容，这应该不是女主人公的"戏份"，所以有的情节就游离于主要情节。在紧接着的《小人物》中，他特别钟情的现代派手法得以淋漓尽致地运用发挥。比如写矿工小朱在遭遇一系列不能忍受的不公正待遇时，他最终采取自残方式，把自己的腿锯掉了，而把自己的腿锯掉后还能神情自若地坐于床上，让人不可思议，等等。诸如此类荒诞不经的描写，创造出了一种比真实更为真实的，让人触目惊心的艺术效果。

王鹏程：那么你觉得哪些文学流派和哪些作家对安黎的创作产生了重要的影响？

杨柳岸：我觉得卡夫卡和约瑟夫·海勒的影响较大。如《小人物》，小说中的主人公"我"，明显有着卡夫卡《审判》中"K"的影子，也有着《第二十二条军规》里的主人公尤萨林的影子。前者多忧郁，而后者多戏谑。安黎把忧郁与戏谑熔为一炉。当然，忧国忧民的安黎会倾向前者，而愤世嫉俗的安黎又会倾向后者。安黎在忧国忧民与愤世嫉俗之间摇摆。小说描写了一个人物在不同时间不同地点的活动和心理，各色人等，社会百态，都展现出来了。单就小说写到的人物而言，其丰富的程度就足以让人叹为观止——小官吏，小职员，学校里的各个领导、教师、校工，社会上各类骗子，诊所医生，江湖郎中，明妓暗娼，个体司机，售货员，派出所所长，小厂长，矿工，穷苦农民，精神病患者，文学爱好者，等等。每个人的生活欲求，构成了一幅社会全景图。

王鹏程：安黎善于写"小人物"，小说名字干脆就叫《小人物》。中学教师、医生、校长、派出所所长、售货员、小官吏、妓女啊，等等，类似于卡夫卡笔下的小人物，卑琐而又麻木地生存着：在名利场、欲望场互相追逐，尔虞我诈；在充满矛盾、扭曲变形的世界里寻找出路。作者真是了解他们、熟悉他们，他们的内心世界都被呈现出来了，你会感觉到作者和我们自己，都是其中的一员。

杨柳岸：安黎的文字完全不同于传统现实主义那种温情脉脉的、平面化的描写，而是撕开温情脉脉的面纱，直奔思想精神的内核，简洁的描写有着深远丰厚的象征意义。他的小说视角的选择是很独特的，也是深思熟虑过的，事实证明是成功的。如《我是麻子村村民》写的就是一个小村子，中国社会的方方面面都有了，达到的深度也是前所未有的。长篇非虚构文学《中国式选举》，为什么要从"选举"入手呢？这是农村复杂生活的一个聚集点。选举的形式或仪式，在乡村生活中形式意义大于实际意义，但它却是乡村社会生活、各种权力利益的一个聚集点，其背后有着太多的不为人知的"内幕"。这"内幕"，就是一个个人的真实的生命经历，从这些生命经历中可以还原一个真实的乡村社会。一个小小乡村的社会生活，就是中国社会的一个缩影。从这个意义上说，他写某个具体的小村子，其实他是在写整个中国。如他所欣赏的现代派作家所常用的"象征""寓言"手法一样，这部书也是一个大的寓言。

王鹏程：安黎笔下的小人物，实际上就是我们每个人自己，精神世界是完全打开的，这点和路翎很相似。路翎受到陀思妥耶夫斯基的很大影响，他实际上把陀氏中国化了，但有些生硬。路翎写《饥饿的郭素娥》《财主底儿女们》的时候还年轻，这种生硬可以理解。后来如果不是受到大环境的耽搁，会很了不起。安黎要比路翎成熟，这和他那种个人化的幽默有关，也跟他有意无意受到的宗教影响有关。

杨柳岸：安黎受到海勒、冯尼格特、品钦等人的"黑色幽默"的很大影响，但他是认真吸收消化了的，他有自己的体验和认识。他热烈关注生活中的阴暗、残忍，存在的荒诞和绝望；嘲讽、放大个人与环境的互不协调和互相扭曲；透视人性和灵魂，又怀有悲悯情怀；语言也是高度个人化的，有地域特点，筋道，有嚼头，有思想，也有节奏。其文字读起来既感到荒诞滑稽，又觉得沉重苦闷，形成了精彩绝伦的本土化幽默。比如他早期有篇散文，叫《不想再做好学生》，写他在党校教书时的生活情景。大意是：我在一所县党校混过饭吃。我所教的学生都比我年龄大。他们基本上都有一顶乌纱帽，于是，我就按惯例尊称他们为某乡长或某某局长。他们坐着卧车来上学，身后甚至尾随着专为他们抄作业的秘书。上课时我是他们的老师，课后我就成了他们的学生。他们中的多数人心肠柔软，对我沦为老师的角色充满悲悯之情，怜悯我仿佛成了他们义不容辞的责任。他们板着面孔，个个严肃得像一部部写满真理和教义的经典。他们喜欢给我上课，给我传授活人的秘诀。他们基本上不读书，认为读书没有用。他们所知道的唯一一部世界名著就是《钢铁是怎样炼成的》——此书嘛，不就是讲一个炼钢炼铁的故事吗！这把乡镇干部对教师的歧视写透了。最近完成的《中国式选举》也有很多富于幽默感的语句：说鱼很聪明，连海里的国界线都能辨识清楚。中国海里的鱼，一股脑儿地往俄罗斯的海域里跑，因为鱼知道，俄罗斯对鱼类保护很严格，到了俄罗斯的海里，等于远离了危险。这样一种写法，完全是个人化的。

王鹏程：安黎受到黑色幽默的影响，但他不是生搬硬套，能长成自己的血肉，形成自己的气象风格，不像当代有些作家，吃羊肉自己也跟羊一样长出了犄角，吃牛肉自己也跟牛一样长出了尾巴。他的幽默，既让人心酸，又使人忍不住发笑，同时你也会感到经过思想的浸泡，觉得刀口很锋利。他的创作已经高度个人化和风格化了，放在那里，读一段，就知道这是安黎写的，将现实主义和现代主义融合得没有一点痕迹。

杨柳岸：现实主义要求真实，现代主义要求抽象，这两者存在一定的冲突，安黎完成了一种智慧的平衡和融合。真实是现实主义的一个绝对标准。现实主义的真实，要求的是具体，时间、空间、人、事件等都得具体。而现代主义呢，追求的是哲学或者说追求的是普适。正因为这样，我们在卡夫卡这样一些作家的作品中看到，人是虚构的。K是谁呀？不知道。时间、空间都是一种虚幻的东西、不确定的东西，而事件的大框架也是荒诞的，这是现代主义的基本特点。安黎喜欢卡夫卡，也喜欢欧美现代主义文学，在这方面，他有追求，有实践，也有成绩。但在往昔的创作中，在处理两者关系的时候，他面临了和所有有这种追求的作家同样的困境。现实主义求真实，真实客观的好处在什么地方呢？当下，写真实的作品，读者群大，易于理解，易于引起市场的、阅读的、批评的、评论的比较积极的反应。而如果追求现代主义的话，作品可以带来一种具有哲学观念的东西，也就是它具有普适性。这两个指向，是对立的、矛盾的。阎连科在出版他的《受活》一书时，在扉页上加了两句话，写得很典型。他这样写道："现实主义，我的兄弟姐妹哦，请你离我再近些；现实主义啊，我的墓地哦，请你离我再远些。"也就是说，成也现实主义，败也现实主义。阎连科其实是一个实验性的作家，他写农村题材，也写底层生活，如他的《受活》等一些作品。那么，这实际上，是对这种困境的自我陈述。安黎的这部作品，我觉得比较好的一点，就是解决好了这样一个问题。为什么这么讲？我觉得安黎的成功在于：立足现实，适度变形，荒诞化，异常化。但是，这里有一个适度的问题。因为现代主义很突出的一点，就是在形式与技巧上有一个极端化的倾向，而安黎在这里的度，是把握得非常好的。如《时间的面孔》中适度夸张性的人物，像刘奇、拴虎、立本、康圆圆等等这一帮人；适度夸张性的事件，像驯狗、撒可鲁公园、公民学校等等；适度夸张性的环境，像麻子村、轮胎厂、娱乐城等等。安黎以真实、真诚的情感投入叙述，引致了一种在阅读中能切实感受到的真实。其实我们在这个真实感中，被安黎在艺术上牵着走了。小说中间有这样几个逻辑：第一个，情节逻辑，也就是说，它所构造的情节，其因果联系让人能够相信；第二个，性格逻辑，即书中人物做的是他可能做的事情，他不会做他的性格不可能做的事情；还有一个逻辑是情绪逻辑，利用叙述，利用艺术，把不可能信的，把不可能的，叙述成像真的、可信的一样，在情绪上控制读者。这实际上就是我们刚才所说的：情感真实性的投入叙述，引致了艺术上的一种真实感。结果大家忽略了真实不真实的问题，而感觉到了在荒诞背后所藏匿的那个本质性的东西。因此，我觉得安黎在这一点上是处理得比较好的。处理得好的地方还有相对具体的空间与形象。比如说他的故事八年时间，比如麻子村，或者县城，各色人等，有名有姓，具体有所指，诸如此类；而且全是农村底层生活的那帮农民，底层家庭所能起的那些名字，什么富贵、萝卜呀等等，这些都带来了作品中的真实感。此外，安黎还使用了必要的象征，比如古树"老娘"，比如皇帝的尿壶，比如刘奇的"挨刀的"狗，甚至麻子村、撒可鲁公园等等，都可以说是在这个意义上讲的。

王鹏程：立足现实，适度变形，荒诞化，异常化，这个总结非常好。尤其是适度的问题，很关键，有的作家你不能说他不真诚，但适度性的问题处理不好，就看起来不够真实。你刚才说的阎连科，同安黎有相似的地方，但他的小说现实的根基不稳，适度性把握得不好，读起来问题就很大了。《受活》里的问题不是很大，到了《炸裂志》，问题就很严重了，情节很虚假，人物也是平面化的，语言粗鄙，根本就读不下去。我不怀疑他的真诚，但可以确定地说，他所说的"神实主义"是完全失败的，至少靠《炸裂志》支撑不起来。

杨柳岸：安黎的小说则不同，他的小说始终呈现出现实的丰富性和复杂性，外衣是现实主义的，骨子里却是现代主义的或者表现主义的，黑色幽默、意识流等都被融化进去，高度个人化风格化了，你能感受到西方现代主义的东西，但它又完全是中国的东西，感觉到既土气，又很洋气。他以喜剧写悲剧，以笑写泪，有极强的可读性，给人以强烈的刺激、震撼和思考，而且经得起重读，这很了不起。你看看，当代有几部作品能经得起重读呢？陈忠实有一句话很要紧：真实与真诚是文学永恒的价值。真实指什么？真实指一个客观的问题。真诚指什么？真诚指一个主观的问题。真实地写出了客观，真诚地表达了自己的主观，这两个东西协调起来了，融合起来了，作品中间的这样一个效果就可能发生。从小说的元素讲，它甚至可以说是第一元素。在这个意义上我们可以讲，没有叙述就没有小说。因此，叙述是非常重要的。

王鹏程：叙述即讲故事，这是所有小说家面对的基本问题。安黎在艺术上很突出的一点，就是叙述摆脱了欧化，不同于多见的文人书面语的雅化，形成了自成一体的中式民间口语体叙述。当代小说在叙述上很多都是舶来的，一看就知道是在学谁，没有完成化的问题。

杨柳岸：宏观上看，"五四"新文学以来，小说的叙述，一类是受到了翻译小说的影响，有严重的欧化现象，比如说长句子、多定语、补语、从句等。一类是文人书面语的雅化，书面的、文明的、雅兴的，适于阅读而不适于聆听，抒情的、浪漫的、非日常化的等。比如巴金的小说，我们仔细看一下，就觉得属于这一类。其他更多的例子我就不举了。而你看安黎小说的叙述，第一个是口语。第二个是民间的，尤其是底层或者普通大众的，也就是它是日常的、经验的、家长里短的。三是中式的——这是相对欧化而言的。具备其中的一点，对一个作家并不难；但三者兼备，既是口语的，又是中式的，而且还是民间的，我觉得这不容易。所以在这个意义上讲，安黎是自成一体的。坦率地讲，我甚至把这一点看作安黎在艺术上最为重要的成就。比如《时间的面孔》，安黎写的这些，可以用"一地鸡毛"来概括。

这部作品里，其实是没有大事件的，只有一个线索，立本回来，最后吊死这样一个线索。它所涉及的撒可鲁公园的建设，轮胎厂的创立，还有其他等等的东西，在小说中间基本没有正面的描写，只是贯串其中。串起了什么？一地鸡毛！一般的琐琐碎碎的东西！但奇怪的是，它能吸引人读下去。之所以能吸引人读下去，我想，魅力就在于叙述本身。

王鹏程：这种叙述有什么缺点吗？

杨柳岸：当然有。任何叙述，都是优点和缺点并存的，如果选择了适合自己、适合内容的叙述，那优点是肯定大于缺点的。安黎小说的叙述常有重复、松弛、枝蔓这样一些表现，你会感觉到不够紧凑。但枝蔓在有时又是一个很大的优点，你看乔伊斯和普鲁斯特也是这样。枝蔓给读者制造了阅读障碍，因为这部作品是一部挑战性的作品，枝蔓在这里是好的。要保持口语化的特点，让人在不自觉中感受你底下隐藏的东西，这就需要经验，需要含蓄。他的小说在化用上有时也有一些问题，如《时间的面孔》里写的小毛偷十字架，就是《悲惨世界》里冉·阿让偷银盘子的中国版，类似这样的东西过于明显，应该尽量处理得微妙一些。

王鹏程：他的散文偶尔也有这样的问题，思想的表达不够含蓄蕴藉。不过，思想性的散文很难写，把握不好就容易出现这样的问题，一些大散文家也很难避免。

杨柳岸：安黎的散文是以思想取胜的。他具备当代作家很少具有的现代知识分子的独立品格。耿直、正义、沉雄，有同情心和悲悯情怀，侠肝义胆而重情义，无传统文人的文弱酸腐气，多现代思想家之气，作家的才情、正义和识见三者皆备。这跟他的家庭、性格和阅读都有很大关系。他在《痉挛》的序言里说，他喜欢具有思想容量的著作，如鲁迅的杂文和卡夫卡的小说。鲁迅展示的是一种勇气和精神；卡夫卡让庸人羞愧到无地自容，具有钻透地球般的深刻，有一种刻骨铭心的孤独。应该说，安黎的作品从鲁迅、卡夫卡、尼采、萨特、海德格尔等人身上受益很多，但他是形成了自己思想的。

王鹏程：有学者将学问分为两种：有思想的学问和有学问的思想。我觉得作家也可以分成有思想的作家和无思想的作家，安黎无疑是有思想的作家，而且思想高度比同辈要高出一大截。他从内心的冲突去写，不跟风、不媚俗、不矫情，有自己稳定的精神坐标和价值标杆。这点是很难的。你也可能发现，当代好多作家在思想上的贫困是令人触目惊心的。比如莫言，有评论家就批评他有感觉无思想，很准，他自己好像也承认了。一个优秀的作家，首先是个严肃的思考者，有对生活的吞吐能力和消化能力，思想是从作品里自然地、汩汩地流出来的。而不是我觉得艾滋病患者很悲惨，处在社会底层的百姓生活很可怜，或者听说了某个故事很感人，然后就好像摄影机一样拍录下来，就成一部作品了。读者看了会觉得新闻上或者网页上都浏览过了，作品并没有比新闻或者网页提供更多的东西。生活的荒诞、现实的荒诞远远超过这类作家的这种写作。

杨柳岸：你讲的实际上也是一种思想懒惰的机械写作。有时候是作家不去思考，更多的是作家没有思考的能力。你看安黎的《以公园为邻》，原先是以"以公园为邻"做副标题的一组散文。但我以为这组散文合起来就是一篇很优秀的小说，它拥有小说应该有的全部元素，英国十九世纪文学批评家托马斯·卡莱尔提倡一种无心插柳式的写作，他认为好的作品往往都是在无意识下创作的。这篇小说正符合这个道理，它有着巨大的思想包容性，诗意的思想可以说如同作者手中一根点石成金的魔杖一样，作者依仗它便能接收和点化所遇到的一切生活细节，将其全部熔炼为具有诗意与思想的艺术品。这篇小说就地取材，从人们习以为常的细小事物和日常生活中，作者却挖掘出了无尽的内容，大气而深沉。安黎的写作是有很强的思想穿透力的，但这种写法不是蒕来的，也不是贩来的，而是自己摸索创造的。这很了不起，你看那些大作家，都是思想家，没有一个是没思想的。

王鹏程：当下的中国文坛，多的是风花雪月、独抒性灵的才子型作家，缺少的是像安黎这样求真的思想型作家。缺乏思想硬度，也可以说是中国文学的一个致命问题。

杨柳岸：你看安黎的所有散文，像《丑陋的牙齿》《叛逆》《不想再做好学生》等等，没有风花雪月鸳鸯蝴蝶的东西，没有阿狗阿猫游山玩水的东西，没有贩古卖今谈玄说理的东西。他的散文现实性很强，几乎每一篇都是针对冷峻现实发出的灵魂之声。但若仅仅把这看作一种"个性"，那就肤浅了。对他散文的评价，必须在当下散文的环境中进行。你看当下，有太多的散文家或走进历史的烟云中索古，或在日常的琐屑里絮叨，或沉湎于一己内心低吟浅唱，或执迷于声色犬马的真切描摹，其中不乏把玩学识的卖弄、语言机趣的自得、自恋癖的深情陶醉、脂粉气的娇嗔软哆。当然，从个体的意义上说，这是作家选择的自由，现在是自由多元的时代嘛，但于文坛文学讲却并非一桩好事——它们毕竟不是文学的全部，不是文学的根本。

王鹏程：安黎散文中最可贵的，就是现代思想。当下，有不少作家虽是现代人，但写出的东西很可笑，也很可怕，都是老一套，腐朽、落后，没有现代气息，没有现代精神。

杨柳岸：是的，安黎的散文古朴凝重，表面看起来跟黄土地一样，很"土气"，但思想是现代的，是跟着时代的，特别是对自由、民主、平等基本价值的推崇，对人本思想、人道主义的理解，作家中能与之比肩的很少。他的散文，有逼人的现实感，有一种"苦"，一种惆怅，一种难以释怀的悲天悯人，一种杜甫式的关注现实、以天下为己任的忧患意识。他的散文中多"事件"，杜甫诗中也多"即事名篇"。他的散文也因此有一种小说的笔法，文中有大量的"事"——事件，对事件的描述真实，曲尽原委，酣畅淋漓。他在许多散文中，为了达到一种真实，而往往不顾及文字方面的讲究。他的散文，与所谓"美文"气质，真是相去甚远。对于语言文字的精确运用来说，他可称语言的石匠，但不是讲究语言的形式、文章的结构布局，而是重在"达意"，务必准确地表达他所想表达的内容。他写出的文字落地生根，明明白白，实在，不吐不快，有必达之隐，无难显之情。

王鹏程：安黎的散文不矫情，有思想，有关切，有激愤，所以他要做尖锐的表达，激愤也能呈现出艺术情绪的性质，但有时认识未完全根植于深思，思想也就被冲动的情绪淹没了。

杨柳岸：是的。好的作家，他们往往有着很丰富的心灵，往往有着全面的品质，往往是更具丰富人性的人。经常有读者会对安黎有着这样的认知变化：只读其作品时，会认为其人过于严肃，多愤世嫉俗，但与安黎实际接触后，觉得其人和蔼谦恭。当然，要理解这其中的落差，不是每个人都能做到的。实际上，安黎文章中也多有丰富的品质，绝不只有金刚怒目的一面。他写家乡的一组散文，特别是《父亲是一座桥》《母亲是一座教堂》，文字如泣如诉，人世的沧桑感逼人，如同二胡曲《二泉映月》中的月夜倾诉，是平凡人的命运交响乐。读他散文中的写景部分，多给人一种真实的画面感，读着文字，就似乎感觉是听着男中音深情的画外音旁白，凝重而意远。他的散文有时过于凝重，太执着于"事"，过于讲求现实生活的真实而不免流入琐碎，也不太注重文学的艺术性，是贴着地面的行走，而不是

"飞"，多流连于就事论事的层面，因而显得滞重而缺少灵动。

　　王鹏程：可能也因为我们这个时代太偏爱那种轻飘飘的，或者所谓独抒性灵的写作，所以安黎才不那么著名吧。

　　杨柳岸：有大环境的原因，更多的是我们文学认识上的偏差，也有我们这些评论家的责任。我们的作家，普遍没有思考的能力，精神上严重缺钙，名气成了他们最保险的东西。评论家也一样，没有辨别力，没有独立精神，舐痔舐痈，盯着所谓著名作家，豌豆也能说成珍珠，这样，就导致了"郁郁涧底松，离离山上苗"了。对安黎这样真正的作家而言，是没有影响的。

　　王鹏程：是的，他是面向文学，背对文坛的。他已经建成了自己蔚为壮观的艺术领地，也为我们的文学赢得了尊严和脸面，如果他沿着这个方向继续走下去，一定会有更大的气象。

　　杨柳岸：让我们共同期待吧。

后 记

本书的章节都曾见诸杂志报端，一度不曾有浪费纸张、整理成书的计划。后来因为种种原因，遂有梳理成书之意。出与不出，曾反反复复多次，后来骑虎难下，只得狠下决心。没有敝帚自珍的习惯，权且作为学术历程的存照。重读的过程，发现颇难编排，一是文章写作的时间跨度太长，最早的写于十几年前的学生时代，刚学着写学术文章，问题不少；二是有些观点和看法，虽有可取之处，但也难免偏激和片面。颇有壮悔之意，无奈都曾公开发表，想遮丑也遮不住。自己所见可能浅陋、幼稚甚至错谬，但皆发自内心，有公怨而无私恨，这点心无愧怍。此次除了修正错讹，内容并无大的改动，还请读者谅解和赐正。在此，真诚感谢曾为拙作发表提供平台的报纸杂志，感谢师友们一直以来的教诲勖勉！

感谢"陕西省百名青年文学艺术家扶持计划"项目和"西北大学中国文艺评论基地"的支持，感谢文学院领导和教研室同事的帮助。

感谢本书的责任编辑胡群英女士，以及出版本书的生活·读书·新知三联书店。

王鹏程

二〇一六年九月四日于长安小居安

二〇一七年三月二十九日改定